Antje Babendererde

Wacholdersommer

© privat

DIE AUTORIN

Antje Babendererde, geboren 1963, wuchs in Thüringen auf. Nach einer Töpferlehre arbeitete sie als Arbeitstherapeutin mit Kindern in einem Fachkrankenhaus für Psychiatrie und Neurologie. Seit 1996 ist sie freiberufliche Autorin mit einem besonderen Interesse an der Kultur, Geschichte und heutigen Situation der Indianer. Ihre einfühlsamen Romane zu diesem Thema für Erwachsene wie für Jugendliche fußen auf intensiven Recherchen und USA-Reisen und werden von der Kritik hoch gelobt.

Mehr zur Autorin unter antje-babendererde.de.

Mehr zu cbt auf Instagram @hey-reader

Antje Babendererde

WACHOLDER-SOMMER

cbt

Der Verlag weist ausdrücklich darauf hin, dass im Text enthaltene externe Links vom Verlag nur bis zum Zeitpunkt der Buchveröffentlichung eingesehen werden konnten Auf spätere Veränderungen hat der Verlag keinerlei Einfluss. Eine Haftung des Verlags ist daher ausgeschlossen.

Dieses Buch ist auch als E-Book erhältlich.

MIX
Papier aus verantwortungsvollen Quellen
FSC® C014496
FSC www.fsc.org

Verlagsgruppe Random House FSC® N001967

1. Auflage
cbt Taschenbuch August 2017

Erstmals erschienen unter dem Titel ZWEIHERZ.

Umschlaggestaltung: Geviert, Grafik & Typografie
Umschlagmotiv: © Shutterstock (sunso7butterfly, Blue Soul, Evdokimov Maxim)
MI · Herstellung: RN
Satz: Uhl + Massopust, Aalen
Druck und Bindung: GGP Media GmbH, Pößneck
ISBN: 978-3-570-31153-0
Printed in Germany

www.cbt-buecher.de

Listen to the long wind blow
Moaning »Don't you know?«
The dark mystical night
Like shadow from light

Covers the Two-Hearted one
Hovers til calamity is done.

JAY SAGE KERLEY, *Navajo*

Vor langer Zeit

Düster und unheimlich war der Anfang allen Seins. Finsternis wallte wie schwarzer Nebel, es war kühl und feucht. Die Erste Welt erschien als eine Insel unter Wolken. Sie barg den Ursprung allen Lebens. In ihr hausten übernatürliche Wesen, genannt *diyin*, die Wissenden Leute. Paare von Wolken berührten einander und daraus entstanden Erster Mann und Erste Frau.

Auch Kojote gab es schon in dieser Schwarzen Welt, halb Mensch, halb Tier. Zweiherz war sein Name, und man sagt, dass er schon länger lebt als alle übrigen Wesen.

Getrieben von Unzufriedenheit und Zanksucht waren die unsterblichen Wanderer gezwungen, nach einer neuen Heimat zu suchen. Sie stiegen auf und verließen die Schwarze Welt. Mit ihnen Erster Mann, Erste Frau und Zweiherz, der Kojote. Sie alle waren auf der Suche nach Licht und nach einem Ort, an dem sie existieren konnten.

Doch in der Zweiten, der Blauen Welt, trafen sie auf gefährliche Säugetiere und Ungeheuer. Sie zankten untereinander pausenlos fort, verletzten Tabus und fielen in Ungnade. So mussten sie aufsteigen in die Dritte Welt.

In der Gelben, der Dritten Welt, wurden die vier heiligen Berge der Navajo geschaffen, wie sie heute noch existieren. Doch Kojote stahl Wassermonster, dem Herrn der unwirtlichen Fluten, ein Kind und beschwor mit seiner Boshaftigkeit eine Flut herauf. Die Wissenden Leute – und mit ihnen Erster Mann und Erste Frau – mussten fliehen. Sie erreichten die Vierte, die Weiße Welt. Aber auch in dieser Welt stiftete Zweiherz Unheil unter den unsterblichen Lebewesen und trieb sie damit weiter. Vier unvollkommene Welten hatten sie durchwandert und stiegen nun in die Fünfte, die schillernde, sich ewig wandelnde Welt der Gegenwart.

Dort angekommen mussten sie erkennen, dass auch diese Welt von Flut, Streit und Chaos beherrscht war. Erst als Kojote sich einsichtig zeigte und eine Zeit lang aufhörte, Unheil zu stiften, lichtete sich das Durcheinander. Die Gestirne, Tiere und Pflanzen wurden erschaffen. Die Zeit wurde unterteilt in Tag und Nacht; der Kreis eines Jahres in Frühling, Sommer, Herbst und Winter.

Erster Mann und Erste Frau fanden ein Baby und nahmen sich seiner an. In nur vier Tagen wurde aus dem kleinen Mädchen eine Frau, *Changing Woman*. Sich Wechselnde Frau schenkte zwei Söhnen das Leben, den Krieger-Zwillingen. Danach schuf sie aus Fetzen ihrer Haut die Menschen, um nicht länger einsam zu sein.

Die Menschen erhielten von den Wissenden Leuten jene Kenntnisse, die man zum Überleben braucht, und erfuhren, wie man nach *hózhó*, dem Zustand allumfassender Harmonie, strebt.

Erster Mann baute ein achteckiges Haus aus Steinen, Lehm und Balken – einen Hogan. Danach ruhte er sich auf der Erde aus, lag Kopf an Kopf mit Erster Frau und ihre Gedanken vermischten sich. Aus ihrer beider Ideen entstand die Ordnung der Welt, so wie sie heute noch existiert.

Der Unheilstifter aber, Kojote, leise und mit silbergrauem Fell, durfte zur Strafe für sein zerstörerisches Wesen an dieser Ordnung nicht teilhaben. Deshalb wurde er zornig und manchmal ist er es noch heute. Er heißt auch: Erster Zorn.

Mit dürren Beinen und hängendem Kopf streift er durch

die weiten Schluchten der Canyons und über die Ebenen der Mesas. In den kühlen Nächten lässt er die Menschen sein schauriges Heulen hören. Wenn er ein gefügiges Opfer gefunden hat, dessen Zustand der Harmonie gestört ist, dann schleicht er zwischen den zusammengedrängten Lehmhütten umher, umkreist ein Ranchhaus oder drückt seinen mageren Körper unter einen abgestellten Wohnwagen.

Er ist auf der Jagd.

Und noch immer kann er seine Gestalt wechseln. Für jede hat er einen anderen Namen: Graubein Kojote. Erster Zorn. Zweiherz.

1. Kapitel

Bleib nicht so lange, Kaye!« Arthur Kingleys dunkle Stimme kam unter dem aufgebockten Ford Pick-up hervor, einem zerschrammten Lieferwagen, der auch schon bessere Tage gesehen hatte.

»Ja, Dad«, rief das Mädchen in den ausgewaschenen Jeans. »Ich bringe Großvater Sam nur sein Essen.« Mit Schwung warf sie ihren schweren geflochtenen Zopf über die Schulter. Kaye stellte den Korb mit den beiden Emailletöpfen vorsichtig auf den Beifahrersitz und stieg hinter das Lenkrad ihres roten Geländewagens. Jazz – ein zotteliger Mischlingshund mit hellbraunem Fell – hockte schon auf der Rückbank des Jeep Wrangler und blickte sie aus seinen runden Hundeaugen erwartungsvoll an. Sein Fell war staubig und steckte voller trockener Halme und Samenkörner. Weiß der Teufel, dachte Kaye, wo er sich wieder herumgetrieben und nach Mäusen gejagt hatte.

»Das sagst du jedes Mal«, brummte Arthur, während er sich unter dem Ford hervorschob. Er wischte sich Schweiß und ölige schwarze Schmiere aus dem sonnengebräunten Gesicht, um seiner Tochter nachzusehen, die vor dem Abend nicht zurückkommen würde.

Kaye fuhr los und sofort legte sich eine dichte Staubwolke um ihren Jeep. Im Vorbeifahren winkte Kaye den beiden indianischen Rancharbeitern, die den Weidezaun ausbesserten. Ashie Benally und Hoskie Whitehead winkten zurück. Shádi, Kayes dunkelbraune Stute, rannte noch eine Weile auf der Koppel neben dem Jeep her, bis der Elektrozaun am Ende des Fahrweges sie daran hinderte, Kaye weiter zu folgen. Der Jeep ratterte über das Viehgitter und bog von der Schotterpiste auf die glatte Teerstraße.

Mit offenen Fenstern fuhr Kaye in Richtung Süden. Der Jeep hatte Klimaanlage, aber sie mochte es, den Fahrtwind zu spüren. Schon seit Tagen blies der Sommer seinen heißen Atem über das Land. Dabei war es erst Anfang Juni. In wenigen Wochen würde das große Navajo-Reservat im nördlichen Arizona unter der Mittagssonne zu glühen beginnen.

Kaye liebte das Land und den Wechsel der Jahreszeiten. Ihr Vater, ein Schafrancher, war ein Weißer, aber ihre Mutter Sophie war eine Vollblut-Navajo gewesen. Sie hatte ihrer Tochter die Liebe zu diesem weiten Land vererbt. Kaye war mit der staubigen roten Erde, den von Wind und Regen geformten Felsen, den Pinienwäldern und den Wüstenpflanzen aufgewachsen. Das Big Res, das große Navajo-Reservat auf der Hochebene des Colorado-Plateaus, das sich bis nach New Mexico und Utah erstreckte, war ihr Zuhause.

Nach knapp zwei Meilen drosselte sie das Tempo. Das einst gelb gestrichene, nun arg verwitterte Holzhaus von Sam Roanhorse war von der Straße aus zu sehen. Kaye bog auf eine ausgewaschene Sandpiste, durchquerte hundert Meter Steinwüste, die von Salbei- und Wacholderbüschen gesprenkelt war, und parkte den Jeep unter einer Pappel hinter dem Haus.

Ein paar schwarze Hühner stiebten gackernd davon. Großvater Sams Schafe begannen zu blöken, das Motorengeräusch hatte sie aus ihrem Mittagsschlaf geweckt. Es waren ungefähr zwanzig Tiere, die in einem Korral im Schatten dreier Pappeln und eines verkrüppelten Pflaumenbaumes standen und ihre dünnen Leiber aneinanderdrängten. Sie waren vor vier Wochen erst geschoren worden und die Wolle noch nicht wieder nachgewachsen. Zwei von Sams Schafen waren so schwarz wie die Kohle von der Black Mesa.

Ein Ebenbild von Jazz umrundete freudig bellend den Wagen. Kaye öffnete die Tür, und Jazz sprang heraus, um seinen Bruder Jasper zu begrüßen. Die beiden sahen einander verblüffend ähnlich, nur dass Jaspers Fell um eine Nuance dunkler war.

Sams Hütehund, der im Augenblick von seinen Pflichten entbunden war, weil die Schafe mit ihren Lämmern im Korral standen, führte Jazz zu einer Stelle, an der Pinyonmäuse ihre Löcher hatten. Beide Hunde begannen winselnd zu graben. Damit würden sie eine Weile beschäftigt sein.

»*Yá'át'ééh*, Großvater, ich bringe dein Essen!«, rief Kaye. Sie blieb eine Weile auf der überdachten Veranda stehen, damit der alte Mann Zeit hatte, sich auf ihren Besuch einzustellen.

Sam Roanhorse war nicht wirklich Kayes Großvater, auch wenn sie ihn liebevoll so nannte. Die Eltern ihrer Mutter waren früh gestorben. Vielleicht war das der Grund, warum Sophie angefangen hatte, dem Alten sein Sonntagsessen zu bringen. Sie begann damit, als Sams Sohn John sich zum Militärdienst meldete und nach Deutschland versetzt wurde. Kayes Mutter kannte John Roanhorse von ihren Versammlungen und hatte sich für seinen alten Vater verantwortlich gefühlt.

Sophie hatte ihr »Essen auf Rädern« nur einmal für kurze Zeit eingestellt. Es war in den Wochen, die zwischen Johns Rückkehr aus Deutschland und jenem schwarzen Tag lagen, an dem er sich in den Bergen hinter dem gelben Haus eine Gewehrkugel in den Kopf gejagt hatte.

Niemand wusste, warum John Roanhorse mit fünfundvierzig Jahren seinem Leben ein Ende gesetzt hatte. Vielleicht hatte der alte Sam eine Erklärung für den Tod seines Sohnes. Doch wenn es so war, dann behielt er sein Wissen für sich.

Johns Freitod hatte den alten Mann schwer getroffen. Aber das Leben ging weiter, und Sam brauchte jemanden, der sich um ihn kümmerte. Er hatte einen Enkel, Will, doch der Junge saß in einem Staatsgefängnis in Texas und konnte nicht für seinen Großvater sorgen.

Sophie war vor zwei Jahren bei einem Autounfall tödlich verunglückt und Kaye hatte den Dienst ihrer Mutter übernommen. Jeden Sonntag brachte sie dem alten Mann sein Essen. Kaye tat es gern, weil sie Sam mochte. Aber ihre sonntäglichen Besuche bei ihm hatten noch einen anderen Grund. Es war der Junge: Will Roanhorse. Seit fünf langen Jahren saß Sams Enkel verurteilt wegen Totschlags hinter Gittern und hatte noch weitere fünf Jahre abzusitzen. Bei einem heftigen Streit hatte Will den Direktor seiner Internatsschule getötet und war von einem Gericht zu zehn Jahren Haft verurteilt worden – obwohl er damals erst vierzehn Jahre alt gewesen war.

Kaye und Will, das war von Anfang an etwas Besonderes gewesen. Dass der Junge fort war, hinderte das Mädchen nicht daran, an ihn zu denken. Und wenn sie bei Großvater Sam am Küchentisch saß, dann konnte sie sogar über Will reden.

Kaye fand, dass sie dem Alten nun genug Zeit gelassen hatte, und trat durch die klapprige Fliegengittertür ins Haus. Großvater Sam saß schon am zernarbten, aber blank gescheuerten Holztisch in der Küche und wartete. Kaye holte einen zerkratzten Emailleteller aus dem Wandschrank und tat dem Alten auf. Geröstete Kartoffeln, Bohnen und Lammgulasch. Das Essen war noch heiß. Für den Weg von der Ranch bis zum Holzhaus von Sam Roanhorse brauchte Kaye nur zehn Minuten.

»Setz dich, Tochter!«, sagte der alte Indianer, der das gute Essen und die Gesellschaft des Mädchens zu schätzen wusste.

Kaye reichte ihm Messer und Gabel und setzte sich ihm gegenüber. Er schnitt sich das Fleisch sehr klein, denn er hatte nur noch wenige Zähne. Zu einem Gebiss hatte Kaye ihn bisher nicht überreden können. Ebenso wenig wie zu einer Brille, die er dringend brauchte, weil seine Augen immer schlechter wurden. Sams spärliches grau meliertes Haar endete in einem winzigen, länglichen Knoten am Hinterkopf, der typischen Haartracht der Navajo. Der Indianer war sehr alt. Aber in Wahrheit wusste Kaye nicht, wie alt er wirklich war.

Um die faltige Stirn hatte Sam ein ausgeblichenes rotes Tuch gebunden. Er trug ein sauberes blau-weiß kariertes Baumwollhemd, denn Kaye kümmerte sich auch um die Wäsche des Alten. Seine abgetragenen Kordhosen wurden von breiten Hosenträgern gehalten. Die Haut des Indianers war sehr dunkel und die Hände knotig vom Alter. Kaye wunderte sich immer wieder aufs Neue, wie er mit diesen Händen und seinen schlechten Augen noch so wunderbare Dinge schaffen konnte.

Sam Roanhorse war Silberschmied. Silberklopfer, wie die Navajo dazu sagten. Die kunstvollen Schmuckstücke, die in seiner kleinen Werkstatt entstanden – Halsketten, Armreifen, Ringe und Gürtelschnallen aus getriebenem Silber und Türkisen –, waren bei den Touristen als Souvenirs sehr begehrt. Und Kaye sorgte in ihrem Laden im dreizehn Meilen entfernten Window Rock dafür, dass sie gut verkauft wurden. Auf diese Weise sicherte sie dem alten Mann sein Auskommen – auch wenn er eines Tages nicht mehr arbeiten konnte. Die Unterstützung, die er vom Staat bekam, war knapp und reichte kaum für ein einfaches Leben.

»Hat Will geschrieben?«, fragte Kaye, nachdem sie eine Weile gewartet hatte.

Es war die eine Frage, die sie Sam Roanhorse immer wieder stellte. Jeden Sonntag, wenn sie ihm das Essen brachte. Und fast immer war die Antwort des alten Mannes dieselbe: Er richtete seine Augen auf das Mädchen und schüttelte bedauernd den Kopf. Auch diesmal war ein Kopfschütteln die Antwort, doch etwas war anders, das spürte Kaye sofort.

»Es ist jetzt fast zwei Monate her, dass du den letzten Brief von ihm bekommen hast, Großvater. Ich mache mir Sorgen.«

Der alte Mann schluckte hinunter, was er sorgsam zwischen Gaumen und Zunge zermahlen hatte, und stellte eine unerwartete Behauptung in den Raum: »Mein Enkelsohn wird bald nach Hause kommen, Tochter. Du und ich, wir haben lange genug gewartet.«

Ein freudiger Schreck jagte durch Kayes Körper. Sie spürte, wie Röte ihre Wangen überzog und es in ihrer Magengegend seltsam zu flattern begann. Einige Zeit verstrich, bis sie ihre Gedanken ordnen und darüber nachdenken konnte, was der Alte gesagt hatte. Großvater Sam konnte manchmal voraussehen, was passieren würde. Er hatte ein Gespür für solche Dinge, einen Sinn mehr als andere Menschen. Sam Roanhorse war ein *hataalíí*, ein Sänger und Heiler; jemand, der in der Lage war, schwierige Fragen zu beantworten und Dinge vorherzusehen. Für ihn war das Universum erfüllt von mächtigen Kräften, die allesamt das Potenzial von Gut *und* Böse in sich trugen. Fehlte die Balance zwischen beidem, wurden die Menschen krank. Der alte Sam konnte herausfinden, welche Ursache eine Krankheit hatte, und durch sein Wissen den richtigen Gesang bestimmen, der Heilung bringen würde.

Kaye war mit den alten Geschichten ihres Volkes aufgewachsen. Sie glaubte an *hózhó*, den Pfad der Schönheit, der die Regeln der Ausgewogenheit und Harmonie lehrte. Und sie glaubte auch an die Wirksamkeit der geheimnisvollen Heilzeremonien der Navajo. Aber Kaye hatte keine Angst vor den *diyin*, den Wissenden Leuten, und erst recht nicht vor Großvater Sam. Vielleicht war er ja in der Lage, zukünftige Geschehnisse vorherzusehen, doch bewirken konnte er sie nicht. Sonst wäre sein Enkelsohn Will längst wieder zu Hause.

Kaye warf einen Blick auf den Kalender an der Wand, an dem der alte Mann die Tage abstrich. Sie wusste, er zählte die Tage von Wills Haft und befürchtete, die Rückkehr seines Enkels nicht mehr zu erleben. Doch heute war das anders. Irgendetwas war eingetreten, das ihm Hoffnung machte. Was das wohl war? Einen Brief hatte der Alte jedenfalls nicht bekommen, denn den hätte sie ihm sonst vorlesen müssen.

Vorsichtig entgegnete sie: »Will ist zu zehn Jahren verurteilt worden, Großvater, und er hat erst fünf davon abgesessen. Was macht dich so sicher, dass er bald nach Hause kommt?«

Insgeheim wünschte sie, der alte Mann würde eine plausible Erklärung für seine Behauptung haben. Eine Erklärung, an die sie glauben konnte. Wie sehr sie sich nach Will sehnte. Kaye sah ihn in der Erinnerung ganz deutlich vor sich. Er war vierzehn gewesen, als sie ihm das letzte Mal gegenübergestanden hatte, und er hatte geweint. Dann war er davongelaufen und hatte sie allein im Water Hole Canyon zurückgelassen. Am nächsten Tag war er wieder nach

New Mexico gefahren, und vier Wochen später hatte Sophie ihr erzählt, dass Will im Gefängnis saß.

Wie er jetzt wohl aussah? Was für ein Mensch war aus ihm geworden, nach einer so langen Zeit hinter Gefängnismauern? Er, der die meiste Zeit seines Lebens unter freiem Himmel verbracht hatte, war nun schon fünf Jahre in einer winzigen Zelle eingesperrt. Vielleicht hatte er Schlimmes gesehen und erlebt im Gefängnis. Kaye hatte Angst, Will könnte nicht mehr derselbe sein, wenn er eines Tages ins Reservat zurückkehren würde. In solchen Momenten zweifelte sie daran, dass sie es schaffen konnte, noch einmal fünf Jahre auf ihn zu warten.

Bald wurde sie achtzehn und musste ihren Vater nicht mehr um Erlaubnis bitten, um Will zu besuchen. Sie hatte schon oft daran gedacht. Aber Will Roanhorse saß in einem Staatsgefängnis in Texas, mehrere Hundert Meilen vom Reservat entfernt. Sie war noch nie so weit weg von zu Hause gewesen. Und sie wusste nicht, ob er sich überhaupt über ihren Besuch freuen würde. Auf keinen ihrer vielen Briefe hatte er jemals geantwortet. Alles, was sie von ihm hatte, waren die wenigen Briefe, die er an seinen Großvater geschrieben hatte. Und darin stand meist nur, dass es ihm gut gehe und der Alte sich nicht um ihn sorgen solle.

»*Atsá*, der Adler, hat es mir gesagt«, antwortete Sam schließlich leise auf ihre Frage und schob sich ein weiteres Stück Fleisch in den Mund. »Will wird bald wieder hier sein. Es ist nun genug.«

Genug war es tatsächlich, schon lange. Kaye fragte nicht weiter nach. Was der Adler Sam Roanhorse erzählte, war meistens eingetroffen, auch wenn es dafür keine Erklärung gab. Der Adler konnte sehr viel mehr sehen als die Menschen, denn seine ausgedehnten Flüge führten ihn weit über die großen Mesas und die tiefen Schluchten der Canyons. Seine Sicht der Dinge war eine völlig andere.

Doch der Adler hatte dem alten Navajo noch etwas anderes erzählt, etwas, das er dem Mädchen verschwieg. Außer ihm und der jungen Frau gab es noch jemanden, der auf Will Roanhorse wartete. Jemand, vor dem man auf der Hut sein musste, weil es ihm gefiel, die Schwächen anderer für sich selbst auszunutzen. Jemand, für den das Leben ein Spiel war, eine ewige Jagd. Dass auch Zweiherz, der Kojote, auf Wills Ankunft lauerte, würde Sam wohlweislich für sich behalten.

2. Kapitel

STAATSGEFÄNGNIS VON GATESVILLE, TEXAS

Will Roanhorse pickte langsam die vergilbten Fotos und Zeitungsausschnitte von seiner Zellenwand und verstaute sie in einem Schuhkarton. Der Karton war voller Briefe. Es waren ungeöffnete Briefe.

Der junge Navajo-Indianer strich sich das schulterlange Haar aus der Stirn, nahm eines der abgegriffenen Schwarz-Weiß-Fotos in die Hand und betrachtete es genauer. Er selbst war darauf zu sehen und Kaye Kingley. Er hatte den Arm um das Mädchen mit den dünnen Beinen und dem langen Zopf gelegt und sie griente ihn zufrieden an. Auf ihrem Schoß ein winziges Fellbündel. Das Foto war an ihrem zehnten Geburtstag entstanden. Damals hatte er ihr einen kleinen Mischlingshund geschenkt und sie hatte ihn Jazz genannt.

Will erinnerte sich daran, dass Kaye vor Freude über den kleinen Hund am ganzen Körper gezittert hatte. Beim Gedanken daran, wie sie versucht hatte, ihre Freude nicht zu überschwänglich zu zeigen, weil die Navajo-Geister das nicht mochten, musste er lächeln.

Er legte das Foto zu den anderen in den Karton zurück und fragte sich, ob Jazz wohl noch lebte. Möglicherweise stand die Antwort auf seine Frage in einem dieser vielen Briefe. Vielleicht stand in diesen Briefen auch, dass Kaye bald heiraten würde. Irgendeinen netten jungen Mann, vielleicht sogar einen *bilagáana*, einen Weißen. Es war durchaus möglich, schließlich war sie selbst zur Hälfte weiß.

In zwei Monaten hatte sie ihren achtzehnten Geburtstag. Dieses Datum hatte er nicht vergessen und dieser Tag war in den vergangenen Jahren immer besonders schlimm für ihn gewesen. Weil er nicht bei ihr sein konnte. Weil er ausgeschlossen war aus ihrem Leben, ausgeschlossen von allem, was *hózhó*, was schön war. Will wusste, dass Kaye ihre *kinaaldá*, die Reifezeremonie, längst hinter sich hatte. Seitdem war sie nach altem Brauch heiratsfähig – eine junge Frau.

Kaye war mit zwölf schon hübsch gewesen, mit ihren großen blauen Augen im runden Gesicht und dem feinen rötlichen Schimmer im dunklen Haar. Wie sehr sie sich auch verändert haben mochte in den vergangenen fünf Jahren, er würde sie überall wiedererkennen.

Will schnürte den Karton zu und schob ihn in seinen Rucksack. Auf der Pritsche lagen die Mappe mit seinem Highschool-Abschlusszeugnis und die neuen Kleidungsstücke, die Hank, sein Freund und Zellennachbar, ihm besorgt hatte. Ein Jeansanzug der Marke Lee, ein schwarzes T-Shirt und Schnürschuhe aus Rindsleder.

Schon mehrere Male hatte Will seine Nase an dieses Leder gepresst, um den intensiven Geruch einzusaugen. Die Schuhe waren das Einzige in seiner winzigen Zelle, das nach Freiheit roch. Diese 2 x 4 Meter waren zwei lange Jahre der Raum für sein Leben gewesen. Ein Käfig. Die schmale Stahlpritsche an der Wand mit der dünnen Matte, ein Waschbecken und eine Stahltoilette waren seine Einrichtung. Nach drei Jahren im Jugendgefängnis hatte man ihn ohne Angabe von Gründen eines Tages hierherverlegt.

Inzwischen hatte er auch herausgefunden, warum: Die Jugendgefängnisse waren überfüllt mit jungen Straftätern, die noch nicht einmal sechzehn waren. Und die Unterbringung in einem Staatsgefängnis war zudem weitaus billiger.

Für ihn waren die vergangenen beiden Jahre die Hölle gewesen. Er hatte Dinge gesehen und erlebt, die er niemals vergessen würde. Sie hatten Narben an Körper und Seele hinterlassen.

Will hasste den Lärm der Nächte, der in ihn eindrang und ihn nicht zur Ruhe kommen ließ. Das Gefängnis war ein dunkler, ein freudloser Ort. Ein Ort voller Gewalt und Hass. Niemand wurde besser hier drin. Es gab nur zwei Möglichkeiten: Entweder man passte sich den rauen Bedingungen an oder man drehte durch. Will hatte sich nicht angepasst. Und er hatte gesungen, um nicht durchzudrehen. Anfangs hatten ihn die anderen dafür verlacht und ihm mit grausamen Späßen das Leben schwer gemacht. Aber irgendwann hatten sie *den verrückten Indianer* in Ruhe gelassen.

Obwohl Will in den vergangenen Monaten an nichts anderes als an Kaye, seinen Großvater und die Freiheit gedacht hatte, war ihm jetzt, wo die Zeit seiner Haft ganz unvermutet beendet werden sollte, mulmig zumute. Er hatte Angst. Würde er zurechtkommen dort draußen? Würde er sich nicht verloren vorkommen, wenn die Welt plötzlich nicht mehr von Mauern und Gitterstäben begrenzt war?

Sein Vater lebte nicht mehr. An seine Mutter konnte Will sich nicht einmal erinnern, sie war gestorben, als er zwei Jahre alt war. Ihre Familie lebte irgendwo in Flagstaff, sie waren Stadtindianer. Er hatte nie etwas mit ihnen zu tun gehabt. Ihren Eltern und den Brüdern seiner Mutter hatte es nicht gefallen, dass sie den gut aussehenden, aber wenig geschäftstüchtigen John Roanhorse geheiratet hatte. Und dann war sie auch noch an dieser Krankheit gestorben.

Krebs, wie die *bilagáana*, die Weißen, sagten. *Graue Krankheit*, wie die Navajo sie nannten. Aber welchen Namen man ihr auch gab, seine Mutter war daran gestorben.

Seit Will denken konnte, waren sein Vater und der Großvater für ihn da gewesen. Bis John ihn auf dieses Internat bei Santa Fe schickte. Es war eine staatliche Schule, in der Indianerkinder besonders gefördert wurden. Will hatte sich dem Wunsch seines Vaters gefügt, was ein Fehler gewesen war. Aber schon als kleiner Junge hatte er gelernt, die Wünsche der Erwachsenen zu respektieren. Das war *navajo*.

Nun war er neunzehn und geblieben war ihm sein Großvater. Der alte Mann lebte noch in dem Holzhaus, in dem Will aufgewachsen war. Großvater Sam wartete auf ihn. Bei ihm würde er ein weiches Bett und ein Zuhause haben. An Kaye wagte er kaum noch zu denken, je näher der Tag rückte, an dem er sie wiedersehen würde. Er verabschiedete sich von seinen Träumen und Wünschen, weil die Chance, dass sie in Erfüllung gehen könnten, verschwindend gering war. Die Enttäuschung wollte Will sich ersparen.

Aber er hatte Pläne. Wollte sich Arbeit suchen und seinen Großvater unterstützen. Vielleicht würde er sich im Herbst am College einschreiben und studieren. Im Gefängnis hatte er seinen Highschool-Abschluss gemacht. Wenigstens diese Möglichkeit stand jugendlichen Straftätern offen. Es war ihm nicht schwergefallen, er hatte mit *Sehr gut* abgeschlossen. Dieses Zeugnis war seine Chance.

Gedankenverloren streifte Will mit den Fingern über die neuen Kleider auf der Pritsche. Gestern hatte er von einem Aufseher zurückbekommen, was er angehabt hatte, als er vor fast fünf Jahren aus dem Gerichtssaal ins Gefängnis gebracht worden war. Aber er hatte es nicht gebrauchen können, denn diese Kleider waren ihm längst viel zu klein geworden. Die Gefängniskost war nicht sonderlich schmackhaft gewesen im Staatsgefängnis von Gatesville, aber das hatte nicht verhindert, dass Will einen Kopf größer geworden war und sein Körper kräftig. Jeden Tag hatte er in seiner Zelle einhundert Klimmzüge gemacht. Fünfzig am Morgen und fünfzig am Abend. Das hatte seine Muskeln gestärkt und seinen Körper beweglich gehalten.

Eine Zeit lang war er auch gelaufen, wenn er Freigang hatte. Laufen war früher seine Leidenschaft gewesen. Er liebte es, durch die Arroyos, die trockenen Flussbette der Canyons, zu rennen, die schmalen Mesapfade hinauf und wieder hinunter. Manchmal hatte er sich dabei so frei und schwerelos wie ein Adler gefühlt. Aber Laufen im Gefängnis war etwas ganz anderes. Es hatte ihm schmerzhaft bewusst gemacht, dass er *nicht* frei war. Irgendwann war Will es leid gewesen, immer im Kreis zu rennen.

»He, Willy Boy!«, raunte ihm eine dunkle Stimme von nebenan zu. »Was werde ich bloß anfangen, wenn du nicht mehr da bist? Ohne dich wird es verdammt traurig sein. Wer wird mir Geschichten erzählen?«

Das war Hank, Wills Zellennachbar.

»Du musst durchhalten, Hank«, antwortete er. »Denk immer daran, was ich dir beigebracht habe: Warten kann auch ein Geschenk sein. Zeit, um über sich selbst und andere wichtige Dinge nachzudenken.«

Aus der Nachbarzelle kam ein Stöhnen. »Aber ich bin schwarz, Will, und keine verdammte Rothaut«, schimpfte Hank mit verhaltener Stimme. »Ich brauche Bewegung, sonst drehe ich durch. Ich hab doch schon mehr als genug gewartet. Ich kann nicht mehr, Willy. Ich kann nicht mehr, verstehst du das? Ich wünschte, ich könnte mit dir gehen.«

Das wünschte Will auch, denn er mochte Hank. Die beiden waren fast zeitgleich ins Staatsgefängnis von Gatesville gekommen und schnell Freunde geworden. Hank war ein

Riese, ein schwarzer Ringer, der bei einem Streit zu fest zugeschlagen hatte und seinen Widersacher dabei ungewollt getötet hatte. Es war ein Unfall gewesen, aber Hank war schwarz und das Gericht hatte ihn wegen Totschlags verurteilt. Ihr ähnliches Schicksal hatte die beiden zueinandergebracht und Hank war zu Wills Beschützer geworden. Er war es auch gewesen, der ihn dazu angehalten hatte, Sport zu treiben.

Hank schob seine tiefbraune Hand durch die Gitterstäbe um die Ecke in Wills Zelle. »Das ist für dich, Bruder, damit du mich nicht vergisst.«

Will nahm das Lederband, an dem eine kleine weiße Figur baumelte. Es war eine winzige, mollige Afrikanerin mit hervorstehenden Brüsten und dicken Schenkeln.

Will berührte die Figur, drehte sie, schüttelte den Kopf und reichte sie Hank zurück. Seine schlanken Finger waren auch braun, aber um einiges heller als die des schwarzen Freundes. »Nimm das wieder, du Idiot. Vermutlich ist das Ding auch noch wertvoll«, sagte er.

Hank lachte heiser. »Das ist es, Willy Boy, ist es wirklich. Das ist eine afrikanische Fruchtbarkeitsgöttin aus Elfenbein. Meine Oma hat sie mir geschenkt, sie gehörte ihrer Urgroßmutter. Die Göttin hat afrikanische Sonne gesehen. Du wirst sie behalten oder der alte Hank ist schwer beleidigt.«

Will zog die Hand zurück, zuckte mit den Achseln und hängte sich die Figur um den Hals. Dann zog er seine neuen Kleider an und legte sich auf seine Pritsche. Er verschränkte die Arme hinter dem Kopf und sagte leise: »Auf Wiedersehen, Hank, und lass dich nicht unterkriegen. Mach keinen Unsinn, es lohnt sich durchzuhalten. Wir sehen uns im Big Res. Du weißt, wo du mich findest.«

Von nebenan murmelte es: »Auf Wiedersehen, Willy

Boy. Grüß die Freiheit von mir und die Mädchen. Ich bin wirklich gespannt auf die Kleine, von der du mir immer erzählt hast. Bald musst du nicht mehr träumen, dann kannst du sie in deinen Armen halten. Ich beneide dich.«

Will hörte ein irres Lachen aus seiner anderen Nachbarzelle und wusste, das war das Signal für eine weitere qualvolle Nacht. Aus den übrigen Zellen auf dem Gang kamen anzügliche Bemerkungen und Rufe, die zu wilden Schreien wurden. Jemand schlug mit etwas Hartem gegen die Gitterstäbe, ein anderer drosch seinen Kopf gegen die Zellenwand. Will presste seine Hände auf die Ohren und schloss die Augen. Noch genau zehn Stunden und er würde dieser Hölle entkommen sein. So viele Türen und Tore bis zur Außenwelt, doch morgen sollten sie sich für ihn öffnen, und die Freiheit würde ihn in Empfang nehmen.

Eine genaue Vorstellung, was diese Freiheit für ihn bedeutete, hatte er nicht. Dafür war er einfach zu lange hinter Stahl und Beton gesperrt gewesen; zu lange weg aus dem Reservat, weg von seinem Land. Will wusste nur eines: Sein Großvater würde da sein und das Holzhaus, das, seit er denken konnte, sein Zuhause war. Vielleicht würde auch Kaye da sein. Aber daran sollte er sich lieber nicht festhalten.

Kojote war durstig. Seine raue Zunge lechzte nach Wasser. Es war eine mondlose Nacht und feuchte Kühle lag in diesem ausgetrockneten Flussbett. Zweiherz trabte lautlos einen schmalen Mesapfad hinauf und trank aus einer Nachtquelle, die in einer Felsspalte entsprang. Er schüttelte sich, streckte seine mageren Glieder. Die Nacht war seine Zeit. Seine Augen glühten rot in der Dunkelheit der Halbwüste. Er schnüffelte und hielt inne.

Dieser Ort war gut. Gleich dort drüben war der Steinhügel, der von einem seiner vergangenen Siege kündete. Ein unglücklicher Mann, zu schwach, zu unsicher.

Wenn Kojote sich Mühe gab, konnte er das Widerhallen des Schusses in den Bergen hören, obwohl sein Sieg schon Jahre zurücklag. Ah-rr-ah, was für ein Klang. Wie naiv diese Menschen manchmal doch waren. So gutgläubig. So dumm. So leicht zu verwirren und ihren Gefühlen vollkommen ausgeliefert.

Das Quellwasser hatte den Vierbeiner munter gemacht. Ein Zittern durchlief seinen Körper und verstärkte die Aufregung, die er spürte. Eine Jagd stand bevor, ein neues Spiel.

WINDOW ROCK, ARIZONA

Kaye trat ihrer Freundin unter dem Tisch auf den Fuß und steckte ihren Zeigefinger in Shelleys Becher mit Eistee. »Gib sofort meinen Burger zurück, ich muss wieder an die Arbeit.«

Shelley kicherte. »Au, verdammt noch mal, musst du immer gleich so rabiat werden?« Sie donnerte den stibitzten und angebissenen Hamburger zurück auf Kayes Pappteller.

Kaye zog ihren Finger aus Shelleys Eistee und leckte ihn ab.

»Arbeit!«, spottete die blonde Shelley. »Tu doch nicht so, als ob du wirklich arbeiten würdest. Wer kauft in diesem gottverlassenen Nest schon ein Buch? Das war so eine typische verrückte Idee von deiner Mutter, ausgerechnet in Window Rock einen Laden mit Büchern aufzumachen. Falls du es noch nicht mitbekommen hast: Wir leben hier am Ende der Welt. Da kaufen die Leute Hamburger und Cola, sie hüten Schafe, spielen Bingo, aber sie lesen keine Bücher.«

»Das stimmt nicht«, sagte Teena, das dritte Mädchen am Tisch. »Ich habe in Kayes Laden schon eine Menge Bücher gekauft.«

»Du bist ja auch nicht normal.« Shelley winkte ab. »Wie kann man nur den ganzen Tag in irgendwelchen Büchern lesen? Du lebst fremdes Leben, Teena. Das eigene ist viel spannender, glaube mir.«

Kaye fragte sich, an welcher Stelle Shelley Gardens Leben spannend sein sollte, abgesehen vielleicht von ihren Jungsgeschichten. Sie hörte dem Geplänkel ihrer beiden Freundinnen nur noch mit halbem Ohr zu. Es ärgerte sie, wenn sich jemand über ihren kleinen Laden auf der anderen Seite des Parkplatzes lustig machte, auch wenn der Spott von ihrer zweitbesten Freundin Shelley kam und nicht wirklich ernst gemeint war. BÜCHER – POSTKARTEN – KUNSTGEWERBE stand über ihrem Schaufenster.

»Ich verkaufe ja nicht nur Bücher«, verteidigte sich Kaye. »Der Silberschmuck und die Webteppiche gehen wirklich gut. Die Keramik auch.« Nach dem Tod ihrer Mutter hatte Kaye den Laden übernommen. Sie öffnete ihn am Nachmittag, wenn die Schule beendet war, und in den Sommerferien und an den Sonnabenden hatte sie den ganzen Tag über auf. Wenn die anderen aus ihrer Klasse Spaß hatten, zusammen zum Baden fuhren oder zum Picknick, stand Kaye hinter dem Ladentisch und verkaufte indianische Kunstgewerbearbeiten und Bücher über die Kultur ihres Volkes. Sie hätte das nicht tun müssen, denn ihr Vater war kein armer Mann. Aber sie hatte sich vorgenommen, den Laden ihrer Mutter weiterzuführen, solange das möglich war. So bewahrte sie etwas, das ihrer Mutter wichtig gewesen war, und zugleich war sie finanziell nicht völlig von ihrem Vater abhängig.

»Ja, im Sommer vielleicht«, sagte Shelley, »wenn sich ein paar Touristen auf dem Weg zum Grand Canyon hierherverirren.« Sie rümpfte die Nase.

»Was willst du, Shelley?« Kaye breitete die Arme aus und lachte versöhnlich. »Es *ist* Sommer.«

Vor einer Woche hatten die drei Mädchen ihren Highschool-Abschluss gemacht. Sie wollten nun ein Jahr lang arbeiten, um sich etwas Geld zu verdienen, und dann zusammen aufs College nach Santa Fe gehen. Kaye würde in den kommenden Monaten in ihrem Laden stehen und Navajokunst verkaufen. Shelley würde ihrer Mutter als Kellnerin in dem kleinen Schnellrestaurant helfen, in dem sie gerade saßen, und Teena würde auf der Pferderanch ihrer Eltern Reitstunden geben und geduldig die Fragen der Touristen beantworten.

Kaye stand auf und küsste beide Freundinnen flüchtig auf die Wange. »Jetzt muss ich wirklich gehen. Der Mittagsbus ist gerade durch und vielleicht verirrt sich jemand in meinen Laden. Außerdem hast du Kundschaft, Shelley.« Sie deutete auf eine alte Indianerin, die mit ihrem Enkel an einem Tisch in der Ecke die Karte studierte. »Bis heute Abend!«, verabschiedete sie sich.

»Ja, wir sehen uns bei Rob«, erwiderte Teena Tommy, die ein dunkelhäutiges Navajomädchen war und Kayes beste Freundin.

Teena lebte mit ihren Eltern und Großeltern auf einer kleinen Ranch nahe Chinle, am Eingang zum Canyon de Chelly. Die Familie betrieb Pferdezucht und bot Touristen Ausritte in den Canyon an. Teena war eine hervorragende Reiterin und hatte Kaye eine Menge über Pferde beigebracht. In den Sommermonaten war Kayes Freundin dann jedoch immer so eingespannt auf der Ranch ihrer Eltern, dass die beiden kaum Zeit hatten, sich zu sehen. Deshalb freuten sie sich auf die Geburtstagsparty ihres gemeinsamen Kumpels Robert Lindsay, die am Abend steigen sollte.

Kaye winkte ihren Freundinnen zu und grüßte im Hinausgehen Laura Garden, Shelleys Mutter und Besitzerin des Green-Garden-Schnellimbisses. Dann eilte sie über den großen Parkplatz zu ihrem Laden hinter der Shell-Tankstelle. Der dunkle Asphalt glühte unter der Mittagshitze, die Luft flimmerte und machte das Atmen schwer. Nur schnell in den Laden, der zum Glück eine Klimaanlage hatte …

Auf halbem Wege blieb Kaye so abrupt stehen, als hätte ihr jemand einen heftigen Stoß gegen die Rippen versetzt. Nun blieb ihr wirklich die Luft weg. Trotz der Hitze überfiel sie ein Zittern, das bis in die Magengrube zu spüren war. Ihr Herz schlug, als wollte es aus ihrer Brust springen. Vor dem Schaufenster ihres Ladens stand jemand. Sie hatte ihn fünf Jahre lang nicht mehr gesehen und dennoch sofort wiedererkannt, obwohl er ihr den Rücken zuwandte. Das konnte nur *er* sein: Will Roanhorse. Der Adler hatte sein Kommen angekündigt. Aber sie hatte nicht damit gerechnet, dass es *so schnell* passieren würde.

Kayes Beine weigerten sich weiterzugehen, und ihr Körper fühlte sich auf einmal ganz schwer an. Sie sah Wills und ihr eigenes Spiegelbild in der Schaufensterscheibe, und ihr war klar, dass auch er sie sehen musste. Kaye versuchte, ihr Herz zu beruhigen, und schaffte endlich ein paar Schritte auf ihn zu.

»Hallo, Will«, sagte sie zaghaft. *»Yá'át'ééh!«*

Ohne sich umzudrehen, sagte er: »Hallo, Kaye!« Er sprach sehr leise. Langsam wandte er sich vom Schaufenster ab.

Will war einen ganzen Kopf größer als sie, aber das war schon damals so gewesen, als sie noch Kinder waren. Das Erste, was sie sah, als er sich umdrehte, waren seine Augen. Sie schimmerten immer noch schwarz wie die rohe Kohle von der Black Mesa. Doch aus dem schlaksigen Halbwüchsigen war ein junger Mann geworden. Brust und Schultern waren breiter, seine Hände sahen schmal aus und wirkten doch kräftig.

Erst als Kaye bewusst wurde, dass sie Will unverwandt anstarrte, fiel ihr auf, dass er sie mit dem gleichen Blick der Neugier und Verwirrung musterte. Auf einmal spürte sie, wie ihr das Blut in die Wangen schoss. Wie ein sandiger Wüstenwind tobten die verrücktesten Gefühle durch ihren Körper und sie senkte den Blick auf ihre Schuhe. So oft hatte sie sich diesen Moment ausgemalt. Doch jetzt, wo Will vor ihr stand – so nah und doch so fremd –, fühlte sie sich völlig unvorbereitet.

»Großvater Sam hat gewusst, dass du kommst«, sagte sie und strich sich verlegen eine Strähne, die ihrem Haarknoten entschlüpft war, hinter das Ohr. Sie hob den Kopf, versuchte noch einmal, ihn anzusehen.

»Bist du das Empfangskomitee?«, fragte Will mit einem merkwürdigen Lächeln. Es schien ihm Schwierigkeiten zu bereiten, als ob das Lachen wehtun würde.

»Nein.« Kaye schluckte beklommen. Hunderte Male hatte sie sich vorgestellt, wie sie einander in den Armen liegen würden bei diesem ersten Wiedersehen nach so langer Zeit. Doch nun war alles ganz anders. Eine unsichtbare Mauer schien zwischen ihnen zu stehen. Schlagartig erwachte sie aus all ihren Träumen.

»Ich wusste natürlich nicht, dass du heute kommen würdest. Aber Großvater Sam hat behauptet, es würde bald sein.«

»Und, hast du ihm geglaubt?«

»Natürlich«, erwiderte sie, einen Anflug von Trotz in der Stimme. »Warum nicht?«

»Die zehn Jahre sind noch nicht um.«

»Nein«, gab sie zu. »Aber wenn Großvater Sam sagt, du kommst, dann stimmt das auch. Du bist hier, oder?«

Will lächelte. Diesmal klappte es schon besser, das Lächeln erreichte sogar seine Augen. »Großvater ist eben ein weiser Mann.«

In diesem Moment bemerkte Kaye, dass man hinter der Scheibe des Restaurants zu ihnen herübersah. »Ich muss den Laden aufschließen«, sagte sie schnell.

Will deutete in das Schaufenster hinein. »Hilfst du deiner Mutter beim Verkauf?«

Kaye ließ den Schlüssel sinken. Sie starrte ihn an und begriff nicht. Alle Farbe wich aus ihrem Gesicht. Sollte er wirklich nicht …? Wie konnte das sein!

Will schien es unter Kayes Blick unbehaglich zu werden. »Ist alles klar bei dir? Ich hab dich bloß was gefragt.«

Sie wich einen Schritt zurück. »Meine Mutter ist seit zwei Jahren tot, Will. Ich habe es dir geschrieben. In meinen Briefen habe ich dir geschrieben, wie weh es getan hat und wie sehr ich sie vermisse.«

Ein Ausdruck der Bestürzung trat in Wills Gesicht. »Ich habe sie nie gelesen«, stieß er hervor. »Ich habe deine Briefe nicht gelesen.«

Ihr stummes »Warum?« hing in der Luft, aber er gab keine Erklärung.

Abrupt wandte er sich um und ging fort, ohne noch einmal zurückzublicken.

3. Kapitel

Will ist wieder da«, sagte Kaye. Ungewollt zitterte ihre Stimme, als sie ihrem Vater diese Neuigkeit beim gemeinsamen Abendessen offenbarte.

Arthur Kingley hob den Kopf und sah seiner Tochter aufmerksam in die Augen. Er hatte sofort gemerkt, dass etwas nicht stimmte, als sie am späten Nachmittag aus Window Rock zurückgekommen war. Sie hatte verstört gewirkt und war schweigsam gewesen. Aber Arthur hatte sie nicht nach dem Grund dafür gefragt, weil er zu diesem Zeitpunkt keine Antwort von ihr bekommen hätte. Das war typisch für das Volk ihrer Mutter und Arthur hatte es in langen Jahren mühsam lernen müssen. Alles brauchte seine Zeit bei den Navajo. Es hatte keinen Sinn, mit der Tür ins Haus zu fallen.

»Hat er nicht erst die Hälfte seiner Zeit abgesessen?«, fragte Arthur schließlich. Es gelang ihm nicht, seine Beunruhigung zu verbergen.

Dad hat mitgezählt, dachte Kaye, und sich in Sicherheit gewähnt. Nun muss er mit der unerwarteten Tatsache fertigwerden, dass Will wieder da ist. Genauso wie ich.

»Vielleicht hat man ihn wegen guter Führung vorzeitig entlassen. Vielleicht hat sich auch herausgestellt, dass Will unschuldig ist«, erwiderte Kaye gereizt. Sie stocherte lustlos mit der Gabel in dem Essen auf ihrem Teller herum, das langsam kalt wurde.

Arthur zog prüfend die Augenbrauen nach oben. »Hast du Will getroffen?«

»Ja.« Sie nickte. »Er stand auf einmal vor dem Laden. Sehr gesprächig war er nicht.« Ihr traten Tränen in die Augen und Arthur griff nach der Hand seiner Tochter.

»Na komm, nun heul mal nicht. Nach fünf Jahren im Gefängnis ist es nicht so leicht, plötzlich wieder zu Hause zu sein. Niemand weiß, was all die Monate in Will vorgegangen ist. Vielleicht hat er im Gefängnis Schreckliches gesehen oder erlebt, Dinge, die wir uns nicht einmal vorstellen können. Du musst ihm schon etwas Zeit lassen, sich zurechtzufinden im normalen Leben. Sogar Freiheit bedarf einer gewissen Gewöhnung. Für ihn hat sich hier eine Menge verändert. Auch du hast dich verändert.«

Kaye schlug die Hände vors Gesicht und schluchzte laut. Sie hatte mit Ablehnung und Sturheit vonseiten ihres Vaters gerechnet, aber dass er jetzt auf einmal Verständnis signalisierte, brachte sie völlig durcheinander. »Er hat keinen meiner Briefe gelesen, Vater, *keinen*.« Sie schniefte und suchte nach einem Taschentuch.

Arthur schüttelte ungläubig den Kopf. »Das ist allerdings etwas merkwürdig. Dass er dir nie geschrieben hat, fand ich schon seltsam. Aber dass er deine Briefe nicht gelesen hat… Was für einen Grund sollte es dafür geben?«

»Es waren 99 Stück, Daddy. 99 ungelesene Briefe«, stieß sie hervor. »Ich habe Stunden damit verbracht, ihn an meinem Leben teilhaben zu lassen. Und er hat all die Jahre nichts von mir wissen wollen. Er wusste nicht mal, dass Mom tot ist.«

Arthur fuhr seiner Tochter zärtlich übers Haar, das unter seinen Fingern leise knisterte. »Es gibt noch andere junge Männer als diesen Will Roanhorse«, sagte er sanft. »Ich muss zugeben, es verursacht mir einige Bauchschmerzen, dass meine Tochter in jemanden vernarrt ist, der einen Menschen auf dem Gewissen hat.«

Vernarrt, dachte Kaye empört. Das hörte sich an, als wäre sie immer noch zwölf Jahre alt und als wären ihre Gefühle für Will die eines Kindes. Aber so war das nicht. Schon lange nicht mehr und erst recht nicht, seit sie ihm heute begegnet war. Ihr Inneres war ein einziges Chaos, so aufgewühlt und durcheinander war sie seit dem Tod ihrer Mutter nicht mehr gewesen.

Kaye wusste, es hatte ihrem Vater ganz gut in den Plan gepasst, dass sie in den vergangenen Jahren keinen Blick für Jungs gehabt hatte, weil sie nur an Will dachte. Ihr Freund Rob hatte seine Mutter und Kayes Vater vor einiger Zeit bei einem Gespräch belauscht und ihr alles brühwarm erzählt.

»Du bist ein braves Mädchen, hat dein Dad gesagt, um das man sich nicht sorgen muss und das nie Ärger macht.« Robs Augen hatten dabei spöttisch gefunkelt.

»Und was hat er noch gesagt?«, hatte Kaye gefragt.

»Dass er Will Roanhorse nicht mag.«

Dad mag Will nicht. Daran musste sie jetzt denken.

»Es war ein Unfall«, erwiderte Kaye trotzig, fest entschlossen, an Wills Unschuld zu glauben. All die Jahre hatte sie sich an diesem Gedanken festgehalten. Will Roanhorse hatte ein gutes, ein mitfühlendes Herz, und sie liebte ihn, seit er ihr Jazz geschenkt hatte.

Arthur schüttelte den Kopf. »Die Richter sahen das anders, Kaye.«

»Weil er ein Indianer ist«, verteidigte sie ihn.

»Vielleicht war es ein Unfall«, sagte Arthur. »Aber Will ist in die Wohnung seines Direktors eingedrungen und auf den Mann losgegangen. Du erwartest doch nicht, dass ich das normal finde?«

Kayes Tränen waren getrocknet. »Ich glaube, er hatte einen Grund für das, was er getan hat. Irgendetwas muss da passiert sein. Will war nie gewalttätig, Vater, ich kenne ihn.«

»Du *kanntest* ihn, Kaye. Damals war er noch ein Kind. Jetzt ist er ein Mann von zwanzig Jahren.«

»Neunzehn«, verbesserte sie ihren Vater und begann, das Geschirr vom Tisch in die Spülmaschine zu räumen.

Mochte er denken, was er wollte. Sie wusste, Will Roanhorse war kein schlechter Mensch. Und für das, was er getan hatte, war er bestraft worden. Mit fünf langen Jahren hinter Gefängnismauern.

»Deine Mutter hat Will geliebt wie einen eigenen Sohn«, sagte Arthur mit belegter Stimme.

Kaye nickte. »Mom war eine echte Navajo. Sie liebte ihr Volk. Sie liebte auch die, die vom Pfad der Schönheit abgekommen waren.«

»Und sie liebte mich«, sagte Kingley.

Bevor John Roanhorse sich zur Armee gemeldet hatte und nach Deutschland versetzt worden war, hatten Wills Vater und Kayes Mutter ein Verhältnis gehabt. Arthur war durch einen Zufall dahintergekommen. Es war eine schlimme Zeit gewesen, in der sie versucht hatten, Kaye nichts von ihren Problemen merken zu lassen. Das war ihnen gelungen. Bis heute wusste das Mädchen nichts davon und dabei sollte es auch bleiben.

Kaye lächelte ihren Vater traurig an. »Ja, vermutlich hatte Mom vor Liebe zu dir den Verstand verloren, denn sonst hätte sie niemals so ein rothaariges, sommersprossiges Bleichgesicht geheiratet.«

Bilagáana – weiße Person, hatte Sophie Arthur manchmal genannt, wenn sie wütend auf ihn gewesen war. Sie hatte es aber auch hin und wieder zärtlich gesagt.

Kaye legte ihm versöhnlich einen Arm um die Schulter. »Ich liebe dich, Daddy.« Sie gab ihm einen Kuss auf die

Wange – dorthin, wo die Haut weich und ohne Bartstoppeln war. »Ich fahre jetzt rüber zu Rob nach Window Rock, er hat heute Geburtstag. Warte nicht auf mich, ich schlafe bei Shelley.«

Arthur Kingley seufzte. Kaye war siebzehn und schön wie ein erwachender Morgen. Noch konnte er von ihr verlangen, in der Nacht nach Hause zu kommen. Aber das würde die Beziehung zwischen ihnen nicht einfacher machen. In letzter Zeit widersprach sie ihm oft und hatte aufgehört, seine Ratschläge zu beherzigen. Er hatte Angst, sie zu verlieren, und wusste nicht, wie er es verhindern konnte. War er zu streng, schürte das ihren Trotz und ihren Widerstand nur noch mehr. Also ließ er sie schweren Herzens ziehen.

»Grüß Robert von mir«, sagte er, »Garland und Rita auch.«

Kaye ahnte, dass es ihrem Vater schwerfiel, sie nicht zu bitten, doch nach Hause zu kommen. Dass es ihm schwerfiel, ihr nicht zu sagen, dass sie vorsichtig sein sollte, denn in der Nacht war es gefährlich auf den Straßen im Reservat. Auf einer dieser einsamen Straßen war ihre Mutter gestorben.

Aber sie konnte Auto fahren, seit sie dreizehn war. Und sie konnte es gut, davon hatte er sich mehr als einmal überzeugt. Ihr Vater tat ihr leid, als sie ihn so hilflos sah, aber er würde begreifen müssen, dass sie kein Kind mehr war.

»Mach ich, Daddy.«

Kaye sprang die Treppen hinauf in ihr Zimmer. Sie duschte, schlüpfte in ihre Lieblingsjeans – die ausgeblichene mit dem Loch im Knie – und holte ihre weiße Leinenbluse aus dem Schrank. Ihr schweres, leicht rötlich schimmerndes Haar steckte sie am Hinterkopf wieder zu einem Knoten zusammen. Diesen Knoten hatte ihre Mutter sie gelehrt. Sie brauchte nur zwei gebogene Silbernadeln, um ihn zu befestigen.

Kaye war froh, dass sich – was ihr Äußeres betraf – die Gene ihrer Mutter durchgesetzt hatten. Zugegeben, der rötliche Schimmer in ihrem Haar und die blauen Augen waren nicht sehr indianisch, aber ihre Haut schimmerte dunkel wie die Schale einer Haselnuss, und die winzigen Sommersprossen auf der Nase konnte man nur entdecken, wenn man ihrem Gesicht ganz nahe war.

Eine »gute Mischung« hatte Sophie ihre Tochter immer stolz genannt und das stimmte wohl auch. Jeder in Window Rock und Umgebung mochte Kaye. Ihre weißen Freunde und die Eltern ihrer weißen Freunde. Leute, die es wie Arthur Kingley aus irgendeinem Grund ins Navajo-Reservat verschlagen hatte und die auf diesem Land sesshaft geworden waren – mit Navajo- und Hopi-Indianern als Nachbarn. Und auch die Indianer mochten Kaye, obwohl sie Kingley hieß und zur Hälfte weiß war. Namen zählten im Res nicht viel, der Clan war wichtig. Kaye war vom Red House Clan, weil ihre Mutter diesem Clan angehört hatte. Und ihr Großvater mütterlicherseits hatte zum Bitter Water Clan gehört. Das war es, was sie wissen musste, wenn sie sich jemandem vorstellte.

Von ihren Schmuckstücken wählte Kaye eine dünne silberne Kette mit einer kleinen Türkisschildkröte und einen breiten Silberarmreif mit eingeritzten Spiralen, die dunkel gefärbt waren vom Säurebad. Sie besaß eine Vielzahl wunderschöner Schmuckstücke, die meisten hatte sie zu ihrer *kinaaldá* bekommen, ihrer Reifezeremonie. Die beiden Stücke, die sie für den Abend ausgewählt hatte, mochte sie am liebsten.

Kaye packte ihren Schlafsack in den Jeep und fuhr die

dreizehn Meilen nach Window Rock bis zum Haus der Familie Lindsay. Roberts Eltern betrieben die Shell-Tankstelle unten im Ort. Ihr großes, weiß gestrichenes Holzhaus hatten sie sich auf dem felsigen Hügel hinter dem Black Creek gebaut. Wie ein strahlendes Herrenhaus stand es da, umgeben von bewässertem Rasen und zerklüfteten roten Geröllfelsen. Der Kontrast des grünen Rasens zur trockenen roten Erde und den Felsen wirkte unnatürlich und beinahe grotesk. So etwas hatte Kaye sonst nur in Page gesehen, wo man inmitten der roten Steinwüste einen Golfplatz für reiche Urlauber angelegt hatte.

Kaye parkte ihren Wagen neben den anderen vor dem Haus. Sie ging hinein und wurde von gut gelaunten jungen Leuten fröhlich begrüßt. Roberts Gäste waren weiße und indianische Jugendliche, wobei die Navajo offensichtlich in der Minderzahl waren. Kaye kannte sie alle, die meisten stammten aus den umliegenden Ortschaften und waren mit ihr in Fort Defiance zusammen zur Schule gegangen.

Sie überreichte Robert sein Geschenk und er packte es gleich aus. Es war ein Bolo Tie, der Krawattenersatz des Südwestens. Ein handgeflochtenes schwarzes Lederband mit silbernen Enden und einem Schieber aus Sterling-Silber in Form eines Adlers. Kaye wusste, dass Robert nach dem Sommer weggehen würde, und er sollte eine Erinnerung an sie besitzen. Das Stück war wertvoll und sehr schön. Großvater Sam hatte es gemacht.

Robert, ein drahtiger Junge mit kinnlangem braunen Haar, umarmte sie und sagte: »Das ist schön – und du bist ziemlich verrückt, mir so etwas Wertvolles zu schenken.«

»Wenn du es trägst, dann denk an mich. Und denk an dein Zuhause«, sagte sie lächelnd.

Robert nickte und legte es gleich um. Kaye half ihm, bis

das Schmuckstück saß und seinen Hemdkragen perfekt abschloss.

»Warum hast du eigentlich deinen Freund nicht mitgebracht?«, fragte Robert beiläufig, während er sich im Spiegel bewunderte.

Sie sah ihn entgeistert an, aber sein Gesicht war voller Aufrichtigkeit. Schon wollte Kaye etwas erwidern, da kam Shelley in die Diele gestürmt und umarmte sie überschwänglich und kicherte.

»Du siehst toll aus, Kaye. Schade, dass du deinen Will nicht mitgebracht hast, ich hätte ihn gerne kennengelernt.«

Shelley hielt ihre Liebe zu diesem Indianer, der im Gefängnis gesessen hatte, für romantische Schwärmerei, das wusste Kaye genau. Shelley glaubte, ihre Freundin wolle sich damit ein bisschen wichtigtun, und nahm ihr das auch nicht übel. In den vergangenen Jahren hatte Kaye ein sehr zurückgezogenes Leben geführt, vor allem was Jungs betraf. Während Shelley die Freunde so häufig gewechselt hatte wie ihre T-Shirts. Ein wenig Romantik und Aufmerksamkeit hatte sie sich nach Meinung ihrer weißen Freundin also allemal verdient.

Shelley hatte nichts gegen Indianer, aber sie machte auch kein Geheimnis daraus, dass ihr dieser Menschenschlag in seinen Denk- und Verhaltensweisen immer fremd geblieben war. Auch durch ihr enges Zusammensein mit Kaye und Teena Tommy hatte sich daran nicht wirklich etwas geändert. Bis jetzt hatte sie keine Freundschaft mit einem Navajo-Jungen angefangen, und Kaye glaubte auch nicht, dass Shelley das je tun würde. Eines Tages würde sie einen weißen Jungen heiraten und nach Kalifornien ziehen, so viel war schon mal klar.

»Warum musstest du es herumerzählen?«, fragte Kaye ihre Freundin vorwurfsvoll.

Shelley hob die Schultern. »Nun hab dich nicht so. In ein paar Tagen hätten es sowieso alle gewusst. Das ist schließlich eine aufregende Sache.«

»Diese *aufregende Sache* betrifft mich, Shelley. Und ich dachte, wir wären Freunde.«

»Ach, komm, nun mach aus einer Mücke keinen Elefanten. Ich hab schließlich kein großartiges Geheimnis verraten«, verteidigte sich Shelley.

»Nein, hast du nicht. Aber du hast mich in eine blöde Situation gebracht. Ich merke doch, wie alle mich anstarren und tuscheln.« Enttäuscht ließ Kaye Shelley stehen, um nach Teena zu suchen.

Teena hätte niemals geplaudert, das war nicht ihre Art. Obwohl Kaye versuchte, es Shelley nicht merken zu lassen, fühlte sie sich Teena Tommy tiefer verbunden als der gemeinsamen weißen Freundin. Vielleicht lag es an der Selbstverständlichkeit, mit der sie mit dem Navajo-Mädchen über alles sprechen konnte – sogar über Dinge, die jenseits der sichtbaren Welt lagen. Mit Teena konnte sie auch ganz anders über Will reden und über ihre Gefühle für ihn. Teena verstand Kaye sogar manchmal, ohne dass sie reden mussten.

Kaye begrüßte nach und nach die anderen Gäste, ließ ein paar Umarmungen über sich ergehen und wich Fragen nach Will geschickt aus. Sie sah Mike Northridge, den pickeligen Sohn des Bingohallenbesitzers, mit einer Bierflasche in der Hand in einer Ecke lümmeln und drückte sich schnurstracks aus seinem Blickfeld. Mike verehrte Kaye wie eine indianische Göttin, war aus diesem Grund allerdings meistens zu schüchtern, um mit ihr zu sprechen. Wahrscheinlich trank er sich gerade Mut an, das war kein gutes Zeichen.

Endlich entdeckte sie Teena hinter dem Haus am Pool. Sie unterhielt sich mit Charlie Tsoosi, einem älteren Jungen aus Fort Defiance. Teena mochte Charlie, aber soweit Kaye wusste, hatte er ihr bisher nur wenig Aufmerksamkeit geschenkt. Vielleicht änderte sich das jetzt. Jedenfalls machte es den Eindruck, so wie die beiden ihre Köpfe zusammensteckten.

Charlie war ein stattlicher junger Mann mit drahtigen Muskeln und einem fein geschnittenen Gesicht. Wenn da nicht die Narben wären und dieser rebellische Zorn in seinen dunklen Augen, hätte jeder ihn auf Anhieb sympathisch gefunden. Kaye hätte gerne mit Teena geredet, hielt es jedoch für besser, ihre Freundin jetzt nicht zu stören.

Am Tisch mit der Erdbeerbowle traf Kaye auf Rita Lindsay, Roberts Mutter. Sie war eine blonde, warmherzige Frau, die Kaye immer an eine gute Märchenfee erinnerte.

»Ich habe dich lange nicht gesehen, Kaye«, sagte sie. »Schön, dass du gekommen bist.«

»Ja, es ist ein tolles Fest.«

»Na, schließlich wird man nur einmal achtzehn.« Rita lachte und fragte: »Wie geht es eigentlich deinem Vater? Er lässt sich überhaupt nicht mehr blicken.«

»Gut«, sagte Kaye. »Er lässt Sie grüßen. Dad hat viel Arbeit, wie immer. Aber wenigstens ist die Schafschur jetzt vorbei.«

»Warum kommt er nicht mehr zum Pokern?«, fragte Roberts Mutter. »Wir spielen immer noch jeden Samstagabend.«

»Keine Ahnung. Aber ich glaube, ihm ist nicht nach Gesellschaft. Er vergräbt sich in seiner Arbeit. Mom fehlt ihm.«

»Dann sag ihm, wir vermissen ihn, und es wäre schön, wenn er wieder zu unserer Pokerrunde kommen würde.«

Kaye nickte. Sie mochte Rita Lindsay. Rob hatte eine Menge von seiner Mutter: das offene Wesen, die schlanke Gestalt und sein hübsches Gesicht. Außerdem besaß er einen ausgeprägten Gerechtigkeitssinn, was ihn immer wieder bei seinem geschäftstüchtigen Vater anecken ließ. Manchmal fragte sich Kaye, wie es eine Frau von Rita Lindsays Natur überhaupt mit einem Mann wie Garland aushalten konnte. Einem Mann, der vor allem anderen immer zuerst an seinen Gewinn dachte. *Mr Béeso* nannten ihn die Navajo. *Mr Money*.

Außer der Tankstelle im Ort besaß Garland Lindsay noch Anteile an der Kohlemine auf der Black Mesa. Die Peabody Coal Mine Company betrieb dort einen der größten Kohletagebaue Nordamerikas. Navajo und Hopi waren von ihrem Land vertrieben worden und darüber erneut in Streit geraten, wem das Land nun eigentlich gehörte und wer das Zinsgeld von der Peabody Coal Mine Company eintreiben durfte. Damals hatten die Betreiber versprochen, das Land nach drei Jahren wieder zu kultivieren und den Indianern zur Nutzung zurückzugeben. Das war vor dreißig Jahren gewesen. Und unter der gesamten Black Mesa lag so viel Kohle, dass der Bergbau noch mehr als 60 Jahre weitergehen konnte.

Schaufelbagger rissen die Erde auf und vertrieben Navajo-Familien mit ihren Schafherden vom angestammten Weideland. Chemikalien von den Sprengungen vergifteten das Wasser und ließen Tiere und Pflanzen sterben. Nur wenige Indianer bekamen einen Job im Bergwerk und konnten so ihre Familien ernähren. Die meisten verloren durch den Kohlebergbau ihr Land, ihr Vieh und damit die Chance, auch in harten Zeiten zu überleben.

Für die Indianer war die Erde wund und zornig. Und wenn das Land unglücklich war, dann waren es auch seine

Bewohner. Deshalb hassten die meisten Indianer die Kohlemine und *Mr Béeso* mochten sie auch nicht.

Kaye hatte in all den Jahren, in denen sie Rob kannte, nur wenige Worte mit seinem Vater gewechselt, weil der es stets eilig hatte. Geschäftsmänner waren eben geschäftige Männer. Immer auf der Jagd nach dem Profit. Deshalb gab es so wenige Geschäftsleute unter den Indianern.

Wenn ein Navajobaby geboren wurde, durfte es nicht mit Silberknöpfen oder kostbaren Steinen geschmückt werden, weil sein Herz rein bleiben und noch nicht von materiellen Dingen Besitz ergreifen sollte. Erst wenn ein Kind laut zu lachen begann, wurde ein großes Schenkungsfest abgehalten. Dann bekam das Kind Süßigkeiten, Früchte, Geldstücke und Steinsalz, das symbolische Geschenk der Salzfrau, die zu den Wissenden Leuten gehört. Im Reservat sagt man, dass sich ein Kind, für das keine Schenkungsfeier abgehalten wurde, zu einem eigennützigen Menschen entwickelt, der nicht bereit sein wird, seinen Reichtum mit anderen zu teilen. Das war die einfache Erklärung der Navajo dafür, warum die meisten *bilagáana* versuchten, ihren Besitz auf jede erdenkliche Weise zu vermehren, und warum sie ihn nur in seltenen Fällen mit anderen teilten.

Kaye saß in Roberts Zimmer und starrte abwesend vor sich hin, als Teena hereinkam.

»Hey«, sagte Teena und umarmte Kaye. »Was machst du denn hier so ganz allein? Siehst traurig aus. Eigentlich müsstest du der glücklichste Mensch der Welt sein, jetzt wo Will wieder da ist.«

»Alle wissen es schon.« Kaye sah ihre Freundin an, als könnte sie an dieser Tatsache noch etwas ändern.

»Tja, in abgelegenen Gegenden verbreiten sich Neuigkeiten nun mal schneller als der Wind.« Teena setzte sich neben Kaye auf Roberts Bett. »Es ist nur unangenehm, wenn der Klatsch einen selbst betrifft.«

»Es war Shelley, sie hat es überall herumerzählt.«

»Nimm es ihr nicht übel«, sagte Teena. »Shelley findet die Romanze zwischen dir und Will eben aufregend.«

»Romanze?« Kaye schüttelte unwillig den Kopf. »Das soll wohl ein Witz sein? Er hat keinen einzigen meiner Briefe gelesen.«

»Das ist nicht wahr!«

»Doch. Er hat es mir selbst gesagt und ich glaube ihm.«

»Aber warum nicht?«, fragte Teena. »Ich verstehe das nicht.«

»Ich auch nicht. Vielleicht will er einfach nichts mehr mit mir zu tun haben.« Tränen stiegen Kaye in die Augen und sie schaute nicht auf.

Teena strich ihrer Freundin tröstend über den Rücken. »Das glaube ich nicht. Lass ihm einfach etwas Zeit, er wird es jetzt schwerhaben.«

Kaye nickte, wischte sich mit dem Handrücken ein paar Tränen aus den Augenwinkeln. Sie wusste, dass Will es schwerhaben würde. Deswegen wollte sie ihm ja helfen, für ihn da sein. Sie hatte sich das alles ganz einfach und wunderbar vorgestellt. Doch es versprach, alles andere als einfach zu werden.

Sie schniefte und versuchte ein Lächeln. »Nun erzähl schon, wie ist es mit Charlie Tsoosie denn so? Ich habe euch unten am Pool sitzen sehen.«

Teenas Gesicht verdunkelte sich und sie schaute auf ihre Hände herab. »Ich mag ihn, und ich glaube, er mag mich auch.«

»Das ist doch toll, Teena. Ich freue mich für dich.«

Teena warf einen hastigen Blick zur Tür und sagte leise: »Er gehört einer Gang an, Kaye. Sie trinken, handeln mit

Drogen und Alkohol, und wenn sie sich mit einer verfeindeten Gang in die Haare kriegen, wird auch mal schnell das Messer gezückt.« Sie schüttelte traurig den Kopf. »Charlie hat versucht auszusteigen, aber sie lassen ihn nicht. Sie haben ihm aufgelauert, ihn gequält, ihm keine Ruhe gelassen. Bis er wieder mitgezogen ist. Deswegen hat er mir auch nicht gezeigt, dass er mich mag. Er wollte mich da nicht reinziehen.«

Daher also die Narben. Kaye schluckte betroffen. »*Hóyéé*, das ist ja furchtbar. Was wollt ihr denn jetzt tun?«

»Keine Ahnung. Aber wenn meine Eltern erfahren, dass ich mit Charlie zusammen bin, werden sie mich zu Hause einsperren, bis aus mir eine alte Schachtel geworden ist.«

Kaye dachte einen Augenblick nach, dann legte sie den Arm um Teenas Schulter. »Ich könnte meinen Onkel bitten, Charlie zu helfen.«

Teena machte sich los, plötzlich Panik im Gesicht. »Deinen Polizistenonkel? Tu das nicht, Kaye, dann bringen sie Charlie gleich um. Und glaub mir, ich weiß, wovon ich rede.«

Robert betrat sein Zimmer und die Mädchen fuhren erschrocken auseinander. Der Junge stemmte die Fäuste in die Hüften und fragte kopfschüttelnd: »Was macht ihr denn hier? Eine Privatparty? Falls es euch entgangen ist: Ich habe heute Geburtstag. Eure Jungsgeschichten könnt ihr euch doch auch ein anderes Mal erzählen.« Er schnappte sich Kayes Hand und zog sie auf die Beine. »Na los, ihr beiden! Unten wird getanzt und es herrscht akuter Frauenmangel.«

Obwohl Kaye keine Lust hatte, folgte sie Robert nach unten, wo inzwischen eine Art Disco stattfand. Sie tanzte mit Rob und danach (es ließ sich nicht vermeiden) zweimal mit Mike Northridge. Aber als der blassnasige Junge, kühn vom Alkohol, die Kontrolle über seine Hände verlor, wurde es ihr zu bunt, und sie machte sich von ihm los.

»Ich glaube, das reicht jetzt«, sagte sie mit energischer Stimme und trat zwei Schritte zurück.

Mike wurde schlagartig nüchtern und bekam rote Ohren. Starr wie eine Felssäule blieb er inmitten der Tanzenden stehen, als Kaye sich umdrehte und eilig nach draußen verschwand.

Wahrscheinlich ist Mike Northridge der Einzige unter den Gästen, der noch nichts von Wills überraschender Rückkehr gehört hat, ging es Kaye durch den Kopf. Sie setzte sich auf die breiten Steinstufen vor dem Hauseingang und lauschte dem sirrenden Geräusch der Sprinkleranlage, die den Rasen bewässerte. Es war schon dunkel, doch ein voller Mond tauchte alles in geisterhaft helles Licht. Ihrer glühenden Farben beraubt, wirkten die Felsen, die das Haus umgaben, wie Festungen aus der Unterwelt.

Kaye hörte die Musik und das Lachen der anderen aus dem Haus dringen. Sie hatte keine Lust mehr auf Party. Will geisterte in ihrem Kopf herum, und vermutlich würde sie nicht eher Ruhe finden, bis sie wusste, woran sie mit ihm war.

Was er jetzt wohl gerade machte? Vielleicht saß er mit seinem Großvater in der Küche am Holztisch und erzählte. Wie gern wäre sie dabei! Sie wollte hören, was Will zu erzählen hatte, was in seinem Inneren vor sich ging. Und sie wollte wissen, ob das Versprechen, das er ihr einst gegeben hatte, noch Gültigkeit besaß.

Als wäre es gestern gewesen, erinnerte sie sich daran, wie unglücklich sie gewesen war, als Will auf diese Schule in New Mexico gehen musste. Beim Abschied hatte sie geheult und er – selbst den Tränen nah – war vollkommen durcheinander gewesen.

»Nicht weinen, Kaye«, hatte er gesagt. »Ich komme doch in den Ferien wieder.«

»Wie soll ich das aushalten?«

»Indem du an was Schönes denkst.«

»An was denn?«, hatte sie gefragt und herzzerreißend geschluchzt.

Das hatte Will endgültig aus der Fassung gebracht, weil er es nicht gewöhnt war, dass sie weinte. »Na, an unsere Hochzeit zum Beispiel.«

Damals hatte sie nicht im Geringsten daran gezweifelt, dass er es ernst meinte. Ihr Tränenstrom war augenblicklich versiegt. »Wir heiraten?«

»Klar.«

»Versprochen?«

»Versprochen.«

Wenn sie jetzt daran zurückdachte, wie furchtbar der Abschied gewesen war, dann hatte sie das Gefühl, als ob sie beide damals schon geahnt hätten, dass die unbeschwerte Zeit der Kindheit vorüber war.

Shelley kam aus dem Haus. Als sie Kaye sah, kam sie zu ihr und hockte sich vor ihre Knie. »Bist du mir jetzt böse?«, fragte sie zerknirscht.

»Du hättest es nicht überall herumerzählen dürfen«, sagte Kaye. »Wills Chancen, einen Job zu finden, stehen schlecht, wenn jeder hier weiß, dass er im Gefängnis war.«

»Ach, Kaye, das wissen doch sowieso alle. Meine Mutter hat ihn heute gleich wiedererkannt, als er auf dem Parkplatz stand. Fünf Jahre sind eine lange Zeit, aber nicht lang genug, um jemanden zu vergessen.« Shelley, deren Stimme auf einmal ernst klang, seufzte. »Es tut mir trotzdem leid. Ich wusste nicht, dass es dich so sehr stören würde, wenn ich den anderen von dir und Will erzähle.«

Kaye erhob sich und zog ihre Freundin mit auf die Beine. Sie hatte einen Entschluss gefasst. »Dafür musst du mir einen Gefallen tun«, sagte sie bestimmt.

»Ich tue alles für dich, wenn du mir nur nicht mehr grollst.« Shelley lächelte verschmitzt, denn sie kannte ihre Freundin und wusste, dass Kaye nie lange böse sein konnte.

»Ich werde jetzt fahren«, sagte Kaye. »Wenn jemand nach mir fragen sollte, dann sag, ich hätte Kopfschmerzen gehabt und mich schon schlafen gelegt.«

»Und wenn dein Vater hier anruft, weil er sich Sorgen macht?«

»Ich habe Dad gesagt, ich würde bei dir übernachten.«

Shelley grinste koboldhaft. »Alles klar. Ich werde schweigen wie ein Grab, aber nur wenn du mir morgen alles haarklein erzählst.«

Darauf gab Kaye keine Antwort. Denn heute Abend hatte sie beschlossen, Shelley besser nichts mehr zu erzählen.

4. Kapitel

Der schwarze Himmel über dem hohen Felsen war übersät mit funkelnden Sternen. Will starrte hinauf in den von winzigen Lichtpunkten durchlöcherten Nachthimmel und Tränen rannen unaufhaltsam über seine Wangen. Zwei Jahre lang hatte er das Sternenvolk nicht mehr gesehen. Kaum jemand konnte nachvollziehen, was das für einen wie ihn bedeutete, der seine Kindheit meist im Freien und im Einklang mit den alten Bräuchen verbracht hatte.

Hózhó. Wandle in Schönheit.

Jetzt bekam der Grundsatz der Navajo-Welt für ihn wieder einen Sinn. Seine Gefängniszelle in Gatesville hatte nur ein kleines Fenster gehabt, das in den Innenhof hinausging. Ein überhängendes Dach und eine hohe Backsteinmauer auf der gegenüberliegenden Seite hatten ihm die Sicht auf das Sternenvolk genommen. Und die Rundgänge im Freien waren immer am zeitigen Nachmittag gewesen, wenn die Sterne noch im Tageslicht verborgen waren.

Will hatte Hank, seinem Freund und Zellennachbarn, immer wieder die Geschichte vom Sternenvolk erzählen müssen. Wie es war, damals, ganz am Anfang, als Erster Mann und Erste Frau die Sterne noch wohlsortiert unter ihrer gewebten Decke verwahrt hatten. Und dann, gerade als sie sich daranmachen wollten, sie fein säuberlich geordnet am Himmelszelt aufzuhängen, kam Übeltäter Kojote, stahl ihnen die Decke und wirbelte das Sternenvolk durcheinander. In diesem heillosen Durcheinander funkelten sie seither vom Nachthimmel.

Im Gefängnis hatte die Geschichte Will jedes Mal traurig gemacht. Jetzt trank er die kühle Luft der Nacht und ergab sich vollkommen der Endlosigkeit des Universums, das ihn wie eine schützende Decke einhüllte. Will versuchte, das Land zu erspüren; das Ankommen auf vertrautem Boden. Jeden Atemzug schöpfte er tief aus, bis seine nackte Brust zu zerspringen drohte. Mühsam versuchte er zurückzufinden; zurück zu den wahren, den wirklich wichtigen Dingen im Leben eines Navajo: dem Land, dem Wasser, den Tieren und den Pflanzen.

Vielleicht war es noch nicht zu spät. Vielleicht war es den Aufsehern und den anderen Häftlingen im Gefängnis doch nicht gelungen, ihm seine Seele zu stehlen. Auch wenn er sich oft kalt und leer gefühlt hatte, nach allem, was er gesehen und erlebt hatte. Wenn er es schaffte, diese Dinge zu vergessen, dann konnte er vielleicht die Zeit vor dem Gefängnis wieder lebendig werden lassen, um an die Zukunft anzuknüpfen.

Zukunft? Was war das überhaupt für ihn? Während der zäh dahinfließenden Stunden in seiner Zelle hatte er eins begriffen: Das Big Res, das große Navajo-Reservat, war seine Vergangenheit und seine Zukunft. Er hoffte, dort sein Leben zurückzubekommen.

Aber nun, da er wieder hier war, wusste er plötzlich nicht mehr, wie er es anfangen sollte. Wo begann der Weg, den er gehen musste, um zu Harmonie und Schönheit zurückzufinden? Begann er hier, zwischen den roten Felsen? War er stark genug, ihn allein zu gehen?

Obwohl Will ahnte, dass er es nicht alleine schaffen würde, wollte er es doch versuchen. Denn wenn er jemandes Hilfe beanspruchte, würde er erzählen müssen, was damals vor fünf Jahren wirklich passiert war. Und das konnte er nicht. Unmöglich.

Will hockte am Fuße des Finger Rock, einem senkrecht aus dem Boden steigenden, bei Tage rötlich gelben Sandsteinmassiv. Fast zwanzig Meter ragte es in die Höhe und hatte die Form einer verwachsenen Hand mit sieben Fingern. Es war ein magischer Ort; ein Ort voller Kraft – sein Lieblingsplatz. Hier wollte er den Jungen wiederfinden, den er vor sieben Jahren zurückgelassen hatte, als sein Vater ihn auf dieses Internat nach New Mexico schickte. Dorthin, wo alles Unglück begann.

Will sträubte sich gegen die Erinnerung, der er hilflos ausgeliefert war. Es würgte ihn in der Kehle, und er holte tief Luft, um den Geruch des brennenden Holzes einzusaugen. Die Nacht war kühl, aber Will hatte ein wärmendes Feuer aus Wacholderzweigen zu seinen Füßen. Sehr lange hatte er vor keinem lebendigen Feuer mehr gesessen und es gefüttert. Er liebte den aromatischen Geruch des brennenden Holzes, das Knacken der Äste, wenn die Feuchtigkeit in ihnen sich ausdehnte.

Die Flammen warfen den Schatten seines Körpers an den roten Stein des Felsens und ließen ihn dort tanzen. Seine Brust glühte vor Hitze und sein Rücken war empfindlich kalt. In diesem Moment spürte er seinen Körper so lebendig wie lange nicht mehr. Er war frei. Sein Körper war frei. Aber etwas hielt seine Seele immer noch gefangen.

Mit zwei Fingern schmierte Will sich feuchten weißen Lehm aus einer Tonschale ins Gesicht und sang dabei leise auf Navajo vor sich hin.

Nahasdzáán nihimá.
Yádilhil nihitaa'.
Jíhonaa'éí nihik'éé' diildíín.
Tléhonaa'éí dó'.
Éí bik'ehgo kééhwiit'í.

Die Erde ist unsere Mutter.
Der Himmel ist unser Vater.
Die Sonne gibt uns Licht.
Der Mond tut es.
Alle wurden gemacht, damit wir mit ihnen leben.

Die Worte kamen tief aus seinem Inneren, und tiefer noch: aus dem Inneren der Erde. Seine Stimme war erst unsicher und brüchig, doch dann wurde sie fester und dunkel wie die Nacht über dem Finger Rock. Während Will sang, spürte er, wie das Land ihn willkommen hieß. Sein Körper berührte den Boden, die Geister hörten seinen Atem, der Felsen erkannte seine Stimme. Die kleinen Tiere, die Erdleute, lauschten seinem Gesang und beobachteten aus sicheren Verstecken sein Treiben. Erdleute, Sternenvolk und Pflanzenleute hießen ihn willkommen.

Vielleicht war das der Anfang des Weges. Vielleicht konnte die heimatliche Erde ihn heilen. Denn Heilung brauchte er, da machte Will sich nichts vor. Ein heiseres Schluchzen kam aus seiner Kehle.

Plötzlich hörte er das leise Knacken von trockenem Holz. Er riss seinen Blick aus dem Feuer und starrte in die Dunkelheit. Aber seine Augen waren geblendet von den heißen Flammen. Er sah nur rötliche Geister durch die Nacht tanzen. Tiergestalten mit rot glühenden Augen, langen Krallen und gebleckten Zähnen. Weiß der Teufel, wo die plötzlich hergekommen waren.

Will stöhnte. Erst als seine Augen sich an die Dunkelheit gewöhnt hatten, sah er die einsame Gestalt auf der Wiese stehen.

»Hallo, Will!«, sagte Kaye. Sie spürte, dass sie ihn bei etwas Persönlichem gestört hatte. Aber der Zeitpunkt, unbemerkt wieder zu verschwinden, war verstrichen.

»*Yá'át'ééh*, Kaye«, begrüßte Will sie auf Navajo, und nach kurzem Zögern winkte er sie heran.

»Möchtest du allein sein?«, fragte sie. »Dann verschwinde ich wieder.«

Aber er wies neben sich auf die Wiese und sagte: »Setz dich!«

Froh, dass Will über die Störung nicht verärgert war und sie nicht wieder fortschickte, ließ Kaye sich neben ihm nieder. Sie zog die Beine an die Brust und schlang ihre Arme um die Knie.

Es fiel ihr schwer, Will anzusehen, denn mit seiner hellen Lehmmaske und den dunklen Augenlöchern sah er aus wie ein Geist.

Eine Weile herrschte Stille, nur das Knacken der Äste im Feuer war zu hören.

»Da ist ein Loch in deiner Hose«, bemerkte Will schließlich.

Nun blickte sie ihn doch an und sah ein Lächeln in seinen schwarzen Augen. Für einen Augenblick entdeckte Kaye in diesem Lächeln jenen Jungen, den sie einmal gekannt und geliebt hatte, und sie schauderte vor Freude. Es war schön, in Wills Nähe zu sein und dieselbe Luft zu atmen wie er.

Kaye verdeckte das Loch in ihrer Hose mit der flachen Hand und fragte: »Verrätst du mir, was du hier machst, oder ist das ein Geheimnis?«

Wills Gesicht unter seiner Lehmmaske wurde wieder

ernst. »Ich praktiziere meine wiedergefundene Freiheit. Ist komplizierter, als ich dachte.«

Kaye nagte nervös an ihrer Unterlippe. »Ich wusste, dass du hier sein würdest.«

Will wich ihrem Blick aus. »Du hast viel Zeit mit meinem Großvater verbracht«, sagte er und legte neue Wacholderzweige ins Feuer. Es knisterte und Funken stiebten in die Nacht. »Deshalb hast du mir viel voraus, Kaye. Ich habe dich nicht kommen gehört. Du hast mich erschreckt.«

»Ich wollte mich nicht anschleichen«, entschuldigte sie sich. Es hatte ihr einfach die Sprache verschlagen, als sie seinen einsamen Gesang vernommen hatte.

Kaye musterte Wills nackten Oberkörper, auf dem der rötliche Schein des Feuers tanzte. Dieser Körper sah aus, als würde er große Kraft in sich bergen. Damals war Will ein magerer, hochaufgeschossener Junge gewesen, jetzt bewegten sich lange Muskeln unter seiner glatten Haut.

Und sie, vor fünf Jahren noch ein Kind mit dünnen Beinen, knubbeligen Knien und hervorstehenden Rippen, war jetzt eine junge Frau. Würde das die Dinge ändern?

Will machte eine spontane Bewegung auf sie zu, als wollte er sie in seine Arme nehmen, hielt aber dann abrupt inne. Die kleine Elfenbeinfigur, die er an einem Lederband um den Hals trug, tanzte auf seiner Brust.

»Das mit deiner Mutter tut mir sehr leid«, sagte er und rieb sich mit den Handflächen den trockenen Lehm aus dem Gesicht. »Großvater hat mir heute erzählt, was passiert ist.« Er nahm seine alte Haltung wieder ein und starrte ins Feuer. »Nun weiß ich auch, warum sie nicht mehr gekommen ist.«

Kaye blickte ihn überrascht an. »Willst du damit sagen, dass … meine Mom, sie hat dich im Gefängnis besucht?« Sie konnte sich daran erinnern, dass ihre Mutter manchmal ein oder zwei Nächte fort gewesen war. Kaye hatte sie erzählt, sie würde ihre Webteppiche an eine Galerie in Utah liefern.

»Ja, das hat sie. Zwei- oder dreimal im Jahr. Manchmal hat sie meinen Großvater mitgebracht.« Er musterte sie eindringlich und stellte fest: »Du hast es nicht gewusst.«

»Nein. Warum hat sie es mir nicht gesagt?« Kaye verstand die Welt nicht mehr. »Ich wäre so gerne mit ihr gekommen.«

»Hóla«, sagte er, »ich weiß es nicht. Wenn ich sie nach dir fragte, dann sagte sie, du wärst sehr beschäftigt. Ich habe ihr geglaubt.« Er schwieg eine Weile, dann sagte er: »Sie kam zur Gerichtsverhandlung. Mein Vater war da noch in Deutschland und hatte angeblich keine Besuchserlaubnis bekommen. Das nächste Mal kam sie, um mir zu sagen, dass mein Vater tot ist.« Wills Stimme begann zu zittern. »Ich hatte sie sehr gern, deine Mutter. Irgendwie war sie auch für mich wie eine Mutter. Als sie nicht mehr kam, dachte ich, sie will nichts mehr mit mir zu tun haben.«

»Das muss schlimm für dich gewesen sein«, sagte Kaye, als sie ihre Gefühle wieder einigermaßen unter Kontrolle hatte. »Aber ich verstehe nicht, warum du meine Briefe nicht gelesen hast. Warum, Will? Und warum hast du mir nie geschrieben?«

Will fürchtete, Kaye würde fortgehen, wenn er ihr nicht antwortete, doch er konnte nicht sprechen. Die Wahrheit war tief in seinem Inneren verborgen und dort sollte sie auch bleiben. Er spürte ihren fragenden Blick und das tiefe, trennende Schweigen, das plötzlich zwischen ihnen stand.

Verzweifelt überlegte er, was er Kaye antworten konnte, da spürte er plötzlich einen Luftzug in seinem Rücken. Ein kalter Schauer ließ ihn frösteln. Will spürte die Gegenwart eines dunklen, lebendigen Schattens. Er starrte auf die vom Mondlicht erhellten Büsche und Felsbrocken und lauschte. Nichts. Aber da war etwas gewesen, etwas Unheimliches, nicht Greifbares. Er spürte, wie sich seine Nackenhaare aufrichteten, und hörte sein Herz rasen.

Kaye durfte nicht merken, dass er sich fürchtete. Sie durfte jetzt aber auch nicht fortgehen, denn dann bliebe ihm nichts außer seiner Angst. Er brauchte Hilfe, das wurde ihm auf einmal klar. Und Kaye war im Augenblick die Einzige, die dafür infrage kam.

Ein kehliges Knurren drang aus der Dunkelheit und Will zuckte zusammen.

»Ein Kojote«, sagte Kaye. »Er wird auf Mäusejagd sein.«

Zweiherz, dachte Will erschrocken. Und er jagt bestimmt keine Mäuse. Kojote *riecht meine Angst*.

Mit einem Mal wusste er, was er tun musste, um den dunklen Schatten zu vertreiben. Er legte dicke Äste auf das Feuer, bis die Flammen hoch aufloderten und Funken bis zu den Sternen tanzten. Dann kniete Will vor Kaye nieder, fasste mit beiden Händen über ihre Schultern und fragte: »Darf ich?«

Zuerst war sie überrascht, aber dann senkte sie den Kopf und er löste behutsam die beiden silbernen Nadeln aus ihrem Haarknoten. Als sie noch Kinder waren, hatte er sie manchmal damit geärgert. In dieser Nacht war es ein Ritual, das für einen Augenblick die alte Vertrautheit wiederherstellte. Will war von Anfang an fasziniert von diesem Haarknoten gewesen und hatte Kaye oft die Nadeln aus dem Haar gezogen, damit sie es vor seinen Augen erneut feststecken musste.

Manchmal war sie wütend gewesen deswegen, diesmal schien es ihr zu gefallen. Ihr kräftiges Haar duftete und glänzte im Schein des Feuers. Kaye hatte es mit einer Seife aus Yuccawurzeln gewaschen, wie ihre Mutter sie immer hergestellt hatte. Die Navajo-Frauen schworen, das Haar würde lang wachsen davon und nicht ausfallen. Der vertraute Duft trieb Will Tränen in die Augen, doch er wollte nicht, dass Kaye ihn so sah.

Rasch zog er sein T-Shirt wieder über, wischte die Tränen damit fort. Er faltete eine zweite Decke auseinander, warf sie sich um die Schultern und hüllte Kaye mit darin ein. So saßen sie eine Weile schweigend nebeneinander.

Will fühlte sich besser, doch Kayes Frage stand immer noch im Raum.

»Können wir heute Nacht von etwas anderem reden als vom Gefängnis?«, fragte er.

»Ja. Aber du sagst ja nichts.«

»Hast du Jazz noch?«

»Natürlich. Er ist unser verlässlichster Hütehund und mein bester Freund.«

»Hast du manchmal an mich gedacht?«

Kaye kuschelte sich ein Stück an ihn heran und Will genoss die Nähe ihres warmen Körpers. »Jeden Tag habe ich an dich gedacht, Will Roanhorse«, sagte sie. »Und du, hast du an mich gedacht?«

»Ich habe an nichts anderes gedacht.«

Will ahnte, dass Kaye sich jetzt wünschte, er würde sie küssen. Aber er wollte sie nur im Arm halten und später an ihrer Seite einschlafen. Er wollte mit ihr zusammen sein, eine Zukunft haben. Doch die Wünsche, die er in ihren Augen, ihren Gesten las, die verunsicherten ihn.

»Weißt du noch, wie du mich genau hier gefesselt hast, nur um mich dann fast zu Tode zu küssen?«, fragte sie.

Er konnte also immer noch ihre Gedanken lesen.

»Ich habe es bloß getan, weil Granpa behauptet hat, dass

du mich eines Tages auffressen wirst. Ich hatte Angst vor dir und wollte dir zuvorkommen.«

»Du hast mir gefehlt, Will«, sagte Kaye. »Ich bin so froh, dass du wieder da bist.«

Sie sagte es mit solcher Zuversicht, dass er für einen Moment seine Angst und die Unsicherheit vergaß. Er legte den Arm um ihre Schultern, und sie ließen sich auf die Erde zurücksinken, bis sie schwerelos waren.

Der volle Mond über ihnen strahlte in weißem Licht.

Das Sternenvolk schien auf der Milchstraße zu tanzen.

Als Will den Kopf wandte, drückte sich ein dunkler Schatten in ein ausgetrocknetes Bachbett und verflüchtigte sich zornig.

5. Kapitel

Im Morgengrauen erwachte Kaye allein neben dem erloschenen Feuer. Sie zog die Decke fester um ihre Schultern, denn ihr war kalt, jetzt wo ihr die Wärme von Wills Körper fehlte. Die Sterne verblassten im Zwielicht und hinter dem rotgrauen Felsmassiv gegenüber dem Finger Rock ging die Sonne auf. Ihre Strahlen tauchten den hohen Felsturm und die Wiese in warmes Licht. Kaye setzte sich auf und suchte nach ihren Haarnadeln, doch Will musste sie mitgenommen haben. Sie stand auf und schüttelte den Schlaf aus ihren Gliedern, dann flocht sie ihre Haare zu einem Zopf. Als sie keinen Gummi fand, um das Ende zusammenzubinden, ließ sie es einfach offen.

Die zusammengelegten Decken über dem Arm, tappte Kaye benommen über die taunasse Wiese in Richtung Holzhaus. Nachtkühle hing noch in den Felsnischen. Es duftete leicht nach Salbei und einem Hauch Kreosot. Unzählige Morning Stars hatten ihre großen weißen Blüten geöffnet. Sie würden sich wieder schließen, wenn die Sonne erst anfing zu wärmen.

Warum ist er nicht bei mir geblieben?

Kaye kletterte durch einen Hohlweg und auf der anderen Seite drehte sie sich noch einmal um. Von der Morgensonne beleuchtet ragte Finger Rock wie eine Statue aus der Wiese. Aus diesem Blickwinkel konnte man ganz deutlich die sieben Finger erkennen, von denen der Fels seinen Namen hatte. Es war der schönste Platz auf Großvater Sams Land.

Der schönste Ort weit und breit.

Warum ist er nicht bei mir geblieben?

»Guten Morgen, Großvater. Hast du Will gesehen?«, fragte sie den alten Roanhorse, der im Gehege bei seinen Schafen stand und mit ihnen redete. Er hatte ihnen Wasser gebracht und ein paar schrumplige Äpfel vom vergangenen Jahr. Jasper sprang um Kaye herum und begrüßte sie schwanzwedelnd.

»*Aoo'*«, sagte Sam, der sich ächzend aufrichtete. »Ja, vorhin war er hier. Er brachte zwei Lämmer zurück, die aus dem Korral ausgebüxt waren. Hat gesagt, ein Kojote würde sich in der Gegend herumtreiben.«

»Und wo ist Will jetzt?«

»Ich glaube, er wollte in die Stadt.« Der alte Mann beobachtete Kaye, wie sie dastand, mit den Decken seines Enkelsohnes in den Händen.

Kaye wurde bewusst, wie sie aussah: das Haar aufgelöst und die weiße Bluse verschmiert von Lehm und Holzkohle.

»Was machst du denn um diese Zeit hier?«, fragte er.

»Ich war heute Nacht mit Will am Felsen«, antwortete sie. »Aber irgendwann ist er gegangen, ohne dass ich es gemerkt habe.«

Sam grummelte etwas auf Navajo. Dann fragte er, deutlich genug, dass sie es verstehen konnte: »Gibt es heute kein Mittagessen, Tochter?«

Kaye legte die Decken über den Zaun und sagte: »Doch, Großvater, natürlich bekommst du dein Essen. Ich werde Schmorfleisch mit Reis kochen.« Sie blickte noch einmal um sich, als ob sie Will doch irgendwo zu sehen hoffte, dann ging sie zu ihrem Wagen und fuhr zurück zur Ranch.

Arthur Kingley empfing Kaye bereits auf dem Hof, wie sie es befürchtet hatte. Er trug seine schwarze Sonntagshose und hatte ein gebügeltes weißes Hemd an, was ihn fremd und ungemütlich aussehen ließ. Ihr Vater wollte in die Kirche gehen. Das hatte er lange nicht mehr getan und es überraschte sie.

»Versuch nicht, mir weiszumachen, du hättest bei Shelley geschlafen«, sagte er und wies vorwurfsvoll auf ihre schmutzige Bluse.

»Ich werde bald achtzehn, Daddy, dann kann ich schlafen, wo ich will«, erwiderte Kaye trotzig.

»Bald.« Arthur steigerte sich sichtlich in seinen Ärger hinein. »Aber jetzt noch nicht.« In einer enttäuschten Geste riss er die Hände nach oben. »Musstest du gleich in der ersten Nacht mit ihm ins Bett steigen?«

»Ins Bett steigen?« Kaye schüttelte traurig den Kopf. »Ich habe nicht mit Will geschlafen, Dad, nur neben ihm. Und zwar vollständig bekleidet, falls dich das beruhigt. Abgesehen davon geht dich das überhaupt nichts an. Ich finde, du könntest ein bisschen mehr Vertrauen zu mir haben.«

Arthur glaubte seiner Tochter nur zu gern und war offenkundig erleichtert. »Warum, Kaye?«, fragte er. »Warum muss ausgerechnet *er* es sein?«

»Weil ich Will liebe, Daddy.« Sie konnte es sagen, ohne dem Blick ihres Vaters auszuweichen. Es hatte Tage gegeben, da war sie voller Zweifel gewesen, aber seit der vergangenen Nacht war sie sich ihrer Liebe zu Will wieder sicher. Wenn es sein musste, würde sie um diese Liebe kämpfen.

»Als du ihn das letzte Mal gesehen hast«, sagte Arthur, »warst du zwölf, und er hat dich allein in diesem gottverlassenen Canyon sitzenlassen. Du hast volle drei Stunden gebraucht, um nach Hause zu kommen, und deine Mutter ist bald verrückt geworden vor Angst.« Er schob die Hände in die Vordertaschen seiner schwarzen Hose, weil sie ihm in seiner Aufregung im Weg waren.

Die Erinnerung an diesen Tag im Water Hole Canyon ließ Kayes Herz schneller schlagen. Will war damals schweigsam und mürrisch gewesen. So kannte sie ihn überhaupt nicht und seine Ruppigkeit hatte sie beinahe zum Heulen gebracht. Aber dann hatte *er* plötzlich angefangen zu weinen. Mit ihren zwölf Jahren war sie zu unerfahren gewesen, um ihm den Grund seiner Verzweiflung zu entlocken. Aber sie hatte gespürt, dass etwas Schreckliches auf Wills Seele lastete.

»Du gehst mir *furchtbar* auf die Nerven«, hatte er schließlich gesagt und war so schnell zwischen den Felswänden verschwunden, dass sie ihm nicht folgen konnte. So etwas hatte er noch nie gesagt oder getan.

»Irgendetwas stimmte damals nicht mit Will«, sagte Kaye. »Und ich wette, es hatte damit zu tun, was später passiert ist.«

Ihr Vater schien den letzten Satz überhört zu haben. »Ganz richtig«, bemerkte er, »irgendetwas stimmt nicht mit ihm. Er hat einen Menschen auf dem Gewissen. Er ist ein …« Sein Blick in die wild dreinschauenden Augen seiner Tochter ließ ihm das Wort im Hals stecken bleiben.

Kaye sah die Fäuste ihres Vaters in seinen Hosentaschen. So aufgewühlt hatte sie ihn lange nicht gesehen. »Hast du eigentlich gewusst, dass Mom ihn im Gefängnis besucht hat?«, fragte sie ihren Vater.

Auf einmal schien Arthur kraftlos in sich zusammenzufallen. »Ich habe es geahnt«, sagte er. »Deine Mutter hatte da so ihre Navajo-Geheimnisse.«

Es verletzt ihn, dachte Kaye, obwohl sie tot ist. Mich hat es auch verletzt. »Wie dem auch sei«, sagte sie, »Will hat seine Strafe abgesessen und irgendwann wird er der Vater deiner Enkel sein. Finde dich damit ab, Dad. Und jetzt werde ich uns was zu essen kochen.«

Arthur stieg in seinen Wagen und fuhr zur Kirche.

Kaye wusch rote, gelbe und grüne Paprikaschoten, schnitt den Stiel heraus und entfernte die Seitenwände mit den Kernen. Dann schnitt sie Lammfleisch in kleine Würfel und briet es in zerlassener Butter, bis es gar war. Dazu gab sie klein geschnittene Zwiebeln und Tomaten und Semmelbrösel, würzte alles mit Salz, Pfeffer, Kümmel und Koriandersamen. Die fertige Masse füllte sie in die Paprikaschoten und ließ sie in der Röhre backen. Währenddessen kochte Kaye noch einen Topf voll Reis, und als ihr Vater aus der Kirche zurückkehrte, aßen sie gemeinsam.

Schließlich erhob sich Kaye und sagte: »Es ist schon spät und Großvater wartet auf sein Essen.« Sie nahm die Keramikform mit den restlichen Paprikaschoten, füllte Reis dazu und verschloss alles mit Silberfolie. Dann ging sie hinauf in ihr Zimmer und zog sich ein sauberes T-Shirt an.

Als Kaye wieder zurückkam, saß ihr Vater immer noch auf seinem Platz und starrte auf die Tischplatte. Sie nahm die Auflaufform und sagte: »Ich bringe jetzt Großvater Sam sein Essen. Danach besuche ich meine Familie. Mach dir keine Sorgen um mich, es kann spät werden.«

»Hmm, das riecht gut«, sagte der Alte, als sie ihm Paprika und Reis auf einen Teller tat. »Du kochst so gut wie deine Mutter.«

Kaye versuchte ein Lächeln, aber es gelang ihr nicht. Der Alte merkte sofort, dass etwas nicht stimmte.

»Hattest du Ärger, Tochter?«, fragte er, die Stirn noch verrunzelter als sonst.

»Dad gefällt es nicht, wenn ich mit Will zusammen bin.« Kaye seufzte. »Er macht Schwierigkeiten.«

»Das war zu erwarten«, erwiderte Sam. »In seinen *bilagáana*-Augen ist Will nicht unbedingt der ideale Schwiegersohn. Aber du bist erwachsen. Du musst wissen, was du tust.«

»Ich weiß genau, was ich tue. Aber was ist mit Will? Er ist so reserviert, so seltsam, so … ach verflixt, Großvater, es ist nicht leicht, eine Frau zu sein. Wenn nur Mom noch da wäre, sie wüsste bestimmt einen Rat. Sie wusste immer einen.«

Der alte Indianer wackelte mit dem Kopf. »Gib Will Zeit, Tochter, und dir auch. Da sind so viele Dinge, die der Junge zu verarbeiten hat. Er muss sein Leben völlig neu beginnen. Vieles hat sich verändert. Er muss erst wieder herausfinden, was er vom Leben will.«

»Ich möchte ihm so gerne dabei helfen«, sagte Kaye.

»Es gibt Männer, die lassen sich nicht gerne helfen.«

Sie verdrehte die Augen. »Du meinst, von einer *Frau* helfen.«

Die Fliegentür klappte und Will kam in die Küche. Er hatte die beiden letzten Sätze mit angehört, äußerte sich aber nicht dazu. Unter dem linken Arm trug er eine Wassermelone und in der anderen Hand zwei Fertiggerichte aus dem Laden in der Tankstelle. Er warf einen Blick auf den Teller des Alten und schob die Fertiggerichte wortlos in den alten Kühlschrank, der in der Ecke vor sich hin brummte.

»Ich habe heute etwas mehr gekocht«, sagte Kaye. »Es reicht auch noch für dich, Will.«

»Ich habe keinen Hunger«, murrte er. Vorwurfsvoll wies er auf Sams Teller. »Du brauchst das nicht mehr zu machen. *Ich* kann jetzt für Großvater kochen.«

Der alte Navajo verzog das Gesicht, als hätte er in einen fauligen Pfirsich gebissen. »Kannst du denn kochen?«, fragte er skeptisch.

Will zuckte mit den Achseln. »Ich werde es lernen.«

»Dann lerne erst einmal und bis dahin wird Kaye mir weiterhin das Sonntagsessen bringen. Sie ist eine hervorragende Köchin. Vielleicht solltest du mal probieren, die gefüllten Paprika sind köstlich.«

Kaye verschränkte die Arme vor der Brust und sah Will triumphierend an. Er wandte sich ab, damit sie sein Lächeln nicht sehen konnte. Gegen die Spüle gelehnt sagte er: »Ab morgen kann ich an der Tankstelle arbeiten. Lindsay hat mir einen Job gegeben. Ist gerade was freigeworden.«

Diese Auskunft überraschte den Alten ebenso wie Kaye.

»Und wie kommst du jeden Tag nach Window Rock?«, fragte sie. »Es sind immerhin fast dreizehn Meilen.«

»Einer der Jungs von der Tankstelle wohnt in Crystal«, antwortete Will. »Er kommt jeden Morgen hier vorbei und wird mich mitnehmen, bis ich ein eigenes Auto habe.«

Sam zeigte sich wenig begeistert vom neuen Job seines Enkelsohnes. »Muss es unbedingt eine stinkende Tankstelle sein?«, grummelte der Alte. »Und muss es ausgerechnet Lindsays Tankstelle sein? Dieser *bilagáana* ist kein guter Mann.«

»Ich bin froh, dass ich überhaupt etwas gefunden habe«, erklärte Will. »Vielleicht ist dir entgangen, dass es im Res kaum Arbeit gibt. Schon gar nicht für einen wie mich.«

Sam räusperte sich. »Jetzt wo du wieder da bist, könnten wir mehr Schafe halten«, sagte er. »Früher musste keiner von uns an irgendeiner Tankstelle arbeiten oder in einer dunklen Kohlemine oder einem eisgekühlten Supermarkt. Früher lebten wir nur von unserem Land. Es gab uns alles, was wir brauchten.«

»Ich weiß, Großvater«, sagte Will traurig. »Aber heute funktioniert das nicht mehr. Ich muss das Haus reparieren, dazu brauche ich Material und ein Auto, um das Material transportieren zu können. Es bleibt mir nichts anderes übrig, als arbeiten zu gehen. Und Lindsay hatte einen Job für mich.«

Kaye stand auf, füllte das restliche Essen in einen von Sams Kochtöpfen und spülte ihr Geschirr aus. Es verwunderte sie, dass Roberts Vater Will eingestellt hatte, und sie grübelte über die möglichen Gründe nach. Vielleicht hatte Rob seiner Mutter von Will und ihr erzählt. Und die hatte ihren Mann gebeten, Will einzustellen, um Arthur Kingley einen Gefallen zu tun. Dass sie ihm damit keinen Gefallen getan hatte, konnte Rita Lindsay schließlich nicht wissen.

»Hast du noch Wäsche, Großvater, die ich mitnehmen kann?«, fragte Kaye.

Will stieß sich von der Spüle ab. »Kaye«, sagte er aufgebracht, »*ich* werde mich verdammt noch mal um seine Wäsche kümmern. Er ist *mein* Großvater.« Er klopfte mit der Faust auf seine Brust.

Sam schüttelte den Kopf. »Wäre schön, wenn ihr euch einigen könntet, wer in Zukunft für meine Unterhosen verantwortlich ist.«

Kaye war sauer. »Von mir aus soll Will sich um die Wäsche kümmern«, sagte sie. »Ich muss jetzt jedenfalls los.« Sie gab dem Alten einen Kuss auf die faltige Wange. »Ich will noch nach Fort Defiance, die Familie meiner Mutter besuchen.«

»Deinen Polizistenonkel?«

»Ja, meinen Polizistenonkel.«

»Nimmst du mich ein Stück mit?«, fragte Will.

Kaye nickte, ein wenig überrascht über seine Bitte. »Warum nicht?«

Sie fuhr ein Stück in Richtung Window Rock und bog dann hinter dem großen Krankenhauskomplex, einem grauen Flachbau, nach rechts. An einer Abzweigung wollte Will aussteigen. Er sprang aus dem Jeep und sagte: »Danke fürs Mitnehmen.«

»Kennst du hier jemanden?«, wollte Kaye wissen. Am Ende der unbefestigten Straße sah sie ein Haus, daneben einen Hogan. Das Blech eines Windrades blinkte in der Sonne.

»Ja«, sagte Will. »Hier wohnen die Yazzies. Ich will Maria besuchen.«

»Na dann, viel Spaß!«

Kaye kannte Maria Yazzie aus der Schule. Das Mädchen war mit Will in eine Klasse gegangen und hatte immer die volle Aufmerksamkeit sämtlicher Jungen gehabt. Maria war eine kleine Schönheit und daran hatte sich bis heute nichts geändert. Vor einem Jahr war sie zur Miss Navajo Nation gewählt worden.

Was aber wollte Will bei ihr?

Das fragte sich Kaye beunruhigt, bis sie das schmucke Holzhaus ihres Onkels in Fort Defiance erreicht hatte.

6. Kapitel

Der Name des Ortes, Fort Defiance, erinnerte an die schlimmste Zeit in der Geschichte des Navajo-Volkes. Jedes Kind im Big Res konnte vom »Langen Marsch« zum Bosque Redondo erzählen, wie die Navajo Fort Sumner in New Mexico damals nannten. Hunderte Frauen, Männer und Kinder starben auf diesem Marsch, weil sie erfroren, verhungerten oder erschossen wurden, weil sie zu schwach waren, um weiterzulaufen. Colonel Kit Carson, nach dem die Hauptstraße durch den Ort benannt war, hatte von Fort Defiance aus versucht, die als Diebe und Plünderer verrufenen Navajo endgültig in die Knie zu zwingen. In nur fünf Monaten schafften es Carsons Truppen, fast alle Maisfelder und Pfirsichplantagen der Indianer zu zerstören, ihre Schafherden zu töten und die Pferde einzufangen.

Ein großer Teil der Navajo flüchtete damals in den Canyon de Chelley, weil sie ihn wegen seiner vielen Verzweigungen für uneinnehmbar hielten. Aber Carsons Truppen verstellten den Eingang des Canyons und irgendwann gaben die hungernden Menschen verzweifelt auf.

Es war Anfang Februar 1864, als Tausende Navajo nach Bosque Redondo verschleppt wurden. Auf dem vierhundert Kilometer langen Marsch starben Hunderte von ihnen. Und auch im Lager von Fort Sumner, wo sie unter unerträglichen Bedingungen leben mussten, hörte das Sterben nicht auf. Nach vier qualvollen Jahren durften die Überlebenden schließlich auf ihr Stammesland zurückkehren.

Kaye registrierte die nagelneuen Straßenschilder, die erst vor wenigen Wochen angeschraubt worden waren. Die alten Schilder hatten jahrelang viel Ärger hervorgerufen, weil der Name des Colonel unter den Navajo ständig Erinnerungen an den Völkermord wachrief. Der Bürgermeister von Fort Defiance hatte die Stammesregierung schließlich aufgefordert, den Kit Carson Drive umzubenennen. Die meisten Bewohner hatten dafür gestimmt, den Straßennamen auf *Tséhootsoí*, »Wiese zwischen den Steinen«, zu ändern, was der ursprüngliche Navajo-Name für die Gegend war.

Wiese zwischen den Steinen. Das war ein schöner Name. Kaye kannte Fort Defiance gut, denn sie war hier zur Schule gegangen, genauso wie die meisten ihrer Freunde. Auch Will hatte an der Tse-Ho-Tso-Middleschool gelernt, bis sein Vater ihn auf diese Internatsschule in der Nähe von Santa Fe gesteckt hatte. Was war dort bloß passiert? Um Will zu verstehen, musste sie es herausfinden. Und vielleicht konnte Onkel Thomas dabei helfen.

Das Haus von Thomas Totsoni stand am Rand des Ortes in einer grünen Talsenke und war von Pappeln, Tamarisken und stachligen Mesquitebüschen umgeben. Die Familie besaß zwei Pferde, zwei Hunde und ein paar Schafe. Thomas Totsoni war Lieutenant bei der Stammespolizei in Window Rock.

Die Hunde bellten, als Kaye die Stufen zur Veranda hinaufstieg. Sie musste zweimal laut an die Tür klopfen, bevor sich im Inneren des Hauses etwas regte.

»*Déya*, ich komme!« Ein großer Mann mit langem Pferdeschwanz trat auf die Veranda und nahm Kaye sofort herzlich in die Arme. »Kaye ist gekommen!«, rief er ins Haus hinein, und bald war sie von einer Horde halbwüchsiger Indianerkinder umringt.

Kaye nahm jeden einzelnen ihrer Nichten und Neffen in die Arme. Shannon, das älteste Mädchen, Pete und Talai, die vierzehnjährigen Zwillinge, Micky und Lisa – das Nesthäkchen. Lisa hängte sich an Kayes Hals und quietschte vor Freude.

»Komm erst einmal herein«, sagte Thomas. »Wilma wird uns einen Kaffee kochen.«

Sie gingen ins Haus, und Kaye umarmte die rundliche Frau in der Küche, die so vertraut nach gutem Maismehl duftete. Thomas war Kayes einziger Onkel und als Kind war sie immer gern bei ihm und ihrer Tante Wilma zu Besuch gewesen. Shannon, die älteste Tochter der beiden, war nur ein Jahr jünger als sie selbst, und sie hatten viel miteinander gespielt. Inzwischen wusste Kaye überhaupt nichts mehr von Shannon.

»Es ist schön, dass du uns mal wieder besuchst, Kaye«, sagte Wilma. »Die Kinder reden viel von dir. Sie haben dich vermisst.«

»Ihr habt euch auch lange nicht mehr auf der Ranch sehen lassen«, bemerkte Kaye, um ihr schlechtes Gewissen loszuwerden.

Wilma warf ihrem Mann einen bedeutungsvollen Blick zu.

Thomas sagte: »Es ist im Moment nicht leicht mit deinem Vater. Deshalb sind wir so lange nicht gekommen. Wir hatten das Gefühl, er will uns nicht sehen, und wir wollten uns nicht aufdrängen.«

»Ich weiß.« Kaye seufzte. »Er ist nicht mehr derselbe, seit Mom tot ist.«

Als Sophie noch lebte, war Thomas Totsoni jeden Samstag mit seiner Familie auf der Kingley Ranch zu Besuch gewesen. Er hatte immer gut reden können mit Arthur, dem *bilagáana*-Mann seiner einzigen Schwester. Über die Arbeit hatten sie gesprochen, die Familie, die Schafe. Aber seit Sophies Tod war Arthur Kingley gereizt und unausgeglichen. Man konnte kaum noch ein vernünftiges Wort mit ihm reden. Kaye wusste das. Und sie ahnte, dass ihr Vater – auch wenn er es nicht offen aussprach – das Volk der Navajo und das Reservat für den Tod seiner Frau verantwortlich machte. Deshalb konnte sie es verstehen, dass die Familie Totsoni darauf wartete, dass Arthur zu ihnen kam und sein Interesse an den Familienbanden bekundete.

Der Nachmittag im Hause Totsoni verging für Kaye wie im Fluge. Sie unterhielt sich mit Shannon, machte ein paar Würfelspiele mit den Jüngeren und erzählte Lisa kleine Geschichten, denen die Vierjährige gerne lauschte. Erst am Abend, als die kleineren Kinder im Bett lagen und Shannon ihrer Mutter in der Küche half, sagte sie leise zu Thomas: »Will Roanhorse ist wieder da, Onkel. Er wurde vorzeitig entlassen.«

Thomas nickte bedächtig: »Ich weiß. Ich habe seine Akte zugeschickt bekommen.«

»Haben sie ihn auf Bewährung rausgelassen?«, fragte Kaye erschrocken. Wurde jemand auf Bewährung aus dem Gefängnis entlassen, bedeutete das die Einhaltung strenger Regeln, sonst kam derjenige so schnell in seine Zelle zurück, dass er nicht mal Zeit hatte zu fragen, was er falsch gemacht hatte. Die Regeln waren hart, und es geschah schnell, dass jemand sie verletzte. Oftmals ohne es zu wissen.

»Nein, Will hat keine Bewährung«, sagte Thomas. »Es ist eben üblich, dass der zuständigen Polizeidienststelle die Akte zugeschickt wird, wenn jemand aus dem Gefängnis entlassen wird.«

»Damit die Polizei ein Auge auf ihn haben kann?«

»So ungefähr.«

»Das ist nicht notwendig, Onkel. Will ist kein Krimineller.«

»Vorschrift ist Vorschrift.«

»Kannst du für mich herausfinden, warum man ihn vorzeitig entlassen hat?«, bat Kaye ihren Onkel. »Will redet nicht mit mir, jedenfalls nicht über seine Zeit im Gefängnis. Ich weiß nicht einmal, was damals wirklich passiert ist.« Traurig fügte sie hinzu: »Mom hat ihn ein paarmal im Gefängnis besucht. Sie hat es niemandem erzählt, nicht einmal Dad und mir. Vielleicht hat sie gewusst, warum Will das getan hat.«

Ein überraschter Ausdruck trat in die Augen ihres Onkels, verschwand aber sofort wieder. »Ich weiß, warum Will vorzeitig entlassen wurde. Ich sollte es dir zwar nicht sagen, aber schließlich bist du meine einzige Nichte. Du weißt, dass du mit niemandem darüber reden darfst, sonst bekomme ich höllischen Ärger.«

»Ich mache dir keinen Ärger.« Kayes Stimme zitterte. Sie wusste, dass sie ihren Onkel nicht drängen durfte. Wenn er reden wollte, würde er das irgendwann tun.

Einen Moment lang herrschte angespannte Stille.

»Will ist damals wegen vorsätzlichen Mordes verurteilt worden«, sagte Thomas schließlich, »deshalb das hohe Strafmaß. Mord an einem Staatsbeamten gilt als Staatsverbrechen. Aus diesen beiden Gründen bekam Will zehn Jahre, obwohl er damals erst vierzehn war. Aber jetzt haben sie das Urteil plötzlich in Totschlag umgewandelt und ihm den Rest der Strafe erlassen. Mich wundert selbst, dass er keine Bewährung bekommen hat, aber es ist ein gutes Zeichen. Will hat seine Strafe abgesessen. Er ist ein freier Mann.«

Kaye holte geräuschvoll Luft, ein Zeichen ihrer Erleichterung. Wenigstens würde Will sich nicht an schwierige

Regeln halten müssen, die ihm den Weg zurück ins normale Leben noch erschwert hätten.

Thomas Totsoni legte den Kopf schief und betrachtete seine Nichte von der Seite. »Wie mir scheint, hat der Junge großes Glück«, sagte er, »weil da jemand ganz Besonderes auf ihn gewartet hat. Ich wusste nicht, dass Will Roanhorse dir so viel bedeutet. Als er ins Gefängnis kam, warst du noch ein Kind.«

Kaye senkte den Kopf. »Ich hab ihn damals schon gern gehabt, Onkel. Da wusste ich nur noch nicht, dass es Liebe ist, wenn man so fühlt.«

Thomas lächelte nicht, als er antwortete: »Ich wünsche dir, dass du nicht enttäuscht wirst, Kaye.«

Seine Stimme war so voller Sorge, dass sich etwas in Kaye schmerzlich zusammenzog. Wusste ihr Onkel Dinge, über die er nicht mit ihr sprechen konnte?

»Weißt du nichts Genaueres über Wills Entlassung?«, versuchte sie es noch einmal. »Für die plötzliche Umwandlung des Urteils muss es doch Gründe geben?«

Thomas öffnete die Hände zu einer bedauernden Geste. »Nein, tut mir leid, aber mehr weiß ich wirklich nicht. Window Rock ist zwar die Zentrale der Navajo-Stammespolizei, aber trotzdem nur eine kleine Dienststelle und noch dazu in einem Indianerreservat. Die von oben denken immer, es ist besser, wir wissen so wenig wie möglich, dann kommt es auch nicht zu Komplikationen. Sie halten uns Navajo für einen abergläubischen Haufen.«

»Kannst du es für mich rausfinden?«, fragte Kaye, die auf das Ablenkungsmanöver nicht einging.

Ihrem Onkel war ganz offensichtlich nicht wohl bei dieser Sache. »Ich will es versuchen, versprechen kann ich nichts.«

Kaye umarmte ihn heftig. »Danke, Onkelchen.«

»Bist du nur deshalb hergekommen?«, fragte Thomas mit gerunzelter Stirn. »Weil du mich wegen Will ausquetschen wolltest?«

»Nein, ich hatte Sehnsucht nach euch. Mom fehlt mir so, und bei euch habe ich immer das Gefühl, als wäre sie ganz nah.«

Thomas legte einen Arm um seine Nichte. »Mir fehlt meine Schwester auch. Sie war ein fröhlicher Mensch. Du hast viel von deiner Mutter.«

»Ich wünschte, ich wüsste, warum sie ihre Besuche im Gefängnis verschwiegen hat«, sagte Kaye nachdenklich. »Sie war damals die Einzige, die wusste, wie gern ich Will habe.«

»Vielleicht ist das ja die Antwort auf deine Frage.«

Kaye löste sich aus der Umarmung ihres Onkels. »Was willst du denn damit sagen?«

»Na ja ...« Er vergrub die großen Hände in den Vordertaschen seiner Jeans. »Ich weiß zwar nicht, was dein Freund Will für ein Mensch war, bevor er ins Gefängnis kam. Aber vielleicht ist er jetzt nicht mehr der, den du früher mochtest. Um hinter Gittern zu überleben, musst du hart werden und manchmal schlimme Dinge tun. Vielleicht hat Will da drin ein paar Sachen gelernt, die dir nicht gefallen werden.«

»Aber was erwartest du von mir?«, fragte Kaye irritiert. »Soll ich ihn aufgeben? Ist es ein Fehler, um sein Glück zu kämpfen?«

Thomas schüttelte den Kopf. »Du wirst bald achtzehn und es ist dein Leben, Kaye. Sei einfach vorsichtig. Und gib ein bisschen Obacht, mit wem Will sich in nächster Zeit einlässt.«

»Ich soll ihn beschatten?«

»Nein. Nur deinen Verstand benutzen.«

Darauf wusste Kaye nichts zu sagen. »Ich muss jetzt los, es ist spät. Dad wird sich schon Sorgen machen.«

Kaye verabschiedete sich von ihrer Tante Wilma und von ihrer Kusine Shannon. Thomas brachte sie noch zu ihrem Wagen.

»Auf Wiedersehen, Onkel.«

Er drückte sie noch einmal an sich. »Fahr vorsichtig«, sagte er. »Und grüß deinen Vater.«

Kaye verließ den Ort und fuhr durch die Nacht. Manchmal reflektierten die Scheinwerfer ihres Jeeps die Augenpaare von kleinen Nachttieren. Ansonsten schien alles wie ausgestorben, als würde das Big Res in einem tiefen Schlaf liegen. Navajo waren des Nachts nur allein zu Fuß unterwegs, wenn es sich nicht vermeiden ließ. Sie fürchteten, dass in der Dunkelheit Geistertiere herumliefen, denen zu begegnen krank machen konnte.

Kaye fürchtete weder die Nacht noch Geistertiere. Doch ein paar Meilen hinter der Abzweigung auf den Highway 134 tauchte plötzlich eine Gestalt am Straßenrand auf. Ein kalter Schauder lief ihr über den Rücken. In der Dunkelheit am Highway zu laufen, war gefährlich. Manchmal waren die nächtlichen Wanderer betrunken, und ein einziges Wanken genügte, um von einem Auto erfasst zu werden. Eiserne Kreuze am Straßenrand zeugten von zahllosen tödlichen Unfällen.

Als Kaye den Fußgänger erreicht hatte, fuhr sie einen großen Bogen, aber dann erkannte sie ihn. Es war Will. Er war auf dem Heimweg von seinem Besuch bei Maria Yazzie.

Sollte sich wirklich niemand aus der Familie Yazzie bereit erklärt haben, ihn nach Hause zu fahren? Das war ungewöhnlich und wenig gastfreundlich.

Kaye trat auf die Bremsen und hielt an. Sie beugte sich herüber und öffnete Will die Beifahrertür, damit er einsteigen konnte. Er blieb kurz stehen, aber nur um zu sagen: »Fahr weiter, ich will laufen.«

»Aber …?« Kaye fuhr ein Stück voraus, bremste und die Tür schlug zu. Sie öffnete sie erneut und wartete, bis Will wieder neben ihr war. »Was ist denn los, verdammt noch mal?«

»Nichts, ich will nur laufen. Und reden will ich auch nicht.« Seine Stimme klang fremd und ablehnend. Er schien bedrückt, und sie hätte gerne gewusst, warum. Aber er würde es ihr nicht sagen. Stattdessen schlug er die Tür zu.

»Wie du willst.« Kaye trat aufs Gas und ließ ihn am Straßenrand zurück. Bis zum Haus seines Großvaters waren es noch vier oder fünf Meilen. Das war ein langer Marsch und Will würde erst weit nach Mitternacht zu Hause sein.

Er will mich nicht haben, dachte sie, während Tränen ihre Sicht verschwimmen ließen.

7. Kapitel

Stetiger Wind hatte in einen der roten Felsen, die den Ort wie versteinerte Urtiere umzingelten, ein gigantisches rundes Fenster gefräst. Window Rock. Daher kam auch der Name für die Hauptstadt des Reservats. Unterhalb des gewaltigen Sandsteinfensters drängten sich mehrere größere und kleinere Gebäude. Der Sitz der Stammesregierung war ein erdfarbener achteckiger Bau – dem Grundriss eines Hogans nachempfunden. In seiner unmittelbaren Nachbarschaft befanden sich die Zentrale der Navajo-Polizei und das Navajo-Museum.

Weiter unten wurde der Ort durch eine große Kreuzung geteilt, und es gab noch ein paar Straßenzüge, die Namen hatten. Das Navajo Nation Inn war das einzige Motel im Ort. Es gab ein Einkaufszentrum, Garland Lindsays Shell-Tankstelle, Ted Northridges Bingohalle, ein Kino, ein Asia Restaurant und den Schnellimbiss von Shelleys Mutter. Und natürlich Kaye Kingleys Buchladen, der auch Kunstgewerbliches im Angebot hatte.

Im Sommer kamen ab und zu Touristen, füllten ihre Tanks auf für den Weg zum Grand Canyon oder zum Hubbel Trading Post in Ganado. Sie kauften kalte Drinks und stillten ihren Appetit im Asia Restaurant oder – wenn sie es eilig hatten – im Green-Garden-Imbiss. Auch Kayes Laden statteten die Touristen einen Besuch ab und nahmen meist eine Kleinigkeit mit. Eine detaillierte Karte vom Reservat, farbenprächtige Ansichtskarten, ein paar Ohrringe aus

Sterling-Silber, verziert mit Türkisperlen oder winzigen Tieren aus Halbedelsteinen. Kleine Tierfetische mit einer Pfeilspitze auf dem Rücken, eine bemalte Tonschale oder einen gewebten Tischläufer. Größere Stücke, für die die Leute tiefer in die Taschen greifen mussten, verkaufte Kaye nur selten.

An diesem Freitag jedoch hatte sie unerwartet guten Umsatz gemacht. Einem weißen Ehepaar hatte sie gleich drei große gewebte Navajodecken verkauft und einer älteren Frau aus Deutschland zwei schöne Silberarmreifen mit eingearbeiteten Türkisen. Außerdem waren vier Landkarten über den Ladentisch gegangen, ein Arizona-Reiseführer und beinahe hundert Ansichtskarten. Zufrieden zählte Kaye ihre Tageseinnahme. Das Geld sparte sie eisern. Wenn sie und Will heiraten würden, dann sollte etwas da sein, womit sie ihr neues Leben aufbauen konnten.

Aber es war nicht nur das Geld. Die Arbeit im Laden machte Kaye Spaß. Mit der Frau aus Deutschland hatte sie ein längeres Gespräch geführt. Die grauhaarige Dame war sehr interessiert gewesen und hatte viele Fragen gestellt. Manchmal machte es Kaye Freude, sich mit Fremden zu unterhalten, vor allem wenn sie spürte, dass deren Interesse an der Kultur ihres Volkes ehrlich war.

Auch mit dem Mann aus New York hatte Kaye eine Weile geredet. Zuerst war er an einem teuren, mit Silberconchos aus alten Dollarstücken besetzten Ledergürtel interessiert gewesen, hatte aber dann doch nur eine Karte vom Reservat gekauft. Der Conchogürtel war sehr schön, aber er lag schon lange im Laden. Der Besitzer wollte einfach zu viel dafür haben. Sie würde ihn bitten müssen, den Gürtel zurückzunehmen oder im Preis runterzugehen.

Immer wieder musste Kaye den Indianern, die ihr ihren wertvollen Silberschmuck brachten, erklären, dass sie einen ganz normalen Laden und keine Pfandleihe betrieb. Die Leute kamen lieber zu ihr als zum kauzigen Pfandleiher im sechzig Meilen entfernten Ganado, der für seinen Geiz und seine Hartherzigkeit bekannt war.

Kaye telefonierte mit dem Händler, von dem sie ihre Postkarten bezog, und bestellte nach. Dann hatte sie Feierabend. Als sie abschließen wollte, stand auf einmal Mike Northridge vor der Ladentür, die Schultern hochgezogen und die Hände in den Taschen.

Auch das noch, dachte Kaye. »Hallo, Mike«, begrüßte sie ihn. »Wolltest du zu mir?«

Er wurde rot. »Nein«, stammelte er, »… ich meine, ja, ich brauche ein Geschenk. Meine Mutter hat morgen Geburtstag.«

»Na dann komm rein.« Kaye machte eine einladende Handbewegung. »Sieh dich in Ruhe um. Und frag mich, wenn du Fragen hast.«

Mike schob seine Hände jetzt auf den Rücken und betrachtete eingehend, was Kaye im Angebot hatte. Es machte den Anschein, als würde er konzentriert nachdenken, aber sie merkte, dass er ihr verstohlene Blicke zuwarf.

»Wie geht es deiner Mutter denn?«, fragte sie schließlich, um die peinliche Stille zu brechen. Kaye wusste, dass Olivia Northridge seit einiger Zeit krank war und ihr Zustand sich nicht besserte.

»Nicht gut. Sie machen dauernd irgendwelche Untersuchungen mit ihr im Krankenhaus. Wahrscheinlich ist es Leukämie.«

»Das tut mir leid.«

Mike zeigte auf einen Silberarmreif mit einem eingefassten tiefblauen Türkis. »Was kostet denn der?«

»Oh, der ist wirklich schön, aber auch ziemlich teuer. Wie viel willst du denn ausgeben?«

»Hab nur 30 Dollar«, sagte er kleinlaut.

Kaye wollte ihn nicht in Verlegenheit bringen und fragte: »Liest deine Mutter gern? Vielleicht freut sie sich über ein Buch.«

Mikes Gesicht hellte sich auf. »Stimmt, sie schmökert gerne. Am liebsten mag sie Historisches von anderen Kontinenten.«

»Na, dann habe ich doch was für sie.« Sie ging zum Bücherregal und zog einen dicken Wälzer hervor. *Ikufar*, von David Ball. »Hier, ich habe es selbst gelesen. Ist toll.«

»Okay, dann nehme ich es. Und … danke!«

Kaye lachte. »Ich danke dir, Mike. Du hast soeben meinen Tagesumsatz um 15 Dollar und 70 Cent erhöht.«

Er gab ihr das Geld und sie schob das Buch in eine Tüte. »Sag deiner Mutter Glückwünsche von mir. Ich hoffe, es geht ihr bald wieder besser.«

»Mach ich.« Mike schaffte ein Lächeln. »Okay, dann gehe ich jetzt mal.«

»Mach's gut, Mike.«

Er war schon fast zur Tür hinaus, als er sich noch einmal umdrehte. »Ach, Kaye, wegen neulich … das tut mir leid. Ich glaube, ich hatte ein bisschen viel getrunken …«

»Schon gut«, sagte sie. »Ich hab's längst vergessen.«

Nachdem Mike gegangen war, schloss Kaye ab und zog das Eisengitter vor das Schaufenster und den Eingang des Ladens, das vor nächtlichen Einbrechern schützen sollte. Sie fuhr über den Parkplatz zur Tankstelle, um den Jeep aufzutanken. Zwar war der Tank noch zur Hälfte voll, doch sie hoffte, dort Will zu begegnen, mit dem sie seit Sonntagnacht nicht mehr gesprochen hatte. Hin und wieder hatte sie ihn durch die Scheibe ihres Ladens gesehen, wenn er sich im Schnellimbiss etwas zu essen geholt hatte, aber sie war zu stolz gewesen, noch einmal direkt zu ihm zu gehen. Seit der Abfuhr, die er ihr erteilt hatte, war nun er an der Reihe, ihr zu zeigen, dass sie ihm nicht vollkommen gleichgültig war.

Kaye fuhr an die Zapfsäule und wurde Zeugin, wie Will einem weißen Jungen das Benzin zum offenen Wagenfenster hineinlaufen ließ. Eine Gruppe halbwüchsiger Navajo kommentierte das Ganze mit johlendem Geschrei. Der weiße Junge stürzte sich wutentbrannt auf Will. Da sprang ein muskelbepackter Truckfahrer hinzu, hielt den Aufgebrachten fest und versuchte, ihn zu bändigen.

Will stand eine Weile wie erstarrt da, dann drehte er sich einfach um, und Kaye sah, wie er in seinem roten Shell-Overall in Richtung Ortsausgang über den Parkplatz lief. Er blickte nicht zurück, und sie wusste nicht, ob er sie überhaupt bemerkt hatte. Die Jugendlichen pfiffen immer noch, und der Bursche, dessen Autositze jetzt benzingetränkt waren, drohte ihnen mit der Faust. Sein Kopf war hochrot und die verschwitzten Haare standen ihm wie Stacheln vom Kopf ab.

»Mit denen würde ich mich lieber nicht anlegen«, sagte der Truckfahrer, der eine dunkle Sonnenbrille trug und eine rote Baseballkappe auf dem Kopf hatte. Er ließ den Jungen los. »Da ziehst du garantiert den Kürzeren.«

Der Kassierer der Tankstelle kam nach draußen und rief: »Das macht 14 Dollar und 75 Cent, Freundchen. Und wage nicht loszufahren, bevor du gezahlt hast, sonst rufe ich die Polizei. Die braucht keine zwei Minuten, bis sie hier ist.«

Der Bursche zog seine Geldbörse hervor und kramte nach Geld. In weinerlichem Tonfall sagte er: »Mein Tank ist leer.«

Der Kassierer hielt die Hand auf und der Junge gab ihm zwei 20 $-Noten.

»Was ist denn passiert?«, fragte Kaye, die aus ihrem Jeep ausgestiegen war. Sie konnte immer noch nicht glauben, was sie gerade gesehen hatte.

»Keine Ahnung«, sagte der Mann von der Kasse. »Ich hab nur gesehen, wie Will mit ihm diskutiert hat.«

Der Truckfahrer mischte sich ein. »Der Indianer hat verlangt, was hier üblich ist, wenn man keine Kreditkarte hat: erst zahlen, dann tanken. Da hat das Bürschchen ihn *dreckige Rothaut* genannt und als Antwort hat die Rothaut das Zeug auf seinen Sitz plätschern lassen.« Mit einem breiten Grinsen wandte er sich an den Jungen. »Ist jetzt ein ganz schön heißer Ofen, was, Kleiner?«

Kaye musste schmunzeln. Ihr gefiel, dass Will sich gegen diese grobe Beleidigung zur Wehr gesetzt hatte. Doch gleich darauf gefror ihr Lächeln. Garland Lindsay kam aus dem Büro der Tankstelle und drückte ihr eine Handvoll Dollarnoten und Wills Kleider in die Hand. »Das ist sein Lohn für fünf Tage. Und sag ihm, er ist gefeuert.«

»Was soll *ich* denn damit?«, fragte sie. »Ich bin schließlich nicht seine Frau.«

»Du bringst dem Alten doch immer das Essen, oder nicht? Und außerdem weiß jeder hier, dass du hinter dem jungen Wilden her bist wie eine Klapperschlange hinter einer Wüstenmaus.« Er lachte mit zuckenden Schultern über seinen eigenen Witz.

In Kayes Bauch ballte sich Wut zusammen. Aber sie würde sich nicht provozieren lassen, nicht von jemandem wie *Mr Béeso* Garland Lindsay. Wortlos nahm sie das Geld und die Kleider. Sie zahlte ihr Benzin, tankte und stieg wieder in den Jeep. Ziemlich schnell hatte sie Will eingeholt. Eine Weile tuckerte sie im Schritttempo neben ihm her. Er fühlte sich sichtlich unwohl. In dem roten Overall mit dem Shell-Schriftzug sah er lächerlich aus und er wusste es.

»Lindsay hat dich gefeuert«, rief sie ihm durch das offene Beifahrerfenster zu.

»Ich hatte nichts anderes erwartet«, gab er zurück. »Pech für mich, dass er ausgerechnet heute in der Tankstelle war.«

Kaye fuhr ein Stück voraus und hielt an. Will lief am Auto vorbei.

»Wenn du wusstest, dass dein Chef da ist, warum hast du ihn nicht einfach geholt und ihm die Lösung des Problems überlassen?«, rief sie.

»Weil ich keine Lust hatte, mich von so einem Arschloch erniedrigen zu lassen«, rief Will zurück.

Diesmal lenkte Kaye den Jeep direkt vor seine Füße. Will starrte auf die offene Beifahrertür.

»Nun steig schon ein«, bat sie ihn. »Ich habe deine Kleider, dein Geld... Und ich will sowieso zu Großvater Sam. Ich habe heute zwei seiner Stücke verkauft und will ihm den Erlös bringen.«

Will schwang sich auf den Beifahrersitz und blickte stur geradeaus.

»Das war wirklich filmreif«, sagte Kaye. »Aber jetzt hast du keine Arbeit mehr. Fünf Tage sind nicht die Wucht.«

»Werd schon was finden«, brummte er.

»Ich kann ja mal meinen Vater fragen«, schlug sie vor. »Der Zaun muss gebaut werden und es stehen eine Menge Reparaturen an. Da braucht er jede Hand.«

»Nein«, antwortete Will, »lass es. Ich will nicht für deinen Vater arbeiten.«

»Ich glaube nicht, dass du wählerisch sein kannst.«

»Dein Vater kann mich nicht leiden, Kaye. Wieso sollte er mich einstellen?«

»Ich könnte ein gutes Wort für dich einlegen.«

Will warf ihr einen kurzen Seitenblick zu, dann sah er

wieder nach vorn. »Ich bin nicht dein Sozialkundeprojekt, okay? Ich komme schon klar, auch ohne dass du dich dauernd in mein Leben einmischst.«

Kaye schwieg. Was er gesagt hatte, musste sie erst einmal verarbeiten. Nur mit Mühe konnte sie die Tränen zurückdrängen, die ihr in die Augen stiegen und für einen Moment den Blick verschleierten. Warum redete er so mit ihr? Was war bloß los mit ihm? Er musste doch wissen, dass seine Worte sie verletzen würden.

Die Macht des Wortes ist im Bösen so stark wie im Guten, hatte ihre Mutter immer gesagt.

Vor dem gelben Holzhaus setzte Kaye Will ab und gab ihm auch das Geld für seinen Großvater mit. Sie wollte nicht hineingehen, weil sie fühlte, dass sie sonst in Wills Gegenwart in Tränen ausbrechen würde.

»Sag deinem Großvater, dass ich am Sonntag sein Essen bringe.«

»Das brauchst du nicht.« Will schüttelte den Kopf. »*Ich* werde für ihn kochen.« Einen Augenblick lang sah er Kaye an, und sie spürte, dass er noch etwas sagen wollte, vielleicht eine Entschuldigung. Doch dann drehte er sich um, warf das Kleiderbündel über seine Schultern und ging ins Haus.

»Wie du willst«, erwiderte sie leise.

Donner grollte über den Chuska Mountains und Blitze zuckten zwischen dunklen Wolken. Das Big Res brauchte dringend Regen, aber Kaye ahnte, dass Donner und Blitze nur leere Versprechungen waren – wie beinahe jeden Abend.

Unglücklich und zutiefst verwirrt fuhr sie die Asphaltstraße in Richtung Ranch. Ihre Mutter hatte ihr erzählt, dass Liebe wehtun konnte. »Aber dass es so wehtut, hast du mir nicht gesagt«, flüsterte sie.

Kaye bog auf die Schotterstraße und der Jeep ratterte über das Viehgitter. Diesmal fuhr sie nicht direkt zum Haus, sondern machte einen Abstecher zum Grab ihrer Mutter, das sich auf der anderen Seite der Pferdekoppel zwischen einer Felswand und dem Stamm eines Ölbaumes befand. Sophie hatte sich diesen Platz am Fuße des überhängenden Sandsteinfelsens als letzte Ruhestätte gewünscht und ihr Bruder und seine Familie hatten diesen Wunsch akzeptiert. Kaye war lange nicht mehr hier gewesen, aber heute verspürte sie das dringende Bedürfnis, mit ihrer Mutter zu reden.

Sophie Kingleys Grab war ein flacher Erdhügel, eingerahmt von weißen Steinen. Es gab kein Kreuz, denn Sophie war fest verwurzelt gewesen im indianischen Glauben und hatte keiner christlichen Kirche angehört.

Kaye setzte sich auf den staubigen Boden, lehnte Rücken und Kopf gegen den Stamm des Ölbaumes und schloss die Augen. »Mom«, flüsterte sie, »Will ist wieder da.« Sie seufzte leise. »Aber das weißt du sicher längst. Weißt du denn auch, warum er mir aus dem Weg geht? Kannst du mir das sagen?«

Tränen drangen unter ihren geschlossenen Lidern hervor und rannen über ihre Wangen. »Du hast ihn im Gefängnis besucht und mir nichts davon erzählt. Warum, Mom? Wolltest du auch nicht, dass ich mit ihm zusammen bin?«

Sie wischte die Tränen weg. »Du hast immer zu mir gesagt, Will würde deshalb nicht schreiben, weil er nur Trauriges zu erzählen hätte. Aber vielleicht war das gar nicht der Grund. Vielleicht mag er mich ja nicht mehr.«

Kaye beobachtete eine rot gepunktete Eidechse, die auf einen der weißen Steine huschte und dort blieb, um sich zu sonnen. Leise sprach sie weiter: »Ich weiß nicht, was ich denken soll, Mom. In der Nacht, am Finger Rock, da habe ich gespürt, dass Will mich noch gern hat. Er war so, wie ich ihn kannte, beinahe jedenfalls. Aber auf einmal will er nichts mehr mit mir zu tun haben. Was ist los mit ihm, Mom? Hast du es gewusst?«

Kaye bekam keine Antwort, doch das hatte sie auch nicht erwartet. Sie selbst musste das Geheimnis um Wills merkwürdiges Verhalten lüften und hatte doch gleichzeitig Angst davor. Was, wenn dieses Geheimnis zu mächtig war und sie für immer auseinanderbringen würde?

Zurück auf der Ranch begrüßte Kaye ihren Vater, der wieder einmal an seinem Pick-up herumbastelte.

»Auf dem Herd steht Bohnensuppe«, sagte er. »Ashies Frau hat sie gekocht. Schmeckt prima.«

»Ich hab keinen Hunger.«

Kingley wischte sich das feuchte Haar aus der Stirn und blickte seine Tochter aufmerksam an. Er sah sofort, dass sie geweint hatte. »Wie war dein Tag, Kaye?«

»Ziemlich gut«, sagte sie und wandte sich ab, um zur Koppel zu gehen, wo Shádi sie mit einem freudigen Wiehern begrüßte.

»Vielen Dank für das nette Gespräch«, brummte Arthur und wandte sich wieder seinem Motor zu.

Kaye sprach eine Weile mit Shádi, deren Name »große Schwester« bedeutete. Sie streichelte die Stute, drückte die Nase an ihr warmes Fell. Dann ging sie ins Haus. Sie wartete nicht, bis ihr Vater hereinkommen und sie ausfragen würde. Sie duschte und verschwand in ihrem Zimmer. Als Arthur später an ihre Tür klopfte, tat Kaye so, als würde sie bereits schlafen.

Beim gemeinsamen Frühstück am nächsten Morgen erklärte Kaye ihrem Vater, dass sie am Nachmittag ihre Freundin Teena besuchen wolle und bei ihr schlafen würde.

»Du musst mich nicht anlügen«, sagte Arthur verstimmt. »Du kannst mir ruhig sagen, wenn du *ihn* treffen willst.«

»Ich werde *ihn* nicht treffen, Dad«, erwiderte Kaye. »Und zwar aus dem einfachen Grund, weil er nichts von mir wissen will.«

»Na, dann ist es ja gut.« Ihr Vater atmete erleichtert auf. »Mir scheint, der Bursche ist vernünftiger als du.«

Kaye funkelte Arthur an. »Eines Tages werde ich ihn heiraten, Dad, auch wenn du etwas dagegen hast.«

»Aber zum Heiraten gehören immer noch zwei, oder etwa nicht?«

Kaye versuchte, den heißen Klumpen in ihrer Kehle herunterzuschlucken, doch es gelang ihr nicht. Warum quälte ihr Vater sie so, wo doch auch ohne seine verletzenden Worte alles schon schwer genug war?

»Ich muss jetzt los«, sagte sie mit belegter Stimme und schloss leise die Tür hinter sich.

Am Nachmittag packte sie ein paar Sachen in ihren kleinen Rucksack, holte ihren Schlafsack aus dem Schrank und fuhr nach Chinle. Von dort führte eine einspurige Teerstraße zur Ranch von Teena Tommys Familie. Die beiden Mädchen sattelten zwei Reitpferde, verstauten ihre Rucksäcke und die Schlafsäcke auf dem Rücken der Tiere und saßen auf. Sie ritten in den Canyon de Chelly, der eigentlich ein Gewirr aus drei Canyons war, deren tiefe Schluchten sich meilenweit in den roten Fels fraßen, bis fast zur Grenze nach New Mexico.

Die beiden Mädchen waren schon oft zusammen durch den Canyon geritten und hatten seine Seitenarme erforscht. Doch für Kaye war es jedes Mal wie eine Offenbarung, wenn sie die breite Mündung des Canyons mit ihrem weichen Schwemmsand passiert hatten und zu beiden Seiten die steilen Felswände wie uneinnehmbare Festungsmauern in die Höhe ragten. Rote Felsen, die die Sonne einfingen und manchmal auch den Himmel. Es gab sogar schimmernde glatte Flächen im Fels, Wüstenlack genannt, die an einigen Stellen in einem hellen Blau leuchteten.

Die Wände des Canyons wuchsen, je tiefer sie hineinkamen. Kein Laut drang jetzt mehr in die Schlucht. Es war, als würden sie sich in einer von Raum und Zeit losgelösten Welt befinden.

Manchmal blieben die Mädchen auf ihren Pferden dicht unter einer vorgewölbten Felswand mit den eigenwilligen dunklen Schraffuren und Marmorierungen stehen und legten den Kopf in den Nacken, um beinahe dreihundert Meter weiter oben die Felskante zu erspähen. Dann war es Kaye, als schwanke die Welt unter einem verbogenen Himmel.

Lange Zeit sprachen sie kaum ein Wort. Sie ritten am von Pappeln, russischen Ölbäumen und Tamarisken gesäumten Tsaile River entlang und lauschten auf den Abendwind im Canyon. Sie sogen den süßen Duft der violetten Tamariskenblüten ein und haschten nach den weißen Flocken der im warmen Aufwind umherfliegenden Pappelblüten.

Nach ungefähr drei Meilen teilte sich der Canyon wie ein V. Der nördlichere Weg führte in den Canyon del Muerto, den Canyon der Toten. Er erhielt seinen Namen, als Ende des 19. Jahrhunderts eine Expedition dort Grabstätten der *Anasazi* fand. Anasazi ist Navajo und bedeutet: *Die vorher da waren*. Es waren nicht die Vorfahren der Navajo, sondern die der Hopi- und Pueblo-Indianer; Menschen, die vor 1700 Jahren überall im Südwesten gelebt hatten. Irgendwann zogen sie sich aus unerklärlichen Gründen in diese versteckten Felsbehausungen zurück, um ein

Jahrhundert später ganz zu verschwinden. Niemand wusste, warum. Vielleicht hatte es eine große Dürre oder schlimme Krankheiten gegeben. Vielleicht hatten die Geister gesagt, dass sie gehen sollten.

Die Ruinen ihrer Behausungen aus Sandstein- oder Lehmziegeln fand man überall im Reservat, genauso wie ihre geheimnisvollen Ritzzeichnungen auf den mit dunkler Patina behafteten Felsflächen.

Der südlichere Weg, den Kaye und Teena nun einschlugen, führte in den eigentlichen Canyon de Chelly, von dem später der Monument Canyon abzweigte. Auch hier gab es, versteckt in hoch gelegenen Felsnischen, Ruinen aus Stein und Lehm. In die Felswände gehauene Klettermulden zeigten, wo die Anasazi in ihre luftigen Behausungen aufgestiegen waren, in denen sie sich vor Feinden und Sturzfluten sicher wähnten.

Kaye schauderte, als sie an den Ruinen vorbeiritten, denn sie wusste, dass früher wichtige Männer ihres Volkes in den Anasazi-Ruinen des Canyon de Chelly bestattet worden waren. Ihre Geister waren vielleicht immer noch dort, genauso wie die Geister derer, *Die vorher da waren*. Die Ruinen waren tabu. Teena und Kaye trugen vorsorglich ein Wacholderzweiglein bei sich, das sie bei Nacht vor Hexen und bösen Geistern schützen würde.

Kaye sann darüber nach, wie gut das Leben im Canyon gewesen sein mochte, bevor Colonel Kit Carson und seine Männer sämtliche Pfirsichplantagen, die Mais- und Melonenfelder zerstörten und das Vieh abschlachteten. Einige Navajo waren damals so verzweifelt über die Vernichtung ihrer Existenzgrundlage, dass sie einfach über die Steilwände in die Tiefe sprangen.

Heute wohnte niemand mehr dauerhaft im Canyon, weil es hier keinen Strom gab und keinen Fernsehempfang –

Dinge, auf die keiner mehr freiwillig verzichten wollte. Aber einige Familien hatten ihre Felder auf dem fruchtbaren Boden angelegt. Mais, Melonen, sogar wieder Pfirsichbäume wuchsen hier. Es gab Pferde, eine Ziegenherde und ein paar Schafe. Wurde es Abend, hatte auch der letzte offene Touristenbus den Canyon verlassen, und im Tal waren nur noch die Tiere und ein paar Leute in ihren einfachen Behausungen, die man an einer Hand abzählen konnte.

Als die Abendsonne die Felswände blutrot aufglühen ließ, erreichten die beiden Mädchen eine senkrecht aus dem Boden ragende Felsnadel, den Spider Rock. Der über 240 m hohe Fels warf einen langen Schatten auf den Canyonboden. Teena und Kaye stiegen von ihren Pferden. Dies war ein heiliger Ort. Denn oben auf der Spitze des Spider Rock lebte Spinnenfrau, die den Navajo einst die Kunst des Webens beigebracht hatte. Das war vor langer Zeit gewesen, als die Welt noch jung war und die Menschen aus der Macht heiliger Orte wie diesem ihre Kraft bezogen.

»Ich habe schon lange nicht mehr am Webstuhl gesessen«, sagte Kaye, von schlechtem Gewissen geplagt.

»Ich auch nicht.« Teena klang genauso reumütig.

»Vielleicht ist das der Grund dafür, dass die Dinge für uns nicht so laufen, wie wir es uns wünschen.«

»Glaubst du das?« Teena sah ihre Freundin fragend an.

Kaye nickte. »Ja, irgendwie schon. Als Mom mir das Weben beibrachte, sagte sie, dass es etwas Heiliges sei. Ein Können, das Leben spendet. Sie sagte, dass von den Händen der Weberin Fäden gespannt sind zum Wesen von Schutz und Glück.« Kaye hob ratlos die Schultern. »Wir haben keine Zeit mehr, am Webstuhl zu sitzen, also gibt es auch keine Fäden zum Glück.«

»Wir nehmen uns die Zeit nicht«, sagte Teena. »Das ist schlimm.«

»Ja, weil uns etwas verloren geht, etwas, das man vielleicht nicht zurückholen kann.«

Kaye legte den Kopf in den Nacken und blickte die Felsnadel hinauf. »Wir könnten Spinnenfrau versprechen, uns wieder an unsere Webstühle zu setzen.«

»Ich glaube, sie hält nicht viel von großen Versprechungen«, erwiderte Teena leise. »Wir müssen ihr beweisen, dass wir es ernst meinen.«

»Gut«, sagte Kaye. Sie blickten einander an und schworen sich wortlos, die Fäden des Glücks wieder in ihre Hände zu nehmen.

Danach luden sie ihr Gepäck und die Decken vom Rücken der Pferde und ließen die Tiere grasen. Ihre Pferde würden nicht fortlaufen, sie kannten diesen Ort. Hier war das Gras grün und saftig, und es gab einen Bach, an dem sie trinken konnten.

Die Mädchen schulterten ihre Rucksäcke und stiegen einen schmalen Pfad hinauf, vorbei an Felsmalereien des alten Volkes, die von längst vergangenen Ereignissen kündeten. Es gab Abbildungen von Menschen, von Tieren und mehrere Handabdrücke. Kaye blieb stehen, um die weißen, roten oder gelben Zeichnungen zu betrachten. Teena, die voranlief, drehte sich um und sagte: »Die Hände, das sind Zeichen des alten Kriegsgottes. Großvater sagt, es hat viele Kriege in diesem Canyon gegeben.«

»Es ist schwer, sich das vorzustellen«, erwiderte Kaye. »Jetzt wo es so friedlich hier ist.«

»Oh, wir Navajo waren berüchtigt für unser kriegerisches Wesen«, entgegnete Teena mit einem fröhlichen Augenzwinkern. »Man schimpfte uns Diebe und Plünderer. Die Hopi und die Apachen können uns bis heute nicht leiden.«

»Was ja wohl auf Gegenseitigkeit beruht«, meinte Kaye.

Sie liefen weiter und erreichten schließlich den alten Lagerplatz unter einem Felsüberhang, von dem aus sie einen guten Blick ins Tal hatten. Sie aßen trockenes Fladenbrot, dazu sonnenreife Tomaten und stillten ihren Durst. Dann hockten sie sich auf ihre Schlafsäcke und sahen zu, wie der rote Schein der untergegangenen Sonne immer mehr verblasste.

Zuerst verschwanden die Farben, dann die Konturen der Felswände und der Bäume und Sträucher im Tal. Alles wurde unscharf, löste sich auf. Fledermäuse schwirrten dicht an ihren Gesichtern vorbei und von irgendwoher ertönte das Heulen eines Kojoten.

Vor ihnen ragte Spider Rock aus dem Boden des Canyons. Fledermäuse flatterten mit ihren ruckartigen Bewegungen um die Felsnadel.

»Hat deine Mom dir auch manchmal mit Spider Woman gedroht?«, fragte Teena.

Kaye lachte leise. »Ja. Wenn ich ungezogen war, sagte sie, Spider Woman würde ihre Spinnwebleiter herablassen und kommen, um mich zu verschlingen. Sie sagte, oben auf der Kuppe des Felsens würden bleiche Kinderknochen liegen.«

»Hast du Angst gehabt?«

»Nur ein bisschen.«

»Ich hatte Angst«, sagte Teena. »Spider Rock war so nah. Aber dann habe ich mir den Fels mal vom Rand des Canyons aus angesehen – und es waren keine Kinderknochen da.«

Eine Eule schickte ihr schauriges *Uhu* über den Canyon und die Mädchen kicherten vor Schreck. Als es dunkel war und das Sternenvolk vom Himmel funkelte, suchten sie sich nebeneinander eine bequeme Stelle in einer Sandmulde und krochen in ihre Schlafsäcke. Teena erzählte Kaye von Charlie Tsoosie und seinen Küssen. »Er sagt, ich sei stark und in meiner Gegenwart würde er sich sicher fühlen«, flüsterte sie. »Aber ich habe Angst, nicht stark genug zu sein.«

»Wenigstens weißt du, dass er dich liebt, und gemeinsam schafft ihr es bestimmt. Meine Mutter hat immer gesagt, Liebe ist eine starke Macht. Ich liebe Will, aber er geht mir aus dem Weg, und ich weiß nicht, was mit ihm los ist. Ich weiß nicht, gegen was oder wen er ankämpft, und warum.«

»Vielleicht bist du zu ungeduldig«, sagte Teena. »Mit der Zeit bekommst du bestimmt Antworten auf deine vielen Fragen.«

Die Stimmen der beiden Mädchen wurden leise wie das Rascheln von Maisstroh im Wind. Kaye wusste, dass Teena recht hatte. Die Antworten würden kommen. Es würde Zeichen geben, damit sie sie finden konnte. Diese Zeichen durfte sie nicht übersehen. Und sie wusste auch, dass es Antworten gab, die nur ihr allein gehörten.

Schon bald merkte Kaye an Teenas ruhigem, gleichmäßigem Atem, dass sie eingeschlafen war. Sie dagegen lag noch lange wach und starrte nachdenklich hinauf zu den funkelnden Sternen.

8. Kapitel

Verdammter Mist«, rief Will erschrocken und zog blitzschnell die Hand zurück, als er das verräterische Rasseln zwischen den Steinen hörte. Schimpfend erhob er sich und machte sich auf die Suche nach einem langen Stock. Er wollte wissen, ob die silbernen Schmuckstücke noch da waren, die sein Vater ihm überlassen hatte, damit er später auf etwas zurückgreifen konnte, wenn er einmal Geld brauchte. Will hatte die Silberstücke damals sorgfältig in diesem Felsspalt versteckt. Er war noch ein halbes Kind gewesen und hatte sich als Hüter eines Schatzes gefühlt. Aus unerfindlichen Gründen hatte er seinen Schatz nicht im Haus aufbewahrt, sondern ihn vergraben, wie er das in Büchern gelesen hatte. Das war jetzt sechs Jahre her, doch Silber war beständig.

Und nun war es so weit. Will Roanhorse brauchte Geld.

Was er in den fünf Tagen an der Tankstelle verdient hatte, reichte nicht einmal für Zaumzeug und eine Satteldecke, geschweige denn für ein Pferd. Er brauchte etwas, womit er sich unabhängig fortbewegen konnte. Um seinen Führerschein zu machen, musste er erst jemanden finden, der ihn mit seinem Wagen fahren ließ. Kaye um diesen Gefallen zu bitten, brachte er nicht fertig. Sie war eine gute Fahrerin. Er würde als Anfänger neben ihr sitzen und sich ihre Kommentare anhören müssen. Das wollte er sich ersparen.

Doch um ein Pferd zu reiten, brauchte man keinen Führerschein. Vor der Zeit im Gefängnis war Will ein guter

Reiter gewesen. Sein Vater hatte immer Pferde besessen, auch dann, wenn das Geld knapp gewesen war. Ein richtiger Navajo sollte auch ein Pferd haben, hatte John Roanhorse gesagt.

Will schielte nach der dunklen Felsspalte.

Eine Klapperschlange hatte das trockene Versteck entdeckt und sich als Nest auserkoren. Nun, nachdem die Spalte einen ernst zu nehmenden Bewacher gefunden hatte, wusste Will nicht, wie er unbeschadet an sein Eigentum kommen sollte. Endlich fand er einen Stock, der lang genug war, und stocherte damit in den Hohlraum unter dem Felsvorsprung. Die Schlange rasselte drohend mit ihrem Hornschwanz und kam schließlich aus ihrem Versteck. Als sie mit ihrem Kopf auf Will zustieß, wich er jäh zurück und ließ entsetzt den Stock fallen.

»*Há'át'iish baa nanina* – was machst du denn da?«, rief plötzlich jemand. Will griff hastig nach dem Knüppel, um ihn notfalls als Waffe benutzen zu können, wenn er sich verteidigen musste. Sofort in Verteidigungshaltung zu gehen, das hatte er im Gefängnis gelernt.

Aber dort oben auf dem runden Felsbuckel stand kein Feind, sondern Aquilar, Maria Yazzies kleiner Bruder. Will hatte den Jungen bei seinem letzten Besuch im Haus der Yazzies kennengelernt und sie hatten sich sofort gut verstanden. Will hatte sich mit Aquilar eingehender unterhalten als mit Maria.

Erleichtert ließ Will den Knüppel sinken. »Wo kommst du denn auf einmal her?« Es gefiel ihm zwar nicht, dass der Junge ihn beobachtet hatte, aber möglicherweise konnte Aquilar ihm helfen. Zumindest, was die Klapperschlange betraf.

»Ich habe dich gesucht«, antwortete Aquilar. »Dein Großvater sagte mir, du könntest vielleicht hier sein.«

Will stöhnte leise. Der Alte wusste immer alles. Ihm blieb nichts verborgen. Er hatte seinem Großvater nicht gesagt, wohin er gehen würde, doch Sam hatte es trotzdem gewusst. Vermutlich wusste er sogar von den Silberstücken und hatte bloß nichts gesagt.

Mit einer Geste winkte Will den Jungen zu sich herunter. Aquilar Yazzie war sechzehn und trug das Haar zu einem Pferdeschwanz gebunden wie er selbst. Er war klein und mager, als würde er nie genug zu essen bekommen. Seine braunen Augen leuchteten wissend.

»Was willst du von mir?«, fragte Will. »Warum hast du mich gesucht?«

Aquilar zuckte mit den Achseln. »Ich dachte, du kannst vielleicht einen Freund brauchen.«

Will schluckte. Das war nicht die Antwort, die er erwartet hatte. »Und was verleitet dich zu dieser Annahme?«

»Die Sache mit dem Benzin auf dem Rücksitz des *bilagáana*-Autos hat sich ziemlich schnell herumgesprochen«, antwortete Aquilar. »Ein paar von den Jungs feiern dich als Helden. Aber mach sie dir besser nicht zu Freunden, du könntest sonst schnell in Schwierigkeiten geraten.«

»Welche Jungs?«

»Die von der Cobra-Gang. Sie standen in der Nähe der Tankstelle herum und haben alles gesehen. Ich wollte dich warnen. Halte dich von ihnen fern, sie bringen nichts als Ärger.«

»Du scheinst ein paar Dinge zu wissen, von denen ich keine Ahnung habe«, bemerkte Will und musterte Aquilar interessiert. Die Besorgnis in den dunklen Augen des Jungen war echt.

»Ich hatte einen Freund«, erzählte Aquilar. »Er hieß Louis, und wir kannten uns, seit wir Babys waren. Jetzt ist er tot. Er gehörte zu den Cobras. Eine Lieblingsbeschäftigung der Jungs ist, eine Mischung aus Wasser und Haarspray zu trinken. *Ocean Water* nennen sie es. Kostet bloß zwei Dollar und führt schon nach wenigen Schlucken zum Rausch. Louis hatte wohl einen Schluck zu viel genommen, er ist …« Aquilar stockte. »Er ist im Ozeanwasser ertrunken.«

»Okay«, sagte Will bestürzt, »danke für deinen Rat. Aber ich habe nicht vor, mich denen anzuschließen.« Auch im Gefängnis hatte es Gangs gegeben, und er wusste, wie gefährlich und ausweglos es war, dazuzugehören. Allerdings schockierte es ihn, dass diese Dinge nun auch bis ins Reservat gedrungen waren.

»Und was machst du hier?«, fragte Aquilar. »Versuchst du, Klapperschlangen zu zähmen? Hast du dein Klapperschlangen-Survival-Kit bei dir?«

Klapperschlangen-Survival-Kit? »Mach dich nicht lustig«, sagte Will.

»Na gut, mach ich nicht.« Aquilar grinste. »Kann ich dir vielleicht helfen?«

»Schon möglich. In diesem Felsspalt ist etwas, das mir gehört.«

Aquilar blickte auf die Schlange hinunter, die immer noch in Angriffsstellung verharrte. Er ging langsam ein paar Schritte näher heran und dann begann er, leise zu singen. Will konnte nicht alles verstehen, denn der Junge sang auf Navajo. Er verstand nur: *liebe Schlange* und: *geh fort*!

Im Internat hatte Will mit einem anderen Navajo-Jungen in seiner Sprache reden können. Im Gefängnis war vieles in Vergessenheit geraten, was sein Leben im Reservat betraf. Auch die schwierige Sprache. Jetzt fehlten ihm manchmal wichtige Worte und Zusammenhänge. Nur langsam trat seine Muttersprache aus einem Loch tief in seinem Gedächtnis wieder hervor an die Oberfläche seines Bewusstseins.

Die Schlange starrte Aquilar an und prüfte die Luft mit der Zunge. Langsam, mit trägen Bewegungen, schob sie sich fort. Will blieb vor Staunen der Mund offen stehen. Schließlich verschwand die Klapperschlange in einem niedrigen, gelb blühenden Gebüsch. Aquilar wies auf den Spalt hinunter. »Die Luft ist rein.«

»Und wenn noch eine drin ist?«, fragte Will skeptisch. Er versuchte, sich seine Angst nicht anmerken zu lassen, was natürlich vollkommen aussichtslos war.

Aquilar verzog spöttisch den Mund. »So wild, wie du mit dem Stock da drinnen herumgestochert hast, ist das kaum anzunehmen.«

Will zögerte immer noch.

»Soll ich es für dich herausholen?«, bot Aquilar ihm an. »Was immer es auch ist, es interessiert mich nicht.«

»Nein«, erwiderte Will schnell. »Ich mache das schon selbst.« Er legte sich flach auf den Vorsprung, schloss die Augen und steckte seine rechte Hand in den Felsspalt. Seine Finger tasteten die Höhlung ab. Er rechnete damit, dass sich jeden Moment zwei giftige Zähne in seinen Handrücken bohren würden.

Ein Schatten fiel auf seine Wange.

Will öffnete kurz die Augen. Er sah Aquilar vor sich stehen, einen merkwürdigen Ausdruck im Gesicht. Will ächzte leise. Schweißperlen bildeten sich auf seiner Stirn. Großvater Sam hatte immer gesagt, es kommt darauf an, *wo* sie dich beißen. Aber Will hatte vergessen, wie gefährlich ein Biss in den Finger war. Vermutlich würde Aquilar ihm die ganze Hand abhacken müssen, um Schlimmeres zu verhindern. Will seufzte bei diesem schrecklichen Gedanken.

Schließlich fanden seine tastenden Finger, was sie suchten. Er umklammerte den Lederbeutel und zog ihn aus dem Spalt. Erleichtert hockte Will sich auf den Fels und klopfte

Sand vom Beutel. Mit dem Handballen fuhr er sich über die feuchte Stirn.

»*Ahé'ee*, danke«, sagte er zu dem Jungen, der ihn immer noch beobachtete. »*Liebe Schlange* … das war ziemlich cool. Von wem hast du das gelernt?« Er steckte den Beutel in seinen Rucksack.

»Von meinem Vater. Er ist ein *hataalíí*.« Aquilar Yazzie stammte aus einer Familie von sehr traditionell eingestellten Leuten, dem *Aá'tro'sni* – Enge-Schlucht-Clan. Sein Vater Josef war ein *hataalíí*, ein Sänger und Heiler wie Großvater Sam. Aquilar war *navajo* erzogen worden. Deswegen würde er Will nicht fragen, was sich in dem Lederbeutel befand, denn Neugier war für einen Navajo ein Zeichen von Schwäche.

»Kannst du mir den Trick mit der Schlange beibringen?«, fragte Will.

Aquilar hob die Schultern. »Du musst nur das Lied lernen. Wir mögen Schlangen zwar nicht besonders, aber unsere Feinde sind sie nicht. Wir haben andere, viel gefährlichere Feinde. Gegen die hilft aller Gesang nichts.«

»Wie meinst du das?« Will rappelte sich wieder auf die Beine. »Was haben wir für Feinde? Die Apachen vielleicht?« Er lachte halbherzig. Einst waren Navajo und Apachen ein Volk gewesen und gemeinsam aus dem Norden gekommen. Später wurden sie zu Feinden und bekriegten sich eine Zeit lang. *Apachu* war Navajo und bedeutete: Feind.

»Das Gleichgewicht ist gestört«, sagte Aquilar. »Das Land ist unglücklich und viele vom Volk sind es auch. Aber die Fehler werden von den Menschen gemacht, nicht vom Land.«

»Was ist schiefgelaufen?« Will wollte es genau wissen.

»Eine Menge.«

»Wirst du es mir erzählen?«

»Wenn es dich interessiert?«

Will nickte. »Es interessiert mich. Ich war lange weg und vieles hat sich verändert. Ich könnte ein bisschen Nachhilfeunterricht gebrauchen.«

»*Shoo.*« Aquilar nickte. »Ich verstehe.«

»Eigentlich bin ich hergekommen, um nachzusehen, was aus dem Sommerhogan meines Großvaters geworden ist«, sagte Will. »Wenn du Lust hast, dann komm doch mit.«

»Ist es weit?«

»Wir müssen durch einen Slot-Canyon und dann hoch auf die Mesa.«

»Ich bin dabei«, sagte Aquilar.

Will lief voran und der Junge begann zu erzählen. Von riesigen Kohleschaufeln, die das Land fraßen, von Chemikalien, die das Wasser vergifteten, von strahlenden Abraumhalden, die Menschen an Krebs erkranken ließen. All das war Will nicht neu, mit diesen Problemen hatte sein Volk schon zu kämpfen gehabt, bevor er das Reservat verlassen hatte. Neu war, dass es inzwischen so viele Jugendgangs im Big Res gab, dass man sie nicht mehr an den Fingern zweier Hände abzählen konnte. Sie berauschten sich mit Ocean Water und schlimmer noch, mit synthetischen Drogen, die ganz leicht aus einem Grippemittel gewonnen werden konnten.

»Es gibt nichts zu tun für die Kids«, sagte Aquilar. »Niemand akzeptiert sie. Also holen sie sich ihren Kick mithilfe von Alkohol oder Drogen, und um an beides zu kommen, schrecken sie sogar vor Mord nicht zurück.«

Als Aquilar das sagte, zuckte Will zusammen. Er blieb stehen und drehte sich um. Verunsichert blickte er Aquilar ins Gesicht, der nun ebenfalls stehen blieb.

»Schon gut, Will«, sagte der Junge. »Ich weiß, warum du im Gefängnis gesessen hast. Und ich weiß auch, dass du niemanden umbringen wolltest. Wenn ich ein Problem damit hätte, wäre ich nicht hier.«

Erleichtert atmete Will aus.

Aquilar stemmte die Hände in die Hüften. »Was ich sagen will, ist: Viele Kids in Window Rock und Umgebung suchen Spaß – schnelle Autos, Partys, Drogen. Jemanden wie mich, der Stunden damit zubringt, die alten Lieder zu lernen, und der nach der Schule für seine Eltern Schafe hütet, akzeptieren sie nicht. Sie lachen mich aus.«

»Ist das ein Problem für dich?«, fragte Will. »Ich dachte, du willst mit ihnen nichts zu tun haben.«

Aquilar ließ die Hände sinken. »Ich wollte dir nur klarmachen, dass es dir wenig Anerkennung einbringen wird, wenn man dich mit mir zusammen sieht.«

»Hast du keine Freunde?« Will legte den Kopf schief und betrachtete Aquilar nachdenklich.

»Ich hatte einen, aber …«

»Schon gut«, unterbrach ihn Will seufzend. Und dann fragte er: »Wie bist du überhaupt hergekommen?«

»Mit meinem Pferd. Es steht bei deinem Großvater.«

Nachdem sie noch ein Stück das ausgetrocknete Flussbett entlanggegangen waren, erreichten die beiden den Eingang des Slot-Canyons. Es war ein rund dreißig Meter langer, extrem enger Felsenschacht, das Werk eines kleinen Flusses, der sich seit Jahrhunderten einen Weg durch den weichen Sandstein erarbeitet hatte.

Sie schlängelten sich durch die enge Öffnung und blickten nach oben, wo sie durch einen gewundenen Spalt den blauen Himmel sehen konnten.

»Was denkst du, wie hoch das ist?«, fragte Aquilar.

»Acht bis zehn Meter«, antwortete Will. »Ich hab vor Jahren mal einen Stein an einem Strick von oben heruntergelassen. Aber es kann durchaus sein, dass der Canyon in den letzten fünf Jahren noch tiefer geworden ist.«

Will lief weiter und Aquilar folgte ihm. Es war überraschend kühl zwischen den schattigen Felswänden, und der Sandboden, über den sie liefen, war nass. Manchmal mussten sie durch Wasserlachen waten. So ein Slot-Canyon konnte schnell zur tödlichen Falle werden, wenn man von einem Sommergewitter überrascht wurde, selbst wenn es in fünfzig Kilometern Entfernung niederging. Dann konnte es passieren, dass urplötzlich große Wassermassen, die Geröll und Äste mit sich brachten, durch die engen Felsschluchten schossen. Eine tödliche Falle, denn an seiner engsten Stelle waren die Felsenwände oft nur einen knappen Meter voneinander entfernt.

Will betastete die wellenförmigen Auswaschungen, die das fließende Wasser in Hunderten von Jahren geschaffen hatte. Rot und violett leuchtende Einbuchtungen, weiche Formen mit wunderschönen Erosionsmustern. Eine andere Welt.

Schließlich öffnete sich der Schacht in den breiten, von Sonnenlicht durchfluteten Water Hole Canyon. Tamarisken und russische Ölweiden wuchsen zu beiden Seiten des ausgetrockneten Flussbettes. Der Rabbit Wash führte nur Wasser, wenn starke Regengüsse niedergingen. Aber an einigen Stellen war der Sand feucht, was bedeutete, dass der Fluss unterirdisch weiterfloss.

Will suchte linkerhand nach dem Pfad, der auf die Mesa führte. Weit konnte er nicht mehr sein, aber die Büsche waren in den vergangenen fünf Jahren gewachsen und versperrten ihm den Blick auf den Geröllhang.

»Gibt es noch einen anderen Weg in den Canyon?«, fragte Aquilar auf einmal.

»Wieso?«

Der Junge wies auf Reifenspuren im Sand des Flussbettes. »Ein Jeep«, sagte er. »Siehst du die tiefen Muster und die breite Spur? Jemand, den du kennst?«

»Ich weiß nicht.« Will kratzte sich nachdenklich am Hinterkopf.

Sollte Kaye oben im Hogan gewesen sein und nach ihm gesucht haben? Zuzutrauen wäre es ihr. Seit er zurück war, suchte sie ständig seine Nähe. Genauso wie damals, als er ihr den kleinen Hund geschenkt hatte. Die Hündin seines Großvaters hatte zwei Welpen gehabt, und Sam hatte Will nur erlaubt, einen zu behalten. Jasper. So war der Geburtstag des kleinen dünnen Mädchens, dessen Mutter mit seinem Vater befreundet war, eine gute Gelegenheit gewesen, das andere Hündchen loszuwerden. Auf einer Schafranch konnte man einen Hütehund immer gebrauchen. Damals war das Foto mit Kaye und Jazz entstanden.

Am Tag danach war die Kleine ihm auf dem Schulhof wie ein Schatten gefolgt. Seine Freunde hatten ihn ihretwegen gehänselt, und er hatte eine ganze Woche lang versucht, unfreundlich zu ihr zu sein, damit sie ihn in Ruhe ließ. Tagelang trug er dasselbe T-Shirt mit dem Aufdruck: *Stop following me, I don't know where I am going.*

Es war zwecklos gewesen, Kaye war nicht mehr von seiner Seite gewichen. Einmal hatte er ihr in einer dunklen Ecke des Schulgebäudes aufgelauert und sie fürchterlich erschreckt. Sie war zusammengezuckt, hatte wie zur Salzsäule erstarrt dagestanden und ihn mit ihren großen blauen Augen verwundert angesehen. »Warum hast du das gemacht?«, hatte sie ihn schließlich gefragt, und er war ihr die Antwort schuldig geblieben. Danach hatte er nicht mehr versucht, sie loszuwerden.

Vielleicht war es jetzt ebenso zwecklos wie damals.

»Es gibt noch einen anderen, besser zugänglichen Weg

in den Canyon«, beantwortete Will endlich Aquilars Frage. »Ungefähr eine Stunde Fußmarsch von hier in Richtung Westen gibt es eine Stelle, die breit genug ist, um sie mit einem Fahrzeug zu passieren. Früher sind manchmal irgendwelche Kids in den Canyon gefahren und haben Partys veranstaltet. Mein Vater musste dann jedes Mal die leeren Bierflaschen und Coladosen einsammeln. Die Zufahrt befindet sich auf Roanhorse-Land und deshalb hat er sie vor Jahren mit einem Drahtzaun abgesperrt und ein »Betreten verboten«-Schild drangehängt. Seitdem hat sich niemand mehr in den Canyon verirrt. Aber ich weiß natürlich nicht, was in den vergangenen fünf Jahren hier passiert ist. Mein Großvater ist zu alt, um regelmäßig nach dem Rechten zu sehen.«

Will erzählte Aquilar nichts von den uralten Ritzzeichnungen im Fels, die sich auf der gegenüberliegenden Seite des Canyons in einem Seitenarm befanden. Sein Vater hatte sie ihm gezeigt, als er noch ein kleiner Junge war. Und irgendwann hatte er sie Kaye gezeigt. Die Zeichnungen waren ihrer beider Geheimnis und dabei sollte es auch bleiben.

»Na, das kannst du ja jetzt übernehmen«, bemerkte Aquilar.

Will nickte und dachte: Ich brauche unbedingt ein Pferd.

Endlich entdeckte Will den Mesapfad und sie machten sich an den Aufstieg. Der schmale Weg war lange nicht mehr begangen worden und ab und zu mussten sie lose Gesteinsbrocken zur Seite räumen.

Von Großvater Sam hatte Will erfahren, dass sich irgendwo hier, in der Nähe der Nachtquelle, das Grab seines Vaters befand. Aber er war noch nicht so weit, es zu besuchen. Irgendwo in einem Winkel seines Inneren machte er seinen Vater noch immer für alles verantwortlich, was geschehen war.

Wills rotes T-Shirt hatte große dunkle Schweißflecken, und sein Atem ging schwer, als sie das Plateau erreichten. Aquilar schien der steile Aufstieg wenig ausgemacht zu haben.

Der Hogan stand mitten auf einer langen, von Grasbüscheln und Salbeisträuchern bewachsenen Ebene. Er war von Großvater Sams Vater noch in traditioneller Bauweise errichtet worden. Ein achteckiger Bau aus Steinen mit einem Kuppeldach aus Lehm, Zweigen und Strohgeflecht. Einige Meter neben dem Hogan befand sich die Schwitzhütte. Von ihr war nur noch der hüfthohe Kegel aus Brettern übrig, der eine kreisrunde Erdgrube abdeckte. In ihr konnten zwei Menschen sitzend Platz finden.

Als Will und Aquilar den Hogan näher inspizierten, stellte sich heraus, dass er in einem erbärmlichen Zustand war. Die Mauern standen noch, aber das Dach war teilweise eingesunken und der Lehm ins Innere gebröckelt. Seit drei Jahren hatte sich niemand mehr um den Hogan gekümmert. Seit drei Jahren waren Großvater Sams Beine zu alt, um aus dem Tal hier heraufzuklettern.

Aquilar hatte recht: Es war an der Zeit, dass Will die Dinge in die Hand nahm. Schwitzhütte und Hogan brauchten ein neues Lehmdach.

Aquilar half Will, die wenigen Einrichtungsgegenstände aus dem Hogan zu schaffen. Das Feldbett, eine alte Holztruhe und etwas Handwerkszeug und Geschirr, das auf Regalen gestanden hatte. Einiges davon war zu Bruch gegangen, der Rest lehmverkrustet. Überall lag Kot von Mäusen und anderen kleinen Nagern. Die Matratze schimmelte und war nicht mehr zu gebrauchen.

»Willst du das Dach reparieren?«, fragte Aquilar, als sie gemeinsam den kleinen gusseisernen Ofen nach draußen trugen.

»Na klar«, sagte Will, blickte jedoch zweifelnd auf das kaputte Gebäude. Alleine würde er es nicht schaffen.

»Wenn du Hilfe brauchst«, sagte Aquilar, »ich habe Zeit. Es sind Schulferien.«

»Und was wird aus deinen Schafen?«

»Mach dir mal keine Sorgen um meine Schafe, das werde ich schon regeln.«

Will klopfte sich den Staub von den Kleidern. »Wenn das so ist«, sagte er lächelnd, »dann schlage ich dein Angebot nicht aus. Ich kann wirklich Hilfe gebrauchen.«

Er lief zum Rand der Mesa und blickte in den Water Hole Canyon hinab, wo an den Felswänden Gesteinsbrocken lagen, manche so groß wie der Hogan. Das weißliche Grün der Ölbaumblätter und die lila Blütenrispen der Tamarisken leuchteten im Kontrast zur roten, gelben und ockerfarbenen Erde. Der Canyon war Roanhorse-Land, sein Land. Nicht im Sinne von Besitz, denn etwas Lebendiges konnte man nicht besitzen. Aber solange er lebte, solange Schafe auf diesem Land weideten, würde niemand ihn von hier vertreiben können. »Gib dieses Land niemals auf!«, hatte sein Vater wiederholt zu ihm gesagt. »Bearbeite es, nutze es, halte es für dich fest! Lass nicht zu, dass sie es dir nehmen. Das Land ist dein Schicksal.«

Diese Worte hatte Will immer in seinem Inneren bewahrt. Auch dann noch, als sein Vater ihn auf diese Schule in New Mexico schickte. Will wusste bis heute nicht, was John dazu veranlasst hatte, diesen plötzlichen Entschluss zu fassen, der so gar nicht mit all jenen Dingen zusammenpasste, die er seinen Sohn gelehrt hatte.

Großvater Sam wollte nicht, dass Will auf diese Schule

ging. Aber John setzte sich durch. Begründet hatte er seinen Entschluss stets damit, dass sein Sohn einmal beide Welten kennenlernen sollte.

Und so hatte Will sie kennengelernt, die weiße Welt. Bei dem Gedanken an seine Internatszeit spürte er plötzlich ein Brennen in der Brust. Der Magen drehte sich ihm um und der widerliche Geschmack war wieder da. Er atmete heftig. Schluckte, um den Brechreiz loszuwerden. Es war Jahre her, aber er konnte das schreckliche Gefühl, das manchmal unerwartet auftauchte, nicht loswerden.

»Ist alles in Ordnung mit dir?«, fragte Aquilar, der unbemerkt neben ihn getreten war.

»Ja, alles in Ordnung«, stieß Will hervor und drehte sich weg. »Gehen wir zurück. Ich habe Großvater Sam versprochen, dass ich uns was koche. Du bist eingeladen.«

Kayes roter Jeep parkte im Schatten der Pappeln, als die beiden jungen Indianer über die Wiese zum Haus gelaufen kamen. Aquilars Pinto, ein hübscher Quarter-Horse-Schecke, begrüßte ihn freudig tänzelnd und schnaubend. Aquilar klopfte dem Pferd liebevoll den Hals und sagte ein paar zärtliche Worte. Jemand hatte dem Tier frisches Wasser und Hafer gegeben.

Kaye stand in der Küche und hantierte am Herd. Sie sah die jungen Männer kommen und holte zwei weitere Teller aus dem Schrank. Ihr Hintern und ihre Oberschenkelmuskeln taten bei jeder Bewegung weh. Für den morgendlichen Ritt durch den Canyon de Chelly hatten Teena und sie drei Stunden gebraucht. So lange auf einem Pferderücken unterwegs zu sein, war sie nicht mehr gewöhnt.

Als Kaye in der Mittagszeit zu Hause angekommen war, hatte sie einen Zettel ihres Vaters vorgefunden, auf dem stand, dass er nach Gallup gefahren war. Sie hatte noch einmal gefüllte Paprikaschoten vorbereitet, das ging schnell, weil sie die Fleischfüllung schon fertig vorbereitet in der Tiefkühltruhe aufbewahrte. Nun garten die Paprika in der Röhre und Kaye buk Maisfladen in der Pfanne.

»*Yá'át'ééh*«, begrüßte sie die Ankömmlinge. »Setzt euch, es ist genug für alle da.«

»*Yá'át'ééh*«, sagte Will, der über ihre Anwesenheit froh zu sein schien, was sie wunderte. »Das ist Aquilar Yazzie vom Enge-Schlucht-Clan«, stellte er seinen Begleiter vor. »Aquilar, das ist Kaye Kingley, sie sorgt für unser Sonntagsessen auf Rädern.«

Aquilar schnupperte genüsslich. »Wenn es so gut schmeckt, wie es riecht, dann überlege ich mir, ob ich den Service auch in Anspruch nehme.«

Kaye lachte und reichte Aquilar die Hand. »Schön, dich kennenzulernen.«

Sie setzten sich zu Großvater Sam an den Tisch, und Will erzählte vom Zustand des Sommerhogans und von seinem Vorhaben, ihn mit Aquilars Hilfe reparieren zu wollen. Kaye war froh über dieses ungezwungene Gespräch. Sie erkundigte sich nach dem Umfang des Schadens und ob noch weitere helfende Hände gebraucht würden.

»Nein, das ist nicht nötig, wir kommen schon zurecht«, sagte Will und musterte sie nachdenklich. »Da waren Spuren von einem Jeep im Canyon. Ich dachte, du wärst das gewesen.«

»Ich war nicht im Canyon«, bemerkte Kaye. »Vermutlich hat irgendeiner von diesen Magazinfotografen herausgefunden, dass es dort alte Felszeichnungen gibt, und ist mit seiner riesigen Kamera dort herumgestolpert.« Sie war lange nicht dort gewesen, erinnerte sich aber noch sehr gut an die großen Figuren in der dunklen Patina des Felsens. Sie waren mindestens schon tausend Jahre alt und außer

Großvater Sam, Will und ihr selbst wusste kaum jemand überhaupt von ihrer Existenz.

Früher war sie oft mit Will dort in der Schlucht gewesen, und er hatte ihr Geschichten von Kokopelli, dem Flötenspieler, erzählt, dessen beinahe einen Meter große Figur neben zwei anderen in den Fels geritzt war. Kokopelli hatte einen langen Penis, er war der Gott der Fruchtbarkeit. Als Kaye noch kleiner gewesen war, hatte sie sich vor dem buckligen Mann mit der enormen Erektion gefürchtet, und Will hatte sie damit aufgezogen. Damals schien es ihr, als hätte er vor gar nichts Angst. In seiner Nähe hatte sie sich immer sicher gefühlt.

»Von Felszeichnungen hast du mir gar nichts erzählt«, sagte Aquilar kauend.

Wills Miene verfinsterte sich zusehends.

Mist, dachte Kaye. *Ich habe das Falsche gesagt.*

»Ist auch nicht so wichtig«, brummte Will und schob sich einen großen Bissen Fladenbrot in den Mund.

9. Kapitel

Sam Roanhorse saß in seiner kleinen Werkstatt und arbeitete. Um ihn herum standen viele Gussformen aus Sandstein, kleine Schmelztiegel aus Ton und verschiedene Werkzeuge. Silberschmieden war eine alte Kunst, aber heute benutzten viele Künstler moderne Schweißgeräte sowie elektrische Polier- und Mattiergeräte. Sam arbeitete noch auf hergebrachte Weise. Das dauerte länger, aber er war der Meinung, dass die Dinge nun mal ihre Zeit brauchten, um gut zu werden.

Er stellte den Brenner ab, legte das Lötrohr beiseite und nahm die Schutzbrille von der Nase. Mit dieser Brille konnte er noch weniger sehen als ohnehin schon. Seine schlechten Augen machten ihm immer mehr zu schaffen. Die Konturen der Gegenstände waberten in einem milchigen Nebel und manchmal sah er Dinge doppelt. Es kostete ihn große Mühe, genau zu sein.

Sacht klopfte er mit einem leichten Hammer und einem winzigen Metallstempel gleichmäßige Vertiefungen in das Silberblech. Wenn er fertig war, würden sie ein Muster ergeben.

Der alte Navajo hielt das Stück dicht vor seine Augen. Dann rieb er mit dem Daumen über die Erhebungen. Diese feinen Arbeiten fielen ihm immer schwerer. Es waren nicht nur seine Augen, die von Woche zu Woche schlechter wurden. Auch die Finger sträubten sich mehr und mehr, in seinem Alter noch so eine komplizierte Arbeit zu tun. Die

Knoten an seinen Gelenken verhärteten sich und machten schwierige Handgriffe zur Qual.

Sam Roanhorse war alt. Er hatte zweiundachtzig heiße Reservatssommer erlebt, und wenn er Glück hatte, dann durfte er noch zwei, drei oder vielleicht fünf weitere erleben. Aber bald würde er nicht mehr arbeiten können. Dann würde er nur noch von der mageren Rente und den Lebensmittelkarten leben müssen, die er von der Regierung bekam. Langsam wurde er blind. Schon bald würde er auch keine Sandbilder mehr legen können, um anderen mit seinen Gesängen zu helfen.

Der Alte hörte das Quietschen der Türangel hinter sich und drehte sich um.

»Guten Morgen, Granpa«, sagte Will ein wenig verlegen, weil er nicht geklopft hatte, was höflich gewesen wäre.

»Guten Morgen, mein Sohn«, begrüßte ihn Sam. »Kannst du mir die Feile da drüben reichen?« Er zeigte mit der ganzen Hand auf ein schiefes Regal, in dem seine Werkzeuge lagen. Verschiedene Hämmer und Feilen und Punzen, die Stempel mit den unterschiedlichen Mustern.

Will brachte seinem Großvater die gewünschte Feile und sah zu, wie er feine Grate von einem halb fertigen Armreif entfernte. Auf der Arbeitsplatte vor ihm lagen Türkise in verschiedenen Größen und Farben. Die Navajo glauben, der Stein habe seine Farbe vom Himmel bekommen, und sprechen ihm magische Kräfte zu. Er soll Regen bringen und Reichtum für denjenigen, der ihn trägt.

Will nahm einen der blassblauen Steine in die Hand. »Kannst du es mir beibringen, Granpa?«, fragte er, während er die feinen dunklen Adern im Stein aus der Nähe betrachtete. »Ich würde es gerne lernen.«

Sam sah ihn fragend an. »Ist das ein echter Wunsch, mein

Junge, oder willst du einem alten Mann bloß eine Freude bereiten?«

»Es ist wirklich mein Wunsch, das zu lernen. Du weißt, ich habe dir und Dad schon als Kind gerne zugesehen.«

Sam nickte in der Erinnerung. »Dann musst du dich beeilen, denn bald werde ich nichts mehr sehen können.«

»Was sagst du da?«, fragte Will überrascht. Erschrocken legte er den Stein zurück.

»Ich sehe verschwommen und fürchte, ich werde blind. Aber wenn du wirklich willst, dann werde ich es dir noch beibringen. Vielleicht hast du Talent. Dein Vater war auch ein guter Silberklopfer. Die Touristen waren ganz verrückt nach seinen Arbeiten.«

»Ich will es lernen, Granpa. Ich will genauso gut werden, wie du es bist und wie mein Vater es war. Aber morgen«, sagte Will, »morgen werde ich zuerst anfangen, den Hogan auszubessern. Und dann bringe ich dich zu einem Arzt.«

Unmerklich schüttelte Sam den Kopf. Was sollte ein alter Mann wie er bei einem Arzt? Er war bereits bei einem Medizinmann gewesen, einem Navajo-Heiler, und hatte um eine Zeremonie gebeten. Doch die Gesänge des Mannes hatten nichts genutzt. Der Schleier vor seinen Augen wurde immer dichter. Er war eben ein alter Mann und manche Dinge ließen sich nicht aufhalten.

Als Will schon im Bett lag, klopfte es plötzlich leise an seiner Tür. Er knipste das Licht an und richtete sich auf. »Ich bin noch wach, Granpa. Komm nur rein!«

Der alte Mann schlurfte ins Zimmer und reichte ihm einen abgegriffenen, ungeöffneten Brief. »Er ist von deinem Vater, Will, und er ist für dich. John hat ihn in jener Nacht geschrieben, in der er zum Berg ging und nicht zurückkehrte.«

Will erkannte die vertraute Handschrift seines Vaters und ein eisiger Knoten bildete sich in seiner Magengrube. Darauf war er nicht vorbereitet.

Sam setzte sich zu ihm auf die Bettkante. »Damals, in jener Nacht, hatte ich einen schlimmen Traum und wachte voller unguter Ahnungen auf. Das Bett deines Vaters war leer, als ich ihn zum Frühstück wecken wollte. Ich fand nur diesen Brief. Da wusste ich, dass etwas Schreckliches passiert war. Ich bin losgegangen, folgte seinen Spuren durch den Canyon, und dann habe ich ihn gefunden, dort oben auf dem Pfad.«

Will begriff, dass sein Vater an alles gedacht hatte. Er hatte sich weit genug vom Haus entfernt, damit sein *ch'iindi*, sein Totengeist, nicht ins Haus zurückkehren konnte. Und er hatte seinem Leben dort ein Ende gesetzt, wo sein Vater ihn finden musste.

»Er war mein einziger Sohn«, fuhr der alte Mann fort, »und es fiel mir schwer zu akzeptieren, dass er diesen Weg gewählt hatte. Ich habe seinen Brief für dich aufbewahrt. Und ich glaube, jetzt ist es an der Zeit, ihn dir zu geben. Vielleicht hilft er dir, einige der Fragen zu beantworten, die du mit Sicherheit hast.«

»Granpa«, sagte Will, »warum ist Dad zur Armee gegangen? Und warum hat er mich auf diese Schule geschickt?«

»Weil er sich geschämt hat«, sagte Sam.

»Geschämt? Wofür?«

»Er hat etwas getan, das nicht recht war. Und er wollte nicht, dass du es erfährst und ihn dafür verachtest.«

»Was hat er bloß getan, das so furchtbar war?«

»Er hat geliebt.«

Ungläubig starrte Will seinen Großvater an. »Aber das ist doch kein Verbrechen.«

»Nein. Aber dein Vater liebte eine verheiratete Frau.«

Will schluckte. »Das wusste ich nicht.«

»Wie auch? Du warst noch ein Kind, und er tat alles, um es vor dir zu verbergen. Er litt furchtbar, Will. Du musst ihm verzeihen.«

»Ich kann nicht, Granpa, ich kann nicht. Ich hätte ihn so sehr gebraucht. Stattdessen hat er mich fortgeschickt.«

Der Alte musterte seinen Enkel, seine Augen waren voller Liebe und Wärme. Doch sein Blick war auch schwer von einem Wissen über etwas, das nie zwischen ihnen ausgesprochen worden war. »Dein Vater war kein schlechter Mensch, Will. Er war ungeheuer mutig, aber er war nicht stark. Als er die Frau, die er liebte, nicht haben konnte, verließ ihn sein Mut.«

Will sah seinen Großvater an. »Was er getan hat, war feige, Granpa. Gäbe es dich nicht, wäre ich jetzt ganz allein auf der Welt.«

Sam Roanhorse lächelte. »Und was ist mit dem Mädchen? Denkst du, sie kommt nur, um einem alten Mann das Essen zu bringen? Du bist nicht sehr freundlich zu ihr, und ich frage mich, warum. Jemand, der einsam ist, kann es sich nicht leisten, unfreundlich zu sein.«

Will wusste, dass sein Großvater recht hatte, aber das konnte er nicht zugeben. Er konnte mit ihm auch nicht über Kaye reden. Das ging einfach nicht. Damit musste er allein fertigwerden.

»*Ahééh*, Granpa. Danke, dass du für mich da bist«, sagte er.

Der Alte verstand. Will wollte jetzt allein sein, um den Brief seines Vaters zu lesen. Sam erhob sich und verließ das Zimmer.

Im Raum war die Luft stickig und eng. Mit einem Mal schien Will das Atmen unerträglich mühsam. Der Brief in seiner Hand wog schwer wie ein Stein. Er zog sich ein T-Shirt über und kletterte aus dem offenen Fenster.

Eine Navajo-Weisheit besagt, dass jemand, der aus dem Fenster eines Hauses steigt, anstatt die Tür zu benutzen, ein Loch im Herzen davonträgt. Wills Herz fühlte sich schon lange wie ein einziges Loch an. Wozu sich also noch an alte Regeln halten?

Er hockte sich auf das durchgesessene Sofa, das unter seinem Fenster auf der Veranda stand. Der Lichtschein, der aus dem Zimmer kam, fiel auf den Briefbogen, den er jetzt mit klopfendem Herzen auseinanderfaltete. Auf dem Papier die vertraute Handschrift seines Vaters. John hatte ihm hin und wieder aus Deutschland geschrieben, aber es waren meist Belanglosigkeiten gewesen. Dieser Brief jedoch war voller Offenbarungen.

Lieber Will,

wenn du diesen Brief bekommst, werde ich nicht mehr leben. Du wirst wütend sein auf mich und ich kann es dir nicht verdenken.

Vielleicht verstehst du mich besser, wenn ich dir ein paar Dinge erkläre. Zuerst aber will ich dir sagen, wie leid es mir tut, dass ich dich auf diese Schule schickte. Mir selbst redete ich ein, dass ich nur das Beste für dich wollte, dass dir einmal beide Welten offen stehen sollten. Die deines Volkes und die der Weißen.

Aber das war nicht der einzige Grund für mein Handeln.

Es tut mir leid, dass ich kein offenes Ohr für dich hatte, als du in den Ferien nach Hause ins Big Res kamst und anscheinend jeder bemerkte, dass mit dir etwas nicht stimmte. Nur ich, dein Vater, nicht. Weil mein Herz von etwas anderem besetzt war.

Du sollst wissen, dass Sophie Kingley die Frau war, die ich mehr als mein Leben geliebt habe, und dass sie der Grund war, weshalb ich mich zum Militärdienst gemeldet habe. Nur um weit von ihr fort zu sein, denn ich konnte sie nicht haben. Sophie ist eine gute Mutter und sie wollte ihre Familie nicht meinetwegen verlassen.

Als meine Zeit in Deutschland um war und ich ins Res zurückkehrte, begriff ich, dass sich an meiner Liebe zu Sophie nichts geändert hatte. Und ich konnte es nicht länger ertragen, sie an der Seite des weißen Mannes zu sehen.

Es tut mir leid, dass ich dich enttäuscht habe.

Ich liebe dich,
dein Vater

Will ließ die Hand sinken, die den Brief hielt. Deshalb also, dachte er, war sein Vater den Berg hinaufgestiegen, hatte sich den Lauf seines Jagdgewehres in den Mund gesteckt und abgedrückt. Nur eine einzige, winzig kleine Bewegung und seine Qualen hatten ein Ende gefunden.

Will schluckte und faltete das Papier zusammen. Er war wütend und enttäuscht, weil die Liebe seines Vaters nur für Sophie Kingley gereicht hatte und nicht auch noch für seinen Sohn, der ihn damals mehr gebraucht hätte als jeder andere. Und Will brauchte seinen Vater immer noch. Er vermisste ihn. Aber John Roanhorse war tot, daran war jetzt nichts mehr zu ändern.

Mit trübem Blick starrte Will in die Dunkelheit und lauschte. Oben, vom Tafelberg, kam der Ruf eines Nachtgeschöpfes und verstummte wieder. Eine Maus raschelte im trockenen Laub unter den Brettern der Veranda. Inzwischen konnte er die verschiedenen Dunkelheiten wieder auseinanderhalten. Das tiefe, fast blaue Dunkel der Felsnischen. Die durchlässigen Schatten der Büsche und Bäume und das Silbergrau der Wiese.

Plötzlich sah er, wie sich etwas bewegte. Der Schatten eines größeren Tieres löste sich aus der Finsternis am Felsen und schlich über die mondbeschienene Wiese. Es war ein Kojote. *Zweiherz*. Die Tiergestalt des Unruhestifters.

»Verschwinde!«, zischte Will und zielte mit einem vertrockneten Maiskolben nach dem grauen Schatten.

Es war nichts mehr zu hören oder zu sehen. Nur die Stille antwortete ihm. Er erschrak vor dem Geräusch seines Herzschlages und ein kalter Schauder rann über seinen Rücken.

Will kletterte in sein Zimmer zurück und schloss das Fenster. Ihm war unheimlich zumute. War es nicht schlimm genug, was er in den vergangenen Jahren durchgemacht hatte? Nun rückten ihm auch noch die indianischen Geister auf den Leib. Er hatte höllischen Respekt vor ihnen. Sein Vater und Großvater Sam hatten ihm Geschichten von Hexen und Gestaltwandlern erzählt, die in der Dunkelheit unterwegs waren, auf der Jagd nach einem Opfer. Sie konnten den Menschen als Eulen, Kojoten oder in anderer Tierform erscheinen. War der Kojote, den er nun schon mehrere Male gesehen hatte, hinter *ihm* her?

Will beschloss, seinen Großvater zu bitten, eine Heilungszeremonie für ihn abzuhalten. Vielleicht half das gegen den Ekel, den er gegen sich selbst empfand, weil er Dinge getan hatte, die beschämend waren. Weil er nicht gehandelt hatte, als er es hätte tun müssen. Er hätte stark sein und sich wehren müssen. Aber das hatte er nicht getan und dadurch auch andere leiden lassen.

Diesen Gedanken wurde Will niemals los. Er fühlte sich entstellt, auch wenn niemand es sehen konnte. Und nun war der Kojote hinter ihm her. In den Geschichten seines Volkes war der Vierbeiner Fiesling und Held in einem, schlau und verschlagen zugleich. Vor allem aber war er unberechenbar. Er half den Menschen, oder er vernichtete sie, wie es ihm beliebte.

Plötzlich war Will klar, dass Zweiherz es auf ihn abgesehen hatte. Durch irgendetwas hatte er den alten Unruhestifter auf sich aufmerksam gemacht. Seufzend wälzte er sich im Bett herum. Warm und dumpf lastete die Hitze der Nacht auf seinen Gedanken. Verlassenheit strömte herein und füllte das ganze Zimmer. Sehnsucht und Verlangen plagten ihn. Und Angst.

Von Geistern und Dämonen getrieben knipste Will seine Nachttischlampe wieder an und holte den gelben Schuhkarton unter seinem Bett hervor. Er löste die Schnur, öffnete den Deckel und holte die Fotos heraus. Will suchte und fand das Foto, das ihn mit Kaye zeigte. Er spickte es mit einer Reißzwecke an die Wand über seinem Bett und betrachtete es lange. Schließlich griff er erneut in den Karton und holte ein Bündel Briefe heraus. Den untersten zog er hervor und strich mit den Fingern über das hellblaue Papier.

Will ging zum Fenster, hinter dem alles schwarz war. Eine Weile stand er so, allein mit seinem geisterhaften Spiegelbild in der Scheibe, und starrte hinaus. Dann schob er das Fenster ein Stück auf und ließ die kühle, nach Salbei duftende Nachtluft herein.

Will setzte sich auf sein Bett und öffnete den ersten Brief mit dem Messer. Mit klopfendem Herzen las er die kindliche Schrift der zwölfjährigen Kaye.

Mein lieber Will,

ich bin sehr traurig über das, was passiert ist. Mom sagt, du hättest nichts Schlimmes getan und würdest bald wieder zu uns zurückkommen. Ich bin dir auch nicht mehr böse, dass du mich allein im Canyon zurückgelassen hast. Es war gar nicht so schwer, den Weg nach Hause zu finden. Nur zwischen den engen Felswänden hatte ich ein bisschen Angst. Es war so dunkel und kalt da unten und der Wind machte unheimliche Geräusche. Der Himmel war sehr weit oben. Kannst du, wo du jetzt bist, den Himmel sehen?

Ich vermisse dich, Will. Jazz fehlst du auch.

Deine Freundin Kaye

»Kannst du das für mich verkaufen?«, fragte Will und schob mehrere Schmuckstücke, die er aus einem alten Lederbeutel geholt hatte, mit beiden Händen über den gläsernen Ladentisch.

Kaye brachte immer noch kein Wort heraus, so überrascht war sie von seinem unerwarteten Auftauchen in ihrem Laden. Sie wusste, dass sie einen roten Kopf bekommen hatte, und ärgerte sich darüber. Verlegen heftete sie ihren Blick auf Wills braune Hände, die den Schmuck nur zögernd freigaben. Darauf bedacht, seine Finger nicht zu berühren, nahm sie eine Brosche, hielt sie ins Licht und betrachtete sie genau. Das Silber war dunkel angelaufen, doch das ließ sich leicht beheben, sie besaß einige wirksame Mittel zur Reinigung. Die Brosche hatte einen daumennagelgroßen tiefblauen Türkis in der Mitte und war wunderschön. Vor allem aber war sie alt.

Kaye begutachtete nach und nach auch die anderen Stücke: zwei Ketten, mehrere Ohrgehänge und drei breite Armreifen. Sogar eine sehr schöne Kürbisblütenkette war dabei. Die meisten Arbeiten hatten wenige Türkise, waren sehr sauber getrieben und hatten spezielle Muster. Kaye kannte sich inzwischen gut aus in der Beurteilung von Silberschmuck. Der alte Sam Roanhorse war ihr ein geduldiger Lehrer gewesen.

Von ihm hatte sie auch erfahren, dass die Navajo das Verarbeiten von Silber zu Schmuck einst von den Mexikanern gelernt hatten. Das war inzwischen 150 Jahre her. *Atsini Sani*, Alter Schmied, hieß der erste Navajo-Silberschmied, der sein Können an seine Söhne weitergab, die wiederum ihre Söhne darin unterwiesen. Damals wurden zur Schmuckherstellung noch alte Silbermünzen verwendet, heute konnte man Silberblech und geschliffene Steine fertig kaufen, was die Arbeit wesentlich erleichterte. Auch die Werkzeuge waren inzwischen andere, was eine Verfeinerung der Techniken ermöglichte. Wer ein bisschen Ahnung hatte, konnte gut erkennen, ob Schmuck alt war oder aus der neueren Zeit stammte.

Die Stücke, die Will ihr da gebracht hatte, waren sehr alt und deshalb kostbar. Allein die Kürbisblütenkette schien Kaye mindestens zweitausend Dollar wert.

»Woher hast du die?«, wollte sie wissen, nachdem sie ihre Sprache wiedergefunden hatte.

Will stützte sich mit beiden Händen auf den Ladentisch. »Das geht dich überhaupt nichts an.«

Sie holte tief Luft. »Geht es doch. Wenn die Stücke gestohlen sind, werde ich sie nicht verkaufen.«

Sein Blick verfinsterte sich schlagartig. »Sie sind nicht gestohlen, was denkst du eigentlich von mir? Vielleicht hast du es vergessen, aber ich saß nicht im Gefängnis, weil ich irgendwen beklaut habe.«

Kaye sah ihn betroffen an und fragte sich selbst, wie sie auf die Idee gekommen war, die Silberarbeiten könnten gestohlen sein. Ihr Misstrauen war nicht gerechtfertigt.

»Die Stücke gehören mir«, brummte Will missmutig. »Ich habe sie von meinem Vater geschenkt bekommen. Mein Urgroßvater hat sie gemacht. Wäre schön, wenn du Sam nichts davon erzählen würdest.«

»Du solltest sie nicht verkaufen, Will«, sagte Kaye sanft. »Sie sind noch auf traditionelle Weise hergestellt. Von diesen Stücken gibt es nicht mehr viele. Sie sind sehr wertvoll. Aber ihr größter Wert ist, dass sie aus deiner Familie stammen. Gib sie nicht weg. Eines Tages wird es dir leidtun.«

»Aber mein Vater gab sie mir, damit ich etwas habe, wenn ich Geld brauche. Jetzt brauche ich Geld«, erwiderte er, nicht gewillt, sich von seinem Vorhaben abbringen zu lassen.

»Wozu?«

Er hob die Hände. »Warum bist du bloß immer so verdammt neugierig, Kaye Kingley?«

»War ich schon immer.« Sie lächelte schwach. »Das hat dich nie gestört.«

»Jetzt schon. Ich will nicht, dass du Fragen stellst. Du sollst die Stücke nur verkaufen. Bitte, Kaye.«

Das klang beinahe flehentlich.

»Brauchst du ein Auto?«

»Du vergisst, dass ich nicht fahren kann.«

Kaye sah ihm ins Gesicht, halb Mitgefühl, halb Belustigung im Blick. »Oh je, armer Will. Ich könnte es dir beibringen.«

Jetzt ballte er zornig die Fäuste und schlug mit der rechten auf den Ladentisch. »Natürlich kann ich fahren, aber ich habe keinen Führerschein. Ich bin in den letzten Jahren nicht dazu gekommen, ihn zu machen. Und um das Verhör abzukürzen: Ich brauche das Geld für ein Pferd.«

Ein Pferd also, dachte Kaye und hütete sich, Will noch einmal auszulachen. Sie legte die Silberarbeiten in eine verschließbare Schublade und sagte: »In Ordnung. Wenn das so ist, werde ich versuchen, den Schmuck für dich zu verkaufen.«

Will atmete erleichtert auf. *»Ahééh«*, sagte er. »Danke.«

In der Tür drehte er sich noch einmal um. »Bitte sag Granpa nichts davon, ja? Ich glaube, es würde ihm nicht gefallen.«

»Ich könnte dir Geld borgen, Will«, sagte sie hastig.

»Das könntest du sicher, aber ich will es nicht.«

»Warum nicht? Ich bin deine Freundin und würde dir gerne helfen.«

»Du hilfst mir, wenn du den Schmuck verkaufst.«

»Was ist los mit dir, Will?«

»Nichts. Warum lässt du mich nicht einfach in Ruhe?«

»Ich will nur wissen, ob du es noch bist.«

Eine Minute konnte kurz sein, diese dauerte ewig.

»Das weiß ich selbst nicht, Kaye«, antwortete Will schließlich und verließ den Laden.

10. Kapitel

Tom Rost parkte seinen schwarzen Jeep auf der Rückseite der Bingohalle zwischen einem großen Müllcontainer und mehreren Plastiktonnen. Darin lagerte der Abfall aus dem Restaurant der Spielhalle: leere Getränkedosen, Pappbecher und -teller und ein Behälter mit Essensresten. Rost stieg aus und fluchte. Es stank faulig und vergammelt, was bei dieser Hitze kein Wunder war.

Tumbleweeds, große, stachlige Pflanzenkugeln, wurden zusammen mit leeren Plastiktüten und vergilbten Zeitungsseiten vom Wind über den staubigen Platz getrieben und blieben im Stacheldrahtzaun hängen, der das Gelände begrenzte. Dahinter nichts als Staub und Steine – bis zum Horizont.

Verdammtes, vertrocknetes Scheißindianerland, dachte der stämmige Mann mit dem blonden Haarkranz und spuckte verächtlich in den Staub. Es wurde Zeit, dass er seinen Job erledigte und hier so schnell wie möglich wieder wegkam. Den interessierten Touristen würde ihm sowieso bald keiner mehr abnehmen, auch wenn er diese lästige Kamera vor seiner Brust baumeln hatte. Er hatte einen Sonnenbrand auf dem kahlen Schädel und in seinem Motelzimmer im Navajo Nation Inn funktionierte die Klimaanlage nicht richtig. Nachts fror er sich unter der dünnen Decke bald die Zehen ab und tags konnte er es vor Hitze kaum aushalten. Aber er wollte nicht nach einem anderen Zimmer fragen, weil er fürchtete, sonst aufzufallen.

Ted Northridge, der Besitzer der Bingohalle, kam mit seinem klapprigen weißen Pick-up um das Gebäude gefahren und hielt mit quietschenden Bremsen neben Rosts Jeep.

»Na endlich, verdammt noch mal«, fluchte Rost. »Dachte schon, Sie kommen überhaupt nicht mehr. Was ist denn nun mit heute Nacht? Ich will die Sache endlich hinter mich bringen. Mein Auftraggeber wird langsam ungeduldig.«

Northridge, ein hagerer Mann mit tief liegenden blassen Augen, druckste herum. »Ich weiß nicht, es ist ziemlich riskant.«

»Riskant, riskant«, äffte Rost ihn nach. »Alles, was Geld bringt, ist riskant. Sie haben gesagt, in diesem verdammten Canyon wäre keine Menschenseele.«

»Da war ja auch lange niemand. Aber es ist Privatland, und neulich, als ich die Lage checken wollte, hab ich zwei Jungs im Canyon gesehen.«

»Was gehen mich irgendwelche Rotzlümmel an?«, wetterte Rost, der allmählich die Geduld verlor. »In dieser verdammten Wüste kriechen überall Indianer herum.«

Er holte ein zerdrücktes Päckchen Marlboro aus der Gesäßtasche und bot Northridge eine an, bevor er sich selbst eine Zigarette zwischen die dünnen Lippen steckte und sie anzündete. Nach einem tiefen Zug sagte er, einen Deut versöhnlicher: »Nun kommen Sie schon, Northridge. Wir arbeiten nachts, da wird keiner mehr dort sein. Sie haben mir doch selbst erzählt, dass die Navajo sich in der Dunkelheit vor Hexen und Zauberern fürchten und deshalb nachts nicht rausgehen. Außerdem, die Rothäute wissen doch gar nicht, was sie da Wertvolles haben. Aber uns wird's eine schöne Stange Geld einbringen. Was ist mit Ihrer Informationsquelle? Haben Sie inzwischen den Standort der dritten Zeichnung?«

»Noch nicht. Mein Informant lässt sich bitten«, antwortete Northridge.

»Dann bitten Sie ihn, wenn er's braucht. Bieten Sie ihm mehr Geld. Was er verlangt, ist nur eine Winzigkeit im Gegensatz zu dem, was wir am Ende dafür einkassieren.« Rost grinste und klopfte Northridge so kräftig auf die Schulter, dass der Mann einen unfreiwilligen Schritt nach vorn machte.

»Es wird regnen heute Nacht«, war Northridges letzter Einwand. Ein Raucherhusten schüttelte ihn.

»Umso besser wird der Steinschneider funktionieren«, war die entschiedene Antwort.

»Also gut.« Northridge seufzte. »Wir treffen uns zwei Stunden vor Mitternacht in Crystal am Ortsausgang. Ich bringe das Stromaggregat und Sie den Steinschneider. Ich hoffe, er macht nicht allzu viel Krach.«

»Nicht mehr als das Aggregat. Aber es wird niemand da sein, der uns hören könnte.« Rost grinste zufrieden.

Will und Aquilar hatten das eingesunkene Dach des Hogans vorsichtig abgetragen, die Balken gesäubert und neu aufgesetzt.

Sie schnitten Weidenzweige im Canyon, und Aquilar zeigte Will, wie man sie fest und dicht um die Balken flocht. Die Arbeit war nicht leicht. Die beiden jungen Männer schwitzten in der Mittagssonne und schrammten sich die Finger wund, bis sie bluteten. Eine Lage Dachpappe kam als Nächstes auf das Weidengeflecht.

Mithilfe von Aquilars Pinto brachten sie in Kanistern Wasser auf die Mesa, verrührten Lehm und Wasser zu einer dicken Pampe, mischten das Ganze mit Stroh und verschmierten das Dach des Hogans damit. Das war nach traditioneller Navajo-Lebensweise eigentlich Frauensache, aber es war keine Frau da, die diese mühselige Arbeit hätte übernehmen können.

Während sie gemeinsam am Dach des Hogans bauten, erzählte Aquilar Will von Dingen, die in den vergangenen Jahren im Reservat passiert waren. Da gab es viele Geschichten, traurige und lustige, und manche, die beides zugleich waren. Aquilar berichtete von Zauberern, die Unglück brachten, und von Geistern, die den Menschen halfen. Er erzählte von trockenen Sommern und kalten Wintern. Von schlimmen Krankheiten und großen Festen, von Beerdigungen und Geburten.

Will hörte aufmerksam zu. Mit all dem vor Augen, was Aquilar ihm schon zuvor erzählt hatte, fügten sich die Ereignisse und Geschichten zu einem Bild, das Will half, die Dinge um ihn herum besser verstehen zu können. Er fragte nur selten etwas, denn Aquilar beantwortete die meisten seiner unausgesprochenen Fragen von selbst.

Wenn möglich, vermied Will es, das Thema auf seine eigene Person zu lenken. Ihm war nicht danach, aus seiner Vergangenheit zu erzählen. Schon gar nicht darüber, was in den vergangenen fünf Jahren geschehen war. Aquilar wusste, dass er im Gefängnis gesessen hatte, weil durch ihn ein Mensch zu Tode gekommen war. Der Junge war trotzdem mit ihm hier heraufgekommen und half ihm, an diesem Hogan zu bauen. Er hatte sogar von zu Hause eine neue Matratze für das Feldbett mitgebracht. Aquilar war *sik'is*, ein Freund. Das war mehr, als Will sich erhofft hatte.

An den beiden vorangegangenen Abenden waren die jungen Männer nach der Arbeit an den Dächern der Schwitzhütte und des Hogans auf Aquilars Pferd zum gelben Haus zurückgeritten. Sie hatten geduscht, ihre Kleider gewechselt und Großvater Sam noch ein wenig bei den Schafen geholfen. Aquilar hatte im Wohnzimmer auf der Couch übernachtet und am nächsten Morgen waren sie nach dem Frühstück wieder auf die Mesa gestiegen.

An diesem dritten Abend standen Will und Aquilar, von oben bis unten lehmverschmiert, vor dem fertigen Hogan und bewunderten ihr Werk. Ein schiefer Blechschornstein ragte aus dem Dach. An manchen Stellen war der Lehm noch feucht, doch in der immer noch heißen Abendsonne würde er schnell trocknen.

»Der Hogan sieht toll aus«, sagte Will zufrieden. »*Ahééh*, ich danke dir für deine Hilfe.«

»Noch ist er nicht fertig«, bemerkte Aquilar.

»Nicht fertig?«

»Er muss gesegnet werden.«

»Kannst du das denn machen?«

Aquilar lachte. »Na klar.«

Er segnete den Hogan mit einem Gesang, den ihn sein Vater gelehrt hatte. Will sah zu, wie sein Freund den Lehmbau in Richtung der Sonne umschritt und heiliges Maismehl auf das neue Dach rieb. Er bewunderte ihn dafür, denn die Gesänge der Navajo waren kompliziert und sehr lang. Man konnte leicht etwas durcheinanderbringen. Vergaß oder veränderte man nur ein einziges Wort in einem der Gesänge, war alles umsonst, und man bekam als Sänger einen schlechten Ruf.

Aquilar war noch jung, aber er hatte seine Lektionen gewissenhaft gelernt. Eines Tages würde aus ihm ein *hataalii* werden, der nicht nur Hogans segnen konnte, sondern neben dem Sternengesang und dem Nachtgesang noch viele andere Gesänge beherrschte.

Aquilars dunkle Stimme hallte über die Mesa. »*Ins Haus des langen Lebens, dorthin wandere ich. Ins Haus des Glücks, dorthin wandere ich. Schönheit, vor mir, mit ihr wandere ich. Bis ins hohe Alter, mit ihr wandere ich. Ich bin auf dem Pfad der Schönheit.«*

Wills ernstes, beeindrucktes Gesicht reizte Aquilar schließlich zu einem Lächeln. »Es wird bald regnen«, sagte er. »Hoffentlich habe ich den richtigen Text gesungen, sonst bricht uns das Dach über dem Kopf zusammen.«

Die Anspannung war vorüber. Sie lachten leise.

Über den bewaldeten Chuska Mountains brauten sich Regenwolken zusammen und verdunkelten den Horizont. Vielleicht würden die Wolken vorüberziehen, vielleicht aber auch nicht.

»Bleiben wir heute Nacht hier?«, fragte Will nach einer Weile des Schweigens. »Ich habe Brot und Tomaten mitgebracht und etwas kaltes Fleisch. Frisches Wasser haben wir auch. Und Decken für die Nacht.«

Aquilar betrachtete Will nachdenklich. »Wir bleiben«, sagte er. »Es wird sowieso gleich dunkel. Bringen wir die Sachen rein und essen etwas. Ich habe einen Bärenhunger.«

Während sie die gesäuberten Möbelstücke und die anderen Einrichtungsgegenstände wieder in den Hogan trugen, kam Wind auf, der den Duft von Regen mit sich brachte. Trockene Grasbüschel und Kreosotzweige wehten über das Plateau der Mesa. Der vom Wind aufgewirbelte Staub hing wie ein Schleier in der Luft. Bald darauf fielen die ersten Tropfen. Aquilar gab seinem Schecken einen Klaps und das Pferd machte sich auf den Weg in den Canyon. »Wir sehen uns morgen, mein Freund«, rief er ihm hinterher.

Als es dunkel wurde und dichter Regen auf die staubtrockene Erde der Mesa prasselte, saßen Will und Aquilar drinnen bei Kerzenlicht am kleinen Tisch und aßen kalte Maisfladen mit sonnengereiften Tomaten.

Aquilar lauschte durch die offene Tür nach draußen. »Es ist weiblicher Regen«, sagte er.

»Weiblicher Regen?« Will runzelte fragend die Stirn.

»Na, ohne Blitz und Donner.«

Darüber musste Will lächeln. Eine seltsame Navajo-Weisheit und in seinen Augen kein guter Vergleich. Frauen hatten Blitz und Donner. Jedenfalls die eine, an die er immerzu denken musste. Die mehr von ihm verlangte, als er geben konnte. Die er so sehr liebte, dass es manchmal wehtat. Er seufzte in sich hinein.

Das Regenvolk schickte dicke Wasserfäden vom Himmel, und es stellte sich heraus, dass sie gute Arbeit geleistet hatten: Das Dach hielt dicht und im Inneren des Hogans blieb es trocken.

Will hielt Aquilar die offene Hand hin und der Junge schlug ein. Sie lächelten einander zu. Nachdem sie gegessen hatten, erzählte Will Aquilar von seinen Plänen für die Zukunft.

»Und was ist mit dem Mädchen?«, fragte der Junge. »Hat sie auch einen Platz in deinen Plänen?«

»Hóla«, sagte Will, »ich weiß es nicht. Wir kannten uns, als wir Kinder waren. Aber jetzt …«

»Jetzt ist sie kein Kind mehr«, bemerkte Aquilar mit einem verschmitzten Seitenblick.

Will schüttelte den Kopf. »Nein.«

»Wie sie dich angesehen hat, das war ziemlich eindeutig.«

»Eindeutig *inwiefern*?«

»Na, sie mag dich. Hey, was ist eigentlich los mit dir? So blind kann man doch gar nicht sein.«

»Ich habe im Augenblick einfach andere Sachen im Kopf.«

»Shoo.« Aquilar verdrehte die Augen. »Verstehe. Dann werde ich mich eben ein bisschen um sie kümmern, solange du andere Sachen im Kopf hast.«

Will fuhr herum. »Untersteh dich!«

»Schon gut!« Aquilar kicherte in sich hinein. »Das war bloß ein Scherz.«

»Das will ich hoffen.« Will stand auf und ging zur Tür. Der Regen, der für eine Weile nachgelassen hatte, wurde wieder heftiger. Gleich darauf goss es in Strömen.

»Ahééh«, sagte Aquilar, der neben ihn getreten war.

»Danke *wofür*?«, fragte Will.

»Dass ich mit dir hier sein kann. Ich habe mich schon lange nicht mehr so gut gefühlt.«

»Ich auch nicht. Und auch nicht so müde.«

»Dann lass uns schlafen gehen. Aber vorher könnte ich eine Dusche vertragen.« Aquilar schlüpfte aus seinen Jeans und seinen Boxershorts und ging nach draußen, um sich den Lehm vom Körper und aus den Haaren zu waschen. Will sah ihm nach und beobachtete ihn vom Türrahmen aus.

»Na, was ist?«, rief Aquilar fröhlich aus der Dunkelheit. »Bist du etwa wasserscheu? Oder fürchtest du dich vor dem weiblichen Regen?«

Zögernd zog auch Will sich aus und ging nach draußen, um sich zu waschen. Obwohl er hier oben war, auf der Mesa, auf Navajo-Land und in Sicherheit, musste er an die schrecklichen Momente im Gefängnis denken, wenn er gemeinsam mit den anderen Gefangenen in dem großen Duschraum gestanden hatte. Die schmutzigen Witze der Männer, die Berührungen ihrer groben Hände, die qualvolle Erinnerung, die damit verbunden war. Die Wärter hatten ihm nicht geholfen, sondern weggesehen, wenn er von anderen belästigt worden war.

Der alte Ekel kroch erneut in Will hoch, ohne dass er es verhindern konnte. Ein brennender Klumpen in seiner Kehle. Dieser Albtraum, der ihn nie verlassen würde. Die

Erniedrigung und die Angst. Der bittere Geschmack im Mund, seine blinde Wut, die schließlich explodierte.

Nicht jetzt, dachte Will zitternd, als er nackt in der Nacht stand, nur berührt vom Wind und vom Regenvolk. Er schloss die Augen, beugte den Kopf in den Nacken und ließ die Regentropfen in seinen offenen Mund springen. Der Regen war sauber, und Will schmeckte die Reinheit, die er selbst verloren hatte.

Plötzlich spürte Will, wie er am Arm gerüttelt wurde. Blitzartig öffnete er die Augen. Aquilar stand splitterfasernackt und triefend vor ihm.

Will riss seinen Arm los. »Fass mich nicht an!«, stieß er hervor. Panik packte sein Herz. Mit abwehrend vorgestreckten Handflächen stammelte er: »Geh nicht weg, Aquilar, lass mich nicht allein, aber fass mich nicht an.«

Aquilar war überrascht von Wills heftiger Reaktion.

»Ach, Mist.« Mit aller Kraft unterdrückte Will ein Schluchzen. Er ließ die Arme sinken.

»Hörst du das nicht?«, fragte Aquilar zitternd.

Will strich sich das nasse Haar hinter die Ohren und lauschte. Durch den abflauenden Regen hörte er Motorengeräusche. Es waren zwei verschiedene Geräusche. Ein gleichmäßig tuckerndes wie das eines laufenden Dieselmotors und ein schneidendes, ab und zu aufheulendes Kreischen wie das einer Motorsäge.

»Was glaubst du, ist das?«, fragte Will benommen.

»Keine Ahnung. Hört sich an, als würde jemand Bäume fällen. Aber es ist stockdunkel und da unten wächst kein Wald.«

»Ich werde in den Canyon steigen und nachsehen. Warte hier auf mich, okay?« Will wollte zurück zum Hogan.

Aquilar griff nach seinem Arm, besann sich dann aber auf das, was eben passiert war, und ließ die Hand wieder sinken.

»Besser, ich passe ein wenig auf dich auf, hm? Vielleicht begegnest du wieder einer Klapperschlange, und ich bin sicher, du hast deine Hausaufgaben noch nicht gemacht.«

Sie eilten zurück in den Hogan, um sich trocken zu reiben und ihre Kleider wieder anzuziehen.

»Tut mir leid, was vorhin passiert ist«, sagte Will. »Ich wollte das nicht. Es ist nur, ich …«

Aquilars Augen wurden zu schmalen Schlitzen. »Wovor hast du Angst, Will?«

»Ich weiß es nicht. Aber manchmal habe ich das Gefühl, meine Angst ist alles, was ich noch habe.«

»Hat es mit dem Gefängnis zu tun?«

Will nickte, sah weg.

»Willst du darüber reden?«

Will rubbelte sein Haar trocken und schwieg.

Schließlich half ihm Aquilar. »Marias Freund Bob hat erzählt, er wäre beinahe vergewaltigt worden im Gefängnis. Er sagt, er hätte immer Angst gehabt.«

Will atmete hörbar aus. »Ich …«, stammelte er.

»Du bist nicht mehr drin«, sagte Aquilar. »Du bist frei.«

»Ja, aber ich kann es auch nicht so schnell vergessen. Ich hoffe, ich kriege das irgendwann aus meinem Kopf.« Er hatte Marias Freund Bob Atisi kennengelernt. Atisi war ihm nicht sonderlich sympathisch gewesen, obwohl er bis heute nicht sagen konnte, warum. »Bob hat auch gesessen?«, fragte er. »Was hat er denn getan?«

»Er hat in Gallup gelebt«, antwortete Aquilar, als wäre das eine Antwort auf Wills Frage. »Bob war alkoholsüchtig und hat gestohlen. Erst bekam er Bewährung, aber nachdem sie ihn ein zweites Mal erwischt hatten, sperrten sie ihn ein. Wenn er noch ein dummes Ding dreht, wandert er für zehn Jahre hinter Gitter.«

Will runzelte die Stirn. »Und jetzt trinkt er nicht mehr?«

Offensichtlich liebte Maria diesen Bob. Während Wills Besuch war sie fahrig und nervös gewesen. Hatte nicht mehr gelacht, so wie früher. Und dabei war er aus diesem Grund zu ihr gefahren. Weil er ihr Lachen hören wollte. Er hatte jemanden gesucht, der das Lachen noch nicht verlernt hatte – so wie er.

Und er hatte Aquilar gefunden.

»Maria behauptet, Bob wäre trocken«, erwiderte der Junge. »Aber Vater kann ihn nicht leiden. Er sagt: Der Weg, den uns *Sich wandelnde Frau* gezeigt hat, ist Bob zu beschwerlich.«

Will dachte an das, was Großvater Sam ihm über *Changing Woman* erzählt hatte, als er noch ein kleiner Junge war. Dass *Changing Woman* als Säugling von Erster Mann und Erster Frau gefunden und aufgezogen worden war. In nur vier Tagen wurde sie erwachsen, daher auch ihr Name: *Sich wandelnde Frau*. Sie war es, die den Navajo beigebracht hatte, wie sie ihr Leben in Harmonie und im Einklang mit der Natur gestalten konnten.

Will war völlig in seine Gedanken versunken, als er das Motorengeräusch wieder hörte. Er schnappte sich die Taschenlampe aus dem Regal und ging nach draußen. Aquilar folgte ihm. Jetzt hörten sie den Krach laut und deutlich, denn der Regen hatte aufgehört. Die Geräusche kamen aus dem Canyon. *Was war los da unten?*

»Hat dein Großvater hier irgendwo ein Gewehr oder ein anderes Schießeisen versteckt?«, fragte Aquilar.

Will stieß ungläubig Luft aus und schüttelte heftig den Kopf. »Nein, wie kommst du denn darauf?«

»Na ja. Viele alte Leute haben keinen Waffenschein und

verstecken deshalb ihr Jagdgewehr außerhalb des Hauses, damit sie bei einer Kontrolle keinen Ärger bekommen.«

»Mein Großvater hat sein Jagdgewehr zerschlagen, als mein Vater sich …«

»Schon gut!«, unterbrach ihn Aquilar, der in diesem Augenblick nicht über einen Toten reden wollte. »Dann muss es ohne gehen. Sehen wir erst einmal nach, was da überhaupt los ist.«

Sie eilten über das mit Salbei- und Wacholderbüschen bewachsene Plateau und schlichen den Pfad am Rand des Canyons entlang, immer den langsam lauter werdenden Motorengeräuschen nach. Der Regen hatte den Staub gebunden und die trockenen Zweige und Blätter geschmeidig werden lassen, sodass ihr Vorankommen fast lautlos war. Der Sandboden hatte die Nässe schnell aufgesogen und schluckte die meisten Geräusche.

Endlich entdeckten Will und Aquilar einen schwachen Lichtschein an einer der gegenüberliegenden Felswände unten im Canyon. Bewegte Schatten waren zu sehen, Männerstimmen zu hören. Weiße Stimmen, hart und laut. Wer immer da unten auch war, er fühlte sich sehr sicher.

Will und Aquilar ließen sich auf die Knie fallen und legten sich flach auf den Boden, damit man ihre Silhouetten am Rand des Canyons nicht erkennen konnte.

»Die Felszeichnungen«, flüsterte Will.

»Was?«, ächzte Aquilar.

»Erinnerst du dich an das, was Kaye erwähnt hat? Dort unten haben sich die Anasazi im Fels verewigt. Es sind uralte Ritzzeichnungen, noch ziemlich gut erhalten. Was könnte da los sein? Was haben die Scheinwerfer und der Krach zu bedeuten? Fotografieren macht ja wohl nicht solchen Lärm.«

Aquilar wandte den Kopf, damit er Will in die Augen

sehen konnte. »Ich weiß es nicht. Aber wir werden es herausfinden.«

Um es herauszufinden, mussten sie in den Canyon hinabsteigen, darüber waren sie sich einig. Das Vorhaben erwies sich jedoch als schwierig. Zwar kam ab und zu eine dünne Mondsichel hinter den Wolken hervor, aber unten im Water Hole Canyon war es stockfinster. Weil sie nicht entdeckt werden wollten, konnten sie die Taschenlampe nicht benutzen. Und den Mesapfad konnten sie auch nicht gehen, denn der führte genau da nach unten, wo auf der gegenüberliegenden Seite die Männer am Werk waren. Um nicht gesehen zu werden, mussten sie den Abhang an der dunklen Stelle hinabsteigen, an der sie sich gerade befanden.

Aquilar machte den Anfang. Der Abstieg führte über einen Geröllhang, dessen Steine leicht unter den Füßen wegrutschen konnten. Immer dicht am Boden mit ihren Körpern, klammerten sie sich an Wurzeln und Salbeibüsche und bewegten sich langsam nach unten. Brach das Motorengeräusch ab, verharrten sie, reglos an die nassen Steine gepresst, und warteten, bis es wieder einsetzte. Vorsichtig tasteten sie mit ihren Füßen nach festem Halt, immer darauf bedacht, keine Gesteinsbrocken ins Rollen zu bringen. Denn das hätte sie augenblicklich verraten.

Es dauerte ungefähr eine halbe Stunde, dann waren sie auf der Hälfte des Abhanges angekommen. Halb liegend machten sie eine Pause auf einem kleinen Felsabsatz. Das letzte Stück, das noch vor ihnen lag, war besonders steil.

»Es ist ziemlich dunkel da unten«, flüsterte Aquilar. »Hast du eine Ahnung, wie weit es noch ist?«

»Ein paar Meter, schätze ich. Vielleicht zehn, vielleicht auch weniger. Das Dunkle sind Büsche. Aber genau unter uns ist das Flussbett. Der Canyon ist an dieser Stelle nicht sehr breit. Nach dem Regenguss könnte noch Wasser fließen.«

Aquilar murmelte etwas Unverständliches, dann schob er seine Beine über den Rand des Absatzes. Will tat es ihm nach.

Plötzlich löste sich ein Stein aus dem nassen Boden. Aquilar verlor den Halt, und noch ehe Will nach ihm greifen konnte, rutschte er mit einem heiseren Aufschrei den steilen Abhang hinunter. Größere Steine kamen ins Rollen und polterten in die Tiefe. Dann war es still. Auch die Motorengeräusche hatten schlagartig aufgehört. Nur das schaurige Heulen eines einsamen Kojoten geisterte durch die Nacht.

Will vergaß die Felszeichnungen und die Männer. Er konnte nur noch daran denken, dass sein Freund vielleicht verletzt und in großen Schwierigkeiten war.

»Aquilar?«, rief er in die Dunkelheit. Will tastete nach seiner Taschenlampe, die er sich in den Hosenbund gesteckt hatte. Sein Herz pochte wild, als wäre es ein gejagtes Tier. *Bitte antworte*, flehte er im Stillen. »Aquilar?«, rief er noch einmal.

Doch von unten kam nur ein leises Stöhnen.

Mit der Taschenlampe leuchtete Will den Abhang aus und suchte nach einem Weg, über den er hinunterkommen konnte, ohne sich die Beine zu brechen. In diesem Moment tauchten unten zwischen den Sträuchern zwei grelle Scheinwerfer auf. In ihrem Lichtkegel sah Will seinen Freund liegen. Und ehe er begriff, dass Aquilar quer im Flussbett lag, dem einzigen Weg, auf dem ein Fahrzeug aus dem Water Hole Canyon herauskommen konnte, hörte er schon den markerschütternden Schrei seines Freundes. Er hallte gespenstisch an den Felswänden wider. Rasend vor Wut und wildem Schmerz nahm Will denselben Weg, den Aquilar nur wenige Minuten zuvor ungewollt genommen hatte.

Er rutschte und rollte, stieß gegen spitze Steine und aus

dem Boden ragende Äste, rappelte sich wieder auf und sprang das letzte Stück, von dem er nicht wusste, wie tief es war.

Will landete in einer sandigen Wasserlache, direkt neben Aquilar. Im selben Moment, in dem er begriff, dass er unverletzt unten angekommen war, leuchteten erneut Scheinwerfer auf, und ein zweites Fahrzeug kam direkt auf ihn und den leise stöhnenden Aquilar zu.

Will wollte Aquilar aus dem Flussbett ziehen, aber er konnte es nicht. Ein dunkles Tier hockte lauernd im Unterholz. Will spürte die Gegenwart des Kojoten wie eine eiskalte Berührung, die ihn lähmte. Ein Augenpaar glühte durch das Dickicht. Furcht ließ seinen Körper steif werden. Unfähig, sich zu rühren, starrte er geblendet in die grellen Scheinwerfer des näher kommenden Fahrzeuges.

Auf einmal regte sich Aquilar. »Will?«, ächzte er. »Hilf mir.«

Will wollte, doch eine fremde Macht lähmte seine Glieder.

»Will, verdammt …«

Der Wagen war nur noch wenige Meter von ihnen entfernt. Doch plötzlich blieb er in einer lehmigen Vertiefung stecken, die sich mit Regenwasser gefüllt hatte. Schlamm spritzte. Die Räder drehten durch, kämpften mit dem durchweichten Untergrund. Dann war es totenstill. Der Fahrer hatte den Motor abgewürgt. Ernüchtert und wieder klar im Kopf, packte Will Aquilar unter den Armen und zerrte ihn seitlich ins Gebüsch, so weit weg vom Flussbett wie möglich. Aquilar schrie vor Schmerz.

Nur Sekunden später sprang der Wagen mit laut aufheulendem Motor aus dem Schlammloch und raste an ihnen vorbei. Es war ein großer, heller Pick-up mit einem schwarzen Adler auf der Fahrertür, mehr konnte Will nicht erkennen. Voller Panik tastete er über den Körper und die Beine seines Freundes, spürte das klebrige Blut an seinen Händen. Er beugte sich nah an Aquilars Gesicht und hörte den leisen Atem seines Freundes.

Kojote lief wütend davon. Heute Nacht gab es für ihn nichts mehr zu tun. Und dabei hatte alles so vielversprechend angefangen. Er war seinem auserwählten Opfer ganz nah gewesen. Sein Schatten hatte den jungen Mann berührt und er hatte dessen Angst riechen können. Doch seine Macht hatte im letzten Moment versagt.

11. Kapitel

Arthur Kingley hörte das Wummern, es riss ihn aus einem Traum. Sofort war er aus dem Bett und auf den Beinen. Die Zeiger der antiken Uhr auf der Kommode zeigten drei Uhr morgens. Arthur schlüpfte in seinen Bademantel und sah kurz aus dem Fenster. Jazz bellte, aber Arthur konnte nichts erkennen. Von seinem Zimmer aus war der Platz vor dem Hauseingang nicht einsehbar.

Er tappte zur Tür, legte die Hand an sein Gewehr, das griffbereit neben dem Eingang hing, und rief: »Hallo, wer ist denn da?«

»Ich bin es, Mr Kingley! Machen Sie auf, ich habe einen Schwerverletzten!«

»Wer ist: *Ich*?«, fragte Arthur.

»Will Roanhorse«, brüllte es von draußen.

Arthur öffnete die Tür, und: »Mein Gott!«, war alles, was er dann noch hervorbrachte.

Will drängte den entsetzten Mann zur Seite und trug Aquilar ins Haus. Verzweifelt machte er eine Drehung in der Mitte der großen Küche, wusste nicht, wo er seinen verletzten Freund hinlegen konnte.

Kaye, die ebenfalls vom Lärm aufgewacht und aus ihrem Zimmer gekommen war, räumte eine Obstschale vom großen Esstisch, und Will bettete Aquilar vorsichtig darauf. Zitternd vor Kraftlosigkeit und Angst strich er ihm behutsam das nasse, sandige Haar aus dem blutverschmierten Gesicht.

Arthur hatte bereits das öffentliche Krankenhaus in Fort Defiance am Apparat und bat um einen Arzt und einen Krankenwagen. Während er telefonierte und den Weg zur Ranch erklärte, musterte er den Sohn des Mannes, der ein Verhältnis mit seiner Frau gehabt hatte. Wills Gesicht war schmutzig, aber die Ähnlichkeit mit seinem Vater war unverkennbar. Die großen schwarzen Augen, die breiten Wangenknochen, das schmale Kinn. Arthur presste die Lippen aufeinander und sah weg.

Aquilars Lider flatterten. Er stöhnte und tastete nach seinen Beinen. Das linke machte den Eindruck, als wäre es nur angeheftet an seinem Körper. Der Fuß lag unnatürlich verdreht. Seine Jeans waren nass, schlammig und voller Blut. Will wagte es nicht, die Beine seines Freundes zu berühren, aus Furcht, er könne Aquilar wehtun oder noch mehr Schaden anrichten.

Im Canyon hatte Will nach Aquilars Schecken gepfiffen, aber das Pferd war nicht mehr da gewesen. Also hatte er den Verletzten durch den Slot-Canyon getragen, eine Tortur für Aquilar. Zwischen den engen Felswänden hatten seine Schreie aufgehört – er war bewusstlos geworden.

Hinter dem Eingang des Slot-Canyons hatte der Schecke gestanden. Will hatte Aquilar bäuchlings über den Pferderücken gehoben und ihn über eine Abkürzung bis zur Ranch geschafft. Glücklicherweise war Aquilar während der ganzen Zeit nicht aus seiner Bewusstlosigkeit erwacht, doch jetzt kam er langsam zu sich.

»Wie fühlst du dich?«, fragte Will und strich dem Freund beruhigend über die Schulter, als der die Augen aufschlug.

»Als wäre mir ein Jeep über die Beine gerollt«, murmelte Aquilar heiser. Sein Gesicht war voller Blut, wahrscheinlich hatte er sich bei seinem Sturz die Nase aufgeschlagen.

»Der Krankenwagen wird gleich hier sein.« Arthur hatte

seine Hände in die Bademanteltaschen geschoben und wusste offensichtlich nicht, was er tun oder sagen sollte. Sein Blick wanderte von Will zu dem verletzten Jungen und er stöhnte.

»Alles in Ordnung, Dad?«, fragte Kaye, die Aquilar vorsichtig das Gesicht wusch.

»Ja«, sagte Arthur leise. »Ich bin okay.«

Mit seiner blutigen Rechten winkte Aquilar Will näher zu sich heran. Er flüsterte: »Du hast heute Nacht merkwürdige Dinge getan, *sik'ís*. Aber du hast mich nicht im Stich gelassen und ich danke dir dafür.«

Will drückte Aquilars Hand und lächelte gequält. *Merkwürdige Dinge?* Er würde ihn später fragen müssen, was er damit meinte.

Kaye sah ihn an, sie konnte ihre Angst nicht länger verbergen. »Bist du auch verletzt?«

»Nein, ich hab nur ein paar Kratzer abbekommen.«

»Was ist eigentlich passiert?«

»Ich weiß nicht. Alles ging so schnell.«

»Jemand ist über Aquilars Beine gefahren?«

»Ja. Es klingt verrückt, aber so war es.«

»Wo ist das passiert?«

»Im Water Hole Canyon.«

»Mitten in der Nacht? Aber …«

»Ich weiß nicht, was dort passiert ist und warum jemand so etwas getan hat.« Will begann plötzlich zu zittern, als wäre ihm kalt. »Ich hatte solche Angst um Aquilar. Ich brauchte ein Telefon, einen Krankenwagen … ich …«

»Schon gut.« Kaye hatte Tränen in den Augen. »Du hast das Richtige getan.«

Sie sah an ihm herunter und die Besorgnis in ihrem Blick wuchs. Er war genauso schlamm- und blutverschmiert wie Aquilar, das wurde Will jetzt erst bewusst. Im Slot-Canyon hatte ihm das Wasser manchmal bis zu den Knien gestanden.

»Mir fehlt wirklich nichts«, beruhigte er Kaye. »Er hat alles abgekriegt.«

Der Krankenwagen kam. Ein Arzt und ein Sanitäter kümmerten sich um den Verletzten. Aquilar wurde behutsam auf eine Trage gehoben und in die Ambulanz verfrachtet, wo der Arzt sofort mit der Notversorgung begann.

»Wir besuchen dich«, rief Kaye, bevor sich die Türen der Ambulanz schlossen und Aquilar mit Blaulicht fortgebracht wurde.

Als Will, Kaye und Arthur wieder in der Küche standen, herrschte eine Weile angespannte Stille. Kaye setzte Wasser für einen Tee auf, und Will fühlte sich genötigt zu erzählen, was im Canyon vorgefallen war.

»Es war ziemlich leichtsinnig, was ihr da gemacht habt«, sagte Arthur, als Will seinen Bericht beendet hatte.

Kaye warf ihrem Vater einen verständnislosen Blick zu.

»Schon gut.« Er hob beschwichtigend die Hände. »Ich merke schon: Ich bin hier überflüssig.« Arthur stand auf und verschwand wieder in seinem Schlafzimmer.

»Ich muss Aquilars Familie Bescheid sagen, bevor sie es von anderen erfahren«, sagte Will.

Kaye warf einen Blick auf die Uhr. Inzwischen war es kurz nach vier. »Du wirst sie zu Tode erschrecken, wenn du sie jetzt aus dem Bett klingelst.«

»Sie haben kein Telefon. Und bis ich mit dem Pferd dort bin, ist es bestimmt sieben.«

»Natürlich werde ich dich zu Aquilars Eltern fahren. Aber jetzt nimmst du erst einmal ein heißes Bad. Dann sehen wir weiter.«

Will hob den Kopf und sah Kaye an. Das lange Haar fiel

ihr über die bloßen Schultern. Sie trug ein dünnes Baumwollnachthemd und darunter konnte er die Konturen ihrer kleinen runden Brüste erkennen. *Atiin bik'eh hózhó*, Pfad der Schönheit, dachte er und fühlte sich, als hätte er ein wunderbares Geheimnis entdeckt, halb Mädchen, halb Frau.

Ich habe nichts, das ich ihr geben könnte.

Tränen der Erschöpfung liefen über seine Wangen. Es war mindestens sechs Jahre her, dass er zuletzt in diesem Haus gewesen war. Im Augenblick fühlte er sich zu erschlagen, um herauszufinden, was sich verändert hatte und was beim Alten geblieben war. Er spürte nur, dass jemand fehlte. Jemand, der dieses Haus mit Fröhlichkeit erfüllt hatte. Sophie Kingleys Lachen war wie ein Sonnenaufgang über der Black Mesa gewesen. In seinem Herzen hatte Will sie immer *Kleine Mutter* genannt, weil sie für ihn wie eine Mutter gewesen war.

Er ließ sich von Kaye die Stufen hinaufziehen und ins Badezimmer schieben. In Gedanken versunken sah er zu, wie sie das Wasser in die Wanne laufen ließ und honiggelbes Schaumbad einfüllte. Der Duft von Pfirsichblüten verbreitete sich in der feuchten Luft. In diesem Badezimmer hatte sich nichts verändert, seit er das erste Mal hier gewesen war. Viele Jahre waren seitdem vergangen, aber er erinnerte sich noch sehr genau an jenen Tag.

Eine beleidigte Kaye hatte ihn in diesem Badezimmer eingeschlossen, weil er so fasziniert vom hellblonden Haar ihrer neuen Freundin Shelley gewesen war. Will war damals aus dem Fenster gestiegen und über das Dach der Veranda geklettert. Beim Absprung hatte er sich die Hosen zerrissen und die Knie blutig geschlagen. Sophie hatte ihn unten aufgelesen und gleich wieder zurück ins Bad gesteckt, um seine Wunden zu säubern.

Geknickt hatte Kaye damals seine aufgeschlagenen mageren Knie begutachtet. Bei dem Gedanken an ihr klägliches Gesicht musste er lächeln. Kaye war damals noch nicht einmal elf Jahre alt, aber schon furchtbar eifersüchtig gewesen.

Will fragte sich, wie es heute um sie beide stehen würde, wenn zwischen ihrer Mutter und seinem Vater keine Liebe entstanden wäre. Wenn John nicht zur Armee gegangen wäre und er Will nicht ins Internat geschickt hätte. Wenn John sich nicht getötet hätte und Kayes Mutter nicht in ihrem Wagen verunglückt wäre. *Wenn, wenn, wenn.* Es hatte keinen Sinn, darüber nachzudenken, denn all diese Dinge waren geschehen. Die Vergangenheit konnte man nicht ändern. Er stand mit leeren Händen da und mit einem Herzen voller Angst und Scham.

Kaye drehte den Wasserhahn zu und drückte Will ein duftend weiches Handtuch in die Hand. »Hier. Ich werde versuchen, etwas zum Anziehen für dich zu finden.«

Als sie nach einer halben Stunde an die Badezimmertür klopfte und ihm ein kariertes Hemd und eine Jeans von ihrem Vater brachte, stand er mit dem Handtuch um die Hüften vor dem Fenster und starrte in den Hof hinunter. Wasser perlte aus seinen langen Haaren und rann über einen blutigen Riss unter seinem linken Schulterblatt.

»Du bist ja doch verletzt«, bemerkte Kaye erschrocken.

»Es ist nur ein Kratzer«, erwiderte Will. Es war nicht der einzige. Bei seiner Rutschpartie nach unten hatte er sich mehrere blaue Flecke und verschieden große Schürfwunden zugezogen. Die Fingerknöchel seiner rechten Hand waren blutig geschrammt und auch beide Ellenbogen. Unerhebliche Verletzungen im Gegensatz zu dem, was Aquilar abbekommen hatte. Beim Gedanken an seinen Freund fühlte er eine knotige Wut in seinem Bauch.

»Du kannst die Wunde ja gar nicht sehen oder hast du

etwa hinten auch Augen im Kopf?«, fragte Kaye ungehalten.

»In diesem Raum gibt es drei Spiegel«, sagte Will. »Außerdem tut es gar nicht weh.«

Sie war hinter ihn getreten und berührte vorsichtig mit der Fingerkuppe das geschwollene Fleisch über dem Riss. Er zuckte zusammen, ein heiseres Knurren kam aus seiner Kehle.

»Tut gar nicht weh«, machte sie ihn spöttisch nach.

»Hat auch keiner gesagt, dass du mit den Fingern draufrumdrücken sollst.«

Kaye öffnete den Spiegelschrank und nahm eine kleine Dose heraus.

»Was ist das?«, fragte er misstrauisch.

»Keine Angst, nur eine Wundsalbe. Das Rezept ist von meiner Mutter, und ich glaube, sie hat es von deinem Großvater. Es wird die Schwellung zurückgehen lassen und die Heilung beschleunigen. Ich glaube, das Zeug ist sogar rituell besungen worden.«

Will nahm ihr die Dose aus der Hand und roch an dem Inhalt mit der undefinierbar graugelben Farbe. »Also gut«, sagte er schließlich und gab ihr die Dose zurück.

Kaye schob ihm das nasse Haar über die Schulter nach vorn und bestrich seine Verletzungen mit Salbe. Ihre Berührungen verursachten ihm ein flaues Gefühl in der Magengegend. Es war lächerlich, aber er genoss es, dass sie sich Sorgen um ihn und seine Gesundheit machte. Wenn er nicht solche schreckliche Angst um Aquilar haben müsste, diese Kratzer wären es ihm wert gewesen.

Kaye musterte Wills kräftigen, geraden Rücken und sagte: »Irgendwie bist du ganz schön gewachsen, seit du das letzte Mal in diesem Badezimmer verarztet worden bist.« Ihre Blicke trafen sich im Spiegel und Röte stieg ihr ins Gesicht.

»Du aber auch«, erwiderte er und wandte sich um, die Mundwinkel zu einem zaghaften Lächeln hochgezogen.

»Mir gefällt, was ich sehe«, sagte sie keck. »Du dagegen scheinst enttäuscht zu sein.« Rasch senkte sie den Blick.

Sie ist ein unwiderstehliches Mädchen, dachte Will. Diese Mischung aus Kühnheit und Zurückhaltung. Ich bin ihr nicht gewachsen. »Das ist nicht wahr«, sagte er. »Und jetzt verschwinde, ich will mich anziehen!«

Es gefiel Will nicht, Arthur Kingleys Sachen zu tragen, aber im Augenblick blieb ihm nichts anderes übrig. Natürlich passten sie nicht. Die Jeans waren zu kurz und um die Hüfte ein ganzes Stück zu weit. Aber Kaye hatte ihm vorsorglich einen Gürtel mitgebracht. Das rote T-Shirt schlackerte an ihm herum wie eine Signalflagge.

Arthur schlief zum Glück noch, als Kaye für Will und sich einen starken Kaffee kochte und ein kräftiges Frühstück zubereitete. Rührei mit Speck und aufgebackenem Maisbrot. Es duftete verführerisch und Wills Lebensgeister kehrten zurück.

Es tat gut, in Kayes Küche zu sitzen und sich von ihr umsorgen zu lassen. Für eine Weile fiel alle Anspannung von ihm ab, und er genoss es einfach, in ihrer Nähe zu sein. Während er sich über das Rührei hermachte, saß Kaye ihm gegenüber und aß ebenfalls. Aber die meiste Zeit sah sie ihn so voller Liebe an, dass ihm froh und bange zugleich wurde.

Kaye liebte ihn und wollte mit ihm zusammen sein. Er wollte das auch. Er wollte alles von ihr: ein Leben, Kinder, oder wenigstens in ihrer Küche sitzen. Aber würde sie ihn auch dann noch lieben, wenn sie erfuhr, was ihm widerfahren war? Was er zugelassen hatte?

Vielleicht spürte sie seine Angst, aber sie wusste nicht, wie es wirklich um ihn stand. Dass Zweiherz Kojote durch seine Nächte geisterte, weil er schwach war. Dass er nicht genügend Kraft hatte, sich gegen den Unheilstifter zur Wehr zu setzen, weil er sich vor sich selbst ekelte.

»Fühlst du dich gut?«, fragte Kaye und riss ihn aus seinen Gedanken.

»Ja«, erwiderte er und versuchte ein Lächeln. »So gut, wie man sich nach einer Nacht wie dieser fühlen kann. Ich mache mir Sorgen um Aquilar. Seine Beine sahen schlimm aus.«

Kaye nickte. »Wenn du fertig bist mit deinem Frühstück, dann können wir ins Krankenhaus fahren und sehen, wie es um ihn steht.«

Zunächst fuhren sie zu Großvater Sam. Er war ein Frühaufsteher und sie fanden ihn bei seinen Schafen. Sie erzählten dem Alten, was in der Nacht passiert war, und Will konnte seinem Großvater endlich das Versprechen abringen, sich ein Telefon anzuschaffen. In dieser Nacht wäre es von großem Nutzen gewesen.

Nachdem Will sich umgezogen hatte, fuhren sie nach Fort Defiance ins Krankenhaus, und dort erfuhren sie von Aquilars Verlegung nach Holbrook, der nächstgrößeren Stadt außerhalb des Reservats. Vor einer knappen Stunde hatte man ihn abgeholt. Das Northland Medical Center sei für solche Fälle wie seinen weitaus besser ausgerüstet, sagte der Arzt, der ihn untersucht hatte.

Kaye merkte, wie Will der Schreck in die Glieder fuhr.

»Was heißt: Solche Fälle wie *seinen?*«, fragte er verwirrt. »Aquilar braucht schließlich keine Herzoperation. Seine Beine sind gebrochen.«

»Na ja.« Der Arzt machte eine sorgenvolle Miene. »Er hat aber auch ziemlich schlimme Quetschungen. Ein offener Bruch im linken Unterschenkel – das Bein war nicht mehr richtig durchblutet. Vielleicht muss es amputiert werden.«

»Amputiert?« Voller Panik starrte Will den Arzt an.

Der hob bedauernd die Schultern. »Die Kollegen in Holbrook werden alles versuchen, aber ich will Ihnen nichts vormachen: Wunder können sie nicht vollbringen.«

Kaye sah, dass Will etwas erwidern wollte, und sagte schnell: »Haben Sie vielen Dank für Ihre Auskunft, Doc.« Sie zog Will, der ihr nur widerstrebend folgte, am Arm den Gang entlang nach draußen.

»Das darf nicht sein«, sagte er, als sie wieder auf dem Parkplatz standen. Wie von Sinnen starrte er vor sich hin ins Leere. »Das *darf* nicht sein.«

»Will.« Kaye nahm seine Hand. »Vielleicht hat er ja Glück. Das Krankenhaus in Holbrook hat einen guten Ruf. Dort gibt es hervorragende Ärzte.«

Doch Wills Bestürzung wuchs. »Was ist, wenn sie Aquilar tatsächlich ein Bein abnehmen müssen? Was, wenn er nie wieder gehen kann?«

Kaye blickte zu Boden. Es war durchaus möglich, so wie Aquilars Beine ausgesehen hatten. »Es wird schon alles gut gehen«, sagte sie. Doch ihre Stimme klang nicht sehr überzeugend.

Als Nächstes fuhren sie zum Haus der Yazzies. Dort trafen sie jedoch nur Aquilars Großmutter an. Bekleidet mit einem langen Rock und violetter Samtbluse, der traditionellen Kleidung der Navajo-Frauen, hockte sie auf einem niedrigen Schemel vor einem Webstuhl im Freien und arbeitete. Der Teppich, der im Entstehen war, hatte ein altes Muster und wunderschöne warme Farben. Das erinnerte Kaye an ihr Versprechen, das sie Spinnenfrau gegeben hatte. Ihr eigener Webstuhl stand immer noch unbenutzt in der Garage. Doch sobald sie Zeit hatte, würde sie mit dem

Weben beginnen. Vielleicht wendete sich dann alles zum Guten.

Aquilars Großmutter war steinalt, und sie wollten sie nicht beunruhigen, also erzählten sie ihr nur, dass ihr Enkel mit gebrochenen Beinen im Krankenhaus in Holbrook lag.

Die alte Indianerin berichtete ihnen auf Navajo, dass Aquilars Mutter im Hinterland unterwegs war, um Farbpflanzen zu sammeln, und Maria, seine Schwester, sich auf dem Weg nach Klagetho befand, wo sie in einem Bekleidungsladen als Verkäuferin arbeitete.

Aquilars Vater würde irgendwo an einer Mesa die Schafe auf die Weide treiben, was in den Ferien eigentlich die Aufgabe seines Sohnes sei, aber der würde sich in letzter Zeit ständig irgendwo herumtreiben und nicht einmal mehr nachts nach Hause kommen. Will verstand nicht alles, was die alte Frau sagte, aber es genügte ihm, um sich noch schuldiger zu fühlen, als er es ohnehin schon tat.

Schließlich verabschiedeten sie sich von der alten Dame und fuhren weiter nach Window Rock. Dort hängte Kaye das Schild: GESCHLOSSEN in die Ladentür ihres Geschäftes.

Ein letztes Mal versuchte sie, Will davon zu überzeugen, dass es vernünftig wäre, die Polizei zu verständigen und den Vorfall zu schildern. »Du kennst doch meinen Onkel Thomas, den Bruder meiner Mutter«, sagte sie. »Er ist Lieutenant bei der Stammespolizei. Sprich mit ihm. Ich glaube nicht, dass es ein Unfall war, was dort im Water Hole Canyon passiert ist. Du hast selbst zugegeben, dass du Angst hattest, die Männer könnten zurückkommen.«

Aber von Polizei wollte Will nichts wissen. »Ich glaube nicht, dass das eine gute Idee ist«, sagte er. »Ich weiß ja nicht einmal, wie viele Männer es waren und was sie dort im Canyon gemacht haben. Ich weiß nicht, ob einer von ihnen mich oder Aquilar erkannt hat. Vielleicht beobachtet uns jemand.«

Kaye riss erschrocken die Augen auf und blickte misstrauisch um sich.

»Keine Angst«, sagte er, »ich weiß schon, was ich tue. Lass uns zuerst Aquilar besuchen und mit ihm reden. Wenn er es für richtig hält, kann ich immer noch zur Polizei gehen.«

Das leuchtete Kaye ein, also fuhren sie auf der 12 weiter nach Süden und bogen hinter Lupton auf die Interstate 40 ab, die direkt nach Holbrook führte. Sie kamen am *Bídaho chii*, dem roten Platz, vorbei, einer riesigen Hochplateaufläche, deren Südrand man von der Straße aus sehen konnte. Kaye liebte diesen Ort. Rote Steine, so weit das Auge reicht. Aber Will schien keine Augen für die Schönheit der Landschaft zu haben. Kaye ahnte, dass er sich verantwortlich fühlte für das, was dem Freund passiert war. Auch wenn Wills Navajo-Kenntnisse ein wenig Auffrischung nötig hatten: Einen Großteil dessen, was die alte Frau gesagt hatte, hatte er sehr wohl verstanden.

Hätte Aquilar für seine Familie die Schafe gehütet, statt mit Will am Hogan zu bauen, würde er jetzt nicht mit kaputten Beinen im Krankenhaus liegen.

»Es ist nicht deine Schuld, Will«, sagte Kaye.

»Wenn nicht meine, wessen Schuld ist es dann?« Er sah sie an, und als sie nicht gleich antwortete, kam ein verzweifeltes »Ach Mist!« über seine Lippen. Er drehte das Gesicht von ihr weg.

»Die Männer sind schuld«, sagte Kaye.

»Aber ohne mich wäre Aquilar gar nicht dort gewesen, auf der Mesa, verstehst du? Mein Vater war immer der Meinung, jeder ist der Schöpfer seines eigenen Unglücks. Für ihn selbst traf das zu und wahrscheinlich auch für mich. Ich bringe allen Unglück, mit denen ich zusammen bin.«

»Das ist nicht wahr«, sagte Kaye voller Bestürzung. Sie musste daran denken, was sein Vater getan hatte, und eine entsetzliche Angst packte sie. Angst um Will. »Was auch immer im Canyon passiert ist, Aquilar hat dir sein Leben zu verdanken. Und ich glaube, das weiß er auch. Du musst aufhören, immer nur schwarzzusehen, Will. Wenn du voller Bitterkeit, Wut und Schuld bist, werden diese Gefühle dein Leben bestimmen.«

Ein Anflug von Zorn mischte sich in seine Stimme. »Was weißt du schon von meinem Leben?«

»Eine ganze Menge, auch wenn du das nicht wahrhaben willst.«

Kojote schlich am Fuße der Mesa entlang und frohlockte. Seine Augen glommen wie Quecksilber. Die Zeit war nah. Zufall und die Geldgier der Menschen waren ihm zu Hilfe gekommen.

Jetzt musste er nur noch einen Weg finden, um das Mädchen fernzuhalten. Sie war zwar nur zur Hälfte eine vom Volk, aber ihre Liebe war größer, als er vermutet hatte. Er musste sich eine List ausdenken, wenn er endlich ans Ziel gelangen wollte. Kojote bellte zufrieden.

12. Kapitel

Aquilar Yazzie lag in einem schneeweißen Bett und schlief. Sein dunkles Gesicht, umrahmt vom tiefschwarzen Haar, sah jetzt beinahe kindlich aus. Ein Schlauch in seinem Handrücken führte zu einer Infusionsflasche, die an einem Ständer neben dem Bett hing.

»Wir haben ihm was gegen die Schmerzen gegeben«, sagte die Schwester. Sie nahm Aquilars Handgelenk und schaute auf die Uhr.

»Wann können wir mit ihm reden?«, flüsterte Will, der neben Kaye in der Tür des Krankenzimmers stand.

»Reden Sie nur«, sagte die Dame in Weiß laut. »Er wird schon aufwachen.« Sie war schätzungsweise über vierzig, dick wie ein Kürbis und verbreitete Schweißgeruch.

»Wir hätten vorher gerne mit jemandem gesprochen, der über seine Verletzungen Bescheid weiß«, sagte Kaye.

»Da kommt Dr. Lomatewa, er hat ihn operiert.«

Kaye und Will wandten der unfreundlichen Schwester den Rücken zu. »Hat Aquilar sein Bein noch?«, fragte Will den indianischen Arzt, bevor er das Zimmer betreten konnte. »Wird er wieder laufen können?«

Dr. Lomatewa zog die schwarzen Augenbrauen nach oben. »Gehören Sie zur Familie?«

»Nicht direkt«, stotterte Will, »aber …«

»Hören Sie«, brach es aus Kaye heraus, die sich von Lomatewas weißem Kittel nicht beeindrucken ließ, »er war dabei, als es passierte, und er ist sein bester Freund. Will hat dem Jungen da drin das Leben gerettet. Nun sagen Sie uns schon, was mit Aquilar Yazzies Beinen los ist!«

Lomatewa presste die Lippen aufeinander, bevor er sagte: »Beide Beine sind gebrochen. Das rechte einmal, das linke zweimal, mit einem offenen Bruch im Unterschenkel. Die Durchblutung war gestört, aber das haben wir erst einmal wieder hingekriegt. Nun kommt es darauf an, dass sich keine Infektion bildet.«

»Hört sich so an, als wäre es ziemlich knapp gewesen«, sagte Will mit gefurchter Stirn.

Der Arzt nickte. »Ja. Wäre er erst zwei oder drei Stunden später ins Krankenhaus gekommen, wäre das Bein nicht zu retten gewesen. Aber um Ihre Frage zu beantworten, junger Mann: Mit etwas Glück wird Ihr Freund wieder laufen können. Doch fragen Sie mich nicht, *wie*, und vor allem nicht, *wann*. Es wird dauern. Es liegt an ihm, wie schnell er selbst wieder auf den Beinen sein will. Der Anfang wird mühsam sein und vor allem wehtun.«

»Danke, Doc«, sagte Will.

Lomatewa klopfte ihm so unerwartet kräftig auf die Schulter, dass er einen Schritt nach vorn machte. Dann eilte der Chirurg weiter.

Aquilar lag unverändert reglos in seinem Bett. Er hatte die Augen immer noch geschlossen. »Hallo, *sik'is*«, sagte Will zu ihm.

Aquilar schlug die Augen auf. »Ich habe alles mit angehört.«

»Hi«, sagte Kaye mit einem kleinen Lächeln.

»Setzt euch!« Aquilar drehte den Kopf in Richtung der orangefarbenen Plastikstühle neben dem Waschbecken. Sie zogen die Stühle an sein Bett und setzten sich.

»Keine Süßigkeiten?«, fragte er und machte ein enttäuschtes Gesicht.

»Sorry«, sagte Kaye, »das nächste Mal bestimmt. Wir sind so schnell gekommen, wie wir konnten.«

Doch dann wurde Aquilar ernst. »Scheiße!«, sagte er bitter. »Ich werde den ganzen Sommer in diesem Bett festliegen.«

»Aber du hast deine Beine noch«, rutschte es Will heraus.

»Tut es schlimm weh?«, erkundigte Kaye sich.

»Es geht so. Im Moment ist alles noch ziemlich taub. Die Brüche in den Oberschenkeln sind glatte Schrägbrüche, da haben sie Metallplatten auf die Knochen gesetzt, um sie zusammenzuhalten. Im Schienbein hab ich einen langen Nagel.«

Will wandte seinen Blick von Aquilars Beinen unter der dünnen Decke ab und starrte auf den kleinen Brandfleck im Linoleum zu seinen Füßen. Mit der einen Hand presste er nervös die Finger der anderen. »Es tut mir leid, Aquilar, das ist alles meine Schuld.«

»Erzähl nicht solchen Quatsch«, sagte Aquilar. »Du hast gesagt, ich soll warten, aber ich wollte unbedingt mit dir kommen. Ich konnte dich doch nicht alleinlassen. Sonst würdest du jetzt vielleicht hier liegen.«

»Dann wäre mir weitaus wohler.« Will stand abrupt auf und trat ans Fenster.

Kaye schluckte beklommen und sah Aquilar traurig an.

»Ich glaube nicht, dass dir das gefallen würde«, bemerkte der trocken. »Außerdem: Es ist nun mal passiert und nun muss ich damit fertigwerden. Ich hatte eine verdammte Scheißangst um mein Bein, das kann ich euch sagen. Die Ärzte dachten, ich höre sie nicht, als sie über meine Chancen redeten.« Er seufzte, und nach einer Weile fragte er: »Wissen meine Leute schon Bescheid?«

»Wir waren dort.« Kaye nickte. »Aber wir haben nur

deine Großmutter angetroffen und wollten sie nicht erschrecken. Deshalb haben wir ihr nur das Nötigste erzählt. Wir fahren auf dem Heimweg noch mal vorbei.«

»Sie sollen mir Bücher mitbringen, wenn sie herkommen«, bat Aquilar. »Und nun verschwindet, ich bin hundemüde, und mir ist ziemlich schummrig im Kopf. Außerdem habt ihr eine Menge Arbeit vor euch. Ich will nämlich, dass meine kaputten Beine gerächt werden.«

Kaye blickte überrascht auf. Dass er so etwas sagen würde, damit hatte sie nicht gerechnet. »Rache, Aquilar?«, fragte sie. »Ist das dein Ernst?«

Auch Will drehte sich verwundert um. Als Aquilar keine Antwort gab, sagte er: »Okay.« Und in seinen Augen erschien mit einem Mal ein seltsames Leuchten. »Ich werde herausfinden, wer die Typen im Canyon waren und was sie dort wollten, verlass dich drauf. Und wenn sie noch im Reservat sind, dann finde ich sie. Das verspreche ich dir.«

»Und was ist mit der Polizei?«, fragte Kaye in Wills düsteres Versprechen hinein. »Du solltest das nicht im Alleingang machen, Will. Die Männer sind gefährlich.« Sie sah den Jungen an. »Aquilar?«

»Diese Entscheidung überlasse ich Will«, sagte er. »Es ist sein Land und das Land wird auch eine Antwort wissen.«

»Aber …?« Kaye wollte nicht glauben, was der Junge da sagte.

Will unterbrach ihr Gestotter. »Überlass die Sache mir, okay? Es wird Zeit, dass ich nachsehe, was die Männer überhaupt im Canyon gemacht haben.«

Die Krankenschwester polterte ins Zimmer. »Die Besuchszeit ist zu Ende, meine Herrschaften.« Und zur Demonstration ihrer Macht steckte sie Aquilar ein riesiges Fieberthermometer in den Mund.

Im April hatten Regen und schmelzender Schnee wartende Samen geöffnet und einen Hauch von grüner Frische über die Landschaft gelegt. Aber der Frühling im Big Res war nur ein kurzes Gastspiel gewesen. Gerade lang genug, um die Schalen der Samen aufbrechen zu lassen und den jungen Keimen die Möglichkeit zu geben, eine Wurzel zu bilden und sich in der staubigen Erde einzugraben. Kamen sie tief genug, dann hatten sie eine Chance, den glühenden Sommer zu überleben.

Jetzt beugten sich die Pflanzen unter der sengenden Hitze, dorrten in der Halbwüste und warteten dürstend auf Regen. In Holbrook hatte es kein Sommergewitter gegeben, die Regenwolken waren in weiter Ferne vorbeigezogen.

Kaye und Will hielten an einer Imbissbude am Straßenrand und aßen jeder einen Indian Taco. Kaye betrachtete Wills Gesicht und merkte, wie müde er war. Ihm fehlte Schlaf. Jetzt wo er nichts mehr tun konnte, brachen die Anstrengungen der letzten Nacht mit Macht über ihn herein.

Aber sie wusste auch, dass der Gedanke an Rache ihn wach halten würde. Will hatte seinem Freund Aquilar ein Versprechen gegeben. Es einzulösen, würde ihn eine Weile von seinem eigenen, geheimnisvollen Kummer ablenken. Ob das nun gut war oder schlecht, Kaye wusste es nicht. Sie war einfach nur froh, mit Will zusammen zu sein.

Als sie später zum zweiten Mal an diesem Tag das allein stehende Haus der Familie Yazzie aufsuchten, war Aquilars Mutter zu Hause. Sie erzählten ihr, was vorgefallen war. Louisa Yazzie nickte nur, stellte ein paar Fragen und machte sich dann daran, Sachen für ihren Sohn zusammenzupacken. Will hatte keinen Vorwurf von ihr zu hören bekommen, trotz der furchtbaren Besorgnis, die im Gesicht der Frau zu lesen war.

Seltsamerweise hatte Louisa Yazzie nicht danach gefragt, ob Will und Kaye die Polizei verständigt hatten. Entweder sie hielt es für selbstverständlich oder sie legte keinen Wert darauf. Bei einer traditionellen Familie wie den Yazzies war Letzteres durchaus möglich.

»Willst du mal fahren?«, fragte Kaye unvermittelt, als sie sich von Aquilars Mutter verabschiedet hatten.

Die Frage kam so überraschend für Will, dass er nahe dran schien, ihr Angebot abzulehnen. Doch dann sagte er: »Ja, warum nicht?«

Er stieg auf den Fahrersitz, und nach zwei Fehlversuchen gelang es ihm, den Wagen zu starten. Kaye unterdrückte ein Lächeln, klammerte sich aber dann verunsichert ans Armaturenbrett, als er auf die Asphaltstraße bog und den Wagen auf 70 Meilen pro Stunde beschleunigte.

»Wenn sie dich jetzt schon bei einer Geschwindigkeitsüberschreitung erwischen, kriegst du nie einen Führerschein«, sagte sie.

»Ich wollte nur mal sehen, ob ich noch fähig bin, dir Angst einzujagen.«

»Seit du wieder hier bist, tust du nichts anderes.«

»Wirklich?« Will nahm den Fuß vom Gaspedal und warf Kaye einen kurzen Seitenblick zu. Ihr Gesicht war jetzt ernst.

»Wirklich«, sagte sie.

»Ist keine Absicht.«

Irgendwie sah er nicht so aus, als ob sie ihm das glauben sollte. Aber wenigstens hatte er nicht, wie befürchtet, seinen Sinn für Humor verloren. Das Lachen war noch nicht zu ihm zurückgekehrt, aber Kaye mochte es, wenn er sie neckte. Das war Navajo-Art und bedeutete: Will Roanhorse ist immer noch stark, auch wenn er das vielleicht nicht weiß.

Kaye liebte Will. Jetzt auf andere, kompliziertere Weise, als sie es all die Jahre getan hatte. Sie hatte ein Phantom geliebt, ein Bild ihrer Träume. Der Will, der jetzt neben ihr im Jeep saß, war schmerzhaft lebendig. Ein junger Mann voller Hoffnung und Angst. Und voller Widersprüche. Es würde nicht einfach sein, ihn zurückzugewinnen, weil sie nicht wusste, was ihn gefangen hielt. Ihre wilde Sehnsucht nach ihm pochte in ihr wie eine offene Wunde. Sie hatte ihm längst vergeben, dass er ihre Briefe nicht gelesen hatte. Er hatte einfach Angst gehabt, dass es wehtun würde. Und diese Angst konnte sie ihm verzeihen.

Sie hoffte, dass Will irgendwann reden würde, dass er ihr anvertrauen würde, was ihn bedrückte. Aber sie durfte ihn nicht drängen und das war unsagbar schwer.

Will fuhr inzwischen 60 Meilen pro Stunde, bei einer Verkehrskontrolle würde er damit gerade noch durchkommen. Und er fuhr gut, aber sie hatte auch nichts anderes erwartet. Seine dunklen Hände mit den aufgeschrammten Fingerknöcheln hielten das Lenkrad sicher.

»Erstaunlich, wie ruhig Aquilars Mutter die Nachricht aufgenommen hat«, sagte Kaye.

»Sie hat uns nicht gezeigt, was sie fühlt«, erwiderte Will. »Für sie waren wir Fremde.«

»Wirst du Maria wiedersehen?« Die Frage war ihr entschlüpft, ohne dass sie darüber nachgedacht hatte, und sie bereute es sofort. Ärgerlich biss sie sich auf die Lippen.

Will nahm den Fuß vom Gaspedal und fuhr langsam weiter. »Was?«

»Vergiss es.«

Er schüttelte den Kopf, ein Lächeln auf den Lippen. »Du denkst, ich habe vor, was mit Maria anzufangen?«

Kaye räusperte sich. »Sie sieht toll aus.« *Sie war die Miss Navajo Nation.*

»Ja«, sagte Will schmunzelnd. »Das tut sie. Und ich mag sie auch. Maria ging in meine Klasse, vielleicht erinnerst du dich. Sie hat mich immer abschreiben lassen.« Er schwieg eine Weile, als die Erinnerung ihn einholte. Dann sagte er: »Ich habe einen Freund gesucht, Kaye.«

Etwas in seiner Stimme ließ sie zu ihm hinübersehen. »Aber *ich* war doch da. Warum bist du nicht zu mir gekommen?«

»Weil ich jemanden brauchte, der keine Erwartungen an mich hat.«

Kayes Augen füllten sich mit Tränen. Sie wusste, dass er die Wahrheit sagte, und es tat weh.

Will bremste und lenkte den Jeep nach rechts auf einen unbefestigten Fahrweg.

»Was hast du vor?«, fragte sie und klammerte sich am Griff über der Tür fest, denn der Fahrweg war ausgewaschen und holprig.

»Ich muss herausfinden, was diese Männer letzte Nacht im Canyon wollten. Wenn ich nicht wüsste, dass man einen Felsen nicht mitnehmen kann, würde ich denken, sie hatten vor, etwas sehr Wertvolles zu stehlen.« Er blickte hinüber zu Kaye. »Aber selbst die *bilagáana* können nicht einfach einen ganzen Felsen mitnehmen, oder?«

Kaye zuckte mit den Achseln. Sie hatte keine Ahnung, wovon Will da redete.

An jener Stelle, wo das Gewicht des Pick-ups den Abdruck von Aquilars Beinen in den feuchten Sand gedrückt hatte, hielt Will an und stieg aus. Kaye tat es ihm nach. Ihr war unheimlich zumute an diesem Ort, an dem das Unglück geschehen war. Sie versuchte, sich vorzustellen, wie es im Canyon war, wenn Dunkelheit ihn ausfüllte. Kaye schauderte. Dennoch war sie froh, bei Will sein zu können.

Will lief um den Jeep herum und suchte nach Spuren. Sein Vater hatte ihm einst beigebracht, wie man die verschiedenen Abdrücke am Boden deuten konnte, worauf man achten musste, um sich nicht täuschen zu lassen. Er fand die Abdrücke eines Kojoten (die beiden äußeren Zehen waren größer als die inneren) und seine eigenen. Und da waren noch andere Spuren. Hufspuren (vielleicht von Aquilars Pinto) und Spuren von spitz zulaufenden Stiefeln. War vielleicht einer der Männer noch einmal zurückgekommen? Was war in der vergangenen Nacht hier geschehen?

Will blickte den Abhang hinauf.

»Da oben ist Aquilar ausgerutscht«, sagte er und zeigte auf den Geröllhang.

»Er hätte sich den Hals brechen können«, sagte Kaye leise. Vom felsigen Überhang bis ins Flussbett waren es knapp vier Meter. »Und wie bist du hier runtergekommen?«

Will zeigte noch einmal nach oben. »Auf demselben Weg. Aber ich bin das letzte Stück gesprungen, während Aquilar *geflogen* ist.«

Sie wurde bleich und öffnete ihren Mund, aber es kam kein Ton heraus.

»Alles in Ordnung?«, fragte Will.

»Ja, es geht schon.«

Sie stiegen wieder in den Jeep, und Will schaltete den Allradantrieb an, damit die Räder sich im feucht-sandigen Untergrund nicht festfraßen. Vom Regenguss der vergangenen Nacht war nicht mehr geblieben als ein paar Wasserlachen. Zielstrebig fuhr er das Flussbett entlang bis zu der Stelle, wo in der Nacht die beiden Fahrzeuge geparkt hatten. An der Felswand hinter den Tamariskenbüschen hatten er und Aquilar das Licht und die Gestalten gesehen. Will bahnte sich einen Weg durch das Buschwerk und stieg den Hang aus rötlichem Geröllschutt zur Felswand hinauf.

Kaye folgte ihm, und er reichte ihr seine Hand, um ihr hinaufzuhelfen.

Plötzlich blieb er wie angewurzelt stehen und umklammerte Kayes Hand, als hätte er Angst, sonst in die Tiefe zu stürzen. Er sah aus, als wäre alles Blut aus seinem Gesicht gewichen.

Und dann sah sie, was er sah.

Kokopelli war fort. Der in die dunkle Patina des Felsens geritzte Flötenspieler war in einem Rechteck sauber ausgesägt und mit seinem Felsuntergrund aus der Wand gelöst worden.

»Das gibt es doch nicht!« Kaye starrte erschrocken auf den hellen Fleck in der Wand. Eidechsen huschten auf der Suche nach Insekten kreuz und quer über die Felswände. Für sie machte es keinen Unterschied, ob der Flötenspieler da war oder nicht.

»Diese verdammten Schweine! Die schrecken aber auch wirklich vor nichts zurück!« Will strich mit den Fingern behutsam über die beschädigten Zeichnungen. So viel Respekt lag in dieser Geste.

Als er sich umwandte, sah Kaye Tränen in seinen Augen. Das letzte Mal, als sie ihn hatte weinen sehen, war er kurz darauf davongelaufen und hatte sie allein im Canyon zurückgelassen. Ihre damalige Verwirrung hatte sie bis heute nicht vergessen. Kaye hoffte, dass er diesmal nicht davonlaufen, sondern reden würde.

»Ich wusste nicht, dass sie dir so viel bedeuten«, sagte sie. »Ich meine, die Anasazi waren schließlich nicht *unsere* Vorfahren.«

Will stützte sich mit der Hand von der Felswand ab und hockte sich auf einen Stein. Seine Hände hingen zitternd zwischen seinen Knien. Mühsam schluckte er die Tränen hinunter und rang nach Worten für seine Gefühle.

Schließlich, nach einer ganzen Weile, sagte er: »Mein Leben ist ziemlich durcheinander, Kaye, und da ist nicht viel, woran ich mich festhalten kann. Ich dachte, es gibt nichts, was so dauerhaft ist wie diese in den Fels geritzten Figuren. Egal was passierte, sie waren immer da, verstehst du? Sie waren mein Zuhause. Jetzt hat sie einfach jemand herausgesägt. Jemand, der keinen Respekt vor der Ewigkeit hat.« Er wischte sich mit der Faust über die Augen, sein Adamsapfel bewegte sich auf und ab, wenn er schluckte. »Großvater sagt, die Geheimnisse der Vergangenheit werden immer da sein, um uns zu lehren; zu lehren und auch zu warnen, dass die Zukunft nicht wie die Gegenwart sein wird.« Wieder schwieg er eine Weile und sagte dann: »Ich kann nicht ungeschehen machen, was hier passiert ist, aber ich nehme es persönlich, schon wegen Aquilar. Diese Felsbilder sind ein Vermächtnis. Niemand hat das Recht, sie für sich selbst zu beanspruchen. Schon der Gedanke ist absurd.«

Kaye, die vor ihm stand, nickte. »Ich habe es dir heute Morgen schon gesagt«, sagte sie. »Die Polizei wird sich sehr für die Männer interessieren, die über Aquilar Yazzies Beine gefahren sind und so etwas getan haben.« Sie wies auf das hellrote Loch in der Wand.

Will schüttelte den Kopf. »Und ich sagte dir, ich will nichts mehr mit der Polizei zu tun haben. Auch nicht wenn es Indianerpolizei ist.«

Sie lächelte über den Ausdruck *Indianerpolizei.* »Onkel Totsoni ist wirklich in Ordnung, schwer in Ordnung. Überleg es dir, Will. Allein werden wir es nicht schaffen. Du hast gesehen, was sie mit deinem Freund gemacht haben. Ich will dich nicht auch noch im Krankenhaus besuchen müssen.«

Eine Weile sagte er nichts, dann stand Will auf, machte

einen Schritt auf sie zu und umarmte sie fest. Kaye hielt den Atem an. Sie hörte ihr Herz an seinem schlagen, spürte sein Kinn an ihrem Kopf und zitterte vor Glück. Es war lange her, dass Will sie in den Arm genommen hatte. Diese Umarmung bedeutete ihr mehr als alles, was er seit seiner Rückkehr gesagt oder getan hatte.

Will löste sich von ihr, und Kaye hatte gerade wieder angefangen zu atmen, als er seine Lippen auf ihre legte und sie küsste. Es ging so schnell, dass sie sich zwei Sekunden später nicht mehr sicher war, ob sie nur geträumt hatte.

»Also gut«, sagte er. »Fahren wir zurück nach Window Rock und besuchen deinen Polizistenonkel. Aber vorher sollten wir mit Granpa sprechen.«

Der alte Navajo saß auf der Veranda in seinem Schaukelstuhl und rauchte.

»Yá'át'ééh«, begrüßten sie ihn einstimmig.

Sam nickte und brummelte ebenfalls eine Begrüßung. »Wie geht es deinem Freund?«, fragte er seinen Enkelsohn.

»Aquilars Beine sind gebrochen«, antwortete Will. »Er wird den ganzen Sommer im Krankenhaus verbringen müssen. Aber Kaye kann dir das alles genauer erklären.« Er schob sie zu dem alten Mann und verschwand durch die Fliegentür ins Haus.

Kaye setzte sich auf das alte Sofa und erzählte Wills Großvater noch einmal ausführlich, was passiert war. Ungläubig schüttelte der Alte den Kopf.

»Ist in letzter Zeit jemand hier gewesen?«, fragte Kaye. »Hattest du Besuch von Fremden?«

Sam nickte. »Ein Mann war hier. Hat gefragt, wie er zum Canyon de Chelly kommt.«

»Wann war das?« Zwar war es nichts Ungewöhnliches,

dass Touristen nach dem Weg fragten, denn die Straßenführung im Reservat war sehr verwirrend, selbst wenn man eine Karte hatte. Doch unter diesen Umständen beschlich Kaye das Gefühl, der Mann könnte kein gewöhnlicher Tourist gewesen sein. Vielleicht hatten sie nun eine erste Spur.

Der Alte rechnete eine Weile. »Vor ein paar Wochen. Kurz bevor Will zurückkam.«

»Was für einen Wagen hatte er?«

Sam zog an seiner Pfeife. Blauer Rauch kam zwischen seinen Lippen hervor. Er nickte hinüber zu Kayes Wagen. »Er sah aus wie deiner.«

»Der Mann fuhr einen roten Jeep?«

»Schwarz, aber wie deiner.«

Ein Wrangler, dachte Kaye.

Das Typische für einen Jeep Wrangler waren die klassischen runden Scheinwerfer und die sieben Längsstreben im Kühlergrill. Kaye war sicher, dass Sam genau das gesehen hatte. Es war mühsam, etwas aus dem alten Mann herauszubekommen, aber mit seiner Aussage hatte er ihnen einen wichtigen Hinweis gegeben. Die Leute im Res fuhren keine Jeep Wrangler. Die meisten fuhren GMC Pickup Trucks, alte verbeulte Fords und Dodges. Neue, teure Wagen gab es nur selten und sie fielen auf. Sie selbst hatte vor Kurzem erst einen schwarzen Wrangler gesehen, wusste nur nicht mehr, wo.

»Hast du den Mann ins Haus gelassen, Großvater?«

Sam hörte auf zu schaukeln. »Er bat um ein Glas Wasser. Ich war höflich.«

»Würdest du sein Gesicht wiedererkennen?«

»Weißer Mann«, sagte er, »kein Gesicht.«

»Kein Gesicht?« Kaye schüttelte verwundert den Kopf. »Du hast mit ihm gesprochen und ihn in dein Haus gelassen, also musst du ihn doch auch gesehen haben.«

»Nicht gut genug.« Sam Roanhorse legte die knotige Rechte über seine Augenlider. »Meine Augen …«

Kaye beugte sich über das dunkle Gesicht des alten Mannes und zog die Stirn in Falten.

»Alles verschwindet im Nebel, Tochter. Die Farben, die Menschen, die Dinge. Manchmal sehe ich doppelt.«

Kaye erkannte die graue Verfärbung der Pupillen. »Der graue Star«, sagte sie. »Das kann man operieren, Großvater.«

»Operieren?« Sam machte ein misstrauisches Gesicht.

»Herausschneiden!«

»Du meinst, die Augen herausschneiden?«

Kaye schüttelte den Kopf. »Nicht die Augen, die … die …«

»Den Nebel«, half ihr Will, der hinter sie getreten war. »Du wirst langsam blind, Großvater. Aber im Krankenhaus kann man dir bestimmt helfen.«

»Ich lasse niemanden an meinen Augen herumschneiden«, brummte der alte Mann. »Schon gar nicht in einem *bilagáana*-Krankenhaus.«

»Es ist nichts Schlimmes«, beteuerte Kaye, »nur eine Routineoperation. Sie setzen dir neue Linsen ein, das dauert keine zehn Minuten. Du bekommst eine schicke Brille und kannst alles wieder sehen.«

»Sogar den Fliegendreck am Fenster«, bekräftigte Will.

»Nicht meine Augen«, sagte Sam, der keine Lust verspürte zu scherzen. »Ich werde nicht zulassen, dass sie an meinen Augen herumschneiden.«

Will zog Kaye fort. »Ich rede später mit ihm«, raunte er ihr zu. »Lass uns jetzt fahren, ich will es hinter mich bringen.«

Nach schweigsamer Fahrt parkte Kaye den Jeep auf dem kleinen Parkplatz vor dem Gebäude der Stammespolizei in

Window Rock. Es war Freitagnachmittag. Wenn Lieutenant Thomas Totsoni nicht schon Feierabend gemacht hatte, dann würden sie ihn in dem flachen gelben Sandsteingebäude finden.

Bevor Kaye und Will das Amtsgebäude betraten, warfen sie noch einen Blick auf den roten Felsen mit dem kreisrunden Loch in der Mitte. Window Rock. Es war einer der heiligen Berge, und er bewachte eine Quelle, an der die Navajo-Medizinmänner das Wasser für ihre Zeremonien holten.

Kaye griff nach Wills Hand. »Komm«, sagte sie, »mein Onkel ist da. Ich habe gerade seinen Wagen entdeckt.«

Sie führte Will zielstrebig zum Büro ihres Onkels und klopfte energisch. Kurz darauf wurden sie hereingerufen.

Thomas Totsoni blickte überrascht, als seine Nichte das Büro betrat und hinter ihr Will Roanhorse hereinkam.

»Yá'át'ééh«, begrüßte er die beiden jungen Leute. Er stand auf und kam hinter seinem Schreibtisch hervor, um ihnen die Hand zu schütteln. Dann wanderte sein Blick besorgt von einem zum anderen. »Es sieht nicht so aus, als wolltet ihr mir einen Höflichkeitsbesuch abstatten. Ich hoffe, es ist nichts Ernstes.« Er setzte sich zurück in seinen Drehsessel.

Inzwischen hatte Thomas die Informationen über Will Roanhorse, die seine Nichte von ihm erbeten hatte. Aber unter diesen Umständen würde er sie wohl noch eine Weile für sich behalten müssen. Er musterte den jungen Mann, der sein Haar auf traditionelle Art trug. Bei einem Großteil der Jugendlichen, mit denen er es in seinem Beruf zu tun hatte, waren lange Haare verpönt. Window Rock war zwar nicht Gallup oder Albuquerque, aber auch hier gab es mehrere verfeindete Jugendbanden, die den Menschen im Ort das Leben schwer machten und dafür sorgten, dass die Zellen des kleinen Gefängnistraktes immer gefüllt waren. Die Bandenmitglieder trugen das Haar kurz geschoren. Unter ihnen galten lange Haare als out. Sie hatten einen anderen Pfad eingeschlagen als den Weg der Schönheit.

Will Roanhorse schien ein vernünftiger junger Mann zu sein. Er hatte ein ernstes Gesicht mit hohen Wangenknochen und intelligenten Augen, in denen zu viel Schmerz lag. Lieutenant Totsoni wusste jetzt so viel über Will, dass er Schwierigkeiten hatte, ihm unbefangen in die Augen zu sehen. »Was ist passiert?«, fragte er.

»Wir wollen Anzeige erstatten«, ergriff Kaye das Wort.

»*Shoo*, ich verstehe«, bemerkte Thomas gedehnt, lehnte sich zurück und spielte mit seinem Kugelschreiber. »Um was handelt es sich denn? Hat jemand deinen heiß geliebten Jeep Wrangler eingebeult?«, fragte er scherzend, in der Hoffnung, dass es sich um etwas ähnlich Harmloses handeln würde. Aber tief in seinem Inneren wusste er bereits, dass es nicht so war. Er brauchte die beiden bloß anzusehen.

Will schob sich vor Kaye und sagte: »Es geht um Diebstahl von stammeseigenen Kunstschätzen und versuchten Totschlag.«

Thomas Totsoni schluckte, nachdem er diese genauen Anklagepunkte gehört hatte. Vollkommen sinnlos schien der Junge seine Zeit im Gefängnis jedenfalls nicht verbracht zu haben.

»Und gegen wen richtet sich die Anzeige?«

»Gegen unbekannt«, antwortete Kaye. »Aber wir haben ein paar Hinweise.«

Thomas nickte. »Mark!«, rief er durch die angelehnte Tür nach Officer Redhouse. »Komm mal rüber! Ich brauche jemanden fürs Protokoll!«

13. Kapitel

Lieber Will,

am Wochenende war meine kinaaldá. *Mom und Dad haben sich vorher darüber gestritten, ob die Zeremonie nun vier oder zwei Tage dauern sollte. Mom sagte, die erste* kinaaldá *für Changing Woman hätte auch vier Tage gedauert und so wäre es nun mal Brauch. Aber Dad meinte, Schule wäre ebenso wichtig wie die alten Bräuche und das Wochenende würde nun mal nur aus zwei Tagen bestehen.*

Dad hat sich durchgesetzt. In der Nacht vor der Zeremonie war ich so aufgeregt, dass ich dachte, ich würde niemals schlafen. Mom hat mich dann ganz früh geweckt. Ich musste ein gewebtes Kleid mit Navajo-Mustern anziehen und viel Silberschmuck anlegen, den ich von meinen Verwandten geschenkt bekommen hatte.

Mom führte mich in den Hogan. Alle waren da, all ihre Verwandten. Dann musste ich losrennen, immer in Richtung Osten, und alle sind hinter mir hergerannt. Ich war schnell, niemand konnte mich einholen. Nur du konntest das.

Als ich zurückkam, war es Zeit, den großen Kuchen zu backen. Während die anderen draußen vor dem Hogan ein Loch in die Erde gruben und ein Feuer darin entzündeten, musste ich Maiskörner mahlen. Zwischen zwei Steinen, so wie es unsere Vorfahren getan haben.

Dann musste ich das Mehl mit heißem Wasser, Backpulver und Malz mischen und einen Teig daraus kneten. Meine Arme wurden immer schwerer und schwerer. Als ich dachte, ich wäre fertig, kam Tante Wilma und brachte noch mehr Mehl. Es war ein richtiger Berg. Sie sagte, ich solle froh sein, dass ich das nicht auch noch mahlen müsse, wie es früher Brauch war. Ich war schon den Tränen nahe, aber dann kamen die anderen Frauen und halfen mir.

Der fertige Teig wurde in das Feuerloch gelegt, eingehüllt in Maisblätter. Und ich musste wieder laufen. Diesmal weiter und schneller als beim ersten Mal. Ich habe dabei an dich gedacht, Will. Wie wir immer zusammen gerannt sind und du mich jedes Mal eingeholt hast. (Weil du die längeren Beine hattest.)

Als ich zurückkehrte, lief ich in den Hogan und einmal im Uhrzeigersinn um das Feuer herum. Mom sagt, gegen den Uhrzeigersinn zu laufen, wäre respektlos gegenüber den diyin, *den Wissenden Leuten.*

Dann wurde ich den Wissenden Leuten vorgestellt. Großvater Sam hat die ganze Nacht gesungen, alle haben gesungen. Ich war so müde, aber ich durfte nicht einschlafen. Und am Morgen war der Kuchen dann endlich fertig. Ich musste ihn in Stücke schneiden und an alle verteilen. Ich war mächtig aufgeregt, als ich den Kuchen anschnitt. Tante Wilma hat gesagt, wenn er nicht richtig durchgebacken ist, bedeutet das, dass ich ein schweres Leben haben werde.

Ich hatte Glück, Will. Der Kuchen war gut durchgebacken. Und ich war so müde und glücklich. Als alle weg waren, bin ich ins Haus gerannt und habe in den Spiegel gesehen. Ich sah nicht anders aus als vorher, aber ich fühlte mich ganz anders. Jetzt bin ich eine Frau.

Vielleicht kann ich nun schneller rennen als du.

In Liebe, deine Kaye

Will schluckte und legte diesen Brief zu den anderen, die er bereits gelesen hatte. Er löschte das Licht an seinem Bett, verschränkte die Arme im Nacken und starrte in die Dunkelheit. Was er da tat, war schmerzhaft, aber er konnte nicht anders. Er konnte nicht mehr aufhören. Seit er angefangen hatte, den ersten von Kayes ungeöffneten Briefen zu lesen, war es für ihn wie zu einem Zwang geworden. Er wollte alles wissen. Wie es ihr in den fünf Jahren ergangen war, was sie erlebt und gefühlt hatte. In Kayes Briefen durchlebte er seine eigene verlorene Zeit des Erwachsenwerdens.

Ihre Schrift veränderte sich mit jedem Brief. Aus der Kinderschrift waren die straffen Züge einer selbstbewussten jungen Frau geworden. Als Kaye ihre *kinaaldá*, die Reifezeremonie hatte, war sie vierzehn gewesen. Ihm fehlten immer noch drei Jahre. Drei Jahre, in denen viel passiert sein konnte. Sie war so schön, so lebendig, so klug. Das konnte doch den anderen jungen Männern im Reservat nicht verborgen geblieben sein …

Aber daran wollte Will jetzt nicht denken. Seine Zuneigung zu Kaye hatte ihn durch die Gefängniszeit gebracht. Eine Zeit, in der er kaum etwas anderes gefühlt hatte als Wut und Schmerz.

Wie nahe sie ihm war. Sogar jetzt und hier, in der tröstenden Dunkelheit seines Zimmers, konnte er ihr Lachen hören und den frischen Yuccaduft ihrer Haare atmen. Jeder Brief, den er mit seinem zweischneidigen Messer öffnete, brachte sie ihm noch näher. Will erlebte Gefühle, die er lange tot geglaubt hatte. Manchmal schien es ihm, als wäre er niemals fort gewesen aus *Dinétah*, der Heimat seines Volkes. Das war ein gutes Gefühl, aber es entsprach nicht der Wahrheit.

Ch'eená nennen die Navajo ihre Trauer um etwas, das nie zurückkehren wird. Manch einer starb daran.

Will war krank und er wusste es. Großvater Sam hatte ihm erzählt, dass es viele Dinge gab, die krank machen konnten. Dazu gehörte auch Unbeherrschtheit, der Mangel an Selbstkontrolle. In blinder Wut auf seinen Direktor loszugehen, *war* ein Mangel an Selbstkontrolle. Genauso wie die Tatsache, dass er dem Mann den Tod gewünscht hatte. Großvater Sam hatte gesagt, ein Verbrechen würde immer Motiv *und* Tat umfassen. Jemandem den Tod zu wünschen, war also ein Verbrechen und konnte krank machen.

Will hatte sich vorgenommen, nach seiner Rückkehr alles daranzusetzen, Heilung zu finden. Doch die Männer im Water Hole Canyon hatten seine Pläne durchkreuzt. Die Ereignisse überstürzten sich und er war mittendrin. Er hasste die Männer, die den steinernen Flötenspieler gestohlen und Aquilar so schwer verletzt hatten. Und gleichzeitig war ihm klar, dass er das nicht durfte. Wenn es ihm doch nur gelingen würde, seine Gefühle zu beherrschen. Aber sie beherrschten ihn und es gab keine Möglichkeit auszuweichen. Aus diesem Grund war Kojote hinter ihm her, und Will wusste, er würde seine ganze Kraft brauchen, um Zweiherz zu widerstehen.

Er wälzte sich in seinem Bett, stöhnte in der Hitze der Nacht. Kojote war da draußen. In der Dunkelheit schlich der Vierbeinige um das gelbe Holzhaus. Sein Fell streifte an den verwitterten Brettern und Will konnte manchmal am Morgen noch silbergelbe Haare an den Holzfasern finden.

Du wirst mich nicht kriegen, dachte er verzweifelt. *Du nicht.*

Als Kaye die Haustür klappen hörte, stand sie noch einmal auf, schlüpfte in ihren Morgenmantel und trat aus ihrem Zimmer. Sie blickte die Treppe hinunter. Unten im Hauptraum stand ihr Vater. Er sah müde und durcheinander aus. Seine Schuhe waren staubig.

»Hallo, Dad«, sagte sie und empfand eine spontane Zärtlichkeit für ihn. »Wo warst du nur?«

Kaye lief die Stufen hinunter und warf sich ihrem Vater an den Hals. Er ließ sich von ihr in die Arme nehmen, drückte sie fest an sich.

»Dad?«, fragte Kaye besorgt.

»Ich war am Grab deiner Mutter«, antwortete er. »Ich brauchte ihren Rat.«

Kaye zog ihren Vater auf die Couch vor dem Kamin. Er strich sich mit beiden Händen über das widerspenstige rote Haar und seufzte.

»Dad, ich liebe dich.«

»Ich liebe dich auch«, erwiderte er. »Aber ich habe das Gefühl, als gäbe es nichts, womit ich es dir beweisen könnte. Deine Mutter hat immer gewusst, was sie als Nächstes tun muss. Sie hat das Leben einfach in die Hand genommen und an ihrer Seite war ich auf einmal auch stark. Aber nun ist sie schon so lange tot und ich fühle mich vollkommen fehl am Platz auf diesem Land. Es ist *ihr* Land, Kaye. *Dinétah*. Indianerland.« Er vergrub sein Gesicht in den abgearbeiteten Händen.

Die Navajo hatten so viele verschiedene Bezeichnungen für ein und dasselbe Ding. Arthur Kingley hatte versucht, sie und ihr Land zu verstehen, aber nach all den Jahren, die er unter ihnen lebte, fiel es ihm immer noch schwer. Und noch schwerer fiel ihm zu begreifen, dass seine Tochter, sein Fleisch und Blut, so vollkommen eine Navajo war und so wenig weiß.

»Dad«, begann Kaye behutsam, »du brauchst mir deine Liebe nicht zu beweisen. Ich weiß, dass sie da ist. Und was Mom angeht – mir fehlt sie genauso wie dir. Aber sie würde nicht wollen, dass es dich krank macht. Die Ranch war ihr Zuhause, und es ist unser Zuhause, weil wir ihre Familie sind. Ich bin glücklich hier.«

»Ich weiß«, sagte Arthur. »Aber manchmal fehlen mir die Stadt und der Pazifik. Mir fehlen der Duft von Tang, das Treiben in den Straßen.«

»Wenn du Sehnsucht nach San Francisco hast, warum stattest du Großvater nicht mal einen Besuch ab? Vielleicht freut er sich sogar.«

Arthur sah auf. Kaye hatte schon immer diese gefährliche Gabe besessen, seine Gedanken lesen zu können, genauso wie ihre Mutter. Er sagte: »Ich habe meinen Vater seit drei Jahren nicht mehr gesehen.«

»Du hast ihm nicht mal geschrieben, dass Mama tot ist«, erinnerte sie ihn vorwurfsvoll. »*Ich* musste es tun.«

»Er mochte sie nicht. Das weißt du.«

»Weil sie dich dazu gebracht hat, Schafzüchter in einem Indianerreservat zu werden, anstatt ein angesehener Anwalt in San Francisco. Großvater denkt immer noch, wir würden hier mitten in der Wüste leben.« Sie umarmte ihren Vater noch einmal heftig. »Ich mag keine Anwälte, Dad. Und ich mag die Wüste, die keine ist.«

»Würdest du denn eine Weile ohne mich zurechtkommen?«, fragte er. »Ich meine, nur für den Fall, dass ich …«

»Hey, du kennst mich doch«, unterbrach sie ihn und lachte. Ihr Herz schlug schneller. »Ashie und Hoskie sind ja auch noch da. Mit ihrer Hilfe kriege ich das schon hin, mach dir nur keine Sorgen um die Schafe.«

»Ich dachte weniger an die Schafe als an dich«, sagte Arthur mit besorgtem Blick.

Kaye schüttelte den Kopf. »Um mich brauchst du dich nun wirklich nicht zu sorgen. Ich bin erwachsen.«

»Ich weiß«, bemerkte Arthur bekümmert, »ich weiß. Das

ist ja das Problem.« Er saß noch eine Weile in Gedanken versunken da, doch dann erhob er sich ruckartig und sagte: »Kannst du mich morgen Vormittag nach Gallup bringen? Mittags geht dort ein Flieger der Arizona Airlines nach Phoenix.«

»Alles klar«, sagte Kaye, verblüfft über die plötzliche Entschlusskraft ihres Vaters. Eigentlich war sie noch einmal heruntergekommen, um ihrem Vater alles zu erzählen und ihn um Hilfe zu bitten. Aber wenn sie das jetzt tun würde, dann würde er hierbleiben. Und Kaye wollte nicht, dass er blieb. Ein paar Tage allein auf der Ranch, das eröffnete ungeahnte Möglichkeiten. Sie würde gleich morgen Teena anrufen und es ihr erzählen.

»Was ist mit diesem Jungen, diesem Yazzie?«, fragte Kingley. »Wird er wieder gesund werden?«

»Der Arzt sagt Ja, aber es kann lange dauern«, antwortete Kaye. »Sie haben ihn ins Krankenhaus nach Holbrook gebracht. Beide Beine sind gebrochen.«

»Und Will weiß nicht, wer das getan hat?«

»Nein. Er konnte die Männer ja nicht erkennen. Aber wir waren heute bei Onkel Thomas und haben Anzeige erstattet. Nun wird die Polizei sich um die Sache kümmern.«

»Das ist gut.« Arthur nickte erleichtert.

»Alles klar, Dad, du brauchst dir keine Sorgen zu machen. Ich bin alt genug und komme schon zurecht.« Sie lachte ihn an, mit dem kräftigen Lachen ihrer Mutter, das ihm immer dieses Gefühl von Sicherheit und von Liebe gegeben hatte.

Am nächsten Morgen brachte Kaye ihren Vater mit zwei Koffern nach Gallup zum Flughafen und wartete, bis der Flieger tatsächlich mit ihm abhob. Danach fuhr sie zurück nach Window Rock und öffnete ihren Laden.

Sie rief Teena an und lud sie zum Abendessen auf die Ranch ein. »Wäre schön, wenn du über Nacht dableiben könntest. Es gibt so viel zu erzählen. Außerdem fürchte ich mich, so ganz alleine.«

Kaye hörte Teena am anderen Ende der Leitung lachen. »Das glaube ich dir nicht. Du hast doch vor gar nichts Angst. Nicht mal vor Geistern.«

Wenn du wüsstest, dachte Kaye. »Kommst du?«

»Ich werde Großmutter bitten, mir ihren Ford zu leihen.«

»Dann sehen wir uns heute Abend.« Kaye legte auf. Sie öffnete die Schublade, in der sich Wills Silberschmuckstücke befanden. Während sie sie einzeln in die Hand nahm und genauer betrachtete, fiel ihr etwas ein: Sie wusste plötzlich wieder, wo sie den schwarzen Jeep Wrangler schon einmal gesehen hatte!

Es war direkt hier vor ihrem Laden gewesen.

Der Jeep hatte dem Mann aus New York gehört, der sich für den Gürtel mit den Silberknöpfen interessiert hatte. Kaye wählte die Nummer von Thomas Totsonis Büro, aber es nahm niemand ab. In der Zentrale sagte man ihr, dass ihr Onkel keinen Wochenenddienst hätte. Sie versuchte es bei ihm zu Hause, aber auch dort ging keiner dran.

Am Nachmittag, nachdem Kaye den Laden geschlossen hatte, kaufte sie im Supermarkt für das Abendessen ein und fuhr zum gelben Haus, um Will von dem Mann aus New York zu erzählen. Sam saß im Schaukelstuhl und rauchte.

»Will ist nicht zu Hause.«

»Ich muss ihn sprechen, Großvater«, sagte Kaye, »es ist wichtig. Weißt du, wo er ist?«

Der alte Mann schüttelte den Kopf.

Kaye ahnte, dass es sinnlos war, auf Will zu warten. Teena würde bald kommen und sie musste das Essen vorbereiten.

Also fuhr sie nach Hause. Ashie Benally und Hoskie Whitehead waren bereits fort, um das Wochenende mit ihren Familien zu verbringen. Sie war nun ganz allein auf der Ranch, nur mit den Schafen, den Pferden – und mit Jazz als Wachhund. Auf einmal war ihr doch mulmig zumute, und sie hoffte, Teena würde bald kommen.

Zuerst ging sie zu den Pferden. Sieben Tiere standen auf der Weide, gemeinsam mit den langhaarigen Churro-Schafen. Die Koppel war groß, sie reichte bis zu den bewaldeten Hügeln und bis zum See, der auch bei größter Trockenheit immer mit Wasser gefüllt war. Kaye beobachtete die Pferde und dachte darüber nach, Ashkii, den rötlich braunen Hengst, an Will zu verkaufen. Ashkii war Shádis Sohn und beide Pferde gehörten ihr. Der Hengst war zwar zugeritten, gab sich aber ab und zu störrisch, und ihr Vater wäre sicher froh, wenn er nicht mehr mit den anderen auf der Weide stehen würde. Sie konnte Will anbieten, den Preis für Ashkii auf der Ranch abzuarbeiten. Auf diese Weise würde sie ihn jeden Tag sehen und er konnte die Silberstücke seines Vaters behalten.

Kaye tätschelte Shádi, ihrer dunkelbraunen Stute mit der weißen Blesse, den Hals, gab ihr ein paar Körner und versprach ihr einen langen Ausritt. Seit Will wieder da war, hatte sie ihr Lieblingspferd arg vernachlässigt. Aber Shádi war nicht nachtragend. Auf vertraute Weise blies die Stute ihre warme Atemluft in Kayes Gesicht.

Kaye bereitete die Zutaten für Posole, ein mexikanisches Eintopfgericht, vor: Sie kochte Maiskolben und schnitt Tomaten, würfelte Schweinefleisch und briet es zusammen mit Knoblauch und Zwiebeln. Sie röstete grüne Jalapenos, fleischige milde Chilis, entfernte die Schale und die weißen Samenkerne und schnitt die Schoten in kleine Stücke. Als der Eintopf fertig auf dem Herd köchelte, kam Teena.

Sie trug ausgewaschene Jeans und ein eng anliegendes grünes T-Shirt, und Kaye hatte das Gefühl, dass ihre Freundin dünner geworden war.

Teena steckte ihre Nase in den Kochtopf. »Hmm, das riecht gut. Du bist eine tolle Köchin, Kaye. Dein Zukünftiger ist ein glücklicher Mann.«

Sie setzten sich auf die Veranda, um zu essen und den schönen Blick auf die bewaldeten Hügel zu genießen. Das zufriedene Blöken der Schafe drang zu ihnen herüber.

»Hast du deinen Webstuhl hervorgeholt?«, fragte Teena.

Kaye seufzte kopfschüttelnd. »Ich habe es noch nicht geschafft. Wenn du wüsstest, was alles passiert ist.« Endlich konnte sie ihrer Freundin von den nächtlichen Geschehnissen im Water Hole Canyon erzählen. Von Aquilars kaputten Beinen und dem gestohlenen Flötenspieler.

»Das ist ja furchtbar«, sagte Teena. »Meine Großmutter hat mir erzählt, auch die Felsbilder derer *Die vor uns da waren* hätten ihre Geister. Die sind jetzt bestimmt zornig.«

Kaye erinnerte sich an das ungute Gefühl, das sie im Canyon gehabt hatte, und nickte. Aber von Geistern wollte sie jetzt nicht sprechen. »Will hat mich geküsst«, sagte sie.

Teenas finsteres Gesicht wurde augenblicklich von einem Lächeln erhellt. »Na, das ist doch endlich mal eine gute Nachricht.«

»Ich weiß nicht«, erwiderte Kaye. »Alles ging so schnell, vielleicht habe ich es ja nur geträumt. Keine Ahnung, warum Will so zurückhaltend ist. Schließlich bin ich kein Kind mehr.« Sie sah Teena an. »Ich klinge furchtbar, nicht wahr?«

»Du klingst, als wärst du verliebt.«

Kaye hob die Schultern.

»Na komm schon, Kaye, du wirst doch jetzt nicht aufgeben, nur weil es ein bisschen schwierig wird. Immerhin hast du fünf lange Jahre auf den Jungen gewartet und in dieser Zeit keinen anderen angesehen. Bewerber hat es ja mehr als genug gegeben.« Teena lachte verschmitzt.

Das stimmte. Zwei waren sogar ziemlich hartnäckig gewesen. Jeff Tyler, ein blonder Junge, der mit Kaye zur Highschool gegangen war und erst aufgehört hatte, sie zu verfolgen, als seine Eltern mit ihm nach Ohio zogen. Jeff hatte Kaye noch ein paarmal geschrieben, aber ihre Antwortbriefe waren immer sehr kühl ausgefallen und schließlich hatte er es aufgegeben.

»Was ist eigentlich aus diesem Hopi geworden?«, fragte Teena und rümpfte die Nase. Wie viele Navajo mochte sie die Hopi nicht, was durchaus auf Gegenseitigkeit beruhte. Zwischen den beiden Völkern stand es nicht zum Besten, obwohl sie auf engstem Raum miteinander lebten. Das kleine Hopireservat lag inmitten des Big Res der Navajo.

Dieser Hopi war ein junger Mann aus Walpi, einem Dorf auf der First Mesa, den Kaye vor zwei Jahren zur Navajo Fair in Window Rock kennengelernt hatte. Pete Yatasi war inzwischen einundzwanzig und studierte an der Navajo-Universität in Tsaile Ethnologie und Stammesgeschichte. Er war ein sympathischer, gut aussehender junger Mann mit höflichen Umgangsformen, mit denen er das Herz jeder Schwiegermutter im Sturm erobern würde.

Nach dem Tod ihrer Mutter hatte der junge Hopi Kaye häufig besucht. Er hatte sich immer etwas einfallen lassen, um sie von ihrem Schmerz abzulenken, und manchmal hatte er sie sogar zum Lachen gebracht. Doch Kaye war Pete Yatasi gegenüber stets zurückhaltend geblieben.

»Was soll aus ihm geworden sein? Ich habe ihn lange nicht gesehen und er hat auch nicht angerufen.«

»Hopi bauen Häuser wie Bienenwaben und hocken eng

aufeinander«, bemerkte Teena. »Wir passen nicht zusammen, so viel ist schon mal klar.«

Kaye winkte ab. »Das ist doch Unsinn. Die Hopi sind seit 500 Jahren sauer auf uns, weil wir uns auf ihrem Land breitgemacht haben. Und wir sind sauer auf sie, weil sie versucht haben, uns mithilfe der Weißen wieder zu vertreiben.«

»Sie haben große Gesichter und breite Nasen«, sagte Teena. »Ich habe Angst vor ihnen.«

Kaye lachte. »Du hast Vorurteile, das ist alles. Pete Yatasi hat keine breite Nase, er sieht gut aus. Im Gegensatz zu Mike Northridge«, fügte sie mit säuerlicher Miene hinzu.

»Die pickelige Bohnenstange gibt nicht auf, was?«

»Nein.« Kaye schüttelte den Kopf. »Wie du siehst, gibt mein Liebesleben nicht viel her. Aber wie steht es mit dir und Charlie?«

Teena zuckte kaum merklich zusammen und wurde rot.

Kaye war bestürzt, als sie in den Augen ihrer Freundin Tränen entdeckte. »Hey«, sagte sie. »Was ist denn los mit ihm?«

»Nun, er ist jedenfalls nicht so zurückhaltend wie dein Will.«

Kaye musterte Teena aufmerksam. »Ihr habt es also getan«, sagte sie ruhig.

»Wir haben es getan«, erwiderte Teena.

»Besonders glücklich klingst du aber nicht.«

»Ich weiß auch nicht.« Teena senkte den Kopf. »Alles ging so schnell. Hinterher habe ich mich ganz verloren gefühlt. Charlie hat nichts davon gemerkt. Er war wohl zufrieden.«

Kaye stand auf und legte ihrer Freundin einen Arm um die Schultern. »Vielleicht braucht auch das seine Zeit«, sagte sie. »Vielleicht muss man es erst lernen, bevor es richtig schön werden kann.«

Sie und Teena hatten sich immer wieder ausgemalt, wie es sein würde: das erste Mal mit einem Jungen zu schlafen. Teenas Eltern waren bei diesem Thema sehr zurückhaltend gewesen, und da das Mädchen wusste, dass spezielle Fragen ihre Mutter in Verlegenheit bringen würden, hatte sie ihr keine gestellt.

Sophie hatte Kaye nach ihrer *kinaaldá* aufgeklärt und ihr alle Fragen ausführlich beantwortet. Aber seit zwei Jahren hatte Kaye keine Mutter mehr, die sie fragen konnte. Es war ihr nichts anderes übrig geblieben, als auf ihren Körper zu hören. Sophie hatte immer behauptet, die meisten jungen Mädchen würden zu wenig auf den eigenen Körper hören und sich zu allem verleiten lassen, was die Jungs in ihrem stürmischen Forscherdrang von ihnen erwarteten. Wie es aussah, war es Teena so ergangen.

»Ja«, sagte Teena. »Vielleicht hast du recht.«

»Liebst du Charlie?«

Teena nickte. »Ja. Aber er macht mir auch Angst.«

»Ist er immer noch mit diesen Leuten zusammen?«

»Er ist am Leben, also wird er noch dazugehören.«

Kaye umarmte ihre Freundin noch einmal fest. »Tu nur, was du wirklich willst, Teena. Aber wenn du Charlie liebst, dann gibt ihm das vielleicht die Kraft, sich von diesen Leuten zu lösen.«

»Das wäre schön«, sagte Teena leise. »Und ich hoffe, du findest bald heraus, woran du mit Will bist.«

Das hoffe ich auch, dachte Kaye. Sie war Will Roanhorse versprochen. Oder besser: Will hatte ihr versprochen, sie zu heiraten. Ein Versprechen, das für sie bindend war, bis jetzt. Wenn sie ehrlich zu sich selbst sein wollte, musste sie zugeben, dass sie von Will mehr erwartet hatte. Mehr Zuneigung und Zärtlichkeit. Auch Vertrauen. Ein bisschen davon bekam sie ja, aber eben nur ein bisschen.

Die meisten Navajo-Mädchen aus ihrer Klasse waren längst verheiratet und manche hatten schon Kinder. Ihre weiße Freundin Shelley war schon mit fünfzehn keine Jungfrau mehr gewesen und Teena war es nun auch nicht mehr. Nur sie, Kaye, musste weiterhin mit ihren Vorstellungen leben. Ihre Träume, Wünsche und Sehnsüchte waren die einer jungen Frau. Aber Will behandelte sie, als wäre sie immer noch zwölf Jahre alt.

14. Kapitel

Am nächsten Tag brachte Kaye das Essen schon zeitig zu Großvater Sam. Sie aß mit ihm gemeinsam, erzählte von der Reise ihres Vaters und war enttäuscht, Will wieder nicht anzutreffen. Seit er sie im Canyon geküsst hatte (oder war das vielleicht doch nur ein Traum gewesen?), hatte sie ihn nicht mehr gesehen.

Der alte Indianer bemerkte ihren abwesenden Blick und las ihre Gedanken. »Du bist sehr ungeduldig, Tochter«, sagte er.

»Ungeduldig?«, wiederholte Kaye gekränkt. »Will ist schon so lange wieder hier, und wir haben uns kaum gesehen, geschweige denn über uns geredet. Nie ist er zu Hause. Er kann mir ruhig sagen, wenn er nichts mehr mit mir zu tun haben will. Dann weiß ich wenigstens, woran ich bin.«

»Das ist Unsinn.« Sam schüttelte den Kopf. »Die Dinge brauchen nun mal so lange, wie sie eben brauchen. Ungeduld, das ist die weiße Hälfte in dir.«

Für den alten Mann war der letzte Satz nur eine Feststellung gewesen, doch für Kaye klang er wie ein Vorwurf. »Bin ich deshalb nicht gut genug für Will, weil ich halb weiß bin? Das hat ihn doch früher nicht gestört!« Sie hatte schon wieder Tränen in den Augen, hoffte aber, dass der Alte sie nicht sehen konnte.

Doch Sam Roanhorse schien die Tränen in Kayes Stimme gehört zu haben. »Will denkt, *er* wäre nicht gut für dich, meine Tochter. Doch du hast recht: Etwas stimmt nicht mit ihm. Vielleicht liegt es an der langen Zeit, die er im Gefängnis war. Aber ich fürchte, da ist noch etwas anderes, das ihn quält.«

Kaye sah Sam erschrocken an. »Glaubst du, er nimmt Drogen?« Hatte Will sich vielleicht mit einer Gang eingelassen wie Charlie Tsoosie und war deshalb nie zu Hause? Kaye dachte an ihre Freundin Teena und wie unglücklich die über Charlies anderes Leben war.

Der alte Indianer schüttelte den Kopf. »Nein, keine Drogen. Ich glaube, Will ist krank.«

»Krank? Dann muss er zu einem Arzt.« Lauter schreckliche Krankheiten schwirrten Kaye durch den Kopf, an denen Will leiden könnte.

Sam Roanhorse schüttelte abermals seinen Kopf. »Nicht, was du denkst. Es ist hier drin.« Er tippte an seinen grauen Schädel.

»Im Kopf?«

»Böse Geister.«

Jetzt hatte Kaye genug. »Ach, hör doch auf damit, Großvater! Du weißt genau, dass ich nichts von solchem Aberglauben halte.«

Doch Sam ließ sich von Kayes Worten nicht verärgern und auch nicht von seinen Befürchtungen abbringen. »In den Nächten streicht Graubein Kojote ums Haus«, sagte er zu dem Mädchen. »Manchmal höre ich Will in seinem Zimmer reden, obwohl er allein ist. Er ist nachts immer sehr lange wach. Ich glaube, er liest Briefe.«

»Er liest *Briefe*?«, fragte Kaye überrascht. »Du meinst, er liest *meine* Briefe?«

Sam nickte. »Schon möglich.«

»Was kann ich bloß tun?« Kaye wollte Will so gerne helfen, aber wie sollte sie das bewerkstelligen, wenn er sich nicht helfen lassen wollte?

»Tu einfach, was getan werden muss«, erwiderte der alte Mann.

Mit einem Mal blickte Kaye Sam dankbar an. »Du hast vollkommen recht, Großvater. Zuerst werde ich mich um dich kümmern. Ich fahre jetzt nach Holbrook, um Aquilar zu besuchen, und werde gleich einen Termin ausmachen, an dem wir deine Augen untersuchen lassen.«

Sam murmelte unwillig etwas, das sie nicht verstand, aber er widersprach ihr auch nicht. Mehr an Einverständnis konnte Kaye nicht von ihm erwarten. Sie erhob sich und wusch das Geschirr in der Spüle. Dann verabschiedete sie sich von Sam und sagte: »Ich habe ein Pferd für Will. Sag ihm das, wenn er irgendwann mal wieder nach Hause kommt.«

Kaye fuhr nach Holbrook ins Krankenhaus und auf dem Gang vor Aquilars Zimmer traf sie auf seine Schwester Maria. Sie begrüßten einander zurückhaltend. Maria sah toll aus, Kaye hatte auch nichts anderes erwartet. Sie war eine sehr gepflegte Navajo mit intelligenten dunklen Augen, in denen die Traurigkeit allerdings seit Neuestem einen dauerhaften Platz gefunden zu haben schien. Aquilars große Schwester trug Silberschmuck von ausgesuchter Schönheit. Ringe und breite Armreifen aus geschmackvoll getriebenem Silber mit himmelblauen Türkisen. Dadurch zeigte sie, dass ihre Familie nicht arm war. Natürlich war Maria stolz darauf, eine Navajo zu sein, genauso wie sie selbst.

»Geht es Aquilar besser?«, fragte Kaye.

»Er hat noch starke Schmerzen«, antwortete Maria, »aber es wird schon werden. Sie geben ihm was.«

»Sind seine Eltern bei ihm?«

»Ja, Mutter und Vater und unsere beiden anderen Geschwister.« Maria legte Kaye eine Hand auf die Schulter.

»Keine Sorge, meine Familie ist Will nicht böse. Er hat keine Schuld an dem, was passiert ist. Wir machen uns nur Sorgen um Aquilar. Seine Beine sind noch so geschwollen. Der Arzt sagt, das würde sich bald geben. Hoffentlich behält er recht.«

Aquilars Familie kam aus dem Krankenzimmer. Seine Eltern und die beiden älteren Brüder begrüßten Kaye mit freundlichem Nicken. Aber Kaye wusste, dass sie niemals zeigen würden, was sie wirklich fühlten.

»Wo ist Will?«, fragte Maria. »Aquilar redet ständig von ihm. Er wird enttäuscht sein, weil er nicht mit dir gekommen ist.«

Kaye hob die Hände. »Ich weiß. Ich wollte ihn mitbringen, aber er war nicht zu Hause. Deshalb bin ich allein gekommen.«

»Mein kleiner Bruder wird fett werden, wenn er die alle isst«, sagte Maria und wies auf die große Pralinenschachtel, die Kaye in ihren Händen hielt. Kaye lächelte nun doch, und Maria nickte mit dem Kopf in Richtung Zimmertür, bevor sie ihrer Familie hinterhereilte.

Aquilar saß aufrecht im Bett. Der Besuch seiner Familie schien ihn angestrengt zu haben, aber als Kaye ihm die Schokolade auf den Nachtschrank legte, erhellte ein Lächeln sein Gesicht.

»*Yá'át'ééh*, Schwester«, sagte er, was aus seinem Munde beinahe wie eine Liebeserklärung klang. »Wo ist Will?«

Kaye musste ein zweites Mal zugeben, dass sie es nicht wusste. »Er geht mir aus dem Weg, Aquilar«, beklagte sie sich. »Ich weiß nicht, was mit ihm los ist und wie ich an ihn herankommen soll. Habt ihr viel geredet, da oben im Hogan? Gibt es irgendetwas, das ich wissen sollte?«

Aquilar zog kurz die Mundwinkel nach unten. »Ich habe geredet. Will hat zugehört.«

»Ist dir nichts aufgefallen an ihm? Nichts merkwürdig vorgekommen an seinem Verhalten?«

Aquilar seufzte. »Wenn ich fünf Jahre im Gefängnis gesessen hätte, würde ich mich vermutlich auch merkwürdig verhalten. Ich mag Will, so wie er ist.«

»Ich mag ihn auch«, bemerkte Kaye verdrossen. »Ich habe schließlich fünf Jahre auf ihn gewartet.«

»Vor fünf Jahren warst du noch eine Kaulquappe.«

»Vielleicht«, sagte sie mit einem kleinen Lächeln. »Aber ich liebte ihn damals schon. Und daran hat sich bis heute nichts geändert.«

»Dann versuch doch, ihn zu mögen, ohne etwas von ihm zu erwarten«, schlug Aquilar vor. »So wie du mich magst.« Er grinste breit.

»Ich mag ihn aber anders als dich«, flüsterte Kaye. »Ich liebe Will und dachte, wir würden irgendwann heiraten. Er hat es mir versprochen.«

»Er hat einer Kaulquappe versprochen, sie zu heiraten?«, fragte Aquilar und verzog das Gesicht.

Kaye, plötzlich den Tränen nahe, senkte den Kopf. »Ja.«

Aquilar griff nach ihrem Oberarm. Sie hatte eine Gänsehaut. Die Klimaanlage hielt das Krankenzimmer kühl, während draußen die Hitze wie eine schwere Decke über dem Land lag. »He«, sagte er, »ich glaube, du denkst das Falsche, Kaye. Will mag dich auch und er braucht dich. Aber er kann nicht mit körperlicher Nähe umgehen und das hängt vermutlich mit seiner Zeit im Gefängnis zusammen. Er hat da Andeutungen gemacht. Im Knast laufen Dinge ab, die ziemlich unschön sind. Er mag nicht darüber reden und ich kann ihn verstehen. Will braucht Nähe, das weiß ich. Aber er möchte nicht angefasst werden. Das gibt sich bestimmt irgendwann wieder. Lass ihm einfach Zeit … mit dem Heiraten und so«, fügte er hinzu.

Kaye blickte auf. »Bist du sicher, dass das alles ist?«

»Ich glaube schon. Ich weiß, er liebt dich.«

Sie gab Aquilar einen spontanen Kuss und der Junge wurde rot. »Reden wir von dir«, sagte Kaye. »Was machen deine Beine?«

»Sie schlafen so vor sich hin. Die gute Nachricht ist, dass ich keine Infektion in die Wunde bekommen habe und sie schon dabei ist, zuzuheilen.«

»Das ist doch toll.«

»Wie man's nimmt.«

»Bist du wütend?«

Er schüttelte den Kopf. »Nicht auf Will. Ich bin wütend auf mich. Ich hätte mich besser festhalten sollen.«

Nachdem Kaye sich von Aquilar verabschiedet hatte, vereinbarte sie an der Aufnahme noch einen Termin für eine Augenuntersuchung, in der Hoffnung, dass Großvater Sam freiwillig mit ihr ins Krankenhaus kommen würde. Danach fuhr sie die hundert Meilen zurück zur Kingley Ranch. Kaye nahm eine kalte Dusche und belegte sich ein Sandwich, das sie im Stehen verzehrte. Dann schlenderte sie noch einmal hinter das Haus zu den Pferden, kletterte auf den Koppelzaun und streichelte Shádis Stirn. Die Stute stupste sie an und leckte an ihren Händen, die nach Weißbrot dufteten.

»Hey.« Kaye klopfte Shádis Hals. »Ich weiß, ich habe dich vernachlässigt. Verzeih mir, meine Schöne, ich gelobe Besserung. Morgen werden wir ausreiten, ich verspreche es dir.«

Als Will sich neben Kaye auf den Zaun stützte, unterdrückte sie einen Schreckensschrei, konnte aber nicht mehr verhindern, dass sie ein dummes Gesicht machte.

Er lächelte wie ein kleiner Junge nach einem gelungenen

Streich. »Du hast ein Pferd für mich?«, kam er gleich zur Sache. »Welches?«

»Guten Abend, Will«, sagte Kaye und versuchte, ihren Herzschlag wieder unter Kontrolle zu bringen. Freude durchströmte sie – darüber, dass er gekommen war. »Du kannst Ashkii haben.« Kaye deutete auf den rötlich braunen Hengst mit der kräftigen Hinterhand. »Er gehört mir und ich wollte ihn sowieso verkaufen. Ashkii ist schnell und wendig, allerdings auch ziemlich eigensinnig.«

Will stieg über den Zaun und streichelte den Hengst, der zu tänzeln und zu schnauben anfing. *»Ashkii«*, sagte er. »Ist dir kein anderer Name als *Junge* für ihn eingefallen?«

»Wenn du ihn haben willst, kannst du ihn nennen, wie es dir gefällt. Dein Name jedenfalls passt gut zu ihm.« Roanhorse bedeutete nämlich nichts anderes als: rötlich braunes Pferd.

»Ich nehme den Jungen. Morgen fange ich an zu arbeiten.« Will kraulte Ashkiis Hals und der Hengst ließ es sich gefallen.

Kaye nickte und versuchte, sich ihre Freude darüber nicht anmerken zu lassen. »Wie lange bist du schon hier?«, wollte sie wissen. Ashkii war ein gutes Pferd, aber um das herauszufinden, musste Will ihn eine Weile beobachtet haben. Er kannte sich mit Pferden aus, sein Vater John hatte welche besessen. Aber Sam hatte sie nach dem Tod seines Sohnes verkauft, weil er sie allein nicht mehr versorgen konnte.

»Lange genug, um mir die Pferde genau anzusehen. Es sind schöne Tiere«, lobte er, »gut gepflegt. Aber ein anderes hätte ich nicht genommen.« Er blies Ashkii in die Nüstern und der Hengst schnaubte leise.

»Brauchst du einen Sattel?«

»Nein. Aber ein einfaches Halfter und Zügel wären nicht schlecht.«

Sie brachte ihm beides aus der Scheune. Will schob das Halfter über Ashkiis Kopf, befestigte die Zügel daran und führte den Hengst ein Stück herum. Ashkii gehorchte. Er schien Will zu mögen.

»Wirst du mein Boss sein, solange dein Vater nicht da ist?«

»Wohl oder übel.« Kaye lächelte.

Er zuckte mit den Achseln. »Werd es schon ertragen.«

Wie romantisch, dachte Kaye. Er wird mich also ertragen. »Willst du gleich wieder verschwinden oder kommst du noch mit ins Haus?«, fragte sie und blickte ihn aufmunternd an. »Du hast sicher noch nichts gegessen. Ich könnte uns etwas kochen.«

Will schien zu überlegen. Doch was auch immer in seinem Kopf vorging, ihr Angebot war offensichtlich so verlockend, dass er es nicht ausschlagen konnte. Er folgte Kaye.

Bevor sie ins Haus traten, wandten sich beide unwillkürlich noch einmal nach der untergehenden Sonne um, deren abendlicher Schein die Berge und Mesas hinter der Ranch in ein unirdisches Licht tauchte. Blauviolett leuchtete es dort, orangefarben, und auf der Linie des Horizontes schwebte ein tiefes Rot. Die verschiedenen Schichten der Tafelberge auf der anderen Seite der Straße leuchteten in Ocker, Piniengelb und einem schweren Rotbraun.

Alles war heute gefährlich. Die Farbenspiele, die Atmosphäre, die Gefühle. Aber sie gingen trotzdem hinein, in dieses Haus. Und von Wänden umgeben fühlten sie sich plötzlich befangen.

Kaye bereitete einen Salat aus Paprika, Kopfsalat, Zwiebeln und braunen Bohnen. Weil sie kein Fleisch im Haus hatte, gab es dazu in Öl ausgebackene Tortillas. Während sie das Essen zubereitete und den Tisch deckte, erzählte sie Will von ihrem Besuch bei Aquilar im Krankenhaus. »Er hat nach dir gefragt«, bemerkte sie, auf eine Art, die ihm ein schlechtes Gewissen machen musste.

»Das nächste Mal werde ich wieder mitkommen.«

»Falls ich dich finde!« Mit vorwurfsvollem Blick stellte sie die heißen Tortillas auf den Tisch und setzte sich.

Will griff zu. »Ich werde die nächste Zeit hier arbeiten«, erinnerte er sie. »Du wirst keine Probleme haben, mich zu finden.«

Nachdem sie gegessen hatte, stand Kaye auf, verschwand im Zimmer ihres Vaters und kam mit einer Whiskyflasche zurück. Will beobachtete sie dabei, wie sie zwei schwere Mexikogläser mit dunkelblauem Rand aus dem Schrank holte und mit Eiswürfeln füllte. Er protestierte nicht, obwohl er den Geschmack von Whisky hasste. Sein Vater hatte meistens welchen im Haus gehabt, obwohl es im Reservat verboten war, Alkohol zu trinken. Nie hatte Will seinen Vater sinnlos betrunken erlebt, aber manchmal hatten seine Augen diesen glasigen Schimmer gehabt und sein Atem hatte widerlich gerochen.

Als Kind hatte Will heimlich einen Schluck aus der Flasche genommen – aus purer Neugier. Er hatte sich geschüttelt vor Ekel und gedacht, dass man so etwas nur dann freiwillig trinken konnte, wenn es zu irgendetwas gut war. Vielleicht war der Whisky Medizin für seinen Vater? Erst nachdem er Johns Brief gelesen hatte, war ihm klar geworden, dass sein Vater getrunken hatte, um zu vergessen. Aber warum hatte Kaye jetzt den Whisky geholt? Was wollte sie vergessen?

Kaye goss die bernsteinfarbene Flüssigkeit in die Gläser. *Todilhil*, Wasser der Dunkelheit, nannten die Navajo den Alkohol. Will bezweifelte, dass es dieses Getränk in der Ersten, der Dunklen Welt, schon gab. Die *bilagáana* hatten es mitgebracht. Wo sie herkamen, musste es noch dunkler und ungemütlicher sein als in der Unterwelt von *Dinétah*. Aber im Gegensatz zu den Navajo hatten die Weißen nichts dazugelernt. Sie zankten und stifteten Unheil, quälten die Erde, auf und von der sie lebten, waren gierig und stets unzufrieden, als wären sie immer noch Wesen minderen Verstandes.

»Auf dein Wohl!«, sagte Kaye und hob ihr Glas. Und ganz unverfänglich fügte sie hinzu: »Auf dein neues Pferd, Will.«

Sie war eine Halb-und-Halb-Frau, dachte er. Unergründlich.

Will nippte trotzig von seinem Whisky und schüttelte sich. Er fand das Zeug noch immer widerlich, aber er wollte Kaye beweisen, dass er ein ganzer Mann war. *Todilhaal*, die Dunkelheit einsaugen, sagten die Navajo, wenn jemand Alkohol trank. Er würde nicht redselig werden, auch wenn sie sich das erhoffen sollte.

Will lief mit dem Glas in der Hand ins Wohnzimmer, das sich der offenen Küche anschloss, und sah sich alles genau an. Es gab Dinge, die er wiedererkannte, und andere, die neu für ihn waren. Aber im Großen und Ganzen mochte er das Haus der Kingleys. Es war eingeschossig, was selten war für diese Gegend. Nur die Weißen bauten sich hier solche hohen Häuser. Sie mussten eben in allem die Größten sein.

Will mochte das Haus auch deshalb, weil er sich hier einmal eine Zeit lang heimisch gefühlt hatte. Fünf Jahre, dachte er. Fünf Jahre fort von allem. Was bedeutete das überhaupt? Hier war das Leben unbeirrt weitergegangen, während es für ihn stillgestanden hatte. Er und Kaye konnten nicht einfach da weitermachen, wo sie vor fünf Jahren aufgehört hatten. Das konnte nicht funktionieren. Damals waren sie Kinder gewesen, doch die vergangenen fünf Jahre hatten sie in andere Menschen verwandelt.

Die Fotos auf dem Kaminsims aus grauem Granitstein betrachtete er genauer: Kaye mit ihren Eltern; Arthur und Sophie Kingley; Sophie allein; Kaye mit ihrer Mutter und mit Jazz; Kaye mit Will.

Er nahm das Bild vom Kamin und zeigte es ihr: »Glaubst du wirklich, dass ich hierhergehöre?«

»Natürlich«, erwiderte sie, sah ihm fest in die Augen.

Will stellte es zurück und starrte in den sauber gefegten Kamin. Aus Verlegenheit nahm er noch einen großen Schluck aus seinem Glas, spürte den Alkohol durch seinen Kopf und seine Beine tanzen.

»Warum hast du meine Briefe im Gefängnis nicht gelesen?«, fragte sie unvermittelt. »Und warum tust du es jetzt?«

Will versteifte sich. Er hätte nicht mit ins Haus gehen und vor allem nicht von diesem Whisky trinken dürfen, der jetzt warm in seinen Adern kreiste. Nun war die Falle zugeschnappt.

»Kannst du das nicht verstehen?«, fragte er nach einer Weile des Schweigens.

»Nein, überhaupt nicht. Ich habe versucht, dich an meinem Leben teilhaben zu lassen. Es war schon grausam genug, dass ich nie wusste, wie es in dir aussah. Aber du …!« Kurze, heisere Schluchzer kamen aus ihrer Kehle. »Und jetzt, wo wir eigentlich unsere Zeit gemeinsam verbringen sollten, da verkriechst du dich und liest alte Briefe, anstatt mit mir zu reden.«

Der Whisky löste Wills Zunge, ohne dass er es wollte. »Ich hatte einfach Angst«, sagte er. »Ich wollte nicht irgendwann lesen, dass du jemanden kennengelernt hast. Im Gefängnis, da habe ich versucht, dich und das Res zu vergessen, weil ich glaubte, dass es dann nicht mehr so wehtun würde. Aber plötzlich bekam ich Panik, dass ihr *mich* vergessen haben könntet. Und ich hätte nichts, aber auch gar nichts dagegen tun können. Ich war so weit fort von dir und dem Land.« Er spürte, wie die Verzweiflung in ihm hochstieg und ihn überschwemmte.

»Aber was ist jetzt? Warum schließt du mich aus, Will? Warum ist auf einmal kein Platz mehr für mich in deinem Leben?«

»Ich will nicht, dass du dich verpflichtet fühlst«, sagte er schließlich.

»Aber das tue ich nicht.« Sie machte einen Schritt auf ihn zu und schlang ihre Arme um seinen Hals. Einen Augenblick stand er wie hypnotisiert, aber als Kaye ihn plötzlich küsste, rutschte ihm das Whiskyglas aus der Hand und zersplitterte auf dem Steinboden. Ernüchtert schob er sie von sich und verließ mit schnellen Schritten das Haus.

Kaye rannte ihm hinterher. »Will!«, rief sie. »Ich *habe* dich nicht vergessen, verdammt noch mal.«

»Was willst du eigentlich von mir?«, schrie er sie an, ohne sich umzudrehen.

Sie stieß einen verblüfften Laut aus der Kehle. »Was ich von dir will?« Trotzig stampfte sie mit dem Fuß auf die Erde. »Du hast versprochen, mich zu heiraten!«

Abrupt blieb Will stehen und wandte sich langsam um. Es dämmerte bereits, aber im Licht, das aus den Fenstern des Hauses auf den Vorplatz fiel, konnte er die Enttäuschung in Kayes Gesicht sehen. »Da war ich zwölf«, sagte er, in einem Tonfall, als wären alle Menschen in diesem Alter vollkommen unzurechnungsfähig.

»Dreizehn!«, verbesserte sie ihn, als wäre das ein himmelweiter Unterschied.

»Und du hast das all die Jahre für bindend gehalten?«, fragte er.

»Ja«, sagte Kaye und machte einen Schritt auf ihn zu.

Doch Will wich zurück. Seine Stimme klang rau und war ihm selbst fremd. »Manchmal geschehen eben Dinge im Leben, die ein Versprechen ungültig machen«, sagte er leise.

Mit langen Schritten lief er zur Koppel, schwang sich über den Zaun und saß mit einem Satz auf Ashkiis Rücken. Will flüsterte dem Hengst etwas zu und das Pferd setzte sich in Bewegung. Es funktionierte, er konnte immer noch ohne Sattel reiten.

»Ich hasse dich, Will Roanhorse«, schrie Kaye ihm hinterher.

»Und du nimmst mir die Luft zum Atmen«, stieß er hervor, so laut, dass sie es hören musste.

Mit hängenden Armen stand Kaye da und lauschte, bis der Hufschlag des Pferdes verklungen war. Der Zaun am Ende der Koppel würde kein Hindernis für Pferd und Reiter sein.

Niedergeschlagen und ratlos ging sie ins Haus zurück. *Was habe ich bloß falsch gemacht?*, fragte sie sich. Was war geschehen, das Wills Versprechen ungültig gemacht hatte?

15. Kapitel

Will stand vornübergebeugt am Waschbecken und in seinem Mund schäumte es. Brechreiz würgte ihn. Der chemisch parfümierte Geschmack war ekelerregend, aber er steckte noch einen weiteren Span Seife zwischen seine Zähne. Mit der Zunge schob er ihn von einem Winkel zum anderen und kippte etwas Wasser nach. Er gurgelte verzweifelt.

Dann erbrach er sich ins Waschbecken. Schaum quoll ihm aus Mund und Nase, fast bekam er keine Luft mehr. Er hustete und würgte. Würgte so lange, bis nur noch bittere Gallenflüssigkeit in ihm hochkam. Als er in den Spiegel schaute und mit dem Handrücken über seinen Mund fuhr, stand auf einmal sein Großvater hinter ihm.

»So wird das nichts«, sagte der Alte kopfschüttelnd.

Will spuckte noch einmal ins Waschbecken und drehte den Wasserhahn voll auf. »Wie dann, Granpa?«, krächzte er heiser. »Ich weiß nicht mehr weiter.«

»Willst du nicht mit mir reden?«

»Ich kann nicht.« Will spuckte immer noch. Im Stillen wusste er, dass sein Großvater ahnte, was mit ihm los war. Aber er brachte es einfach nicht fertig, dem alten Mann die Wahrheit zu erzählen. Er schämte sich zu sehr.

»Warum nicht?«, fragte Sam. »Ich bin ein sehr alter Mann, nichts ist mir fremd.«

Vielleicht doch, dachte Will. »Lass mir Zeit«, bat er.

»Ich kann eine Heilungszeremonie für dich abhalten«,

schlug Sam vor. »Aber du musst mir vertrauen und mir alles erzählen. Wenn du mir etwas verschweigst, kann ich die Ursache deiner Krankheit nicht finden und dich nicht heilen.«

Will beugte den Kopf, schob seinen Mund unter den laufenden Wasserhahn, gurgelte und spülte. Dann, erfüllt von plötzlicher Hoffnung, fragte er: »Schaffst du es denn noch bis hinauf zum Hogan, Granpa?«

Er wusste, eine Heilungszeremonie konnte – wie jede andere Zeremonie auch – nur dann wirksam sein, wenn sie in einem gesegneten Hogan abgehalten wurde. Aquilar hatte den Hogan gesegnet und die Schwitzhütte war auch wieder intakt. Will dachte nach. Vielleicht war eine Heilungszeremonie seine letzte Chance. Vielleicht konnte ein traditioneller Gesang das Übel von ihm abwenden und ihn auf den Weg der Harmonie zurückbringen.

Sam lächelte hoffnungsvoll. »Du wirst mich schon irgendwie hinbringen. Du hast ja jetzt ein schönes Pferd. Allerdings brauche ich einen Sattel, ich bin ein alter Mann.«

Will nickte. »In Ordnung«, sagte er. »Die Woche über werde ich auf Kingleys Ranch arbeiten. Für das Pferd. Am Samstag bringe ich dich auf die Mesa.«

»Das ist gut.« Sam tätschelte seinem Enkel den Rücken. »Und wenn du reden willst: Ich bin da.«

Als er sich umwandte, um zu gehen, sagte Will: »Granpa?«

»Ja?«

»Ich habe ihn wieder gesehen, den Kojoten. Er ist mir gefolgt, als ich von der Ranch zurückgeritten bin. Immer im gleichen Abstand. Wenn ich stehen blieb, blieb auch er stehen. Seine Augen glühten in der Dunkelheit. Er ist ein Zweiherz und er ist zornig. Nur warum?«

»Er spürt deine Angst, Will. Graubein Kojote ist immer auf der Suche.«

»Auf der Suche? Nach wem?«

»Nach jemandem, der schwach ist und früher mal stark war.«

Will schluckte beklommen. »Aber was will er von mir?«

Sam Roanhorse wiegte seinen Kopf leicht hin und her und antwortete nicht gleich. Schließlich sagte er: »Er will dich in die Dunkle Welt ziehen.«

Will brauchte einen Moment, um das, was der Alte gesagt hatte, zu begreifen. »Da komme ich doch gerade her«, sagte er verzweifelt und hustete wieder. Der Seifengeschmack hatte sich in seine Zunge gebrannt und nun spürte er das Brennen auch in seiner Brust.

»Noch weiter nach unten, Junge«, sagte Sam.

»Verdammt!«, stieß Will schluchzend hervor. »Was soll ich bloß tun?«

»Halte dich an das Mädchen. Sie ist stark. Ihr kann der Graue nichts anhaben.«

Ich kann nicht, dachte Will. Ich kann einfach nicht. Er ging an seinem Großvater vorbei in sein Zimmer und warf sich bäuchlings aufs Bett.

Sam folgte ihm schlurfend und setzte sich zu ihm. »Weißt du«, sagte er, »Old Man Coyote ist zwar wirklich ein schlimmer Bursche, aber er ist nicht nur böse.«

Will hob den Kopf und sah seinen Großvater fragend an. »Wie meinst du das?« Er setzte sich auf, die Knie angewinkelt und an den Körper gezogen.

»Nun«, begann der Alte, »Kojote zeigt uns, dass man die Welt und auch die Menschen nicht in Gut und Böse einteilen kann. Es gibt so viele Dinge dazwischen. Damals, als die Ordnung der Welt erschaffen wurde, brachte Kojote den Menschen das Feuer. Und er hat darauf bestanden, dass der Tod das Ende des Lebens ist, während die Wissenden Leute dafür waren, die Menschen ewig leben zu lassen.«

»Du findest es gut, dass wir sterben müssen?«, fragte Will.

»Ja, natürlich. Dinge beginnen und enden. Wenn ein Mensch stirbt, kehrt seine Windseele zu *Changing Woman* zurück.«

»Seine *Windseele*?«

»Seine innere Form. Das, was ihn ausgemacht hat.«

»*Shoo*, ich verstehe.«

»Viele glauben, Kojote wäre nur grausam und böse«, sagte Sam. »Aber er ist auch geistreich und leidenschaftlich. Mit seinen sinnlos scheinenden Taten öffnet er uns Menschen die Augen. Er schafft Unordnung und Disharmonie und wir wollen beides beseitigen. Auf diese Weise zwingt er uns, Entscheidungen zu treffen und auch das Negative im Leben als notwendigen Bestandteil der Schöpfung zu akzeptieren.«

»Aber was ist das für eine Entscheidung, die *ich* treffen soll?«

»Ob du leben willst – oder dich ausschließen von allem.«

Will senkte den Kopf. »Es geht mir nicht gut, Granpa. Vor fünf Jahren habe ich die Beherrschung verloren und einen Mann getötet – wenn auch ohne Absicht. Mein ganzes Leben ist aus dem Gleichgewicht und mein Körper kann sich kaum noch wehren. Ich habe Angst, Granpa.«

Sam legte seinem Enkelsohn beruhigend die Hand auf die Schulter und sagte: »Gib nicht auf, mein Junge. Solange du kämpfst, kann der Graue dich nicht besiegen.«

Thomas Totsoni saß in seinem Büro und das Telefon klingelte unaufhörlich. Es war Montagmorgen nach einem freien Wochenende. Jemand war in den Handelsposten von Salina eingebrochen und hatte Zigaretten sowie mehr als fünfzig Videokassetten gestohlen. Er musste einen Officer schicken, um Fingerabdrücke zu nehmen und Spuren zu sichern. Aber dann entschied er sich, die Sache doch lieber selbst in die Hand zu nehmen – falls mehr dahintersteckte.

Nahe Jadito hatte jemand die Weidezäune der Familie Tso gekappt und nun irrten die Schafe im Jadito Canyon umher. Wer immer das auch gewesen war, hatte mit großer Wahrscheinlichkeit keine Spuren hinterlassen. Ganz sicher war die Ursache ein Streit zwischen der Familie Tso und benachbarten Hopi-Clans. Thomas seufzte. Der ewig schwärende Landstreit nahm keine Ende und beschäftigte die Navajo- und Hopi-Polizei nun schon seit dreißig Jahren.

Damals hatte die US-Regierung einen Versuch gestartet und einen Stacheldrahtzaun um das Hopi-Reservat gezogen, das inmitten des Reservats der Navajo lag. Auf einmal befanden sich rund hundert Hopi und mehr als zwölftausend Navajo auf der falschen Seite. So schwelte der Unmut zwischen beiden Völkern bis heute fort, ein Ende der Streitereien war nicht abzusehen.

George Tso war dem Zaun nicht gewichen. Er lebte in seinem Hogan und hielt seine Schafe auf angestammtem Land. Um den gefährdeten Waldbestand zu schützen, hatten Hopiranger eine Verordnung erlassen, die besagte, dass auf Reservatsland kein Holz gesammelt werden durfte. Fanden sie Holz bei Tso, wurde es konfisziert. Auch wenn der alte Mann dann plötzlich im Winter bei minus 20 °C ohne Heizmöglichkeit dasaß.

Thomas beschloss, dem alten Mann zwei Männer zu schicken, damit sie ihm halfen, seine Schafe wieder einzusammeln.

Als er nach Officer Mark Redhouse rief, um mit ihm raus zum Handelsposten nach Salina zu fahren, klingelte das Telefon erneut. Erst ignorierte er es einfach und verließ den

Raum. Aber gleich darauf besann er sich eines Besseren, kam stirnrunzelnd zurück und nahm den Hörer ab. Was er hörte, war unglaublich. Zwischen Toadlena und Newcomb hatte wieder jemand eine Anasazi-Zeichnung aus dem Fels gesägt.

Pünktlich um acht Uhr erschien Will am Montagmorgen mit Ashkii auf der Ranch. Kaye frühstückte gerade und war ziemlich verblüfft, als sie ihn auftauchen sah. Nach dem, was am gestrigen Abend vorgefallen war, hatte sie befürchtet, ihn nie wiederzusehen.

Als Will den Hengst auf die Koppel brachte, kamen die beiden anderen indianischen Arbeiter mit ihren klapprigen Autos angefahren. Durch das Küchenfenster konnte Kaye sehen, wie die drei Männer einander begrüßten und gestenreich über die anliegende Arbeit diskutierten. Ashie Benally und Hoskie Whitehead würden dafür sorgen, dass Will immer wusste, was er zu tun hatte. Die Weidezäune für die Schafe mussten umgesetzt werden und der neue Stall war auch noch nicht fertig. Ihr Vater hatte den beiden Männern genaue Anweisungen gegeben. Arbeit gab es auf der Ranch zu jeder Jahreszeit genug.

Kaye sah noch, wie Will einen Blick auf das Haus warf, aber dann wandte er sich ab und folgte Ashie und Hoskie in die Scheune. Das war alles ihre Schuld. Sie war zu weit gegangen. Aquilar hatte gesagt, dass Will jemanden brauchte, der keine Erwartungen an ihn hatte. Sie hatte Erwartungen. So viele. Und vermutlich standen sie ihr in Großbuchstaben auf die Stirn geschrieben.

Als Kaye in ihren Jeep stieg, um nach Window Rock zu fahren und ihren Laden zu öffnen, winkten Ashie und Hoskie ihr zu, wie sie es immer taten. Will hob nur kurz den Kopf und wandte sich gleich darauf wieder seinem Zaun zu.

Als sie am späten Nachmittag nach Hause kam, war er nicht mehr da.

Kaye überlegte, ob sie Teena anrufen und der Freundin ihr Herz ausschütten sollte, aber Teena war bestimmt mit Charlie zusammen und hatte andere Sorgen. Kaye beneidete ihre Freundin. Es war sicher nicht einfach, mit Charlie Tsoosie zusammen zu sein, aber wenigstens waren die beiden *zusammen*.

Als sie auf den hinteren Teil der Veranda trat, stand ihr Webstuhl dort. Sie hatte die Männer gebeten, ihn aus der Garage zu holen, und da stand er nun, voller Spinnweben, und nagte an ihrem schlechten Gewissen.

Am nächsten Morgen teilte ihr Ashie Benally mit, dass er nach Shiprock fahren und neuen Draht und Bretter besorgen müsse. Kaye bat ihn, kurz zu warten, und gab ihm dann einige Säcke roher Wolle mit, die ihr Vater auf ihren Wunsch hin nicht verkauft hatte. In Shiprock gab es eine Wollspinnerei, die solche kleinen Aufträge an einem Tag erledigte: Sie wuschen und reinigten die Wolle, trockneten und verspannen sie.

Als sie am Abend aus Window Rock nach Hause kam, hatte Hoskie auf sie gewartet. »Meine Frau hat morgen in Shiprock zu tun«, sagte er. »Sie bringt dir die Wolle vorbei.«

Kaye gab ihm Geld und bedankte sich. Sie freute sich über die nette Geste. Anderenfalls hätte sie die 90 Meilen extra bis nach Shiprock in die Wollspinnerei fahren müssen.

»Wie macht sich der neue Arbeiter?«, fragte sie beiläufig.

Hoskie Whitehead grinste. »Er arbeitet gut, denkt mit und redet nicht viel. Wo hast du den denn her?« Der ältere

Navajo arbeitete erst seit drei Jahren auf der Ranch und wusste nichts über Will Roanhorse.

»Ich kenne ihn von früher«, antwortete sie. »Wir sind zusammen zur Schule gegangen.«

»Na dann.« Er tippte an seinen schwarzen Hut. »Schönen Feierabend.«

»Dir auch, Hoskie. Und hab vielen Dank.«

Nun hatte sie Wolle und würde sich auf die Suche nach Farbpflanzen machen müssen, wie alle Navajo-Frauen es taten, die auf ihren Webstühlen ihre wunderschönen Teppiche webten. Die Pflanzen zum Einfärben der Wolle wuchsen überall im Hinterland. Sophie hatte Kaye gezeigt, wo die verschiedenen Pflanzen zu finden waren, zu welcher Jahreszeit man sie sammeln musste und wie man aus ihnen den kräftigen Farbextrakt gewann.

Aus *didzeh*, den Wurzeln der Wildpflaume, wurde der rote Farbstoff gewonnen. Aus Bitterball und *dz'ah*, die beide außerdem Heilpflanzen waren, ein hellgrüner Farbstoff. Und eine orangerote Farbe bekam man, wenn man die grünen Nadeln von Wachholderbüschen unter Hitze zu Asche zerfallen ließ, mit Wasser vermischte und filtrierte.

Kaye beschloss, gleich am nächsten Tag nach Ladenschluss in die Berge zu fahren und Pflanzen zu sammeln. Die Hoffnung, Will könnte noch da sein, wenn sie von der Arbeit nach Hause kam, hatte sie längst aufgegeben.

Es war eine mondlose Nacht, doch das Licht der Sterne wies ihr den Weg. Zu ihrer Überraschung fand sie ihn am Fuße des Finger Rock. Will hockte am Feuer und sang. Seine wohlklingende Stimme wurde von den Felswänden zurückgeworfen.

Kaye trat näher. Seine verletzenden Worte waren noch in ihren Ohren, und sie fürchtete, er würde sie diesmal zurückweisen. Aber als er sie sah, winkte er sie lächelnd heran. Alles, was er an jenem Abend auf der Ranch zu ihr gesagt hatte, schien vergessen zu sein. Vielleicht hatte er nachgedacht. Vielleicht war ihm endlich klar geworden, wie sehr er sie brauchte.

Kaye wunderte sich über seine plötzliche Veränderung, doch bei ihm zu sein, war so verlockend, dass sie ihre innere Stimme zum Schweigen brachte.

Mit einem einzigen Griff löste er ihr Haar und nahm sie in seine Arme. Ganz vertraut war er ihr und so nah. Sie konnte die Hitze seines Körpers durch ihre Kleidung spüren, konnte seinen Herzschlag hören. In Wills dunklen Augen lagen Sehnsucht und Verlangen.

»Du bist gekommen«, sagte er. »Ich habe so lange auf dich gewartet.«

Kaye dachte, dass eigentlich sie es war, die gewartet hatte, aber da küsste er sie schon, und sein Kuss war tief und voller Begehren.

»Träume ich jetzt nicht?«, flüsterte sie. Statt einer Antwort tasteten sich seine warmen Hände zu ihren Brüsten vor. Sie lauschte ihm mit ihrer Haut, als sie Stück für Stück von sich preisgab.

Als sie zusammenkamen, war alles so, wie Kaye es sich immer vorgestellt hatte. Will war zärtlich und vorsichtig. In allem, was er tat, wie er sie berührte und ihr Worte ins Ohr flüsterte, spürte sie seine Liebe zu ihr. Es war ein überwältigendes, ein wunderbares Gefühl von Wärme.

Bis das Klingeln eines Telefons an ihr Ohr drang. Kaye schlug die Augen auf und begriff, dass sie in ihrem Bett lag. Allein, so wie immer. *Doch nur ein Traum*, dachte sie, und eine Welle von Traurigkeit überflutete sie. Dabei war es so real gewesen, hatte sich gar nicht wie ein Traum angefühlt.

Sie schloss die Augen, klammerte sich mit schrecklicher Sehnsucht an die Bilder in ihrem Innern. Aber das Telefon klingelte weiter, schrillte direkt neben ihrem Ohr.

Seufzend griff sie nach dem Hörer: »Ja, wer ist da?«

»Hallo Schatz, ich bin's, ich wollte nur wissen, ob es dir gut geht und ob auf der Ranch alles in Ordnung ist? Ich hoffe, ich habe dich nicht geweckt, aber ich bin aufgewacht und hatte so ein komisches Gefühl, und da musste ich dich anrufen …«

»Guten Morgen, Daddy«, sagte Kaye. »Du hast mich geweckt und es geht mir gut und auf der Ranch ist auch alles in Ordnung.«

Kaye hörte ihren Vater erleichtert aufatmen. »Wie geht es dir?«, fragte sie ihn. »Verträgst du dich mit Grandpa?«

»Wir haben angefangen zu reden«, sagte er.

»Das ist gut.« Sie überlegte, ob sie ihm erzählen sollte, dass Will auf der Ranch arbeitete, aber dann ließ sie es doch bleiben. Ihr Traum hielt sie immer noch umfangen.

»Dann schlaf weiter«, sagte Arthur. »Ich liebe dich.«

»Jetzt bin ich wach, Daddy. Aber ich liebe dich auch.«

16. Kapitel

Nachdem Kaye am nächsten Tag ihren Laden geöffnet hatte, versuchte sie noch einmal, ihren Onkel zu erreichen. Als sie ihn schließlich am Apparat hatte, erzählte sie ihm von dem Mann aus New York und dem schwarzen Jeep Wrangler.

»Danke für den Hinweis, Kaye«, sagte Thomas. »Ich wollte sowieso mit dir reden. Wenn es dir recht ist, komme ich nach Dienstschluss mal runter in deinen Laden.«

»Ist es wegen Will?«, fragte sie.

»Ja, auch wegen Will.«

Seit diesem Telefongespräch konnte Kaye an nichts anderes mehr denken als an das, was Onkel Thomas ihr über Will erzählen würde. Sie hatte an diesem Tag nicht viele Kunden und hätte den Laden schon seit einer Stunde schließen und nach Hause fahren können, als ihr Onkel endlich kam. Er umarmte sie, und Kaye sagte: »Wollen wir ins Green Garden gehen? Ich lade dich zum Essen ein.«

Thomas schüttelte den Kopf: »Was ich dir zu sagen habe, möchte ich dir allein sagen.«

Er drehte verlegen seinen schwarzen Hut in den Händen. So kannte Kaye ihren Onkel gar nicht. Ihre Unruhe und Besorgnis wuchsen, und sie merkte, wie sich in ihrem Inneren etwas schmerzlich zusammenzog.

»Also gut«, sagte sie schließlich beklommen. »Aber ich muss hier raus. Lass uns ein Stück auf den Berg fahren, ja?«

Thomas nickte. Kaye schloss den Laden ab und ließ das Gitter herunter. Sie zog noch zwei Coladosen aus dem Automaten neben dem Schaufenster und kletterte auf den Fahrersitz ihres Jeeps. Thomas setzte sich neben sie. Kaye fuhr absichtlich langsam, weil sie wusste, der Onkel würde ihr sonst Vorhaltungen machen. Was das anging, verstand er keinen Spaß.

Sie fuhr an der Tankstelle vorbei auf die Hauptstraße, hinaus aus dem Ort, bog nach rechts auf eine unbefestigte Straße und lenkte den Jeep auf ein kleines Plateau. Hier oben endete die buckelige Fahrrinne.

Sie stiegen aus. Thomas setzte sich auf einen Stein im Schatten eines Felsüberhanges und öffnete seine Coladose. Es war mächtig heiß, obwohl schon Abend war, und er schwitzte, dass ihm das Hemd am Rücken klebte. Kaye setzte sich neben ihn und wartete. Sie musste geduldig sein, denn zuerst würde er ihr etwas ganz anderes erzählen und nicht das, was sie hören wollte. Das war typisch für die Navajo: Nie würden sie mit der Tür ins Haus fallen. Zuerst wurde um den heißen Brei herumgeredet. In diesem Fall empfand Kaye das als kaum zumutbar, aber sie schwieg tapfer und wartete darauf, dass der Onkel zu reden anfing.

»Es wurde noch eine Felszeichnung gestohlen«, sagte er schließlich. »Oben im Cow Canyon gleich hinter Toadlena.«

»Das ist schlimm.« Kaye runzelte die Stirn, denn damit hatte sie nicht gerechnet. »Und, was passiert jetzt?« Sie war sich so sicher gewesen, dass die Diebe nach der Sache mit Aquilar das Weite gesucht und das Reservat längst verlassen hatten. Der Gedanke, dass die Männer noch hier in der Nähe waren, verursachte ihr ein mulmiges Gefühl in der Magengegend.

»Dort wurde auch ein schwarzer Jeep gesehen.« Thomas

holte tief Luft. »Wer immer das tut, er stiehlt nur Zeichnungen, die sich auf Privatland befinden. Kaum jemand weiß von der Existenz dieser alten Felszeichnungen, meist nur die Familien, denen das Land gehört. Einer der Diebe muss sich sehr gut auskennen.«

»Ein Navajo also.« Der Gedanke, dass ein *diné* in die Sache verwickelt sein sollte, war beschämend. »Wie schaffen sie das bloß?«, fragte Kaye. »Das Herausschneiden der Felszeichnungen ist immerhin mit viel Arbeit und großem Aufwand verbunden. So eine Steinplatte ist doch schwer.«

Thomas nahm einen tiefen Zug aus seiner Coladose. »Sie haben ein Notstromaggregat und einen ziemlich guten Steinschneider. Damit scheint es zu funktionieren. Und so viel Aufwand ist das gar nicht, wenn man überlegt herangeht.«

»Aber es macht Krach.«

»Die Gegenden sind abgelegen, aber immer mit einem Kleinlaster erreichbar. Und sie arbeiten nachts, wenn kein Navajo mehr unterwegs ist. Ich muss schnellstens herausfinden, wo es noch Zeichnungen gibt, von denen die Öffentlichkeit nichts weiß und die mit dem Auto erreichbar sind. Dann bleibt uns nichts anderes übrig, als sie zu bewachen.« Thomas starrte hinunter auf Window Rock. Der Ort wirkte wie ausgestorben. Es war einfach zu heiß.

Kaye scharrte mit den Füßen im Sand. »Onkel Thomas, eigentlich sind wir doch hier heraufgefahren, weil du etwas über Will herausgefunden hast. Ich bin jetzt bereit zu hören, was du weißt.«

Der Polizist nickte. »Bist du dir ganz sicher?«

»Ich liebe ihn«, antwortete Kaye, ohne zu zögern.

»Also gut.« Thomas erhob sich. Sein glattes blauschwarzes Haar, das er im Nacken zu einem Zopf zusammengebunden hatte, glänzte in der Abendsonne.

Kaye liebte ihren Onkel, und sie wusste, dass er sie liebte. Aber jetzt hatte sie Angst vor dem, was er ihr sagen wollte. *Wenn man Fragen stellt, sollte man auch stark genug sein, die Antworten zu ertragen*, hatte ihre Mutter immer gesagt.

»Ich weiß nicht, was dir damals von deinen Eltern erzählt wurde, als Will ins Gefängnis kam«, begann Thomas. Er machte eine Pause, aber Kaye wusste, dass er keine Antwort von ihr erwartete, sondern gleich fortfahren würde. »Will war auf den Direktor seiner Schule losgegangen, nachdem er durch das Fenster in dessen Wohnung auf dem Schulgelände eingedrungen war. Dabei stürzte der Mann so unglücklich mit dem Kopf gegen einen Glastisch, dass er eine Woche später an seinen Kopfverletzungen starb.«

Thomas begann umherzulaufen, und Kaye starrte auf die Muster, die die Profile seiner Schuhsohlen im roten Staub hinterließen. Sie war nervös. Was der Onkel ihr da erzählte, wusste sie bereits. Worauf wollte er hinaus?

»Das Gericht beantragte eine relativ milde Strafe für Will, aufgrund seines jugendlichen Alters. Aber was auf dem Boden einer Internatsschule passiert, gilt nach dem Gesetz als ein Staatsverbrechen. Dieser Feldman, der Direktor, war nicht verheiratet und hatte auch keine Kinder. Aber er hatte eine Schwester, die ebenfalls Lehrerin an Wills Schule war. Sie trat im Prozess als Nebenklägerin auf. Vor Gericht gab sie an, gehört zu haben, wie Will ihrem Bruder damit gedroht haben soll, dass er ihn umbringen werde.«

Kaye schluckte trockene Luft hinunter. Ihr Mund war ausgedörrt, und sie trank von ihrer Cola, die schon nicht mehr kalt war. *Will*, dachte sie, *wie konntest du nur so etwas sagen?* Sie zweifelte noch immer nicht daran, dass der Tod des Mannes ein Unfall gewesen war. Aber warum hatte Will solche Dinge gesagt?

»Will ist nie gewalttätig gewesen, Onkel Thomas«, sagte

sie, den Tränen nahe. »Was hat dieser Feldman bloß getan, dass Will so wütend werden konnte?«

Thomas räusperte sich, als hätte er einen Frosch im Hals. »Kaye, ich glaube, Wills Wut war berechtigt.«

Er schwieg einen Augenblick mit zusammengepressten Lippen, und sie hob erstaunt den Kopf, um ihren Onkel anzusehen. Dem Ausdruck auf seinem Gesicht nach zu urteilen, fiel es ihm selbst immer noch schwer zu begreifen, was er herausgefunden hatte.

»In der Nacht, bevor das Unglück passierte, hatte sich Wills Mitschüler, ein Lakota, im Keller des Internats erhängt«, fuhr Thomas mit rauer Stimme fort. »Will und der kleine Sioux waren Freunde gewesen, sein Tod muss ihn schwer getroffen haben. Von den Verantwortlichen interessierte sich niemand dafür, was wirklich passiert war. Warum dieser Junge sich erhängt hatte und warum Will kurz darauf in die Wohnung seines Direktors eingedrungen war und sich voller Wut auf ihn gestürzt hatte.« Der Onkel blieb stehen. »Man fand Will über den blutüberströmten Mann gebeugt.«

Trotz Hitze fröstelte Kaye auf einmal. Ihr Herz schien ein bleierner kalter Klumpen zu sein. So elend hatte sie sich seit dem Tod ihrer Mutter nicht mehr gefühlt.

»Will gab alles zu, man verhaftete und verurteilte ihn. Schließlich war da auch noch die verhängnisvolle Aussage der Schwester des Opfers. Und Will hat nie versucht, sich zu rechtfertigen oder zu verteidigen, was für den Richter einem Schuldgeständnis gleichkam.« Thomas öffnete die Hände in einer ratlosen Geste. »Niemand hat sich wirklich um ihn gekümmert oder ein Interesse daran gehabt, die Wahrheit herauszufinden. Aber Anfang diesen Jahres kam alles ans Licht. Die Schwester des verstorbenen Direktors war schwer krank und lag im Sterben. Vermutlich wollte sie ihr Gewissen erleichtern, denn sie schrieb einen Brief an Wills damaligen Verteidiger und berichtete darin, wie es wirklich gewesen war. Feldman hatte sich jahrelang sexuell an seinen Schülern vergangen. Will und der kleine Sioux waren keine Einzelfälle, wie sich herausstellte. Feldmans Opfer waren ausnahmslos kleine Jungen.« Thomas sah Kaye an, in der Hoffnung, sie würde verstehen, was er damit sagen wollte.

»Du meinst, dass … dass Will …«, stotterte sie, dicke Tränen in den Augen.

Der Onkel nickte betreten. »Die Schwester schrieb in ihrem Brief, dass Will ihrem Bruder damals zwar gedroht habe, aber nicht damit, ihn umzubringen, sondern ihn in der Öffentlichkeit bloßzustellen. Das Ganze würde ihr furchtbar leidtun. Die Verbrechen ihres Bruders und ihre eigene Falschaussage. Sie hatte damals Angst um ihren Job gehabt – und davor, was in der Schule passiert wäre, wenn alles herausgekommen wäre.«

Kaye sprang auf und wischte sich die Tränen aus dem Gesicht. »Wieso haben die Jungs den Mann nicht einfach angezeigt?«, rief sie, und wilder Hass stieg in ihr empor. »Er war ihr Lehrer, das ist doch krank …«

Thomas schüttelte den Kopf. »Du musst versuchen, das zu verstehen, Kaye. Sie waren noch Kinder, als ihnen so Schreckliches widerfuhr. Die Schule hatte einen guten Ruf. Wahrscheinlich fürchteten die Jungs, niemand würde ihnen glauben. Außerdem war es eine Schande. Keines der Indianerkinder wollte, dass seine Familie davon erfuhr. Die meisten Eltern waren sehr froh, dass ihre Kinder auf diese Schule gehen konnten, die kein Geld kostete.«

Mit einem Anflug von Resignation in der Stimme sagte er: »Übrigens, man hat es auch diesmal wieder geschafft, die Sache weitestgehend zu vertuschen, um den Ruf der

Schule nicht zu gefährden. Jedenfalls erschien nichts darüber in der Presse. Selbst wenn Will den Grund für seine Freilassung weiß, wird er mit niemandem darüber reden.«

»Ach, Mist.« Kaye ließ mutlos die Schultern hängen. So viele Dinge gingen ihr durch den Kopf, Erinnerungen an Will und sein eigenartiges Verhalten, das sie damals nicht zu deuten gewusst hatte. »Jetzt weiß ich auch, was mit ihm los war, als er in seinen ersten Ferien nach Hause kam«, sagte sie. »Dieses Schwein. Dieser verdammte *bilagáana*-Hurensohn, wie konnte er nur ...?«

»Kaye«, unterbrach Thomas ihre Hasstirade. »Hör auf!«

Sie stierte ihn an, einen wilden Ausdruck im Blick. »Bis heute hat es mir nie etwas ausgemacht, dass ich zur Hälfte weiß bin, Onkel. Aber jetzt schäme ich mich dafür. Kein Navajo würde so etwas tun.«

Wer sich an Kindern vergriff, um seine sexuellen Neigungen auszuleben, den erwartete nach den strengen Regeln des Navajo-Lebensweges Krankheit, Wahnsinn oder sogar der Tod. Kayes Gedanken überschlugen sich, unruhig lief sie auf und ab. War das der Grund, warum Will nicht bei ihrem Vater arbeiten wollte? Weil er ein *weißer* Mann war? Und konnte er deshalb nicht mit ihr zusammen sein, weil sie auch zur Hälfte weiß war? Plötzlich fühlte sie eine schmerzliche Leere in ihrer Brust.

»Solche Dinge passieren auch im Reservat«, sagte Thomas. »Seit Alkohol und Drogen ihre Verwüstungen unter uns Navajo begonnen haben, gelten die alten Tabus nicht mehr. Die Angelegenheit ist übrigens kein Einzelfall. Indianerkinder sind in dieser Hinsicht leichte Opfer, weil sie anders erzogen sind. Wir müssen im Reservat noch viel Aufklärungsarbeit leisten.«

Thomas Totsoni packte seine Nichte an den Schultern, um sie in ihrem ruhelosen Gang aufzuhalten. »Hör zu,

Kaye. Du bist jetzt in einer verdammt verzwickten Situation, weil du etwas weißt, das dieser Junge krampfhaft vor dir zu verbergen sucht. Ich nehme an, er fühlt sich schmutzig. Vielleicht fühlt er sich auch schuldig, denn wenn er geredet hätte, dann würde sein Freund vielleicht noch leben.«

Kaye sah ihren Onkel ungläubig an. Ihre Augen brannten. »Du glaubst, Will fühlt sich schuldig? Er, der missbraucht wurde?«

»Ja, zumindest ist das in solchen Fällen sehr oft so und Wills Verhalten deutet darauf hin. Die Unfähigkeit, über das, was ihm angetan wurde, zu reden, zwingt ihn, es immer wieder zu erleben. Es ist wie ein Teufelskreis.«

»Warum redet er nicht?«

»Dafür kann es viele Gründe geben. Vielleicht will er nicht, dass du es weißt, weil er sich schämt. Vielleicht will er sich auch beweisen, dass er es aushalten kann. Keine Ahnung, Kaye. Aber wenn er herausfindet, dass du mich über ihn ausgefragt hast, wird er dir das vielleicht nicht verzeihen. Niemand mag es, wenn ein anderer etwas über ihn weiß, das er ihm nicht selbst erzählt hat.«

Ratlos blickte Kaye ihren Onkel an, dem inzwischen der Schweiß über die Stirn lief. »Und was soll ich jetzt tun?«

»Abwarten, bis Will selbst damit zu dir kommt. Manche Dinge brauchen eben eine Weile.«

»Was ist *eine Weile*?«

Thomas hob die Schultern.

»Und wenn er niemals redet?«

»Er wird. Kein Mensch kann so etwas sein Leben lang mit sich herumschleppen. Außerdem liebt er dich. Man konnte es ihm ansehen.« Thomas nahm seine Nichte fest in die Arme und sagte: »Und jetzt bring mich zurück zu meinem Wagen. Wilma wartet sicher schon mit dem Essen auf mich.«

»Ich brauche, verdammt noch mal, *drei* Bilder und nicht zwei«, schrie Rost Ted Northridge an. »Sie wissen, wo das dritte Bild ist, also holen wir es. Dann kriegen Sie Ihr Geld und ich kann verschwinden.«

Northridge wand sich wie eine getretene Schlange. »Aber die Polizei war da. Nicht mehr lange und sie werden alles herausfinden. Dann kriegen wir nicht nur Ärger wegen der gestohlenen Felszeichnungen, sondern auch wegen dem Jungen, den Sie einfach über den Haufen gefahren haben. Ich rieche den Ärger förmlich. Wir werden noch die Familie des Jungen auf den Hals kriegen, diese Indianer sind da sehr eigen. Sie haben ja keine Ahnung, wie das hier läuft, wenn jemand von den Indianern richtig sauer auf Sie ist. Plötzlich werden Sie in Ihrem Bett von einer Klapperschlange gebissen und sind tot. Oder eine unerklärliche Krankheit rafft Sie in wenigen Tagen dahin.«

Rost spuckte verächtlich in den Staub. Er war nicht abergläubisch, aber was Northridge da sagte, schien ihm überhaupt nicht zu behagen. Er machte eine wegwerfende Handbewegung. »Ich habe den Jungen nicht gesehen, es war ein Unfall. Und außerdem ist er längst auf dem Weg der Besserung, wie ich erfahren habe.«

Northridge atmete auf.

»Nun, was ist, alter Junge?« Rosts Stimme klang jetzt versöhnlicher, aber noch genauso drängend.

»Tut mir leid, Mr Rost«, sagte Ted kopfschüttelnd, »aber ich steige aus. Ich scheiße auf das verdammte Geld. Ich will meine Familie nicht ins Unglück stürzen. Wir leben hier seit fast zwanzig Jahren und dieses Land ist unser Zuhause geworden. Wenn man will, kann man sogar mit den Indianern auskommen. Man sollte sie nur nicht beleidigen. Besonders nicht in dem, was ihnen heilig ist: ihrem Land und ihren Mythen. Aber genau das haben wir getan, denn für die

Navajo sind diese Felsbilder heilig. Sie werden uns nicht einfach so davonkommen lassen. Ich habe jetzt schon ein verdammt merkwürdiges Gefühl.«

Rost lachte laut. »Sie glauben doch nicht etwa an Geister, Northridge?«

»An was ich glaube, werde ich Ihnen bestimmt nicht auf die Nase binden«, erwiderte der Bingohallenbesitzer. »Auf jeden Fall ist die Sache gefährlicher, als ich angenommen hatte.«

Rost schwitzte und sein Kopf lief rot an vor Zorn. »Für Reue ist es jetzt zu spät, Sie Idiot. Was kommen Sie mir plötzlich mit all diesen Vorbehalten? Ich brauche das dritte Bild, sonst lasse ich Sie heute noch auffliegen. Und ich werde dann nicht mehr auffindbar sein. Das wird ein schönes Leben für Sie – unter den Indianern, denen *Sie* ihre Heiligtümer gestohlen haben.«

»Schreien Sie doch nicht so, zum Teufel, man hört Sie ja meilenweit«, sagte Northridge ängstlich. Er blickte zu Boden und fluchte leise vor sich hin. Es hatte so einfach geklungen, die Bilder zu beschaffen, und es war eine Menge Geld, das dabei für ihn heraussprang. Geld, das er gut gebrauchen konnte. Seine Frau war krank und würde vielleicht nicht mehr lange leben. Mit dem Geld, das von irgendeinem schwerreichen Mann aus New York stammte, wollte er ihr eine Reise nach Europa ermöglichen, wo sie die besseren Ärzte zu finden hoffte. Die Tickets waren schon gebucht.

Wütend stieß Northridge mit dem Stiefel gegen eine rostige Tonne. »Also gut, noch dieses eine Bild. Wir treffen uns Samstag um die gleiche Zeit wie immer am Ortsausgang von Crystal. Und dann verschwinden Sie noch in derselben Nacht von hier.«

»Keine Sorge, das werde ich«, sagte Rost spöttisch. Als

ob er hierbleiben wollte! Dieses idiotische, trockene Land. Die mörderische Hitze, die ihn bald wahnsinnig machte. Die verrückten Indianer, der heiße Wind. Es würde ihm ein Vergnügen sein, endlich von hier zu verschwinden.

Am Donnerstag fuhr Kaye Großvater Sam nach Holbrook ins Krankenhaus. Will begleitete sie und seinen Großvater, aber er redete wenig. Er fühlte sich von allen Seiten unter Druck gesetzt: von Kaye, die zu viel von ihm erwartete. Von diesem ständig irgendwo herumlungernden Kojoten, der ihn in seine Fänge kriegen wollte. Und nicht zuletzt von sich selbst.

Will machte es sich selbst am schwersten, weil er es nicht fertigbrachte, mit jemandem über sein Problem zu reden. Es gab nur drei Menschen, die ihm wirklich nahestanden. Aber Kaye und seinen Großvater liebte er zu sehr, als dass er es über sich gebracht hätte, ihnen von seiner Qual zu erzählen. Vielleicht hätte er mit Aquilar reden können, doch der lag mit kaputten Beinen in einem Krankenhausbett und hatte mit seinen eigenen Problemen zu kämpfen. Will wollte ihn nicht noch mehr belasten.

Während eine junge weiße Ärztin die Augen des alten Mannes untersuchte, blieb Kaye bei ihm, und Will stattete Aquilar einen Besuch ab. Diesmal ging es seinem Freund sichtlich besser.

»*Yá'át'ééh, sik'is*. Hallo, mein Freund«, sagte Will. »Du siehst gut aus.«

Aquilar zeigte Will seine Beine. Die Schwellung war zurückgegangen, und auch wenn die Färbung der Beine noch angsterregend war, so bekamen sie doch langsam ihre ursprüngliche Form zurück. Die offene Wunde am linken Schienbein war gut verheilt.

»Kaye hat mir erzählt, dass die Männer es wieder getan

haben«, erzählte Will seinem Freund. »Und ich bin mir sicher, sie werden es noch mal tun.« Die Hände in die Vordertaschen seiner Jeans gestemmt, lief er vor dem Fenster auf und ab. Er starrte hinaus, als würde die Lösung des Problems in Leuchtbuchstaben draußen auf dem grauen Beton des Parkplatzes stehen.

»Wo?«, fragte Aquilar.

»Im Cow Canyon bei Toadlena.«

»Bring dich nicht in Gefahr, Will«, sagte Aquilar mit besorgter Miene. »Wer es auch getan hat, er ist vollkommen skrupellos. Denk an meine Beine. Hätte die Fahrrinne es nicht verhindert, wären sie mir vielleicht über den Bauch gefahren. Kayes Onkel wird die Männer schon schnappen. Ich finde es gut, dass ihr zur Polizei gegangen seid.«

»Das klang vor ein paar Tagen aber noch ganz anders.« Will drehte sich um und sah seinen Freund verwundert an.

»Mensch, Will!« Aquilar rutschte in seinem Bett hin und her. »Da war ich gerade aus der Narkose aufgewacht und habe dummes Zeug erzählt. Du wirst das mit der Rache doch nicht ernst genommen haben?«

Will ignorierte Aquilars Frage. »Ich weiß jetzt, wem der zweite Wagen gehört«, sagte er. »Mir ist eingefallen, dass ich in jener Nacht ein Bild auf der Tür des Pick-ups gesehen habe. Im Dunkeln sah es aus wie ein Adler mit ausgebreiteten Schwingen. Ich habe immer nach einem hellblauen oder weißen Pick-up mit diesem Adler Ausschau gehalten. Aber heute sind wir auf dem Weg hierher an der Bingohalle vorbeigekommen. Davor stand ein weißer Ford Lieferwagen, und der Werbeschriftzug der Bingohalle sieht aus wie ein Adler, wenn du die Augen ein wenig zusammenkneifst. Der Ford gehört Ted Northridge, hat Kaye gesagt.«

Aquilar antwortete nichts und wandte seinen Blick nun

ebenfalls zum Fenster, als ob er das gar nicht hätte wissen wollen.

»Sag mal ...«, setzte er an.

Will sah zu ihm herüber. *»Aoo'?«*

»Ich muss noch eine Frage loswerden, jetzt wo wir mal allein sind.«

»Okay, schieß los.«

»In der Nacht im Canyon, als ich im Flussbett lag und mich nicht rühren konnte, und der Pick-up kam auf mich zu ... kam auf *uns* zu ...«

Will senkte den Blick.

»Wieso hast du so lange gezögert, mich da wegzuholen, Will? Ich dachte schon, du lässt mich im Stich. Ich hatte Todesangst, verdammt ...«

Will zog sich einen Stuhl heran und setzte sich. »Ich auch, Aquilar«, sagte er. »Ich auch.«

»Aber ...?«

»Etwas hat mich gelähmt, mich festgehalten.«

»Etwas?«

Will holte tief Luft und sprach dann aus, was ihn quälte. »Ein Kojote war da. Er ist mir auf den Fersen, seit ich wieder im Reservat bin. Mein Großvater sagt, er verfolgt mich, weil ich schwach bin. Zweiherz will mich in die Unterwelt ziehen wie meinen Vater. Er war im Canyon und seine Augen glühten.«

Nun war es raus.

Ein Ausdruck von Bestürzung zog über Aquilars Gesicht. »Junge, Junge«, sagte er. »Da hat dein Großvater dir aber einen mächtigen Schrecken eingejagt.«

Überrascht blickte Will seinen Freund an. »Aber ich bin doch nicht verrückt, Aquilar. Ich habe ihn gesehen.«

»Das bestreite ich ja auch nicht. Aber all diese Kojotegeschichten ... da ist auch eine Menge Aberglaube dabei.«

»Das sagst ausgerechnet du, der zukünftige Sänger und Heiler?«

»Will«, sagte Aquilar. »Ich bin dein Freund, und als dein Freund sage ich dir: Lass dich von Graubein Kojote nicht fertigmachen. Er ist nichts weiter als ein Unruhestifter und mit Sicherheit kein böser Zauberer. Es gibt keine bösen Zauberer, nur Menschen, die sich falsch entscheiden.«

Will starrte blind vor sich hin.

»Alles in Ordnung mit dir?«, fragte Aquilar besorgt.

»Ich weiß nicht. Großvater will eine Heilungszeremonie für mich abhalten.«

»Das ist gut. Ja, das ist eine gute Idee. Danach wirst du dich besser fühlen. Und vergiss den Kojoten.«

Sam Roanhorse hatte den Grauen Star. Noch waren seine Linsen nicht völlig eingetrübt, aber die Krankheit würde fortschreiten und ihn irgendwann völlig erblinden lassen. Doch auch nachdem die junge Ärztin ihm mit Kayes Unterstützung eine Stunde lang gut zugeredet hatte, war Sam nicht dazu bereit, das Übel durch eine Operation beheben zu lassen. Selbst die Argumente eines hinzugeholten Navajo-Arztes halfen nicht. Erst wollte Sam jemanden den Heilgesang für sich singen lassen.

Er war ein alter Mann und hatte noch nie etwas von Krankenhäusern gehalten. In seiner Jugend hatte es hier in der Gegend nicht mal eins gegeben. Krankenhäuser waren steril und befremdlich, und wenn man nicht aufpasste, verschwand man für immer darin oder kam nur in einer Kiste wieder heraus. Sam Roanhorse fürchtete, eine Nacht in diesem Betonbau zu verbringen, würde er nicht überleben. Er sehnte sich zurück auf sein Land und zu seinen Schafen.

Will war nach seinem Besuch bei Aquilar noch schweigsamer geworden, und Kaye fragte sich, was für Gedanken in seinem Kopf herumgeisterten. Und sie fragte sich, wie sie ihm helfen konnte, ohne seinen Stolz zu verletzen oder zu nah an sein wohlgehütetes Geheimnis zu kommen.

17. Kapitel

Am Tag darauf bekam Kaye in ihrem Laden Besuch von ihrer Freundin Shelley. Sie beschwerte sich, dass Kaye überhaupt keine Zeit mehr für sie habe und nicht einmal mehr zum Essen ins Green Garden kommen würde. Das stimmte nicht. Kaye war zwei- oder dreimal da gewesen, aber Shelley hatte zu tun gehabt und deshalb hatten sie nur kurz miteinander sprechen können.

Shelley hatte zwar gehört, dass einem Navajo-Jungen über die Beine gefahren worden war, aber viel mehr wusste sie nicht. Da die Polizei die Ermittlungen im Fall der gestohlenen Felszeichnungen nicht gefährden wollte, war der Diebstahl der Zeichnungen erst jetzt in die Presse gelangt, mit der Bitte auf sachdienliche Hinweise.

»Du weißt doch was darüber«, sagte Shelley und machte ein beleidigtes Gesicht. »Ich glaube, du hast plötzlich Geheimnisse vor mir.«

»Habe ich nicht«, erwiderte Kaye so unbefangen wie möglich. »Mein Onkel hat mir verboten, über diese Dinge zu sprechen – das ist alles.«

»Aber mir kannst du es doch erzählen, ich werde schweigen wie ein Grab.«

Kaye wusste, dass Shelley nichts für sich behalten konnte, wollte ihre Freundin aber nicht noch mehr verärgern. Deshalb erzählte sie ein wenig über den verschwundenen Kokopelli und dass die Diebe erneut zugeschlagen hatten.

Sie fühlte sich Shelley auf einmal sehr fern, weil sie mit

ihr über all das, was sie pausenlos beschäftigte, nicht reden konnte. Nicht über die Bedeutung der Felsbilder für ihr Volk, nicht über den hervorgeholten Webstuhl (Shelley würde das »Back to the roots« nennen und darüber lächeln) und nicht über Zweiherz Kojote, der Will verfolgte. Sie hatte auch keine Lust, mit ihrer weißen Freundin über Will zu reden, aber das ließ sich nicht vermeiden, denn Shelley fragte als Nächstes: »Mal ganz abgesehen von deinen wilden kriminalistischen Abenteuern: Wie steht es eigentlich zwischen dir und Will? Seid ihr euch nähergekommen?«

»Ich habe ihm Ashkii überlassen«, erwiderte Kaye, »und er arbeitet jetzt auf der Ranch. So lange, bis er das Pferd abgezahlt hat.«

»Er arbeitet auf der Ranch?« Shelley wurde hellhörig. »Soweit ich weiß, ist dein Vater verreist, und du bist ganz allein im Haus.«

»Na und?«

»Wie: *Na und?* Erzähl mir nicht, dass ihr die Gelegenheit nicht genutzt habt.«

Kaye spürte, wie sie rot wurde, konnte es aber nicht verhindern. »Zwischen uns ist nichts«, sagte sie. »Wir sind nur gute Freunde.«

»Gute Freunde?«, rief Shelley. »Das glaube ich nicht.«

»Glaub doch, was du willst.«

»Na komm, nun sei nicht gleich wieder beleidigt. Ich weiß, dass du ihn anbetest. Und er ist ein gesunder junger Mann, der fünf Jahre lang nur von Mädchen träumen durfte. Irgendwie liegt es nahe, dass er seine Energien darauf verwendet, die Träume Wirklichkeit werden zu lassen. Oder etwa nicht?«

Kaye blickte hinaus auf die Straße, weil sie Shelley nicht in die Augen sehen konnte. Auch wenn sie ihre Freundin war – Wills Geheimnis würde sie für sich behalten.

»Hat er etwa eine andere?«, platzte Shelley neugierig heraus.

Kaye schüttelte den Kopf. »Vielleicht braucht er einfach nur etwas Zeit, um sich wieder an das Leben im Reservat zu gewöhnen.«

»Oh ja, gewöhnungsbedürftig ist das Leben hier allerdings«, bemerkte Shelley.

In diesem Augenblick schellte die Türglocke und Pete Yatasi kam in den Laden. Kaye war so überrascht von seinem plötzlichen Auftauchen, dass ihr noch einmal die Röte ins Gesicht schoss. Shelley bemerkte es natürlich und zwinkerte ihr verschwörerisch zu.

Der junge Hopi ließ sich nichts anmerken. Er sagte, er würde ein bestimmtes Buch suchen, das er für sein Studium brauche. Und da er wusste, dass man in Kayes Laden auch bestellen konnte, hatte er sich auf den Weg nach Window Rock gemacht.

Kaye war klar, dass Pete nicht nur eines Buches wegen zu ihr in den Laden gekommen war, aber sie bestellte es für ihn am Computer. Pete kannte Shelley flüchtig, und eine Weile redeten beide über belanglose Dinge, bis Kaye mit der Bestellung fertig war.

»Ich muss jetzt wieder rüber«, sagte Shelley und verabschiedete sich, nicht ohne Kaye noch einmal einen wissenden Blick zugeworfen zu haben.

Kaye freute sich, Pete wiederzusehen. Daran, wie sehr sie sich freute, erkannte sie, dass sie ihn vermisst hatte. Sie hatte seine Späße vermisst und seine unkomplizierte Art, mit Dingen fertigzuwerden, die für sie selbst wie riesige Probleme aussahen. Nach dem unerfreulichen Gespräch mit Shelley war Petes Besuch eine willkommene Abwechslung. Sie hatten sich beinahe ein halbes Jahr lang nicht gesehen und es gab viel zu erzählen.

Allerdings hatte Pete noch etwas in Ganadao zu erledigen und so lud Kaye ihn zum Abendessen auf die Ranch ein. Der junge Hopi nahm die Einladung an.

Nachdem Kaye ihren Laden diesmal etwas eher geschlossen hatte, fuhr sie noch zum Supermarkt und kaufte verschiedene Lebensmittel, die sie für das Abendessen brauchte: große Tomaten, weiße Zwiebeln, Knoblauch, Crème fraîche und fertige Maistortillas. Pete Yatasi liebte Suppen, und sie würde eine Tortilla-Suppe nach einem alten Aztekenrezept kochen, das sie in der umfangreichen Rezeptsammlung ihrer Mutter gefunden hatte.

Als Kaye auf der Ranch ankam, stand Ashkii noch bei den anderen Pferden auf der Weide, und Kaye vermutete, dass Will mit Hoskie und Ashie im Gelände unterwegs war. Manchmal galt es, eine Arbeit zu Ende zu führen, und dann blieben die Männer auch mal, bis es dunkel wurde.

Kaye brachte ihre Einkäufe in die Küche, wusch die Tomaten, schälte Zwiebeln und schnitt die Tortillas in dünne Streifen. Pete kam pünktlich, und während sie die Suppe fertig zubereitete, erzählte er Kaye, dass er eine Freundin hatte.

»Das freut mich für dich«, sagte sie.

Die Tatsache, dass Pete nicht mehr in sie verliebt war, nahm ihr das schlechte Gewissen, das sie jedes Mal in seiner Gegenwart empfunden hatte – weil sie seine Aufmerksamkeit genossen hatte, ihm jedoch vorenthalten hatte, was er sich wünschte.

»Und ich wette«, sie lächelte verschmitzt, »du kennst sie seit genau sechs Monaten.«

»Das stimmt«, gab er zu, und offensichtlich war es ihm ein wenig peinlich, denn seitdem hatte er sich nicht mehr bei Kaye blicken lassen. Er war anderweitig beschäftigt gewesen.

Kaye lachte, als sie Petes bekümmertes Gesicht sah. Aber gleich darauf wurde sie sehr ernst. »Will ist wieder da.«

Pete blickte auf. »Sie haben ihn vorzeitig entlassen?«, fragte er überrascht.

Der Hopi wusste eine Menge über Will Roanhorse. Kaye hatte ihm alles erzählt, damals, als er ihr gestanden hatte, dass er sie liebte. Nach diesem Kuss, bei dem sie gespürt hatte, dass sie ihn nicht liebte.

»Ja«, sagte Kaye. »Sie haben Will vorzeitig entlassen.« Gerne hätte sie Pete erzählt, was sie von ihrem Onkel erfahren hatte. Aber das durfte sie nicht, auch wenn es die Dinge, die damals geschehen waren, erklärte. Wie schwer es doch war, ein Geheimnis zu hüten.

»Ich freue mich für dich, Kaye«, sagte er. »Irgendwie war es damals eine idiotische Situation. Ich war so verliebt in dich, doch du hast immer bloß an ihn gedacht. Manchmal war ich richtig wütend. Sie ist die ganze Zeit einem Phantom treu, habe ich mir eingeredet. Aber nun ist Will hier, und ich bin froh, dass du nicht schwach geworden bist. Ich würde mich sonst schämen. Ich nehme an, er braucht dich jetzt sehr. Ich würde Will gerne kennenlernen. Vielleicht komme ich dich mal zusammen mit Nadja besuchen. Sie wird dir gefallen.« Petes Augen leuchteten.

»Nadja?«, wiederholte Kaye verblüfft den Namen, den Pete genannt hatte.

»Ja, ihre Eltern sind Russen, sie stammen aus einem Dorf in der Nähe von Moskau. Seit zwei Jahren arbeiten sie oben bei den Four Corners an einem Projekt für Uranförderung.« Pete blickte Kaye ein wenig betreten an.

»Uranförderung?«, fragte sie ungläubig. Das Wort bedeutete viele Dinge in einem: neue Arbeitsplätze, Geld für die Diné, Umweltverschmutzung durch strahlende Abfälle. Es

bedeutete Krankheiten für die Menschen. Knochenkrebs, Atembeschwerden und und und. Verstrahlte Pflanzen und Tiere, verseuchtes Grundwasser.

»Niemand kann etwas für seine Eltern und das, was sie tun«, sagte Pete.

»Da hast du allerdings recht«, stimmte sie ihm zu. »Mein Vater wandelt zurzeit in San Francisco auf den Spuren seiner Vergangenheit. Auf einmal fehlt ihm die Stadt. Ich glaube, er hat den Tod meiner Mutter immer noch nicht verkraftet.«

»Und was ist mit dir?«, fragte Pete. »Kommst du jetzt besser damit zurecht, dass sie nicht mehr da ist?«

»Ich versuche, es zu akzeptieren, aber es fällt mir noch schwer. In meinen Gedanken ist sie immer bei mir. Ich frage sie oft, was ich tun soll, doch in letzter Zeit bekomme ich manchmal keine Antwort mehr.«

»Vielleicht sind ihr deine Fragen zu schwierig.« Pete lächelte.

»Da könntest du recht haben. Meinem Vater sind sie es jedenfalls.«

»Wann kommt er denn wieder?«

»Keine Ahnung«, sagte sie. »Nicht dass er mir furchtbar fehlen würde, aber auf der Ranch ist er ganz nützlich.«

Pete musste herzlich lachen. Plötzlich klopfte es an der Tür und er verstummte abrupt. Kaye zuckte zusammen, als wäre sie bei etwas Verbotenem ertappt worden. »Ja?«, rief sie. »Wer ist da?«

Will trat in die Küche.

Er sah müde und abgekämpft aus. Seine Arbeitskleidung war staubig und in seinen zusammengebundenen Haaren hingen kleine Zweige und Grashalme. Er musterte Pete Yatasi kurz, nahm den würzigen Duft der fertigen Suppe wahr, dann wandte er sich an Kaye und sagte: »Wir sind fertig mit dem Zaun und die Schafe sind umgetrieben. Ich gehe jetzt. Und schönen Abend noch.« Er drehte sich um und knallte die Tür hinter sich zu.

Kaye ließ seufzend die Schultern hängen.

»Genau so, wie er sich verhält, hast du die ganze Zeit ausgesehen«, sagte Pete. »Ich war mir nur nicht sicher.«

»Was soll das denn heißen?«

»Na ja, du hast ihn mir immer als Sonnyboy geschildert, aber in Wirklichkeit ist er ein zorniger junger Mann, der ein großes Problem hat. Ich hoffe, dieses Problem bin nicht ich. Tut mir leid, dass ich dich in diese Situation gebracht habe.« Pete sah sie prüfend an. »Oder wolltest du, dass das passiert?«

Kaye schüttelte müde den Kopf. »Er war sonst immer schon weg, wenn ich aus der Stadt nach Hause kam«, sagte sie. »Ausgerechnet heute hat er länger gearbeitet. Ins Haus ist er sonst nie gekommen.«

»Er hat meinen Wagen gesehen und wollte wissen, wer das Mädchen, das er liebt, besucht. Ich kann es ihm nicht verdenken.«

Sie aßen Suppe, und Kaye erzählte Pete, dass sich die Beziehung zu Will nicht so gestaltete, wie sie es erhofft hatte.

»Aber du hast doch gesehen, dass er eifersüchtig war«, sagte Pete.

»Ja. Und ich habe keine Ahnung, wie er darauf reagieren wird.«

»Morgen wirst du es wissen.«

Nach dem Essen verabschiedete sich Pete. »Vielen Dank für die köstliche Suppe, Kaye. Es tat gut, mal wieder mit dir zu reden.«

»Schön, dass du da warst«, sagte sie. »Ich habe deine Besuche vermisst.«

Pete umarmte Kaye. »Demnächst besuche ich dich mit Nadja. Hoffentlich hast du Will bis dahin gebändigt.«

»Was soll ich nur tun?« Ratlos stand sie in der Tür.

»Sei ehrlich zu ihm, er hat es verdient«, antwortete Pete und kletterte in seinen Wagen. Als er den staubigen Weg zur Straße hinauffuhr, kam ihm auf halber Höhe ein anderes Fahrzeug entgegen.

Ein junger Mann saß am Steuer, den Pete nicht kannte, und auf dem Beifahrersitz saß Kayes Freundin Shelley. Pete winkte den beiden zu und dachte, dass sie jetzt möglicherweise nicht willkommen waren.

18. Kapitel

Obwohl Kaye diese Nacht nur ein paar Stunden geschlafen hatte, quälte sie sich aus dem Bett, als der Wecker klingelte. Sie kochte einen starken Kaffee, den sie im Stehen trank, und machte sich auf den Weg nach Window Rock, um ihren Laden pünktlich zu öffnen.

Den vergangenen Abend hatte sie mit Shelley und Rob verbracht. Shelley hatte Robert die Geschichte von den Felsbildern erzählt (natürlich hatte sie nicht geschwiegen wie ein Grab) und was mit Aquilar passiert war. Als der junge Lindsay hörte, dass Kaye alleine auf der Ranch war, hatte er sich Sorgen um sie gemacht und war mit Shelley noch zu ihr hinausgefahren.

Kaye hätte den Abend lieber allein verbracht. Sie hatte vorgehabt, endlich ihre Wolle einzufärben und am Wochenende mit dem Weben eines Teppichs zu beginnen. Ein Muster hatte sie schon entworfen und freute sich darauf, es umzusetzen. Aber sie brachte es nicht fertig, ihre Freunde wieder wegzuschicken. Also hatte sie die beiden mit Suppenresten bewirtet und sie hatten bei Kerzenschein auf der Veranda gesessen. Nachdem Kaye Shelley davon überzeugt hatte, dass Pete nur ein guter Freund war, hatten sie über alles Mögliche geredet. Erst um 2 Uhr nachts waren die beiden wieder gefahren und Kaye war todmüde in ihr Bett gefallen.

Am Nachmittag fielen ihr trotz kalt eingestellter Klimaanlage hinter dem Ladentisch die Augen zu. Da sich der

Kundenansturm in Grenzen hielt, schloss sie den Laden und fuhr nach Hause. Sie stellte ihren Wecker und schlief eine Stunde. Dann sattelte sie Shádi und machte sich auf den Weg zu Will und Großvater Sam.

Ausgeschlafen war sie auch jetzt noch nicht. Doch die Stute kannte den Weg zum gelben Haus, und Kaye brauchte nichts weiter zu tun, als sich den Bewegungen des Pferdes anzupassen.

Auf einer Abkürzung in einem ausgetrockneten Flussbett jenseits der Straße brachte die Stute ihre Reiterin zum Ziel. Wie verzaubert dieses Land ist, dachte Kaye, die jedes Mal aufs Neue überwältigt war von der Schönheit und Vielfältigkeit der Natur, die sie umgab. Auf dem hochliegenden Land wuchsen Fichten, Espen und Wacholderbäume. In den kleinen Canyons gab es Wasser für das Vieh. Weiter unten war Steppenland, Halbwüste. Hier gediehen trotz Trockenheit Salbei, Fettholz, Yuccapflanzen und Gras. Und natürlich Tumbleweed. Tumbleweed war auch eine Steppenpflanze. Sie kam aus Russland und wurde deshalb von den Einheimischen auch Russische Distel genannt.

Auf Navajo-Land gab es aber auch Wüste, richtige Wüste. Im Monument Valley und Painted Desert im Norden waren die Erde und der Fels trocken, sogar tief im Boden. Da wuchs fast nichts und trotzdem gab es Leben.

Kaye liebte das Land, so wie es war. Mit seinen Schönheiten und seinen Unbilden. Ihr Entschluss, drüben in Santa Fe zu studieren, war ins Wanken geraten, seit Will wieder zurück im Reservat war. Die Aussicht, ihn vier Jahre lang nur an den Wochenenden sehen zu können und ihn dadurch vielleicht ganz zu verlieren, quälte sie. Doch wie die Dinge sich entwickelten, sah sie ihn auch jetzt schon kaum. Und das, obwohl er nur knapp zwei Meilen von ihr entfernt lebte.

Aber vielleicht hatten sie und Will noch eine Chance. Dann könnte sie sich an der Diné University in Tsaile einschreiben, die gleich hier in der Nähe war. In diesem Fall müsste sie allerdings ihren Studienwunsch neu überdenken. Einen anerkannten Abschluss in Rechtswissenschaften würde sie in Tsaile nämlich nicht bekommen. Sie konnte dort höchstens Kurse belegen, den Abschluss müsste sie jedoch an einer großen Universität machen.

Während Kaye einem schmalen Basaltkegel auswich, der mitten aus dem Flussbett ragte, dachte sie darüber nach, was sie eigentlich dazu bewogen hatte, Rechtswissenschaften studieren zu wollen. War es nicht allein der Wunsch, ihrem Vater zu beweisen, dass sie pfiffiger war als er? Sie, die als Mischling in einem Indianerreservat aufgewachsen war, würde Anwältin werden. Eine Anwältin, die etwas von Pferden und Schafen verstand, die sich hervorragend mit den Problemen aller Bevölkerungsgruppen im Big Res auskannte und die ihren Indianer heiraten würde, auch wenn er im Gefängnis gesessen hatte.

Beinahe musste Kaye lachen.

Wie hatte sie nur so töricht sein können? Schließlich liebte sie ihren Vater von ganzem Herzen. Er war immer für sie da, wenn sie ihn brauchte. Als sie noch klein war, hatte er sie auf seinen Armen herumgetragen und versucht, ihr die Welt zu erklären. Sein Wunsch, sie vor Schaden zu bewahren, hatte ihn manchmal etwas streng sein lassen, was immer wieder zu Konflikten mit ihrer Mutter geführt hatte. Aber er hatte sie auch oft zum Lachen gebracht.

Doch obwohl Kaye ihrem Vater eng verbunden war, fühlte sie sich mehr ihrer indianischen Herkunft zugehörig. Sophies Erziehung kannte keine Strenge, nur Hinweise auf die Tabus in der Navajo-Welt und die möglichen Folgen, wenn man sie verletzte. Tabus gab es eine Menge. *Du sollst nicht auf heißen Mais blasen, sonst verlierst du deine Zähne, bevor du alt bist. Blase auch nicht auf Maispollen, sonst bekommst du Lungenkrebs. Renne nicht herum, während du Mais isst, oder er wird dich ersticken. Fass nichts an, was mit einem Blitz in Berührung gekommen ist. Gehe niemals in einen Hogan, in dem jemand gestorben ist. Erzürne die Geister nicht, indem du dich gegen den Uhrzeigersinn bewegst ...*

Kaye kannte die meisten dieser Tabus und versuchte auch, sie einzuhalten, so wie Sophie es getan hatte. Dadurch fühlte sie sich ihrer Mutter nahe, auf die sie immer unheimlich stolz gewesen war. Sophie Kingley galt lange Zeit als eine der besten Teppichweberinnen der Region. Ihre blaugrauen Muster waren besonders begehrt gewesen. Außerdem war sie jahrelang Sprecherin von Diné C.A.R.E. gewesen, einer Gruppe traditionell eingestellter, umweltbewusster Navajo, die der Stammesregierung auf die Finger sah, wenn es um die Ausbeutung der Naturrohstoffe im Reservat ging.

Vor zwei Jahren, als der tödliche Unfall passierte, war Sophie von einer Versammlung auf dem Nachhauseweg gewesen, auf der Diné C.A.R.E. sich gegen den Kahlschlag in den Chuska Mountains eingesetzt hatte. Es war zu einem offenen Streit und sogar zu Tätlichkeiten unter den Anwesenden gekommen. Vielleicht war ihre Mutter damals so zornig und aufgebracht weggefahren, dass sie sich beim Fahren nicht wirklich unter Kontrolle gehabt hatte.

Die Chuska Mountains waren Sophies wunder Punkt gewesen. Für die Navajo haben die Berge, auf denen es das beste Wasser gibt, den besten Wald und das beste Gras, eine besondere Bedeutung. Für die Indianer sind die Chuska Mountains das männliche Gegenstück zur Black Mesa, dem weiblichen Berg. Durch den Kohletagebau der Peabody Coal Company war Black Mesa bereits entweiht, und nun fürchteten die Traditionalisten unter den *diné*, das Leben ihres Volkes würde noch mehr aus dem Gleichgewicht geraten, wenn auch die Chuska Mountains der Profitgier der Weißen und einiger geldgieriger Stammesmitglieder zum Opfer fielen.

Die Bergwälder der Chuska Mountains waren die wichtigsten erneuerbaren Ressourcen auf Navajo-Land. Die Indianer brauchten das Holz, um Balken für ihre Hogans herzustellen und Pfähle für Weidezäune. Vor allem aber brauchten sie es als Feuerholz. In den stammeseigenen Sägemühlen arbeiteten meist Einheimische. Eine Reduzierung der Abholzung würde viele Holzfäller den Job kosten. Deswegen hatte es auch viele widersprüchliche Meinungen unter den Bewohnern des Reservats gegeben.

Kayes Mutter hatte dafür gekämpft, dass Aufklärung betrieben wurde. »Wenn die Bäume gehen, geht auch der Mutterboden, und der Wald wird zur Ödnis«, hatte sie ihren Leuten erklärt. »Es können keine Kräuter mehr wachsen, die dem Vieh und dem Wild als Nahrung dienen. Das Wasser, das durch die Wurzeln der Bäume im Waldboden gehalten wird, speist Bäche, in denen sich Fische tummeln, und Flüsse, die die Felder im Tal versorgen.«

Sophie hatte den Grund für die Misere erkannt. Der Wald wurde zu schnell abgeholzt und wuchs zu langsam nach. Es wurden zu wenig Bäume gepflanzt. Auf all diese Dinge wollte sie ihr Volk aufmerksam machen und hatte durch ihre Aufklärungsarbeit nicht nur Freunde gewonnen. Kayes Mutter war immer geradlinig für alles eingestanden, woran sie glaubte. Und Arthur war überzeugt davon, dass ihr genau das letztendlich zum Verhängnis geworden war.

Arthur hatte nie wirklich an einen Unfall geglaubt. Sophie war eine gute Autofahrerin gewesen. In der Unfallnacht hatte es zwar gefroren, aber der Wagen war auf gerader Strecke von der Straße abgekommen und gegen einen Fels geknallt. Insgeheim gab Kingley ihrem Volk und dem Res die Schuld am Tod seiner Frau. Er wollte sich einfach nicht eingestehen, dass Sophies Wagen ohne ersichtlichen Grund von der Straße abgekommen war.

Shádi hatte Kaye bis zum gelben Haus gebracht. Sie band die Stute an den Weidezaun und stieg auf die Veranda. Sie klopfte, rief, rüttelte an der Fliegentür, aber drinnen rührte sich nichts. Ein wenig verwundert blickte Kaye sich um. Die Schafe waren nicht in ihrem Korral. Vielleicht trieb Will sie auf eine grüne Weide, wie er es seit seiner Rückkehr gelegentlich getan hatte. Aber Großvater Sam war auch nicht da, weder im Haus oder im Stall noch in seinem kleinen Garten.

Kaye rüttelte noch einmal an der Tür.

Es war schon lange nicht mehr vorgekommen, dass sie das Haus verschlossen vorgefunden hatte. Wills Abwesenheit wunderte sie wenig, aber dass der Alte auch nicht zu Hause war, fand sie merkwürdig. Zwar zog er immer noch mit seinen Schafen los, aber meist fand man ihn nie weit vom Haus entfernt. Er war zu alt, um noch hinauf auf die Mesa zu steigen.

Kaye lief herum und suchte nach irgendeinem Hinweis, wohin die beiden gegangen sein könnten. Auf einem großen, flachen Stein neben dem wilden Pflaumenbaum entdeckte sie die Spuren verschiedenfarbiger Pulver, die mit irgendetwas Löffelartigem vorsichtig in ein Behältnis gefüllt worden waren. Roter Sand, weißer Sand und mit schwarzer Kohle zerriebener Sand. Sie entdeckte auch Spuren von hellgelbem, sehr feinem Staub. Kaye befeuchtete einen Zeigefinger mit der Zunge, tauchte ihn in das quittegelbe Pulver und leckte daran. Es schmeckte süßlich. Pollenstaub.

Diese verschiedenfarbigen Pulver verwendet das Volk der Navajo für seine Sandbilder. Sandmalereien sind ein wichtiger Bestandteil von Reinigungs- und Heilungszeremonien. Gelber Pollen reinigt den Körper, wenn man etwas davon auf die Zunge legt. Einen Augenblick dachte Kaye nach, dann wusste sie auf einmal, wo sie Will und seinen Großvater finden würde.

Sie band Shádi los, stieg auf und presste ihrem Pferd die Knie in die Flanken. Gehorsam schlug die Stute den schmalen Pfad ein, der ins Hinterland und in den Water Hole Canyon führte. Kaye war sich sicher, dass Will und sein Großvater oben auf der Mesa waren.

Nur mit Boxershorts bekleidet hockte Will in der kleinen Schwitzhütte hinter dem Hogan in sengender Dunkelheit. Großvater Sam hatte ihm auf einer Heugabel die glühenden Steine hereingereicht und sie in die Vertiefung in der Mitte gelegt. Dann hatte der alte Mann die Decke vor den Eingang gezogen, der nach Osten zeigte – in die Richtung, aus der die Götter kamen.

Will wusste, was er zu tun hatte. Er griff neben sich nach der Kelle im Blecheimer und schüttete mit Salbei angereichertes Wasser über die heißen Steine. Es zischte, als ob hundert Schlangen aufbegehren würden. Dampfwolken füllten den niedrigen kleinen Raum und nahmen Will den Atem. Der Schweiß brach ihm aus allen Poren, rann über die Stirn in seine Augen und brannte. Der heiße Dampf versengte ihm die Haut und biss in seine Lungen.

Anfangs glaubte er, es nicht aushalten zu können, so heiß war es. Aber dann gewöhnte sein Körper sich an die Hitze, und er spürte, wie er wieder leichter atmen konnte. Will hatte fast vergessen, wie es sich anfühlte, ein Schwitzbad zu nehmen. In dieser Grube, unter dem Dach eines Kegels aus Pinienbrettern, die mit einer dicken neuen Lehmschicht bedeckt waren, hockte er wie im Bauch der Erde. Es war warm und feucht wie im Mutterleib. Doch was aus seinen Poren rann, brannte, als wäre es kein Schweiß, sondern Gift. Er schwitzte alles heraus, all den Schmutz und den Ekel, den er vor seinem Körper empfunden hatte. Der Hass, der in seinem Inneren zu einem harten, schmerzenden Klumpen geworden war, schmolz in der Hitze. Sogar seine Angst löste sich auf und tränkte den Boden unter ihm.

Zum ersten Mal seit den Ereignissen im Water Hole Canyon fühlte Will, dass er stark genug sein konnte, Zweiherz zu besiegen und zu *hózhó*, dem Weg der Harmonie, zurückzufinden.

Kaye brauchte etwas mehr als eine Stunde für ihren Weg in den Canyon. Dort fand sie Sams Schafe, die unermüdlich Gras und Blätter kauten. Die Lämmer blökten nach ihren Müttern. Jasper passte auf, dass die Tiere zusammenblieben.

Auf dem Rücken ihrer braunen Stute begann Kaye, den Mesapfad zu erklimmen. Aber er wurde immer steiler und lose Steine machten Shádi mehr und mehr zu schaffen. Kaye stieg ab und führte das Pferd an den Zügeln. Als sie eine grüne Rinne erreichte, in der einige Pinien wuchsen, Wacholderbüsche und andere Wüstenpflanzen, führte sie Shádi zu einem der Bäume und band sie dort fest. Irgendwo in dem Felsspalt, der einige Meter über der grünen Rinne lag, musste eine Quelle sein. Der Boden war feucht, und Kaye entdeckte Pflanzen, die Wasser brauchten.

»Warte hier auf mich«, sagte Kaye zu Shádi und klopfte der Stute auf den Hals. »Es dauert nicht lange.«

Sie stieg den Pfad weiter hinauf, entdeckte Hufspuren im roten Sand und wusste, dass sie richtig vermutet hatte. Oben angekommen verbarg sie sich im Gebüsch und spähte hinüber zum Hogan. Er sah schön aus mit seinem neuen Dach. Hinter dem Hogan stand Ashkii und suchte schnaubend nach etwas Essbarem. Möglicherweise witterte er ihre Nähe, und sie hoffte, er würde sie nicht laut wiehernd begrüßen.

Kaye sah den Rauch des Feuers und nahm an, dass in ihm Steine für ein Schwitzbad heiß gemacht worden waren. Den Eingang der Schwitzhütte konnte sie nicht sehen. Ob beide darinsaßen und ihre Körper und Seelen für die Zeremonie reinigten?

Auf einmal hörte Kaye Großvater Sam im Hogan leise singen. Seine Stimme war dunkel und verhalten. Sie verstand die Worte nicht. Der Eingang des Hogans zeigte wie der der Schwitzhütte in Richtung des Sonnenaufganges, sie aber befand sich im Augenblick westlich von dem Rundbau. Wenn sie sich leise vorwärtsbewegte, um deutlicher hören zu können, bestand die Gefahr, dass sie bemerkt wurde. Will konnte jeden Moment aus der Schwitzhütte kommen. Sein Ärger über ihre ungebetene Anwesenheit würde grenzenlos sein und alles zunichtemachen. Das durfte nicht passieren. Sie musste ihre Neugier zügeln.

Was für eine Art Zeremonie in der kommenden Nacht in diesem Hogan auch stattfinden sollte: Mit Sicherheit wollte Will dabei nicht gestört werden.

Kaye zog sich leise zurück und stieg wieder hinab bis zur grünen Rinne. Shádi begrüßte sie mit einem grummelnden Schnauben. Kaye war durstig und ihre Wasserflasche war bereits leer. So kletterte sie zum Felsspalt, in der Hoffnung, dort ein Rinnsal zu finden. Aber es war noch zu früh. Der Boden im Spalt war zwar feucht, aber die Quelle erwachte um diese Jahreszeit erst in der Dämmerung.

Plötzlich hatte Kaye das ungute Gefühl, beobachtet zu werden. Sie sah sich um und lauschte angestrengt. Immer wieder glitt ihr Blick über die roten Geröllberge, die metallisch schimmernden Salbeibüsche und die verkrüppelten Wacholder. Auf einmal sah sie etwas Weißes hinter einem großen, halb verdorrten Wacholder leuchten. Es waren weiße Steine. *Weiße Steine?* Die gab es hier nicht. Nur rote und ockerfarbene und gelbe. Kaye kletterte weiter nach oben und stand plötzlich vor einem Grabhügel. Das musste das Grab von John Roanhorse sein, Wills Vater. An dieser Stelle hatte er seinem Leben ein Ende gesetzt. Ihr wurde mulmig zumute, und sie schaute sich erneut um, weil sie das ungute Gefühl hatte, nicht alleine zu sein. War Johns *ch'iindi* noch hier, sein Totengeist?

Sogar Shádi schnaubte auf einmal unruhig und scharrte mit den Vorderhufen in der roten Erde. *Spürt die Stute es auch?* Aberglaube hin, Aberglaube her, Kaye fühlte sich plötzlich mehr als unbehaglich. Es war nur ein Schatten, doch sie spürte die Bedrohung körperlich. Und schließlich sah sie *ihn*. Er stand neben dem Steinhügel, halb verdeckt von einem Salbeibusch, und blickte sie mit gelben Augen an.

Zweiherz, dachte Kaye erschrocken. Von ihrer Mutter hatte sie unzählige Geschichten über Kojote gehört. Sie wusste, er konnte mächtigen Ärger machen, wenn man noch vor dem ersten Frost über ihn redete. Denn dann zog man seine Aufmerksamkeit auf sich und war – wenn man seine Wünsche nicht erfüllte – seinen Zauberkräften ausgesetzt. Kaye war nie auf die Idee gekommen, sich vor Graubein Kojote zu fürchten. Doch jetzt flatterte ihr Herz und beruhigte sich auch nicht, als das Tier den Blick von ihr abwandte und davontrottete. Er war nicht ihr auf den Fersen, das wurde ihr in diesem Moment klar. Der Unheilstifter war hinter Will her.

Kaye hoffte inständig, Großvater Sams Gesänge würden mächtig genug sein, um Will aus der Macht des Grauen zu befreien. Sie wünschte sich, Will würde nach dieser Zeremonie in der Lage sein, sie zu lieben, wie ein Mann eine Frau liebt. Denn dann würde der Kojote keine Macht mehr über ihn haben. Den Überlieferungen zufolge war der Vierbeinige schon an der Liebe von Erster Mann und Erster Frau gescheitert.

Sie beruhigte Shádi mit leisen Worten und band die Stute los. Dann stieg sie auf und ritt langsam in den Canyon zurück, wo sie von Jaspers freudigem Bellen begrüßt wurden. Das Bellen des Hundes und das Blöken der Schafe holten Kaye in die Realität zurück. Was für herrlich bodenständige Stimmen das doch waren.

Sie hatte einen Kojoten gesehen, na und? Die gab es hier schließlich wie Sand am Meer.

Kojote stand auf dem Grabhügel und rieb das verfilzte Fell an den aufgeschichteten Steinen. Zweiherz sonnte sich im Triumph eines längst vergangenen Sieges.

Hier unten drang wenigstens der Gesang des Alten nicht mehr in seine Ohren. Der Indianer zelebrierte eine Heilungszeremonie, mit der er seinen Enkel vor der Macht des Bösen schützen wollte. Die Zeremonie nannte sich: Weg derer, die nach oben unterwegs sind. Sie sollte den Patienten vom Übel der Unterwelt befreien.

Es würde dem Alten nicht gelingen.

Kojote lachte listig. Er hatte zu viele Fallen für sein Opfer ausgelegt, war sehr überlegt an die Sache herangegangen. Seine Künste mussten einfach zum Erfolg führen.

Bald würde es neuen Ärger geben.

Kojote bellte vor Freude.

In der Dämmerung holte Sam seinen Enkelsohn in den Hogan. Zuvor hatte er auf dem Boden aus eingefärbtem Sand ein kreisrundes Sandbild gelegt. Es zeigte die Erde, die Fünfte Welt. Darin die schematische Darstellung von Wolken, Blitzen und Bergen und zwei lang gezogenen menschlichen Wesen, den Wissenden Leuten. Außerdem zeigte es je eine Abbildung der vier heiligen Pflanzen: Mais, Bohnen, Kürbis und Tabak.

Der Kreis war nicht geschlossen. Wenn negative Dinge ihren Lauf begonnen hatten, so glauben die Navajo, ist der Betroffene in einem Kreislauf aus Verblendung und Verwirrung durch das Böse gefangen. Schließt man den Kreis, kann keine hilfreiche Kraft hineingehen, und das Böse kann nicht hinaus.

Den ganzen Tag hatte der alte Mann an diesem Sandbild gearbeitet. Um einen Teil des Sandes schwarz einzufärben, hatte Sam die Holzkohle von Pinien verwendet. Roten Sand gab es im Water Hole Canyon, weißen am Ufer des Antelope Wash. Der gelbe Sand war mit Blütenpollen vermischt, der grüne mit trockenen, zermahlenen Blättern.

Will musste sich genau in die Mitte des Sandbildes setzen, um eine direkte Verbindung zu den *diyin*, den Wissenden Leuten, herzustellen. Der Großvater drückte ihm mit der Fingerspitze Maispollen auf die Stirn und die Zunge. Dann streute er Maispollen über Wills ganzen Körper. Er schwang eine Kürbisrassel und begann einen Gesang über die Schöpfung der Erde und den Aufstieg durch die vier Welten. Will wusste, dass jedes Wort stimmen musste, sonst war die Zeremonie wirkungslos. Er vertraute seinem Großvater, denn er spürte, er konnte der Liebe und der Lieder des alten Mannes sicher sein.

Ab und zu schritt Sam den Hogan in Richtung des Sonnenlaufs ab und markierte die vier Himmelsrichtungen mit

Maismehl. Er sang die ganze Nacht über. Hin und wieder forderte er Will auf, Teile des Gesanges zu wiederholen. Es war unerwartet leicht. Die Worte drangen von weit her an seine Ohren, aber als er sie wiederholte, kamen sie tief aus seinem Inneren.

Gegen Morgen fühlte Will sich vollkommen leer und angenehm müde. Müde auf eine Art, die er noch nicht kannte. Es war eine beruhigende, eine sichere Müdigkeit. Will wusste, er würde schlafen können, ohne schlimme Träume zu haben. Und die Zukunft, das war etwas, das sich wieder auf ihn zubewegte. Er würde ihr entgegengehen.

Großvater Sam streute farbigen Sand aus den Figuren der Wissenden Leute auf Will und auf sich selbst, dann trug er den Sand nach draußen, weit genug weg vom Hogan. Das Sandbild musste kurz vor Sonnenaufgang zerstört werden, sonst zog man sich den Groll der Götter zu.

Schließlich musste Will sich mit einem milchigen Seifensud aus Yuccawurzel waschen. Die Lauge brannte auf der Haut, aber danach fühlte er sich frisch und porentief gereinigt. Die Zeremonie war vorüber. Blaue Nachtwolken verschwanden am Horizont und es zeigte sich ein erster heller Streifen. Bald darauf ging die Sonne auf.

Im Tau des Morgens duftete es frisch nach Salbei. Will fühlte sich so rein und voller innerer Klarheit wie schon lange nicht mehr.

»*Ahéé'h*, Granpa, ich danke dir. Du hast mir sehr geholfen.«

Der alte Mann nickte erschöpft. »Wird Zeit, nach meinen Schafen zu sehen«, sagte er.

19. Kapitel

Mit einem Holz drückte Kaye das Wollbündel in den Bottich mit der blauen Farbe, die sie aus der Asche des Fettholzbusches gewonnen hatte. Dann kochte sie Sonnenblumensamen mit ihrer Schale, um eine tiefrote Farbe zu bekommen. Und indem sie etwas schwefelsaure Tonerde zu den kochenden Blüten der Hasenbürste gab, erhielt sie einen tiefgelben Farbsud.

Es würde unterschiedlich lange dauern, bis die gesponnene Wolle die gewünschten Farbtöne angenommen hatte, mindestens jedoch einen Tag und eine Nacht. Die Wolle von den Schafen ihres Vaters ließ sich hervorragend färben, deshalb war sie im Reservat auch so begehrt.

Arthur Kingley züchtete eine seltene Sorte Schafe, Abkömmlinge der von den Spaniern ins Land gebrachten Churro-Schafe. Sie waren genügsamer und widerstandsfähiger als ihre dickwolligen Artgenossen, denn sie ertrugen sowohl die trockenen und heißen Sommer als auch die tiefen Temperaturen im Winter. Ihre Wolle war lang und grobfaserig und ließ sich hervorragend verspinnen. Doch der größte Vorzug dieser Wolle war, dass sie nur wenig Lanolin hatte und die Farbe deshalb besser annahm als die Wolle von anderen Schafen.

Damals, als Colonel Kit Carson sämtliche Schafherden der Navajo vernichten ließ, hatte er die Churro-Schafe beinahe ausgerottet. Aber einige der Tiere überlebten in den fruchtbaren Canyons. Sie wurden wild und vermehrten sich wieder. Aus Nachkommen dieser Tiere hatte Arthur Kingley seine Herde gezüchtet und war damit sehr erfolgreich.

Kaye war ganz versunken in das, was sie tat. Sie dachte daran zurück, wie sie früher gemeinsam mit ihrer Mutter Pflanzen gesammelt und Farben gekocht hatte. Damals war ihr das alles wie Zauberei vorgekommen. Die Entstehung der Farben im Kochtopf und später die der Muster im Teppich.

Ihre Mutter hatte begonnen, ihr das Weben beizubringen, als Kaye acht Jahre alt war. Sophie hatte ihr ans Herz gelegt, den fertigen Teppich nicht als Eigentum zu betrachten, sondern als Geschenk für etwas sehr Wertvolles oder für nichts. Denn auch die Kunst des Webens war ein Geschenk der Wissenden Leute an die Navajo.

Sophie hatte ihr beigebracht, am unteren Rand des Teppichs einen andersfarbigen Faden als *Geistweg* einzuweben. Diese Unregelmäßigkeit war ein Ausweg für die Geister, sie blieben nicht im Teppich gefangen.

Als das Telefon klingelte, rannte Kaye mit verfärbten Händen ins Haus. Ihr Vater war am Apparat. Seine Stimme klang jung. Er war überschwänglich und überraschend gut gelaunt. Als ob er einen Joint geraucht hätte, dachte sie. Vielleicht war ihm ja ein alter Schulkamerad über den Weg gelaufen und sie hatten ihre stürmische Jugend wieder aufleben lassen.

»Grüß Großvater von mir«, sagte Kaye.

»Das werde ich. Geht es dir gut, Kleines?«

Kaye verdrehte die Augen, wie immer wenn er *Kleines* zu ihr sagte. »Ja, Dad, es geht mir gut. Ich habe Ashkii an Will verkauft und er arbeitet dafür jetzt auf der Ranch.« Sie hatte beschlossen, ihrem Vater die Wahrheit zu sagen. Weil sie nicht wollte, dass er es von Ashie Benally erfuhr, mit dem er auch telefonieren würde, schon allein seiner geliebten Schafe wegen.

»Soso«, sagte Arthur und mehr nicht.

Kaye spürte die wortlose Missbilligung in seinem Schweigen. »Will ist pünktlich und fleißig und es geht hier gut voran. Wann kommst du wieder, Dad?« Sie hatte ihn das eigentlich nicht fragen wollen, aber nun tat sie es, um ihn von Will abzulenken.

»Ich weiß nicht«, kam es sehr zögerlich vom anderen Ende der Leitung.

»Lass dir Zeit, Daddy. Hier läuft alles prima.«

»Und es ist auch wirklich alles in Ordnung?«

»Ja, hundertprozentig.«

Wieder Schweigen.

»Was ist aus der Geschichte mit den Felszeichnungen geworden?«

»Sie haben es noch mal getan. Die Polizei ist hinter den Männern her. Will hat nichts mehr damit zu tun.«

»Das ist gut. Sei vorsichtig, ja?«

»Dad!«

»Ich liebe dich, Kleines!«

»Ich dich auch, Dad.« Sie donnerte den Hörer an die Wandhalterung.

»Ich liebe dich, Kleines!«, sagte sie mit verstellter Stimme und verzog dabei grimassenhaft das Gesicht.

Die verschiedenen Farbtöpfe waren nun mit Wolle bestückt, und Kaye machte sich daran, das Essen für Großvater Sam vorzubereiten. Sie kochte Reis und dicke Bohnen und buk Maistortillas.

Inzwischen ärgerte sie sich darüber, dass sie ihrem Vater am Telefon gesagt hatte, Will sei pünktlich und fleißig. Das war wie Verrat an ihrem Volk. Das System, nach dem der

Wert eines Menschen beurteilt wurde, war für die Weißen ein anderes als für das Volk der Navajo. Weiße sagten Indianern seit jeher nach, sie wären faul und könnten sich nicht an Zeiten halten. Indianer aber leben nach ihrer inneren Uhr, was Kaye ganz vernünftig fand – nur dass es in der heutigen Zeit deshalb manchmal zu Komplikationen kommen konnte. Zum Beispiel wenn ein Indianer einen festen Job hatte, bei dem er jeden Tag pünktlich um dieselbe Zeit erscheinen musste. Vielleicht gab es für ihn an manchen Tagen wichtigere Dinge zu tun, als pünktlich bei der Arbeit zu sein. Vielleicht wollte die alte Großmutter in die Stadt gefahren werden, es regnete und das Dach war undicht oder ein Schaf war krank. Kam es mehrmals vor, dass die Arbeitszeiten nicht eingehalten wurden, verlor der Mann seinen Job. So etwas passierte sehr oft. Der Wert der Pünktlichkeit war immer wieder ein großes Problem zwischen Weißen und Indianern.

Kaye dachte an Ashie Benally und Hoskie Whitehead, die beiden Navajo, die für ihren Vater arbeiteten. Er akzeptierte ihre Begründungen, wenn sie mal später oder gar nicht zur Arbeit erschienen, hatte sie allerdings gebeten, ihn an solchen Tagen anzurufen, damit er wusste, woran er war. Diese Regelung funktionierte gut und deshalb war Arthur Kingley als Chef bei den beiden beliebt und konnte sich auf sie verlassen.

Kaye schimpfte laut über sich selbst. Warum hatte sie Will vor ihrem Vater verteidigt, wo es doch gar nichts zu verteidigen gab? Ashkii war ihr Pferd, und sie hätte es auch verschenken können, wenn sie das gewollt hätte.

Sie holte die in Reisrand gebackenen Bohnen aus der Röhre und wickelte die heiße Auflaufform in ein Handtuch. Die Tortillas würde sie bei Großvater Sam noch einmal kurz aufwärmen. Kaye war neugierig, ob Will und sein

Großvater schon wieder zurück waren von der Mesa. Ursprünglich dauerten solche Zeremonien mehrere Tage und Nächte. Aber das war früher gewesen, jetzt ging alles schneller, man hatte nicht mehr so viel Zeit. Selbst ihre eigene *kinaaldá* hatte nur zwei Tage gedauert statt vier.

Es konnte passieren, dass Kaye erneut vor verschlossener Tür stehen würde, aber einen Versuch war es ihr wert.

Als Kaye von der Hauptstraße auf den unbefestigten Weg bog, der zu Großvater Sams gelbem Haus führte, begannen sich ihre Gedanken zu überschlagen.

Vor dem Haus stand ein Streifenwagen.

Kaye parkte ihren Jeep neben dem schwarzen Geländewagen mit dem Zeichen der Navajo-Stammespolizei. Sie nahm die Tortillas und die Auflaufform mit dem Essen und ging hinein. Diesmal, ohne sich vorher anzukündigen. Sam Roanhorse saß reglos am Küchentisch. Vor sich einen leeren Teller, auf den er stierte, als könne er nur mit seinem Willen ein Mittagessen darauf zaubern.

»*Yá'át'ééh*, Großvater«, begrüßte Kaye ihn und stellte das Essen vor den alten Mann auf den Tisch. Sonst war Sam immer neugierig, was es gab, aber diesmal schien er kein Interesse daran zu haben.

»Die Polizei ist im Haus?«, fragte Kaye. Eigentlich war es mehr eine Feststellung als eine Frage.

Der Alte nickte.

»Und warum?«

Sam hob die Schultern. Irgendwie konnte er Kaye nicht richtig in die Augen sehen und das verängstigte sie noch mehr. »*Er* ist in Wills Zimmer«, sagte er schließlich.

Kaye lief hinaus auf den Gang bis vor Wills Zimmer. Die Tür stand offen und drinnen hörte sie es rascheln. Sie stieß die Tür mit der Hand ein Stück weiter auf und sah ihren

Onkel in seiner Uniform, wie er Wills Habseligkeiten durchsuchte.

»Onkel Thomas, was machst du denn da?«, fragte sie in aufrichtigem Entsetzen. *Das durfte nicht wahr sein, es war ein Irrtum, es …*

Thomas fuhr erschrocken herum. »Kaye«, sagte er sichtlich erleichtert. »Du hast mich vielleicht erschreckt.«

»Wieso tust du das?« Die Enttäuschung über das, was ihr Onkel da tat, trieb ihr Tränen in die Augen. Wieso vertraute Onkel Thomas Will nicht? Warum durchsuchte er seine Sachen? Was war passiert?

Thomas räusperte sich. Er hatte versucht, Kaye zu beruhigen, aber jetzt half es nichts: Er musste sagen, was zu sagen war. »Sie haben heute Ted Northridge gefunden, unten im Wide Ruin Canyon. Jemand hat ihm eine Kugel in den Kopf geschossen.«

Thomas überlief ein kurzes Zittern, als er an den Anblick des Toten dachte. Das Gewehr, mit dem der Bingohallenbesitzer getötet worden war, hatte ein großes Kaliber gehabt. Die Kugel war in den Hinterkopf eingedrungen und hatte dem Mann das halbe Gesicht weggeblasen. Ein fürchterlicher Anblick, den Totsoni nicht so schnell vergessen würde.

Navajo fürchteten die Toten wegen des *ch'iindi*, ihres Totengeistes, der sich, wenn jemand eines gewaltsamen Todes gestorben war, noch vier Tage lang in der Nähe des Leichnams aufhielt.

Es war der zwanzigste Tote in Thomas Totsonis Dienstzeit, und er würde wieder Wochen brauchen, bis er sich von diesem schrecklichen Anblick und dem unheimlichen Gefühl erholt hatte. In solchen Augenblicken hasste er seinen Job und fragte sich, warum er nichts Anständiges gelernt hatte, wie seine Mutter es sich immer gewünscht hatte.

Wie seine Schwester Sophie zum Beispiel, die wunderschöne Teppiche mit beinahe magischen Mustern weben konnte. Aber Sophie war jetzt tot, und er, der ständig mit dem Tod zu tun hatte, lebte immer noch.

Der Polizist seufzte und blickte in die trotzigen Augen seiner Nichte. Sie war wirklich kein Kind mehr. Nein, sie war eine stolze junge Frau, wie ihre Mutter es gewesen war. Er würde Klartext mit ihr reden müssen, ihr wehtun müssen. Wie er das hasste.

»Was hat Will damit zu tun?« Das dunkle Blau ihrer Augen wurde beinahe schwarz. Diese Wut in ihrem Blick, gepaart mit Panik.

»Northridge muss schon Freitagnacht erschossen worden sein«, sagte Thomas, »die genauen Untersuchungen sind noch nicht abgeschlossen. Und ich habe das hier neben dem Toten gefunden.« Er hielt die kleine afrikanische Fruchtbarkeitsgöttin in die Höhe, die Will noch vor einigen Tagen um den Hals getragen hatte.

Kaye erkannte sie sofort.

»Wir haben Pferdespuren im Wide Ruin Canyon gefunden«, erklärte Thomas. »Ich wusste, dass Will jetzt ein Pferd hat, und ich kam her, um mit ihm zu reden. Er war nicht da, nur der alte Mann. Ich habe ihm die Figur gezeigt, und er sagte, sie würde seinem Enkelsohn gehören. Er sagte auch, Will habe nichts zu verbergen. Er hatte nichts dagegen, dass ich mich in Wills Zimmer ein wenig umsehe.«

»*Umsehen*, sagst du. Du hast in seinen privaten Sachen herumgeschnüffelt.«

Der Polizist packte Kaye an beiden Armen und schüttelte das Mädchen. »Kaye, wo ist Will?«

Sie starrte ihn mit kaltem Blick an. »Keine Ahnung.«

»Weißt du, ob er ein Gewehr besitzt?«

»Ja«, sagte sie. »Ich weiß, dass er *keins* besitzt. Großvater Sam hat sein Jagdgewehr mit einem Stein zertrümmert, nachdem Wills Vater sich damit erschossen hat.«

»Aber er könnte sich eins besorgt haben.« Es gefiel Thomas nicht, seine Nichte so zu quälen, doch er musste es tun. Es war nun mal sein Job. Die Familie war ihm das Wichtigste auf der Welt, aber er konnte keinen Mörder schützen, auch dann nicht, wenn Kaye diesen Jungen liebte. Früher, als die Tradition es noch wollte, dass der Onkel einen Ehemann für seine Nichte aussuchte und die Hochzeit mit Schafen und Silberschmuck besiegelt wurde, war alles einfacher gewesen.

»Will war es nicht!«, sagte Kaye tonlos. Sie sah plötzlich müde und erschöpft aus.

»Er war sehr wütend, der alten Ritzzeichnungen wegen, und noch mehr wegen Aquilar«, vermutete Thomas. »Aquilar ist Wills *sik'is*, sein einziger Freund.«

»Er war es nicht«, sagte Kaye beharrlich.

»Was macht dich so sicher?«

Sie sah ihn an, mit ihren durchdringenden blauen Augen. »Das fragst du noch?«

»Also gut.« Er richtete sich auf. »Von der Elfenbeinfigur weiß noch niemand etwas und ich werde meinen Verdacht vorerst für mich behalten. Damit riskiere ich meinen Job, ich hoffe, das ist dir bewusst. Finde Will und bring ihn zu mir. Ich habe Dienst und bin entweder im Büro oder zu Hause erreichbar. Wenn du ihn wirklich liebst, dann bringst du ihn zu mir. Ich werde die Wahrheit herausfinden. Und auch wenn du mich jetzt vielleicht hasst, Kaye: Du weißt, dass du mir vertrauen kannst.«

Sie nickte stumm und Thomas verließ das Zimmer.

Kayes Gedanken überschlugen sich. Die Zeremonie kam ihr in den Sinn. Wenn ein *diné* jemanden getötet hatte, konnte er sich einer Reinigungszeremonie unterziehen, und damit war die Welt wieder in Ordnung. Jedenfalls für einen traditionell denkenden Navajo. Der Tod war mit seinem Eintreten zu einer Sache geworden, die einen nicht mehr berührte.

Will hatte sich oben auf der Mesa einer Zeremonie unterzogen. Warum? Weil er missbraucht worden war oder weil er Ted Northridge erschossen hatte? War Mikes Vater der Mann, der über Aquilar Yazzies Beine gefahren war? Ein überwältigendes Gefühl der Verlorenheit machte sich in Kaye breit. Ihr Herz hämmerte vor Angst und ihr Verstand schien völlig blockiert.

Nachdem ihr Onkel gefahren war, ließ Kaye ihren Blick über die abgegriffenen Fotos an der Wand über Wills Bett gleiten. Will zusammen mit seinem Vater: lachend. Erst jetzt wurde ihr bewusst, wie ähnlich sie einander sahen. Sie hatte John Roanhorse nur dunkel in Erinnerung. Ein paarmal war sie ihm mit ihrer Mutter begegnet, aber da hatte sie immer nur Augen für Will gehabt.

Ein anderes Foto zeigte Will mit einem indianischen Jungen, den sie nicht kannte. Grinsend. Dann eins mit ihr als Zehnjährige. Will mit Kaye. Will mit Kaye. Lachend. Lachend. Lachend.

Sie wischte ein paar Tränen fort.

In einem Karton lagen alte und neue Zeitungsausschnitte. Auch darin hatte ihr Onkel herumgesucht. Kaye nahm einige der Ausschnitte heraus und begann zu lesen. Es waren Artikel über den tödlichen Vorfall in Wills Internatsschule. Ein Foto von Will als Vierzehnjährigem, wie er in Handschellen abgeführt wurde. Wie einsam er aussah. Die großen Augen so voller Angst vor dem Ungewissen.

Und schließlich fand sie Artikel über sexuellen Missbrauch an Schutzbefohlenen in anderen Bundesstaaten. Gerichtsurteile, Gutachten, Aussagen Betroffener.

Kaye setzte sich auf das Bett und las, bis die Schrift vor ihren Augen verschwamm. Warum hatte sie nie hinterfragt, was eigentlich mit ihm los gewesen war, als er sie damals allein im Canyon sitzenließ? Warum hatte sie sich nicht um ihn gekümmert, als sie erwachsen genug dazu war? Sie hätte ihn im Gefängnis besuchen können. Sie hätte ihm helfen können.

Aber es war ja einfacher gewesen, jemanden zu lieben, von dem man ein ganz bestimmtes Bild hatte. Es war so viel einfacher, mit einer Erinnerung zu leben. Sie musste sich eingestehen, dass sie Angst gehabt hatte. Angst, dass aus Will ein anderer geworden war. Und er war ein anderer geworden.

Kaye ging zurück in die Küche, wo Großvater Sam immer noch unbeweglich saß und auf seinen leeren Teller starrte. Sie wärmte das Essen im Ofen auf und füllte seinen Teller. Ihr selbst war der Appetit vergangen.

»Wo ist Will?«, fragte sie den alten Mann.

Sam schüttelte nur den Kopf.

»Die Schafe sind nicht da. Ist er mit ihnen unterwegs?«

Schweigen.

»Ich weiß, dass ihr gestern oben im Hogan wart, Großvater. Hast du eine Heilungszeremonie für Will abgehalten oder war es eine Reinigungszeremonie?«

Sam Roanhorse blickte auf, starrte Kaye aus seinen getrübten Pupillen an, als wäre sie ein Geist. »Warum ist das für dich so wichtig?«, fragte er.

Kaye seufzte. »Du musst es mir sagen. Bitte, Großvater.«

»Du hast dich verändert, Tochter.«

»Großvater, wo war Will Freitagnacht?«

Der Alte schob seinen Teller mit dem unberührten Essen langsam von sich. Das war eine Geste, die sagte, dass es nun genug war mit ihren Fragen.

Kaye nahm die Hand des Alten: »Ich weiß, dass Will Ted Northridge nicht getötet hat, Großvater, und du weißt es auch. Aber der Polizei müssen wir es beweisen. Bitte sag mir: Wo war Will vorletzte Nacht?«

Sam zeigte nach draußen, auf die Wiese zwischen Haus und Felsen.

»Was hat er denn dort gemacht?«

»Gegen den Kojoten gekämpft.«

Kaye schluckte. Sie glaubte dem Alten inzwischen aufs Wort. Schließlich hatte sie den Grauen selbst gesehen. »Ist Will noch oben auf der Mesa?«

Sam Roanhorse antwortete nicht.

Kaye stand auf und ging hinaus. Der alte Navajo zog seinen Teller wieder heran und begann zu essen.

20. Kapitel

Der Mesapfad zwischen den Salbeibüschen wurde immer steiler. Kaye hastete über das lose Geröll. Es war drückend schwül, irgendwo braute sich ein Gewitter zusammen. Das Atmen fiel ihr schwer. Sie wälzte die Dinge, die geschehen waren, immer wieder in ihrem Kopf herum. Für nichts wollte ihr eine Erklärung einfallen. Sie hoffte, Will hatte ein paar Antworten auf ihre vielen Fragen.

Als Kaye das Plateau der Mesa erreichte, türmten sich im Norden schwarze Wolken über der kiefernbewachsenen Hügelkette der Chuska Mountains. Es war erst Nachmittag, aber das herannahende Regenvolk tauchte alles in ein unheimliches Zwielicht. Die Luft war so reglos, als stünde ein schwerer Sturm bevor.

Sie blickte sich suchend um und lauschte, hörte das Blöken der Lämmer und Jaspers Bellen. Die Schafe waren irgendwo in der Nähe. Sie entdeckte Wills Hengst, der sich an Büscheln des Blue Grama Grass gütlich tat.

Im Hogan war niemand. Die Tür stand offen, und Kaye sah, dass Vorräte im Regal standen und eine Matratze und Decken auf dem Feldbett lagen. Hatte Will vor, sich längere Zeit hier oben zu verstecken? Aber warum?

Sie lief zum westlichen Rand der Mesa und blickte ins Tal hinab. Bis hin zu den dunklen Hügeln der Chuska Mountains erstreckte sich eine Landschaft aus roten Felsen, hier und da von einer tiefen Schlucht zerrissen. Hellrot leuchtend standen die Felsen vor der dunklen Gewitterfront, die schnell näher kam. Grelle Blitze zuckten und der Donner folgte rasch.

Wo steckte Will?

Ashkii wieherte unruhig und das Blöken der Schafe wurde lauter. Schließlich sah Kaye Will mit einer Ladung Feuerholz auf dem Rücken vor der schwarzen Gewitterfront auftauchen. Er schien ein wenig überrascht zu sein, als er sie sah. Aber wie jeder Navajo besaß auch er die Gabe, sich seine Überraschung nicht anmerken zu lassen.

Er grüßte Kaye mit den Augen. Dann befahl er Jasper, die nervösen Schafe in den Canyon zu treiben, wo sie unter einem Felsvorsprung vor dem nahenden Gewitter Schutz suchen konnten.

»Es wird gleich regnen«, sagte er. Schweiß rann über seine nackte Brust. Die kleine Fruchtbarkeitsgöttin war nicht mehr da.

»Ich bin weder blind noch taub«, erwiderte Kaye.

»Und was machst du dann hier oben?«, fragte er. »Du solltest in deinem sicheren Haus sein.« Will machte eine Handbewegung nach Westen.

Kaye musterte ihn. Das lange Haar fiel ihm offen auf die kräftigen Schultern und der aufkommende Wind schlug es ihm über die Lippen. Ein paar Strähnen blieben auf seinen feuchten Wangen hängen und er strich sie sich aus dem Gesicht. Das einzige Kleidungsstück, das er trug, war eine ausgebeulte schwarze Kordhose, die so altmodisch geschnitten war, dass sie vermutlich Großvater Sam gehörte.

»Hör auf, mich so anzusehen«, sagte er. Das Atmen fiel ihm immer noch schwer nach dem steilen Aufstieg. Er war schnell gegangen, um vor dem Regen wieder im Hogan zu sein.

»Ich muss mit dir reden, Will.« Eine Windböe wirbelte feinen Sand auf und fegte ihn Kaye ins Gesicht. Instinktiv schloss sie die Augen. Die gröberen Sandkörner pikten auf der Haut wie Nadelstiche.

Will wies hinüber zum Hogan und sie folgte ihm rasch hinein. Drinnen warf er das Holz neben den gusseisernen Herd. Mit den Fingerspitzen rieb sich Kaye den Sand aus den Augen und blickte sich um.

»Gemütlich«, sagte sie.

Er deutete auf das Feldbett mit der Matratze und Kaye setzte sich gehorsam. Mit einer Kelle schöpfte er Wasser aus einem Eimer und goss etwas in eine Blechtasse. Die Tasse reichte er ihr.

»Ahééh«, sagte sie und trank die Tasse mit einem Zug leer.

Will trank ebenfalls, dann stellte er die Tasse ins Regal zurück. Er zog sich einen niedrigen Schemel aus roh gezimmertem Holz heran und hockte sich genau vor Kayes Beine.

»Und«, fragte er, »worüber wolltest du mit mir reden?«

Ihr Blick glitt über sein dunkles Gesicht, aus dem vollkommene Ahnungslosigkeit sprach. In diesem Augenblick erkannte sie etwas in ihm: Will hatte sich verändert, er hatte neue Kraft gewonnen. Aus seinen Augen sprach eine Ruhe, die ihr neuen Mut machte.

»Heute Morgen haben sie Ted Northridge, den Besitzer der Bingohalle, im Wide Ruin Canyon gefunden«, sagte sie. »Es wurde wieder eine Felszeichnung gestohlen und jemand hat Northridge eine Kugel in den Kopf gejagt. Das Ganze passierte vermutlich in der Nacht vom Freitag zum Samstag.«

»Verdammter Mist«, entfuhr es Will. »Ich wusste, dass er es noch mal tun würde.«

»Du wusstest, dass Northridge einer der Männer war?«, fragte Kaye erschrocken. Sollte sie sich so getäuscht haben?

War er doch mehr in diese Sache verwickelt, als sie vermutete?

»Ja, ich habe seinen Wagen wiedererkannt«, gab Will zu. »Wenn Northridge mit seinem Pick-up nicht in diesem Schlammloch stecken geblieben wäre und den Motor abgewürgt hätte, dann hätte auch er Aquilar überfahren und mich gleich mit.« In seinen Augen schimmerte die Erinnerung an jene schreckliche Nacht.

»Die Polizei hat eine kleine Elfenbeinfigur neben der Leiche gefunden«, sagte Kaye und blickte Will fragend ins Gesicht.

Er tastete an seinen Hals, griff ins Leere. »Ich muss sie verloren haben, als ich in jener Nacht mit Aquilar unten im Water Hole Canyon war.« Will stand auf, das Gesicht voller Enttäuschung. »Du glaubst, *ich* habe diesen Mann ermordet? Du traust mir zu, dass ich einen Menschen erschieße? Aus Rache?«

Kaye antwortete nicht sofort. Sie wusste nicht, wohin sie blicken sollte. Für einen Moment hatte sie tatsächlich geglaubt, dass es so gewesen sein könnte.

»Wenn man es erst einmal getan hat, dann geht es ganz leicht. Das denkst du doch, oder?« Wills schwarze Augen funkelten sie an.

»Nein«, sagte sie. Ein Blitz zuckte und gleich darauf krachte es. Kaye fuhr zusammen. Es wehte und regnete zur offenen Tür herein. Will stand auf und schob sie zu.

»Onkel Totsoni war bei Großvater Sam, und ich kam dazu, als ich ihm das Essen brachte. Man hat Reifen- und Pferdespuren bei Northridges Leiche gefunden. Du wirst verdächtigt, Will, weil sie die kleine Figur neben dem Toten gefunden haben, die dir gehört. Ich habe meinem Onkel versprochen, dich zu ihm zu bringen. Du musst ihm alles sagen, was du weißt. Er wird dir glauben.«

Will schüttelte grimmig den Kopf. »Warum sollte ausgerechnet *er* mir glauben?«

»Weil er mein Onkel ist«, sagte Kaye voller Überzeugung. »Weil er der Bruder meiner Mutter ist. Weil er ein Navajo ist.«

Im Hogan war es stockfinster und Will zündete eine Kerosinlampe an. Eine neuerliche Windböe stieß krachend die Tür auf. Sie schlug gegen die Steinwand, Sand und Pflanzenteile wehten herein. Will sprang auf, um sie zu schließen. Dabei warf er einen Blick hinaus auf das von violetten Blitzen erleuchtete Plateau. Büsche bogen sich im Sturm, Äste und verdorrtes Laub fegten über die Mesa. Will hoffte, dass auch Ashkii in den Canyon hinabgelaufen war, um Schutz zu suchen.

Plötzlich sah er den niedrigen Schatten eines Tieres, das sich am Rand der Mesa herumdrückte. Es war ein Kojote; der Graue verfolgte ihn wieder.

Du kriegst mich nicht, dachte Will. Du kriegst mich nicht, denn jetzt ist *sie* bei mir.

Er machte einen erschrockenen Schritt zurück, als ein violetter Blitz nur wenige Meter vor seinen Füßen einschlug. Die Energie des Blitzes beleuchtete das ganze Plateau. Vom Kojoten war nichts mehr zu sehen. Will verschloss die Tür mit dem eisernen Riegel und lehnte sich rücklings dagegen. Hagelkörner, die dem Krach nach die Größe von Taubeneiern haben mussten, prasselten auf das Dach und schlugen gegen die Tür. Aber der Hogan hatte keine Fenster und das Dach würde dicht bleiben. Hier waren sie vor dem Sturm sicher.

»Jetzt ist es unmöglich«, sagte Will bestimmt. »Aber wenn du willst, werde ich morgen mit dir nach Window Rock kommen.«

Kaye stand auf und kam auf ihn zu. Sie sah erleichtert und besorgt zugleich aus. Und in ihrem Blick lag eine wilde Entschlossenheit, die er noch gut von früher kannte. Will ahnte, was jetzt kommen würde.

Sie lehnte die Stirn an seine Schulter. Er hob die Hand und löste die Nadeln aus ihrem Haar, das diesmal nach gebackenem Maismehl duftete. Daraufhin lehnte sie sich mit ihrem ganzen Körper gegen ihn und er spürte ihre weichen Brüste an seiner Brust. Ihm stockte der Atem, als sie einen Schritt zurücktrat und begann, ihre Bluse aufzuknöpfen. Darunter trug sie nichts. Das lange Haar fiel über ihre kleinen runden Brüste.

Atiin bik'eh hózhó, dachte Will. Pfad der Schönheit. Er griff nach Kayes Händen und zog sie wieder ganz nah an sich heran, bis Haut an Haut lag. Er hörte ihr Herz schlagen und stammelte etwas auf Navajo. Da küsste sie ihn. Warm und fest lagen ihre Lippen auf seinen. Ihre Zunge schob sich in seinen Mund und begann, ihn langsam zu erforschen.

Will spürte sein Verlangen, und er wusste, dass Kaye bereit war, mit ihm zusammen zu sein. Er war es auch. Aber erst mussten sie reden. Jetzt half nur noch die Wahrheit. Sanft schob er sie von sich, begann mit nervösen Fingern, die Knöpfe ihrer Bluse wieder zu schließen.

»Will«, sagte Kaye. »Ich liebe dich.«

Er sah sie an und fragte sich, was ihre Worte für ihn bedeuten konnten. Vielleicht dass sie ihn verstehen würde, wenn er ihr von seinen verzweifelten Mundwaschungen erzählte, von seinen qualvollen Träumen, seiner Angst und seiner Schuld. Vielleicht würde Kaye ihn verstehen.

»Ich habe so lange auf dich gewartet«, sagte sie. »Ich möchte mit dir schlafen, hier und jetzt. Ich werde es mit keinem anderen tun. Du hast mir schon an die Brust gefasst, als ich zwölf war. Warum fällt dir das jetzt so schwer?«

Es gelang Will nicht mehr rechtzeitig, ein Lächeln zu unterdrücken. »Damals warst du vorne ziemlich platt.«

»War ich«, sagte sie und lächelte ebenfalls. »Aber dir hat es trotzdem gefallen. Und mir auch. In meinem Inneren bin ich noch dieselbe, Will.«

»Aber ich bin nicht mehr derselbe.« Er glitt an ihr vorbei und setzte sich auf das Feldbett.

»Ich weiß«, erwiderte sie und setzte sich ihm gegenüber auf den Schemel.

»*Was* weißt du?«

Kaye holte tief Luft. »Ich weiß, was in deiner Schule passiert ist.« Sie wartete nicht darauf, dass er etwas erwiderte, sondern redete entschlossen weiter. »Ich war heute in deinem Zimmer. Ich habe die Zeitungsausschnitte gelesen und den Rest konnte ich mir zusammenreimen. Ich weiß auch, dass der Kojote hinter dir her ist. Ich habe ihn gesehen.«

Im Hogan war es still, aber draußen und in Wills Innerem tobten die Naturgewalten. Sie spürte, wie er mit sich kämpfte.

Kaye fasste nach seinen Händen. »Sei nicht wütend auf mich, Will, weil ich es herausgefunden habe. *Sei bitte nicht wütend.*«

Dass Kaye Bescheid wusste, musste Will erst verdauen. Doch im Grunde war er froh, dass es endlich heraus war. *Ich liebe dich*, hatte sie gesagt. Sie hatte es gesagt, *obwohl* sie alles wusste.

Während draußen der Regen das trockene Land tränkte, saßen Kaye und Will im Hogan und hielten sich an den Händen. Und endlich begann er zu reden.

Will erzählte von der Internatsschule und dem Direktor, der sich unter Ausnutzung seiner Position an kleinen Jungen vergriffen hatte. Er sprach von seinem Leid, seiner

Scham, seinem Ekelgefühl und der Angst, die Schande könnte entdeckt werden. Er weinte.

»Und du hast dich nie jemandem anvertraut?«, fragte Kaye.

»Ich war damals zwölf, und ich wusste, mein Leben würde nie mehr wie vorher sein. Das Schlimme war, dass ich glaubte, ich wäre der Einzige, dem das widerfuhr. Ich hatte Angst, der Makel würde ewig an mir haften, wenn erst alle Bescheid wüssten. Ich wollte nicht, dass die Schande öffentlich wurde, dass jemand hier im Reservat davon erfuhr – schon gar nicht du. Außerdem war ich der Meinung, niemand würde mir glauben. Feldman war sehr beliebt bei seinen Kollegen. Ich war sehr einsam, Kaye, aber ich habe versucht, durchzuhalten.« Aus seiner Kehle kam ein rauer Ton. Er hob den Kopf, senkte den Blick aber sofort wieder. »Und von einem Tag auf den anderen ließ das Schwein mich plötzlich in Ruhe.«

Will schwieg eine Weile, und Kaye wehrte sich gegen die Bilder, die in ihrem Kopf auftauchten.

»Aber dann passierte es«, fuhr er schließlich fort. »Scotty, ein Lakotajunge, erhängte sich im Keller des Internats. Er war erst elf Jahre alt und er war mein Freund.«

Der Junge auf dem Foto, dachte Kaye.

»In Scottys Zimmer fand ich seinen Abschiedsbrief, in dem er alles offenbarte. Auch er war von Feldman missbraucht worden, und ich ahnte auf einmal, dass Scotty und ich nicht die Einzigen waren, die so zu leiden hatten. Meine Wut war grenzenlos. Ich bin durch das Fenster in Feldmans Wohnung eingestiegen und drohte ihm, die ganze Geschichte öffentlich zu machen. Aber er lachte nur. Er lachte mich aus, als wäre ich nicht mehr als ein kleines Stück Dreck. Da bin ich auf ihn losgegangen, voll wildem Hass, und er fiel mit dem Kopf gegen diesen Tisch. Ich wollte ihn nicht umbringen, Kaye«, sagte Will leise. »Er ist einfach unglücklich gefallen.«

»Und du hast nichts gesagt?«, fragte sie. »Du hast dich verhaften lassen und für zehn Jahre einsperren und hast nichts gesagt?« Sie versuchte, sich das Entsetzen und die Enttäuschung in ihrer Stimme nicht anmerken zu lassen, doch es gelang ihr nur schlecht.

Will hielt ihre Hände fester.

»Feldman starb im Krankenhaus, und die anderen Jungen wollten nicht, dass darüber geredet wurde. Sie glaubten, nun wäre alles vorbei. Damals habe ich gedacht, dass die Wahrheit uns allen nicht helfen würde, am allerwenigsten mir, denn dann hätte ich mich im Gefängnis auf etwas gefasst machen können. Im Knast gibt es welche, die sind wie Tiere, Kaye.« Er ließ sie los und schlug seine Hände vors Gesicht.

Kaye beugte sich nach vorn und umarmte ihn. »Ich hätte für dich da sein müssen«, flüsterte sie zwischen seinen Schluchzern. »Ich hätte dir einen Anwalt besorgen, dich nicht allein lassen sollen.«

»Meinst du, ich hätte dann geredet?«, fragte Will, als er sich wieder unter Kontrolle hatte. »Es war so grauenhaft. Ich hatte einen Menschen auf dem Gewissen und musste dafür bestraft werden.«

»Ich hätte dich schon zum Reden gebracht«, sagte sie. »So wie jetzt.«

Die Nacht über der Mesa wurde alt, der Morgen jung. Wie *Changing Woman*, Wechselfrau, die alt und gleichzeitig auch jung sein konnte. Sie hatte Erster Mann und Erste Frau geschaffen, sie war die Gottheit des erwachenden Lebens. Auch Kaye fühlte sich nach dieser Nacht, als würde ihr Leben neu beginnen. Zwar wusste sie immer noch nicht, wie *es* wirklich war, aber das war auf einmal nicht so wichtig. Will hatte geredet, sie waren zusammen. *Nahat'á*, nennen die Navajo die Zukunft des Lebens.

Der Duft von frisch gebrühtem Kaffee stieg ihr in die Nase und sie setzte sich auf. Will hantierte geschäftig am gusseisernen Herd, bis er merkte, dass sie wach war. Er kam zu ihr herüber und gab ihr einen zärtlichen Kuss.

»Bist du enttäuscht?«, fragte er.

Sie hatten beinahe die ganze Nacht nebeneinandergelegen und geredet. Fünf Jahre ohne den anderen, das war eine lange Zeit. Erst gegen Morgen waren sie erschöpft Seite an Seite eingeschlafen.

Kaye schüttelte lächelnd den Kopf. »Ich bin glücklich.« Sie schlang die Arme um seinen Hals, aber er machte sich von ihr los.

»Wir müssen in den Canyon steigen und die Schafe zusammensuchen. Ashkii ist auch weg.«

»Jasper hat sich bestimmt um die Schafe gekümmert«, sagte Kaye und schüttelte ihr langes Haar. »Er ist ein guter Hütehund. Und Ashkii ist sicher auch unten im Canyon.«

Will reichte ihr einen Becher Kaffee und ein Maisbrot, das er auf dem Herd aufgebacken hatte. Beides schmeckte köstlich.

Am liebsten wäre sie für immer mit Will im Hogan geblieben, denn sie hatte keine Vorstellung davon, was ihnen auf dem Polizeirevier bevorstand.

Bevor sie hinausgingen, um in den Canyon zu steigen, hängte Will ihr seine Jeansjacke über die Schultern. Die kühle Luft hatte die Klarheit von Quellwasser. Keine Wolke war am Himmel zu sehen und man konnte von der Mesa aus meilenweit über das Land blicken. Auf den Spitzen der Chuska Mountains schimmerte es weiß.

Kaye schob ihre Arme in die Ärmel der Jacke und knöpfte

sie zu. Noch war ihr kalt. Aber die ersten Sonnenstrahlen begannen bereits zu wärmen.

Die Hagelkörner hatten kleine Vertiefungen im Sand um den Hogan hinterlassen. Die Wacholderbüsche waren zerzaust, aber ihre Nadeln leuchteten in frischem Grün.

»Gehen wir!«, sagte Will. »Es ist schon spät.«

Von Ashkii war nichts zu sehen. Doch als Kaye und Will den Grund des Canyons erreichten, kam der Hengst freudig schnaubend auf sie zu. Auch die Schafe hatten das Gewitter gut überstanden und waren schon wieder blökend auf Nahrungssuche. Jasper trieb sie bellend zusammen. Will half Kaye aufzusteigen, dann schwang er sich hinter ihr auf den Pferderücken.

Bis zu Großvater Sams Haus brauchten sie beinahe zwei Stunden, weil die Schafe sich nur langsam vorwärtstreiben ließen. Immer wieder zupften sie grüne Hälmchen und Blätter.

Will duschte und zog sich um. Sein Haar nahm er im Nacken mit einem breiten Gummiband zusammen. Der alte Sam musterte Kaye, stellte aber keine Fragen. Vielleicht konnte er fühlen, dass die beiden jungen Menschen, die er mehr liebte als sein Leben, im Frieden miteinander waren. Er ging nach draußen, um das Pferd trocken zu reiben und ihm ein paar Körner zu geben.

Kaye machte sich frisch, wand ihr Haar wieder zu einem Knoten und steckte es mit den Silbernadeln fest. Draußen ließen sie Großvater Sam wissen, dass sie nun gemeinsam nach Window Rock fahren wollten, um der Polizei alles zu erzählen, was sie wussten.

21. Kapitel

Vor dem Hauptgebäude der Navajo-Stammespolizei in Window Rock herrschte große Aufregung. Zwei Streifenwagen von der Shiprock-Polizei-Station in New Mexico standen auf dem asphaltierten Parkplatz und eine Menge uniformierter Männer redeten wild durcheinander.

Thomas Totsoni kam durch die Glastür des Haupteinganges, und als er Kaye und Will entdeckte, weiteten sich seine Augen vor Schreck. Er legte kurz seinen Zeigefinger auf die Lippen und deutete hinüber zum Fuße eines großen hellroten Sandsteinkegels, der gegenüber dem Window Rock Ridge aufragte.

Gehorsam unauffällig schlenderten sie zum Felsen und hockten sich in den Schatten einer Ölweide. Es war warm geworden. Bald würde es wieder unerträglich heiß sein und nichts mehr würde an die kühle Nacht und die vogeleiergroßen Hagelkörner erinnern. Nur in Wills und Kayes Gedächtnis würde diese Nacht für immer einen besonderen Platz haben.

Nachdem Thomas lange mit einem weißen Mann im dunkelblauen Anzug geredet hatte, kam er zu ihnen herüber. Kaye sah ihrem Onkel an, dass er durcheinander war. Aber er hatte nicht viel Zeit und deshalb musste der Lieutenant auf das übliche Drumherumreden verzichten.

»Heute Morgen wurde der von euch beschriebene schwarze Jeep Wrangler in einer Schlucht zwischen Red Rock und Shiprock gefunden«, sagte er. »Ich weiß noch nicht viel, nur dass der Wagen ausgebrannt ist und drinnen die verkohlte Leiche eines Mannes sitzt. Drei Steinplatten mit Felszeichnungen wurden beim Absturz aus dem Wagen geschleudert und zwei sind dabei zerstört worden. Im Wagen fand man außerdem ein großkalibriges Jagdgewehr. Es ist möglich, dass aus ihm die Kugel stammt, die Northridge getötet hat.«

»Hóyéé«, sagte Will und verzog das Gesicht. »Grässlich.«

Obwohl es ohne Frage grässlich war, was der Onkel ihnen da schilderte, atmete Kaye erleichtert auf. Auf dem Weg hierher war sie nicht sicher gewesen, was sie und Will erwartete – was sie noch durchstehen mussten, bevor sich alles aufklären würde. Aber nun war Will auf einmal von allen Verdächtigungen befreit. Nicht dass sie wirklich an ihm gezweifelt hätte, aber es war *navajo*, wenn die Dinge von selbst wieder in Ordnung kamen.

Thomas legte Kaye eine Hand auf die Schulter. »Ich muss jetzt los, das FBI wartet nicht gerne. Fahrt zurück auf die Ranch und redet mit niemandem über das, was ich euch erzählt habe. Wartet dort auf mich, ich komme, so schnell ich kann. Ein paar Fragen hätte ich nämlich noch.«

Kaye wusste zwar nicht, was diese Andeutung sollte, jetzt da alles klar war, aber sie konnte ihren Onkel auch nicht mehr danach fragen, denn er war schon verschwunden.

Sie fuhren hinunter in den Ort, und Kaye hängte ein Schild in ihren Laden, auf dem stand, dass in der nächsten Woche wegen Urlaub geschlossen bleiben würde. Danach fuhren sie zurück zur Ranch.

Ashie Benally und Hoskie Whitehead hatten damit zu tun, die Schäden zu reparieren, die Sturm und Hagel am unfertigen Stalldach angerichtet hatten.

»Ich werde den beiden helfen«, sagte Will. »Zu dritt geht es schneller.«

Kaye nickte. Sie gab ihm ein paar Arbeitssachen ihres Vaters, und er kletterte zu den Männern aufs Blechdach, um mit anzufassen.

Kaye belegte sich ein Sandwich mit kaltem Truthahnfleisch und setzte sich auf die Couch. Als sie den letzten Bissen heruntergeschluckt hatte, war sie eingeschlafen.

»He, du Schlafmütze!« Will rüttelte Kaye sanft am Arm. »Wach auf! Ich habe einen Mordshunger.«

Verschlafen blinzelte sie ihn an. *»Was?«*

»Es ist schon Nachmittag, ich falle bald um vor Hunger.« Er sah müde aus und Kaye schämte sich.

In Windeseile zauberte sie ein Mittagessen aus den Zutaten, die sie noch im Kühlschrank fand, und Will aß zufrieden. Zum Nachtisch gab es Wassermelone, deren Inneres rot, süß und saftig war. Danach wollte er wieder an die Arbeit gehen, aber Kaye hielt ihn zurück. Es gab so viel zu erzählen, so viel nachzuholen, und sie wollte gleich damit anfangen. Will gab sich geschlagen, zumal ihn nach dem guten Essen eine schwere Müdigkeit überfiel.

Zusammen sahen sie sich alte Fotos an und kramten in Erinnerungen.

»Wer war eigentlich der Knabe, den du neulich so königlich bekocht hast?«, fragte Will unvermittelt.

»Bist du etwa eifersüchtig?« Kaye lächelte.

»Vielleicht«, brummte er. »Ich hatte den Eindruck, ihr beide kennt euch sehr gut.«

»Pete und ich sind Freunde«, sagte sie. »Mehr war da nicht.«

Will sah sie immer noch fragend an und wartete auf eine Antwort, deshalb sagte sie schließlich: »Er heißt Pete Yatasi und wohnt drüben auf der First Mesa. Er hat mir geholfen, über Moms Tod hinwegzukommen.«

»Ein Hopi?«

»Ja, *ein Hopi*. Nun erzähl mir nicht, dass du was gegen die Hopi hast. Sie haben dir nichts getan.«

»Kommt darauf an.«

»Auf was?«

»*Wie* dieser Pete dich getröstet hat?« Will nestelte nervös an den Fransen eines gewebten Sofakissens herum.

»Wir haben geredet, auch über dich.«

»Nur geredet?«

»Nur geredet.«

»Wusste er, wer ich bin?«

Kaye lachte. »Zuerst nicht, aber als du wieder fort warst, schon. Ich habe dir von Pete geschrieben, Will. Ich glaube, er war mal ziemlich verliebt in mich, aber ich hatte immer nur dich im Kopf. Jetzt hat Pete eine Freundin. Er hat mir viel von ihr erzählt und will, dass ich sie kennenlerne. Du musst nicht eifersüchtig auf ihn sein.«

»Bidínéestah«, sagte er. »Ich will es versuchen.«

Kaye lächelte und gab ihm einen Kuss. Sie nahm ihren Kopf zurück, sah ihn an und küsste ihn noch einmal. Dann sah sie ihn wieder an.

»Ist alles klar bei dir?«, fragte er.

»Es fällt mir schwer, dich nicht zu berühren.«

»Aber wer sagt denn, dass ...?«

»Na ja, Aquilar ...«

»Aquilar?« Will legte das Kissen zur Seite. *»Hágo«*, sagte er, »komm her.« Und nahm sie in die Arme. »Ich muss dir noch etwas sagen.«

»Was Schlimmes?«

»Ich habe dir auch geschrieben.«

»Ist das wahr?« Überrascht sah Kaye ihn an.

»Na ja, es sind nicht so viele Briefe, wie ich sie von dir bekommen habe, aber immerhin ...«

»Darf ich sie lesen?«

»Ja«, sagte er. »Ich hoffe nur, du kannst was aushalten.«

Statt einer Antwort kuschelte Kaye sich an ihn. Wenig später waren beide auf der Couch eingeschlafen.

Thomas Totsoni presste sich sein Taschentuch derart fest vor die Nase, dass die Nasenlöcher vollkommen zu waren und er nur durch den Mund atmen konnte. Der Gestank nach verbranntem Fleisch, ausgelaufenem Diesel und verkohltem Gummi war so widerlich, dass ihm ganz schlecht wurde. Unter seiner braunen Haut war er jetzt beinahe so blass wie ein *bilagáana*, ein Bleichgesicht.

Das Gesicht des toten Mannes war bis zur Unkenntlichkeit verbrannt, aber Thomas war sich sicher, dass es ein Weißer war. Er spürte die Gegenwart seines *ch'iindi*, seines Totengeistes, der immer noch hier herumirrte. Starb ein Mensch, verließ das Gute in ihm mit dem Geist den Körper. Zurück blieb der Teil seines Wesens, der sich nicht im Zustand der Harmonie befunden hatte, und irrte die nächsten vier Tage als *ch'iindi*, als zerstörerischer Geist, in der Nähe des Toten umher. Wenn man mit ihm in Berührung kam, konnte er Krankheiten und andere Übel verursachen.

»Alles in Ordnung?«, fragte FBI-Agent Booker. Er war von Gallup herübergeschickt worden und hatte auf Thomas gleich von Anfang an einen unerwartet sympathischen Eindruck gemacht. Booker wirkte nicht überheblich und bezweifelte auch nicht die Kompetenz seines indianischen Kollegen.

Thomas nickte. »Ja, es geht schon.«

»Ihr Navajo mögt Leichen nicht sonderlich, nicht wahr?«, sagte Agent Booker. »Woher rührt eigentlich diese Totenangst?«

Totenangst. Totsoni sah dem anderen kurz in die hellgrauen Augen, konnte aber keinen Spott entdecken. »Das ist eine lange Geschichte, Booker. Und ich weiß nicht, ob Sie sie verstehen würden.« Für einen Augenblick musste er daran denken, wie er als Junge nach der Beerdigung seines Vaters über spitze Yuccapflanzen, Ameisenhügel und Kakteen gesprungen war, in der Hoffnung, den Geist des Toten irgendwie abzuhängen.

Agent Booker lachte. »Und was tun Sie dann in so einem Fall?« Er nickte in Richtung schwarzer Mann. »Schließlich sind Sie Polizist geworden und haben gewusst, was auf Sie zukommen wird.«

»Entweder wir überwinden unsere Angst«, näselte Thomas durch sein Taschentuch, »oder wir holen das FBI.«

Booker schüttelte den Kopf und lachte erneut. Er winkte zwei junge weiße Officer heran, die er aus Gallup mitgebracht hatte, und wies auf den verkohlten Leichnam. »Schaffen Sie ihn weg!«, ordnete er an. Dann piepte es oben in seinem Wagen und er stieg den Abhang hinauf. Thomas warf noch einen Blick auf den Toten und die beiden Männer, die sich mit ihm abmühten, dann folgte er Booker erleichtert.

»Das Gewehr ist jetzt im Labor«, sagte der FBI-Agent zu Totsoni. Es wird überprüft, ob es dieselbe Waffe ist, mit der Ted Northridge erschossen wurde. Ich nehme an, Northridge und unser toter Mann hier werden gemeinsame Sache gemacht haben und sich dann über irgendetwas in die Haare geraten sein. Da hat der Unbekannte, wer immer er war, Northridge einfach abgeknallt. Und, Ironie des Schicksals: Er ist nicht weit gekommen. Hatte es vermutlich zu eilig, das Reservat zu verlassen.«

»Und die Pferdespuren, die wir bei Northridge gefunden haben?«, wandte Thomas vorsichtig ein. Es sollte später nicht heißen, er hätte schlampig ermittelt.

Booker zuckte mit den Achseln. »Vielleicht irgendein Navajo, der es nicht fertigbrachte, seine Angst zu bekämpfen, und einfach darüber schwieg, dass er dort einen Toten gefunden hat.«

Thomas erwiderte nichts. Was Booker sagte, war durchaus möglich, aber er glaubte nicht an diese Version. Schon den ganzen Morgen konnte er an nichts anderes denken als an sein Gefühl, dass irgendetwas nicht stimmte. Aber er schwieg. Wenn die Identität des Toten erst geklärt war, dann war der Fall gelöst, und das FBI würde abziehen. Vielleicht sollte er es einfach dabei belassen.

Bis alle Untersuchungen abgeschlossen waren, wurde es Nachmittag. Aus dem Labor kam die Bestätigung, dass es sich bei dem Gewehr, das man bei dem Toten gefunden hatte, um dasselbe handelte, mit dem Ted Northridge erschossen worden war.

Die heil gebliebene Felszeichnung war jene, die vom Roanhorse-Land stammte. Kokopelli, der bucklige Flötenspieler. Sie wurde nach Window Rock gebracht, zusammen mit den Bruchstücken der anderen Ritzzeichnungen. Jemand sollte sie wieder zusammensetzen, damit sie wenigstens im Museum ausgestellt werden konnten.

Als die Identität des Toten geklärt war – es handelte sich um einen gewissen Tom Rost aus New York, der eine Zeit lang im Navajo Nation Inn gewohnt hatte –, rückte das FBI ab.

Lieutenant Thomas Totsoni verließ als Letzter das Polizeirevier in Window Rock und machte sich auf den Weg zur Ranch seines Schwagers.

Kaye hatte Abendessen gekocht, und als der schwarze Polizeiwagen auf den Vorplatz rollte, stellte sie noch ein weiteres Gedeck auf den Tisch.

»Yá'át'ééh«, begrüßte Thomas die beiden. »Hier riecht es aber gut.« Er war verschwitzt, vollkommen geschafft und sehr froh, den Geruch des Todes endlich aus seiner Nase zu bekommen. »Dein Vater ist noch nicht zurück?«, fragte er seine Nichte.

»Ich glaube, es gefällt ihm in San Francisco«, antwortete Kaye. »Und ich komme hier sehr gut zurecht. Wenn das Scheunendach fertig ist, werden wir mit dem Zaun weitermachen.«

Kaye tat auf und sie und ihr Onkel begannen zu essen. Will beobachtete Thomas und ganz offensichtlich war ihm durch seine Anwesenheit der Appetit vergangen.

Thomas merkte, dass Wills Blicke immer wieder auf ihm ruhten. Er griff in seine Uniformtasche und zog etwas heraus. »Ich wollte dir das hier zurückgeben.«

Will nahm die kleine Fruchtbarkeitsgöttin an sich, seine braunen Finger schlossen sich um das Elfenbein. »Sie sollte mir Glück bringen«, sagte er, »und beinahe hätte sie mich zurück ins Gefängnis gebracht.« Er sah den Polizisten fragend an, als ob er erwartete, dass Totsoni ihm noch etwas zu sagen hatte.

Thomas räusperte sich. »Es war nur ein kurzer Moment, in dem ich dachte, du könntest Northridge getötet haben. Ich bin Polizist und habe die verrücktesten Dinge erlebt. Ich musste alle Möglichkeiten in Betracht ziehen und der Sache nachgehen, Will. Das ist mein Beruf. Aber ich möchte mich bei dir entschuldigen, dafür, dass ich dich verdächtigt habe.«

Will musterte Kayes Onkel eine Weile, ohne zu antworten. Dann nahm er die Entschuldigung an. »Ist mir trotzdem ein Rätsel, wie sie dort hingekommen ist.« Will hielt die Elfenbeinfigur in die Höhe. »Ich habe die kleine Lady im Water Hole Canyon verloren, als ich Aquilar helfen wollte. Im Wide Ruin Canyon, wo Northridge gefunden wurde, bin ich nie gewesen.«

»Das dachte ich mir und deswegen bin ich auch hier.« Thomas wischte sich den Mund mit einer Serviette ab und schob seinen leeren Teller von sich. »Ich muss mit euch reden, denn ich brauche eure Hilfe. Aber über all das, was ich euch jetzt sage, dürft ihr mit niemandem sprechen.«

Kaye nickte und Will nickte. Beide blickten den Polizisten mit großen, neugierigen Augen an.

»Der Fall wurde heute so gut wie abgeschlossen«, begann Thomas. »Der Mann im Wagen hieß Tom Rost und stammte aus New York. Er war vorbestraft wegen illegalem Kunsthandel und versuchter Körperverletzung. In seinem Wagen haben wir das Gewehr gefunden, mit dem Northridge getötet wurde. Alles scheint klar, aber ich habe meine Zweifel. Am Unfallort hat jemand Spuren verwischt.«

Kaye stöhnte leise. Sie wollte nicht glauben, dass es noch nicht vorbei sein sollte.

»Zwei Weiße allein können niemals gewusst haben, wo sich diese Felszeichnungen befanden«, stimmte Will Totsonis Gedankengängen zu. »Sie brauchten jemanden, der sich im Reservat gut auskennt. Einen Einheimischen, einen *diné*.«

Thomas nickte.

»Dieser Mann, Tom Rost, ist wahrscheinlich bei Großvater Sam gewesen und hat ihn ausgefragt«, bemerkte Kaye.

»Hat er ihnen von den Felsbildern erzählt?«, wollte Thomas wissen.

»Nein. Er hat Großvater Sam nur nach dem Weg gefragt, nicht nach Felszeichnungen. Ich glaube, er wollte herausfinden, ob der alte Mann allein in seinem Haus lebt.«

»Das ist gut möglich«, sagte Thomas. »Die Zeichnungen wurden nach drei Kriterien ausgewählt. Erstens waren sie besonders schön und sehr gut erhalten. Zweitens befanden sie sich ausschließlich auf Privatland, das alten Leuten gehört, und drittens waren sie zwar schwer zugänglich, aber trotzdem mit dem Fahrzeug erreichbar. All das kann nur jemand wissen, der sich eingehend damit beschäftigt hat.«

Will blickte erschrocken auf.

»Was ist?«, fragte Thomas, der die Veränderung in Wills Gesicht sofort bemerkt hatte.

»Ich weiß nicht…«

»Wenn dir irgendetwas eingefallen ist, musst du es mir sagen, Will. Vertrau mir, ich bitte dich darum!«

Will seufzte. »Aquilar hat mir erzählt, sein Vater besäße eine Karte, auf der alle Felszeichnungen eingetragen sind und ihr Alter aufgelistet ist. Studenten von der Universität in Tsaile haben dieses Gutachten erarbeitet und Josef Yazzie hat es als Vorsitzender für Stammeskultur in Verwahrung.«

»Richtig«, sagte Thomas. »So weit bin ich auch gekommen. Ich bat also Yazzie um diese Karte, damit wir herausfinden konnten, wo die Diebe vielleicht noch zuschlagen würden. Aber Josef Yazzie konnte die Karte nicht finden. Yazzie ist ein kluger und umsichtiger Mann, absolut zuverlässig. Er hatte sie natürlich an einem sicheren Ort aufbewahrt. Das heißt, jemand aus seiner Familie musste die Karte genommen haben. Yazzie bat mich, Stillschweigen zu bewahren.« Der Polizist machte eine Pause. »Ihr wisst, wie die Dinge hier laufen«, sagte er schließlich. »Solche Angelegenheiten werden innerhalb der Familie geregelt.«

»Du glaubst, irgendjemand von den Yazzies hat Northridge getötet?«, fragte Kaye erschrocken. »Um Aquilar zu rächen? Das glaube ich einfach nicht.« Sie sah Will an, forschte in seinem Gesicht, was er von den Gedankengängen ihres Onkels hielt.

Will schüttelte nur den Kopf. Auch er konnte nicht glauben, dass jemand aus Aquilars Familie einen Menschen umgebracht hatte. »Die Mitglieder des Enge-Schlucht-Clans leben streng nach traditionellen Regeln«, sagte er. »Auch wenn sie wütend sind über das, was Aquilar angetan wurde, hegen sie doch keine Rachegedanken. Sie freuen sich über die Fortschritte, die seine Genesung macht. Ich kann mir nicht vorstellen, dass einer von ihnen etwas mit dem Tod der Männer zu tun hat.«

»Es muss niemand aus dem Clan oder der Familie sein«, wandte Thomas ein. »Aber jemand, der den Yazzies sehr nahesteht und in ihrem Haus ein- und ausgeht.«

»Bob Atisi«, dachte Will laut.

»Wer, zum Teufel, ist das?«, fragte Kaye.

Auch Thomas Totsoni sah Will erwartungsvoll an. Dieser Name war in all dem Wirrwarr der letzten Tage noch nicht einmal aufgetaucht.

»Bob Atisi ist Maria Yazzies Freund«, klärte Will die beiden auf. »Ich lernte ihn einmal kurz kennen, als ich die Familie besuchte. Besonders sympathisch war er mir nicht, aber dass er fähig sein könnte, jemanden zu töten, möchte ich nicht behaupten. Aquilar hat mir erzählt, dass sein Vater Atisi nicht besonders mag. Bob hat vier Jahre wegen Diebstahls im Gefängnis gesessen.« Er blickte aus dem Fenster, um weder Kaye noch ihren Onkel ansehen zu müssen. »Mit den Diebereien hat er seine Alkoholsucht finanziert. Aber Maria liebt Bob, deshalb hat ihr Vater ihn als zukünftigen Schwiegersohn akzeptiert. Die beiden wollen bald heiraten.«

Thomas stieß hörbar Luft aus. Josef Yazzie hatte keinen Bob Atisi erwähnt.

»Du meinst, dieser Atisi hat Northridge und Rost erst die Pläne besorgt und sie dann einfach umgebracht?«, fragte Kaye ihren Onkel ungläubig. »Warum sollte er das tun? Ein Navajo mordet nicht so einfach, das weißt du sehr viel besser als ich.«

»Ich weiß nicht, was ich glauben soll. Aber es wäre durchaus möglich, dass Atisi es getan hat. Vielleicht brauchte er Geld«, sagte Thomas. »Und vielleicht hat es ihn plötzlich gestört, dass er selbst so schlecht gegen sein Volk gehandelt hat. So etwas soll ab und zu noch vorkommen.«

»Aber Mord ist schlimmer als Verrat am Volk«, meinte Kaye.

Thomas machte eine ratlose Geste. »Vielleicht sieht Atisi das anders. Vielleicht hat er den Sinn für die Realität verloren.«

22. Kapitel

Bei ihrem nächsten Besuch im Krankenhaus kam Aquilar ihnen freudestrahlend und stolz auf dem Gang entgegen. Er war sehr schnell mit seinem chromglänzenden Rollstuhl und hatte in der kurzen Zeit erstaunliche Fertigkeiten entwickelt.

»Das gibt es doch nicht!«, sagte Will überrascht.

»Schick, nicht wahr?« Aquilar drehte sich einmal um die eigene Achse. »Sie haben mich brutal aus dem Bett gescheucht«, flüsterte er. »Hier gibt es ganz grausame Krankenschwestern, richtige Monster. Ich musste sogar schon laufen, auf Krücken, versteht sich.«

»Das ging aber schnell.«

»Weil meine Knochen immer noch von Metallplatten und einem langen Nagel zusammengehalten werden.«

Kaye verzog das Gesicht und wurde blass. Aquilar lachte. Er schien blendender Laune zu sein, was Will irritierte.

Eine junge, etwas mollige, aber sehr hübsche Indianerin im weißen Kittel kam vorbeigehuscht. Sie begrüßte Kaye und Will. Aquilar warf sie ein schelmisches Lächeln zu und er wurde rot unter seiner dunklen Haut.

»War das eins von den Monstern?«, fragte Kaye.

»Ja, das war Haila, sie ist ganz besonders schlimm.«

Will lachte kopfschüttelnd. »Du weißt sogar ihren Namen, Aquilar? Hast du auch schon herausgefunden, zu welchem Clan sie gehört, damit du nicht aus Versehen mit einer Kusine anbändelst?«

»Jedenfalls gehört sie nicht zum Enge-Schlucht-Clan«, flüsterte der Junge, »denn das wüsste ich. Aber sie ist ein Jahr älter als ich. Ob ihr das wohl was ausmacht?«

»Wie sie dich angesehen hat, sicher nicht«, sagte Kaye schmunzelnd.

Sie liefen mit Aquilar den Gang auf und ab, einer zur linken und einer zur rechten Seite des Rollstuhles.

»Sie riecht immer so verdammt gut«, schwärmte Aquilar. »Und manchmal nimmt sie sich ein bisschen Zeit, um mit mir zu reden.«

»Worüber redet ihr denn so?«, fragte Will. »Über Schafe vielleicht?«

Aquilar stieg erneut die Röte ins Gesicht.

»Schon gut! Das sollte ein Scherz sein.«

Kaye erzählte Aquilar sämtliche Neuigkeiten, soweit sie offiziell waren. Natürlich war er schon bestens informiert durch seine Familie, trotzdem wurde er auf einmal ernst und wirkte bedrückt.

»Mir scheint, es tut dir leid, dass die beiden Männer tot sind«, bemerkte Will.

Aquilar druckste herum. »Ach, ich weiß auch nicht. Ich habe im Narkoserausch von Rache geredet und dich ziehen lassen. Aber jetzt bin ich nicht sehr froh darüber, wie sich die Dinge entwickelt haben. Ich wollte, dass die Männer bestraft werden, den Tod habe ich ihnen nicht gewünscht.«

»Das weiß ich«, sagte Will. »Keiner von uns kann etwas dafür, dass es so gekommen ist.«

Aquilar seufzte. »Trotzdem bin ich erleichtert, dass nun alles ein Ende hat.«

Will nickte und warf Kaye einen verstohlenen Seitenblick zu. Sie beide wussten, dass es noch nicht zu Ende war.

»Übrigens, am Wochenende ist Tanzfest in Window Rock.« Aquilar lenkte das Thema in eine andere Richtung.

»Ich weiß«, erwiderte Will. »Aber bis dahin wirst du es nicht schaffen, und wenn du dich noch so abstrampelst.«

»Natürlich nicht. Aber werdet ihr dort sein?«

Kaye lächelte. »Wir hatten noch keine Zeit, darüber nachzudenken.«

»Wir werden dort sein und wir werden einen Tanz für dich tanzen«, sagte Will entschlossen und ging zum Fenster. Unten, auf dem Parkplatz, sah er Maria Yazzie und Bob Atisi aus einem goldfarbenen Chevrolet steigen. »Aber jetzt müssen wir gehen, wir haben noch ein paar wichtige Dinge zu erledigen.« Er schnappte Kaye an der Hand und zog sie mit sich fort. »Wir sehen uns nächste Woche, *sik'is*.«

Will zerrte Kaye über den Gang und Aquilar rief ihnen noch verwundert »Viel Spaß beim Fest!« hinterher.

»Was ist denn los?«, fragte Kaye, als sie das Krankenhaus durch einen Seiteneingang verließen. »Was haben wir für *wichtige Dinge* zu erledigen?«

»Maria und Bob sind eben gekommen und ich wollte ihnen nicht begegnen«, erklärte Will hastig. »Ich glaube, dein Onkel hat recht, was Atisi betrifft. Siehst du dort drüben diesen goldenen Chevy mit der eingebeulten Tür?« Er zeigte auf einen Wagen, der zwei Parkreihen weiter hinter Kayes Jeep stand. »Er gehört Atisi. Als ich Northridges Pick-up mit dem Schriftzug vor der Bingohalle entdeckte, stand dieser Chevy genau daneben. Er war mir aufgefallen, wegen seiner ungewöhnlichen Farbe und der Beule.«

»Und was machen wir jetzt?«, fragte Kaye.

»Nichts.« Will kletterte auf den Beifahrersitz des Jeeps. »Ich will nicht derjenige sein, der Marias Yazzies Leben zerstört.«

Großvater Sam ließ Josef Yazzie erneut einen Heilgesang für sich singen. Diesmal war es der *Navajo Wind Way*, der bei Kaktusansteckungen gesungen wurde. Die Symptome waren Jucken am ganzen Körper oder eben Augenleiden. Außerdem wünschte sich Sam noch den *Enemy Way*, den Feindweg, der gesungen wurde, wenn man mit jemandem in Kontakt gekommen war, der sich nicht im Zustand von *hózhó* befand.

Yazzie tat dem alten Mann den Gefallen, riet ihm aber hinterher, es doch mit einer Operation zu versuchen, falls die Zeremonie nicht helfen sollte. Yazzie hatte seine Meinung über Krankenhäuser geändert, seit sein Sohn dort lag und er täglich die Fortschritte sehen konnte, die Aquilars Heilung machte. Allein mit Gesängen hätte er die kaputten Beine seines Jungen nicht wieder richten können, das war dem Mann durchaus klar.

Am Freitag, kurz bevor Kaye und Will sich auf den Weg zum Tanzfest machen wollten, rief Arthur Kingley an. Er druckste herum, und Kaye glaubte, er würde sich um die Ranch sorgen. Sie sagte ihm, dass es den Schafen und ihren Lämmern gut ginge, die Zäune umgesteckt und das Scheunendach gedeckt seien. Kingley schwieg eine Weile, bevor er sagte: »Das heißt also, ich werde nicht gebraucht?«

»Das heißt nichts weiter, als dass es mir gut geht«, sagte Kaye, »und dass du dir keine Sorgen zu machen brauchst. Bleib, so lange du willst, Dad. Es ist in Ordnung.«

»Wirklich, Kleines?«

»Ja.«

Sie hatte das Gefühl, als ob er ihr noch etwas sagen wollte, aber als sie noch einmal »Hallo?« in den Hörer rief, hatte ihr Vater bereits aufgelegt.

Will, der alles mit angehört hatte, amüsierte sich kopfschüttelnd. »Du warst nicht gerade freundlich zu ihm.«

»Warum sagt er mir nicht einfach, dass er genug vom Reservat und seinen Schafen hat?«, erwiderte sie gekränkt. »Wenn er lieber in San Francisco leben möchte, dann kann er das tun.«

»Glaubst du das wirklich?«

»Was soll ich sonst glauben? Drei Jahre lang hat er die Ranch höchstens mal für einen Tag verlassen und nun kommt er überhaupt nicht mehr wieder.«

»Fehlt er dir?«

»Nein, verdammt noch mal, aber …« Sie stockte. »Ach, ich weiß auch nicht, er ist auf einmal so anders.«

»Dein Vater ist erst zwei Wochen weg. Vielleicht genießt er es einfach nur, alles mal vergessen zu können«, sagte Will. »Das Res ist nicht die Welt. Jedenfalls für einen *bilagáana* nicht«, fügte er schmunzelnd hinzu.

Sie hatte die Hände leicht auf seine Schultern gelegt und tanzte im gleichmäßigen Takt der Trommeln. Pete Yatasi war sehr froh, dass Kaye ihn aufgefordert hatte, denn seine Freundin Nadja traute sich nicht. Sie fühlte sich immer noch als Außenseiterin im Reservat und die Bräuche der Indianer waren ihr fremd.

Yatasi gehörte nicht zu jenen streng traditionellen Hopi, die die Feste der Navajo mieden. Der Landstreit zwischen beiden Völkern flammte zwar immer wieder mal auf, aber Pete war davon überzeugt, dass es einen Weg geben musste, um miteinander auszukommen. Auch wenn vielleicht die Hopi diejenigen gewesen waren, die zuerst auf diesem Land gelebt hatten. Auch wenn die ersten Navajo, die von Norden gekommen waren und sich hier ausgebreitet hatten, sich einen Namen als Viehdiebe und Mörder gemacht hatten. Irgendwann wurden diese Dinge zu Geschichte.

Pete Yatasi hatte nichts gegen Indianer. Und erst recht

nichts gegen Feste. »Wie geht es dir?«, fragte er Kaye, während sie sich im Takt der Trommeln bewegten.

»Richtig gut, und dir?«

»Mir geht es auch gut. Ich denke, Nadja und ich werden bald heiraten. Nadjas Eltern werden im Winter nicht mehr hier sein. Und sie will nur unter der Bedingung bleiben, dass sie bis dahin Frau Yatasi ist.«

Kaye lachte. »Ist das nicht Erpressung?«

»Ich glaube, in ihrem Fall nicht. Sie hat nichts, wo sie hingehen könnte. Keinen Ort, an dem sie ein Zuhause hat. Ich werde ihr diesen Ort geben.«

Kaye drückte Pete kurz an sich und sagte: »Ich bin sehr froh, dich als Freund zu haben. Du bist ein sehr fürsorglicher Mensch.«

»Danke für die Blumen«, sagte Pete, »aber ich glaube, jetzt sollte ich besser gehen.« Er machte eine leichte Drehung, damit Kaye Nadja sehen konnte, die sich mit Will unterhielt. »Was muss ich zahlen, damit du mich lässt?«

Es war so Brauch bei diesem Fest, dass der Junge sich beim Mädchen vom Tanz freikaufte. Je höher der Preis war, den der Junge zahlte, umso größer waren die Hoffnungen, die er sich machte.

»Gib mir einen Quarter und du bist frei«, sagte Kaye.

Pete kramte in seinen Hosentaschen, gab ihr augenzwinkernd einen Dollar und bahnte sich einen Weg durch die Tanzenden. Kaye folgte ihm und verabschiedete sich von Nadja. Das Mädchen war strohblond, hatte eine tiefbraune Haut und leuchtend grüne Augen. Und sie himmelte Pete an. Doch würde sie auf Dauer glücklich werden im Reservat? Die Hopi-Mesas waren kein sehr einladendes Stück Erde. Karger noch als das Navajogebiet.

Kaye ergriff Wills Hand und zog ihn auf die Tanzfläche. Das Feuer in der Mitte des Platzes war riesig und beleuchtete die Gesichter der Tanzenden. Jetzt, spät am Abend, waren fast nur noch Einheimische auf dem Fest. Das farbenfrohe Programm, das jedes Jahr viele Touristen nach Window Rock lockte, war schon am Nachmittag gewesen.

Sie sah Charlie Tsoosie am Rande stehen und warten. Teena war nicht gekommen. Vielleicht hatten ihre Eltern etwas spitzgekriegt und ihr verboten, aufs Tanzfest zu gehen.

Kaye zog Will so nah an sich heran, dass ihre Körper sich beim Tanzen berührten. Er trug seinen Jeansanzug und ein weißes T-Shirt und hatte sein Haar offen gelassen. Nach den ersten Schritten zog er Kaye die Silbernadeln aus dem Haarknoten und strich es über ihre Schultern. Er wickelte eine seidige Strähne um seinen Zeigefinger und lächelte in sich hinein.

Sie tanzten lange, freuten sich daran, zusammen zu sein. Aber sie konnten nicht ewig tanzen. Irgendwann sagte Will: »Ich bin müde, Kaye. Wie viel verlangst du von mir?«

»Einhundert Dollar«, sagte sie, und ihre Augen blitzten vor Vergnügen.

»So viel habe ich nicht.«

»Du kannst in Raten bezahlen«, sagte sie, lachte und küsste ihn auf den Mund.

Sie fuhren zurück auf die Ranch und Kaye stellte den Jeep in die Garage. Sie füllte Jazz noch etwas Wasser in seinen Hundenapf, und als sie ins Haus kam, hockte Will auf der Couch vor dem Fernseher. Er starrte auf das flimmernde Bild. Der Ton war übermäßig laut aufgedreht, wahrscheinlich hatte er den Knopf auf der Fernbedienung nicht gefunden, um ihn leiser zu stellen. Kaye schaltete das Gerät ab. Sie zog Will auf die Beine und führte ihn die Holztreppe hinauf in ihr Zimmer.

Dann verschwand sie im Bad und ließ ihm Zeit, sich umzusehen.

In ihrem Zimmer hatte sich vieles verändert, aber nicht alles. Da lagen jetzt Dinge herum, die ein Kind nicht brauchte, die für eine junge Frau jedoch unentbehrlich waren.

Vor dem großen Spiegel standen Fläschchen mit verschiedenartig schimmerndem Inhalt. Will griff nach einer der Glasflaschen, nahm den Glasstopfen ab und roch am blassgrünen Inhalt. Salbei. Eine Erinnerung wurde wach. Der Duft betäubte ihn. Behutsam stellte er die Flasche zurück.

Verschiedene Türkisketten und Silberarmreifen lagen überall verstreut herum, genauso wie diverse Kleidungsstücke. Will wusste nicht viel Intimes über Kaye, aber dass sie nur sehr selten einen BH trug, das hatte er längst bemerkt. Doch über der Lehne eines Stuhles hingen gleich drei Stück in verschiedenen Farben. Hatte sie heute Abend Probleme bei der Wahl gehabt?

Will zog Schuhe und Jacke aus und setzte sich auf Kayes Bett. Es hatte doppelte Matratzen und ein mit Schnitzarbeiten verziertes Kopfteil aus Holz. An der Wand darüber hing eine Kette aus verschrumpelten Wacholderbeeren, die vor bösen Träumen schützen sollte. *Geisterperlen*. Er nahm ein Bild in die Hand, das auf ihrem Nachttisch stand und Kaye mit ihren Eltern zeigte. Alle drei lachten unbeschwert.

Als sich die Zimmertür öffnete, stellte er das Bild zurück. Kaye war barfuß und trug einen flauschigen hellblauen Bademantel. Will ahnte, dass darunter nur noch sie selbst war. Er wusste, was sie wollte, und er wusste auch, dass sie es bekommen würde. Schließlich hatte sie lange genug darauf gewartet.

Sie zündete mehrere Kerzen an, verteilte sie im Raum und löschte das Licht. Halb unschuldig, halb schelmisch lächelnd stellte sie sich vor ihn hin und ließ den Bademantel von ihren Schultern gleiten. Will blieb nichts anderes übrig, als sie anzustarren. Etwas Schöneres hatte er noch nie gesehen. Sein plötzliches Verlangen schnürte ihm die Kehle zu und er schluckte trockene Luft hinunter.

»Wenn du dich schämst, mach einfach die Augen zu«, sagte sie und beugte sich über ihn, dass ihre Haare über sein Gesicht fielen.

Überwältigt von so viel verwirrender Nähe, brachte er kein Wort heraus. Aber seine Augen, die ließ er offen. Flüsternd erinnerte Kaye ihn daran, dass er atmen musste, und als Will es tat, roch er den frischen Duft ihrer Haut. Er war immer noch unsicher, aber das machte nichts. Seine Befangenheit verschwand, als er ihre kühlen Hände auf seinem Gesicht spürte. Er schlang seine Arme um sie und folgte ihr, wohin sie ihn führte.

Wills quälende Erinnerungen verblassten, als er Kayes warmen Körper an seinem spürte. So offen und voller tiefem Vertrauen. Er konnte sein Glück kaum fassen. Und mit einem Mal fühlte er die Frage beantwortet, die er all die Jahre und Monate mit sich herumgetragen hatte: Ja, er war noch in der Lage, Liebe zu empfangen und Liebe zu geben. Und eines Tages würde auch er eine Familie haben, Kinder, die er besser behüten wollte, als sein Vater es mit ihm getan hatte.

Kaye hatte nie aufgehört, an ihn zu glauben. Deshalb konnte er jetzt mit ihr zusammen sein, vollkommen im Zustand der Harmonie. Er konnte sie berühren, ihr seine Liebe zeigen und ihre Liebe empfangen.

Erst jetzt war Will wirklich frei.

»War gar nicht so schlimm, oder?«

Will lag auf dem Rücken, und Kaye hatte sich über ihn gebeugt, um ihn anzusehen. Sie lächelte glücklich.

»Du machst mich verlegen«, sagte er und lächelte auch. »Warum kannst du nicht ein kleines bisschen schüchtern sein? Wenigstens ab und zu.«

»Weil wir dann noch kein Stück weiter wären als vor vier Wochen«, erwiderte sie. Eine Kerzenflamme spiegelte sich in ihren Augen, kleine blitzende Funken.

Wills Gesicht wurde ernst. »Ich hatte nicht zu hoffen gewagt, dass du auf mich gewartet haben könntest.« Er schlang eine Strähne ihres Haares um die Finger seiner Rechten.

»Na ja.« Kaye wiegte ihren Kopf hin und her. »Leicht hast du mir das Warten nicht gemacht. Aber ich habe es nicht bereut. Ich wollte immer nur mit dir zusammen sein.«

Er zog sie an sich. Obwohl er sich dagegen wehrte, kamen ihm Dinge in den Sinn, die er hatte tun müssen und die beinahe sein Leben zerstört hätten. Will verbannte diese Erinnerungen in den hintersten Winkel seiner Seele und sagte: »Ich habe es schon tausendmal getan, in meinen Gedanken, und immer mit dir.«

»Mir ging es nicht anders.« Kaye löste sich von ihm, winkelte den Ellenbogen an und stützte den Kopf in ihre Rechte. »Aber ich hatte immer Angst, dass ich dich nicht wiederfinden würde, wenn du zurückkommst. Dass du nicht mehr der bist, den ich kannte. Ich hatte diese Angst bis heute.«

»Ich bin nicht mehr der, den du kanntest«, sagte er. »Aber ich liebe dich.«

»Wirst du nun bei mir bleiben, Will?«

»Wenn du mich erträgst.«

»Und wie geht es jetzt mit uns weiter?«

»Ich denke, dein Plan ist, nächstes Jahr im Herbst nach

Santa Fe aufs College zu gehen. Ich werde hierbleiben und versuchen, uns ein Leben aufzubauen, in der Hoffnung, dass du wiederkommst.«

»Ich werde nicht nach Santa Fe gehen.«

»Was? Warum denn? Ich will nicht, dass du meinetwegen deine Pläne aufgibst. So war das nicht gemeint. Ich kann warten. Ich werde auf dich warten, so wie du auf mich gewartet hast.«

»Ich werde mich am Diné College in Tsaile einschreiben«, sagte Kaye, »dann kann ich bei dir sein. Ich will nicht mehr Anwältin werden. Kunst könnte mir gefallen, und Stammesgeschichte.«

Will legte einen Finger unter ihr Kinn und hob ihren Kopf, sodass sie ihn ansehen musste. »Wann ist dir das in den Sinn gekommen? Eben gerade?«

»Nein, in dem Augenblick, als ich dich vor dem Schaufenster meines Ladens stehen sah.«

»Das ist lange her.«

»Mir kommt es so vor, als wäre es gestern gewesen.«

»Na ja, wenn das so ist, dann werden wir wohl ab und zu die Schulbank gemeinsam drücken.«

Kaye setzte sich auf und sah ihn mit großen Augen an. »Du willst aufs College?«

Er nickte. »Ich hab mich schon eingeschrieben für den Herbst. Ich will Sozialarbeiter werden.«

»Aber du hast gar keinen Highschool-Abschluss.«

»Ich habe einen Abschluss. Im Gefängnis hatte ich die Möglichkeit dazu.«

Statt sich zu freuen, sah Kaye auf einmal traurig aus.

»Was ist? Ich dachte, es würde dir gefallen, dass ich nicht nur Ahnung von Pferden und Schafen habe. Ich muss zugeben, dass ich ziemlich stolz auf meinen Abschluss bin.«

»Ich freue mich ja. Aber es zeigt mir auch, wie wenig ich

eigentlich von dir weiß. Warum hast du mir nie davon erzählt?«

Will hockte sich hinter Kaye, legte seine Arme um sie und lehnte sich gegen die Wand. »Ich werde dir alles, wirklich alles von mir erzählen«, flüsterte er an ihrem Ohr. »Lass mir nur noch etwas Zeit. Einiges ist nicht so einfach über die Lippen zu bringen.«

»Ich liebe dich so sehr, dass es manchmal wehtut, Will Roanhorse. Warum hast du mich so lange warten lassen?«

»Weil ich erst herausfinden musste, ob ich noch in der Lage bin, ein normales Leben zu führen. Ich wollte nicht, dass du mir irgendwelche Versprechungen machst, die du dann nicht halten kannst. Ich war so kaputt, Kaye.« Er wusste nicht, wie er es anders ausdrücken sollte.

Sie presste seine Finger an ihre Lippen. »Das ist jetzt vorbei.«

»*Aoo'*. Aber manchmal wird es wiederkommen. Vielleicht gerade in einem Augenblick, in dem du am wenigsten damit rechnest. Dann versuche nicht, mich zu verstehen. Lass mich einfach nur in deiner Nähe sein.«

»Versprochen«, sagte sie.

»Ich weiß noch nicht, wie ich das alles zusammenbringe.« Will streichelte ihren Arm. »Aufs College möchte ich unbedingt. Ich will den Kids im Res helfen, vielleicht kannst du diesen Wunsch nachvollziehen. Aber ich will auch das Silberklopfen lernen von meinem Großvater. Wenn wir mal Kinder haben, dann sollen sie begreifen, wie wichtig es ist, Traditionen zu haben.«

»Silberschmieden gibt es jetzt auch als Lehrfach am College«, sagte Kaye. »Wenn du willst, kannst du sogar einen Abschluss machen.«

»Ja. Ich will so vieles.«

»Du wirst vieles schaffen«, sagte Kaye.

Den nächsten Tag verbrachten sie im Bett. Sie verließen es nur für gelegentliche Ausflüge in die Küche, um den Kühlschrank zu inspizieren und ihren Hunger und ihren Durst zu stillen. Wieder und wieder entdeckten sie einander neu, redeten und schwiegen. Es gab so viele Möglichkeiten, um auszudrücken, was sie füreinander empfanden.

Will wurde nicht müde, Kaye anzusehen. Und sie konnte nicht aufhören, ihn zu berühren.

Am Sonntagvormittag – Will und Kaye arbeiteten an einem Mittagessen für Großvater Sam – klingelte das Telefon. Kaye wischte sich die Hände an ihrer Schürze ab und brüllte »Kaye Kingley!« in den Hörer. Will drehte das Radio leiser, aus dem Musik von Blackfire schallte.

»Hallo, Kleines! Ich wollte noch mal mit dir reden. Du warst am Freitag so kurz angebunden.«

»Hallo, Daddy«, sagte Kaye und verdrehte die Augen. »Ich war auf dem Weg zum Tanzfest und hatte es eilig. Keine Sorge, ich bin okay.«

»Deine Stimme klingt heute so anders, ist irgendwas?«, fragte Arthur besorgt.

»Wie klingt sie denn, meine Stimme?«

Aus dem Hörer kam nur Schweigen.

»Daddy? Bist du noch dran?«

»Sie klingt wie die Stimme deiner Mutter, wenn sie sehr glücklich war.«

Wieder Schweigen.

»Kaye?«

»Ja, Dad!«

»Ist Will bei dir?«

Kaye blickte auf und sah Will an. Er schüttelte heftig den Kopf.

»Ja, Dad, er ist hier«, antwortete sie wahrheitsgemäß.

»Ich möchte kurz mit ihm sprechen, ja?«

Kaye reichte Will den Hörer. Er versuchte noch einmal, sich zu drücken, aber dann nahm er ihn und meldete sich mit: »Hallo, hier ist Will, Mr Kingley?«

Kaye konnte nicht hören, was ihr Vater Will erzählte. Sie versuchte, es aus seinem Gesichtsausdruck herauszulesen. Er wurde abwechselnd blass und rot. Schweißperlen traten auf seine Stirn. Er sagte kein Wort, nickte nur ab und zu. Am Ende machte sich ein befreites Lächeln auf seinem Gesicht breit. »Ja, Sir!«, sagte er und legte auf.

»Was wollte er denn?« Kaye rieb die vom Teig klebrigen Finger an ihrer Schürze und verging bald vor Neugier.

»Er sagt, er will drei Schafe und sieben Hühner für dich haben, und wir sollen ihn am nächsten Freitag 17 Uhr in Gallup am Flughafen abholen. Er kommt nach Hause.«

Kaye brauchte einen Moment, um zu verdauen, was Will gesagt hatte. Sie strahlte, setzte aber dann ein bemüht mürrisches Gesicht auf. »Sein Brautpreis ist nicht sehr hoch. Ich habe das ungute Gefühl, dass er mich plötzlich loswerden will.«

»Dein Vater hat eben an meine mageren Verhältnisse gedacht«, erwiderte Will daraufhin. »Drei Schafe sind die Hälfte meines Besitzes. Mit den Hühnern wird es schon schwierig, die gehören alle meinem Großvater.«

Schließlich konnten sich beide das Lachen nicht mehr verkneifen. Sie kicherten vor Erleichterung, bis ihnen die Tränen kamen.

»Eigentlich mag ich ihn.« Kaye seufzte laut.

»Ich glaube, jetzt mag ich ihn auch«, sagte Will und gab ihr einen Kuss auf den mehlgepuderten Mund.

23. Kapitel

Auch Großvater Sam merkte sofort, dass zwischen Kaye und Will etwas anders war als sonst. Seine Augen waren zwar von Josef Yazzies Gesang nicht besser geworden, aber er konnte immer noch genug erkennen, um zu sehen, was er sehen wollte.

Und selbst wenn ihn seine Augen trügen sollten – seine Ohren taten es nicht. Die Stimmen der beiden hatten sich verändert. Sie waren dunkler und weicher und es war keine Angst mehr darin.

Als Will den Hühnern die Essensreste brachte, fragte Sam das Mädchen: »Wart ihr auf dem Tanzfest?«

»Ja, Großvater, es war sehr schön. Das nächste Mal nehmen wir dich mit.«

»War Will die ganze Zeit bei dir?«

Verunsichert blickte Kaye auf. »Ja, Großvater.« Sie sah ihm offen ins Gesicht. »Tut mir leid, dass wir dir nicht Bescheid gesagt haben. Hast du dir Sorgen gemacht?«

»Gibt es einen Grund, sich Sorgen zu machen?«

»Nein, nun nicht mehr.«

»Das ist gut, Tochter.«

Kaye sah hinaus, sah Will den Schafen Wasser geben. »Er war krank und ich habe es nicht gewusst. Ich war so blind.«

»Du warst verliebt«, sagte der Alte, »da wird man blind. Ich hatte schon befürchtet, du würdest es nicht schaffen.

Kojote hat ein ziemliches Chaos angerichtet. Sein Erscheinen hat alles erschwert.«

»Oder vorangetrieben«, bemerkte Kaye.

Der alte Roanhorse nickte. »Es war schon einmal so wie jetzt, vor ungefähr acht oder neun Jahren.« Mit der Pfeife wies er zum Fenster. »Er dort draußen bei den Tieren und sie hier drinnen bei mir. Ihre Stimme klang damals genauso wie heute deine. Er war mein Sohn, Wills Vater. Und sie war deine Mutter.«

Kaye ließ sich erschrocken auf einen der Holzstühle fallen. »Willst du damit sagen, dass meine Mutter und Wills Vater …? Dass sie …«

»Ja«, sagte Sam. »Du bist jetzt alt genug, um es zu erfahren. Einen Sommer lang war deine Mutter des Öfteren mit John oben im Hogan gewesen. Ich weiß nicht, was sie deinem Vater erzählt hat, aber ich glaube nicht, dass es ihm verborgen geblieben ist. John war sehr in deine Mutter verliebt. Sie wohl auch in ihn, denn sie kam immer wieder. Mein Sohn sah gut aus, er war stark und klug. Er konnte ihr vieles geben. Vielleicht auch ein paar Dinge, die sie bei deinem Vater vermisste. John und deine Mutter hatten sich auf einer dieser Versammlungen kennengelernt. Der gemeinsame Kampf um unser Land und ein besseres Leben für unser Volk hat sie zusammengebracht.«

Der Alte räusperte sich und Kaye entdeckte Tränen in seinen getrübten Augen. »John litt furchtbar. Immer dann wenn deine Mutter von ihm fortging, zurück zu dir und deinem Vater, war er nicht mehr ansprechbar. In seiner Verzweiflung schickte er Will auf diese Schule nach New Mexico, nur damit der Junge nichts merkt. John bat deine Mutter, sich scheiden zu lassen. Aber das konnte sie nicht. Mir sagte sie damals, dass sie beide lieben würde, aber verheiratet wäre sie nun mal mit deinem Vater.«

Kaye lauschte ungläubig den Worten des alten Mannes und dachte nach dabei. Jetzt wo sie die Wahrheit wusste, wurde ihr einiges klarer.

»John meldete sich zur Armee und ging nach Deutschland, um Sophie zu vergessen«, fuhr Sam fort. »Als er wiederkam, saß Will im Gefängnis, und deine Mutter war nicht mehr bereit, sich mit ihm zu treffen. Mein Sohn wurde krank, das ging sehr schnell. Ich weiß, dass Zweiherz seine Hand im Spiel hatte. Durch Kojotes Mitwirken spitzten sich die Dinge zu, bevor beide reif genug für eine gute Entscheidung waren. John tötete sich in den Bergen. Und noch Tage später habe ich den Grauen draußen heulen hören.«

Kaye wagte kaum zu atmen, während Großvater Sam sprach. Sie war erschüttert und gleichzeitig begann sie zu verstehen. »Und ich habe immer gedacht, ich hätte meine Mutter gekannt«, sagte sie mit schleppender Stimme.

»Man kennt einen Menschen nie ganz«, erwiderte Sam.

»Hast du ihr verziehen?«

Der alte Navajo hob die Schultern. »Liebe sollte einen glücklich machen«, sagte er, »aber manchmal passiert genau das Gegenteil.«

»Weiß Will davon?«

»Ich habe es ihm nicht erzählt, so wie jetzt dir. Aber er besitzt einen Brief seines Vaters. Vielleicht steht alles da drin. Er hat ihn gelesen und mir ein paar Fragen gestellt.«

Kaye ging zur Tür. Was sie gehört hatte, musste sie erst einmal verkraften. Bevor sie ins Freie trat, drehte sie sich noch einmal um und sagte: »Danke, dass du es mir erzählt hast, Großvater. Es gibt ein paar Dinge, die ich nun besser verstehen kann.«

Die Trockenheit des Julisommers hatte das Gras und die Kräuter verdorren lassen. Sogar die Blätter an den Bäumen zerbröselten zwischen den Fingern, wenn man nach ihnen griff. Das Wasser der Nachtquelle floss nur noch zwei oder drei Stunden in der Nacht. Aber der Boden um die Quelle war immer feucht und in der grünen Rinne blühten ein paar seltene Wüstenpflanzen. Am auffälligsten waren die großblütigen gelben Blazing Stars, die tatsächlich wie fünfzackige Sterne aussahen. Kaye erschrak, als ein Eselhase mit seinen riesigen Ohren aus einem Schachtelhalmstrauch gehoppelt kam. Er schien gar keine Angst vor ihnen zu haben.

Will lachte. »Die Hitze hat ihn träge gemacht. Vermutlich ist er eingeschlafen und hat vergessen, mit seinen großen Ohren zu wedeln.«

Kaye lief zielstrebig weiter.

»Du hast es ziemlich eilig. Wo bringst du mich eigentlich hin?« Langsam dämmerte Will, dass Kayes Weg ein Ziel hatte.

Sie deutete mit der Hand auf einen breiten Spalt zwischen zwei riesigen roten Sandsteinblöcken. Ein Wacholder wuchs daraus empor und hoch oben am Fels nistete ein Adlerpärchen.

»Was willst du dort?« Wills Gesichtsausdruck verfinsterte sich.

»Ich muss dir etwas erzählen.«

»Hat es etwas mit meinem Vater zu tun?«

Kaye nickte und hielt sich die Hand vor die Augen, weil die grelle Sonne sie blendete. »Ja, mit ihm und mit meiner Mutter.«

Es war nicht das, was er hören wollte, aber nach kurzem Zögern nahm er ihre Hand und zog sie hinter sich her, hinauf zum Grab seines Vaters. Vollkommen außer Atem standen sie da.

»Du weißt, warum er es getan hat?«, fragte sie vorsichtig.

Will nickte. »Er liebte deine Mutter.«

»Du musst sie hassen.«

»Nein«, erwiderte er kopfschüttelnd. »Warum sollte ich. Sie liebte meinen Vater, wollte deinen aber nicht verlassen. Deine Mutter war stark. Ich hasse sie nicht, ich hasse auch meinen Vater nicht. Ich habe ihm verziehen, dass er mich auf diese Schule geschickt hat, denn er konnte nicht wissen, was dort vor sich ging. Ich hätte mit ihm reden müssen, er hätte mir geglaubt.«

Will schwieg eine Weile, dann nickte er in Richtung Grab. »Vielleicht werde ich ihm eines Tages auch das verzeihen.«

»Das wirst du.« Sie seufzte tief. »Manchmal versuche ich, mir vorzustellen, wie es wohl war, wenn sie sich dort oben im Sommerhogan geliebt haben?«

Will zuckte zusammen. *»Was?«*

»Ich dachte, das hättest du gewusst?«

Er hockte sich auf einen Stein und sein Herz begann, heftig zu schlagen. Eine irre Angst machte sich in ihm breit. »In seinem Brief hat er nur geschrieben, dass er sie geliebt hat, aber nicht, dass er auch … dass er mit ihr geschlafen hat.«

»Menschen, die sich lieben, tun das nun mal«, erwiderte Kaye. »Stört es dich?«

»Ich weiß nicht«, brachte er unglücklich hervor. »Sind wir hier hinaufgegangen, weil du mir schonend beibringen willst, dass du meine Schwester bist? Hab ich schon wieder was falsch gemacht?«

Kaye sah Will entgeistert an. Dann begann sie zu lachen. Sie kniete vor ihm nieder, umarmte ihn und lachte. »Nein, keine Angst. Als ich geboren wurde, kannten sich meine Mutter und dein Vater noch gar nicht. Und außerdem: Ich glaube, es gibt wenig Zweifel daran, dass ich eine echte Kingley bin, oder?«

Will drückte sein Gesicht in ihr rötlich schimmerndes Haar. »Es hätte sein können«, sagte er.

»Meine Mutter und dein Vater hinterlassen kein einfaches Erbe, nicht wahr?« Kaye sah ihn an.

»Nein. Aber wir würden uns vielleicht nicht kennen, wenn sie sich nicht gekannt hätten. Du würdest jetzt mit deinem Hopi auf der Veranda sitzen und ich …«

Sie küsste ihn, obwohl es gegen die Höflichkeitsregel verstieß, den anderen nicht ausreden zu lassen. »Er heißt Pete und er ist nicht *mein* Hopi«, sagte Kaye. »Aber ich mag es, wenn du eifersüchtig bist.«

»Dein Dad war auch eifersüchtig«, bemerkte Will. »Deshalb konnte er mich nicht leiden.«

»Meine Mutter hat meinen Vater sehr geliebt, sonst hätte sie ihn nicht geheiratet. Aber sie kam nicht damit zurecht, dass er sich so wenig für das interessierte, was außerhalb seiner Ranch im Reservat vor sich ging. So jedenfalls hat es mir dein Großvater erzählt.«

»Kannst du das verstehen?«

»Ja. Ich bin froh, dass du bist, wer du bist.«

»Ich bin kein guter Navajo«, sagte Will zerknirscht.

»Und wieso nicht?«

»Weil ich Angst vor Klapperschlangen habe.«

»Das allerdings ist unverzeihlich.« Kaye lachte und zog ihn auf die Beine. Zusammen stiegen sie ins Tal zurück. Als sie den Slot-Canyon passiert hatten, fing sie auf einmal an zu rennen.

»Du kriegst mich nicht«, rief sie und lief ihm lachend davon.

Will rannte ihr nach.

Sie war schnell, das war sie damals schon gewesen. Doch er hatte sie stets überholt. Diesmal sah es so aus, als würde sie es schaffen, ihn abzuhängen. Er setzte zum Sprint an, hatte sie beinahe eingeholt, da fing sie plötzlich an zu kichern und ließ sich ins Gras fallen. »Erster«, rief sie, völlig außer Atem.

Er rollte sich keuchend neben sie. »Ich hätte dich schon noch gekriegt.«

»Ich weiß. Aber ich wollte einmal schneller sein als du.«

»Das bist du doch immer, du weißt es nur nicht.«

Er starrte in den wolkenlosen Himmel hinauf, wo ein junger Adler seine Kreise zog. Kaye beugte sich über Will und gab ihm einen Kuss, spürte dann aber, dass er in Gedanken ganz woanders war.

»Was ist los?«, fragte sie.

»Ach, nichts. Ich muss nur dauernd an sie denken. Deine Mutter und mein Vater … das ist, es war …«

»Es war Liebe«, sagte Kaye. »Nur Liebe, nichts Böses.« Sie küsste ihn noch einmal und er schlang seine Arme um sie und hielt sie fest.

Im Haus war es heiß und stickig. Hier gab es keine Klimaanlage wie im Ranchhaus der Kingleys. Will hatte beide Fenster geöffnet, damit der leichte Luftzug, der aus den Bergen kam, durch den Raum strömen konnte. Erst gegen Mitternacht wurde das Atmen leichter.

Kaye hatte begonnen, seine Briefe zu lesen, die er ihr im Gefängnis geschrieben, aber niemals abgeschickt hatte. Nach dem dritten musste sie aufhören, weil sie es nicht mehr ertragen konnte. Will sah sie an und spürte, dass sie nicht darüber zu reden brauchten. Kaye hatte auch so verstanden. Was passiert wäre, wenn sie diese Briefe tatsächlich bekommen hätte, damals als sie zwölf Jahre alt war. Sein Leid hätte ihr die Träume genommen. Diese Last hatte er ihr nicht aufbürden wollen.

Ihr Herz schlug wild unter seiner Hand. Ihre Haut war

am ganzen Körper warm und feucht. Nicht jetzt, aber später vielleicht würden sie darüber reden, was in seinen Briefen stand.

Kaye legte die Arme um seinen Hals und hielt ihn an sich gepresst, so fest, dass er sich kaum noch bewegen konnte. Will fragte sich, ob wohl ihre Mutter seinen Vater genauso umklammert hatte. Und plötzlich hatte er das Gefühl, ihn besser verstehen zu können. John Roanhorse war freiwillig mit dem Kojoten gegangen. Der Großvater hatte ihm erzählt, dass er am Morgen nach seinem Tod Johns Fußspuren und die Spur des Kojoten nebeneinander im Canyon entdeckt hatte.

Sein Vater war mit dem Kojoten gegangen, weil er die Frau, die er liebte, nicht haben konnte. Ihn aber, Will Roanhorse, hatte Zweiherz für immer verloren.

Kojote lag müde im Schatten der Mesa und döste vor sich hin. Er hatte sich vollkommen verausgabt in dieser Nacht. Aber jetzt war er zufrieden. Er hatte einen Sieg errungen. Er hatte eine verlorene Seele in die Unterwelt zurückgeholt, hinab in ewige Dunkelheit und Kälte. Es war nicht der Erwählte, aber das tat nichts zur Sache. Einer war so gut wie der andere.

Die zwei Herzen in seiner Brust schlugen im Takt. Seine Augen brannten. Nun konnte er ausruhen.

Vermutlich hatte Thomas Totsoni schon einige Zeit gegen seinen Geländewagen gelehnt gewartet, als Kaye mit ihrem Jeep auf den Parkplatz vor dem Laden gebogen kam. Sie stieg aus, winkte ihm freudig zu, dann sah sie das finstere Gesicht ihres Onkels. »Du siehst aus wie eine Gewitterwolke«, begrüßte sie ihn. »Ist was passiert?«

Thomas Totsoni nickte und kam gleich zur Sache. »Bob Atisi ist tot.«

»Hóyéé«, entfuhr es Kaye, »das ist furchtbar. Wie konnte das passieren?«

»Gehen wir in deinen Laden, ich will es dir nicht hier auf der Straße erzählen!«

Kaye öffnete das Gitter, schloss die Ladentür auf und räumte ihrem Onkel einen Stuhl frei, auf dem gestapelte Webdecken gelegen hatten. Sie schloss wieder ab, obwohl es nicht so aussah, als ob in der nächsten halben Stunde jemand kommen würde. »Möchtest du einen Kaffee?«

»Ja, gern.« Thomas sah müde aus.

Während Kaye die Kaffeemaschine anstellte, fing er an zu erzählen. »Am Sonntagmorgen – ich hatte Dienst und saß in meinem Büro – klingelte das Telefon. Es war Maria Yazzie, sie wollte mit mir sprechen. Es war dringend. Ich ahnte ja, warum sie mich aufsuchen wollte, und hatte Angst, ihr in die Augen zu sehen.« Er starrte auf die Keramikgefäße in den Ladenregalen. »Aber ich war völlig verblüfft, als sie nicht allein kam. Sie hatte ihren Freund Bob mitgebracht. Der junge Mann war unglaublich ruhig, als er mir seine Geschichte erzählte.«

Kaye reichte ihrem Onkel einen tönernen, blau glasierten Kaffeetopf und er nickte dankbar. »Atisi erzählte mir, dass er, seit er Maria kannte, keinen Alkohol mehr angerührt hatte, dafür aber der Anziehung von Ted Northridges Bingohalle nicht widerstehen konnte. Die Spielleidenschaft hatte ihm das letzte bisschen Menschenwürde genommen. Er hatte gespielt, er hatte verloren und eine Menge Schulden bei Northridge gemacht. Und als der jemanden suchte, der wusste, wo sich abgelegene Felszeichnungen befinden, sah Atisi seine Chance gekommen. Er hoffte, seine Schulden loszuwerden und mit Maria ein neues Leben anfangen zu können. Atisi stahl Marias Vater die Karte und verkaufte Northridge sein Schweigen und die Standorte der drei

Zeichnungen für so viel Geld, dass er schuldenfrei war. Aber dann … dann passierte das Unglück mit Aquilar.«

Thomas nahm einen Schluck von seinem Kaffee, und Kaye konnte es kaum erwarten, dass er weitererzählte. »Obwohl Northridge und dieser Rost Atisi erzählt hatten, die Sache mit Aquilars Beinen wäre ein Unfall gewesen, bekam Bob die wahren Umstände heraus. Der junge Mann konnte mir bei seinem Geständnis nicht erklären, was in ihm vorgegangen war, als er sich entschloss, allem ein Ende zu machen. Er erschoss zuerst Northridge und machte dessen Komplizen Rost eine Höllenangst mit irgendwelchem Navajo-Geisterzauber. Dann sorgte er dafür, dass Rost diesen Unfall hatte und man das Gewehr in seinem Wagen fand. Nach Atisis Aussage war das alles ganz einfach gewesen, denn der Mann aus New York hatte ihn für einfältig gehalten und keine Gefahr in ihm gesehen.«

»Was für ein Hass muss in Bob Atisi gewesen sein, dass er so etwas tun konnte«, stellte Kaye erschüttert fest.

Thomas nickte. »Ja. Ein Hass gegen alles, was weiß war. Er muss ihn die ganze Zeit in sich getragen haben.«

»Und wie kam nun Wills Elfenbeinfigur neben den Toten?«, fragte Kaye. »Hast du dafür eine Erklärung gefunden?«

»Atisi hat sich die Stelle genau angesehen, wo Rost mit seinem Jeep über Aquilars Beine gefahren war. Dort hat er die Figur gefunden und sie an sich genommen.«

»Wusste er, dass sie Will gehört?«

»Ja, er hatte sie an Will gesehen.«

Kaye zog die Stirn in Falten. »Wollte Atisi den Verdacht absichtlich auf Will lenken, obwohl er doch wusste, dass Will Aquilar das Leben gerettet hat? Obwohl er wusste, wie leicht Will wieder im Gefängnis landen konnte?«

Der Onkel hob die Schultern. »*Hóla*, Kaye, ich weiß es

nicht. Atisi sagte, er habe die Figur an sich genommen, um sie Will zurückzugeben, hätte sie dann jedoch ebenfalls verloren.«

Thomas stand auf und begann herumzulaufen. »Ich musste Atisi einsperren, doch das schien ihn kaum zu erschüttern. Ich versprach, ihm einen guten Anwalt zu besorgen, und ich dachte, nun würde alles gut werden. Aber heute Morgen fand ich ihn erhängt in seiner Zelle. Er hatte sein Hemd in Streifen gerissen und sie aneinandergeknotet.«

Thomas trank den letzten Schluck seines Kaffees und sah Kaye an. »Als das FBI aus Window Rock abzog, weil der Fall offensichtlich geklärt war, habe ich das so akzeptieren können. Navajo-Ordnung, du weißt schon. Aber Maria Yazzie hat es nicht gekonnt. Deshalb hat sie den Mann, den sie liebt, überredet, sich zu stellen. Und er hat ihr diese Bitte erfüllt, weil ihre Liebe alles war, was er noch hatte. Als Bob einwilligte, mit ihr zur Polizei zu gehen, wusste er, dass er seinen Weg bis zum Ende gehen würde.«

»Atisi hat schon einmal vier Jahre im Gefängnis gesessen«, sagte Kaye nachdenklich. »Vielleicht war ihm klar, dass er das nicht noch einmal durchstehen würde.«

Thomas schüttelte traurig den Kopf. »Maria hat mir zu verstehen gegeben, dass sie auf Bob warten wollte, egal für wie viele Jahre sie ihn eingesperrt hätten. Weißt du, was sie gesagt hat, Kaye?« Er sah seine Nichte an. »Sie hat gesagt, dass sie genauso auf Bob warten würde, wie Kaye Kingley auf Will Roanhorse gewartet hat.«

Kayes Herz krampfte sich zusammen. »Weiß sie es schon?«

Thomas erhob sich so schwerfällig, als trüge er einen Felsbrocken auf seinen Schultern. »Nein«, antwortete er. »Ich habe die Nummer ihres Ladens in Klagetoh, aber ich möchte es ihr nicht am Telefon sagen. Ich werde jetzt zu ihr fahren. Ich wollte nur vorher mit dir reden.«

»Danke, Onkel.«

Thomas öffnete die Tür und die kleine Glocke am Eingang schellte. »Was macht eigentlich Will?«, fragte er.

»Er arbeitet mit Ashie und Hoskie auf der Ranch. Wir werden im Herbst zusammen aufs College nach Tsaile gehen. Er will Sozialarbeiter werden und ich habe mich für Kunst und Stammesgeschichte entschieden.« Kaye lächelte. »Ach, beinahe hätte ich es vergessen: Dad kommt am Freitag zurück. Ich lade euch am Sonntag alle zum Abendessen ein.«

»Dann bis Sonntag. Wilma und die Kinder werden sich über die Einladung freuen«, sagte Thomas und schloss die Ladentür hinter sich.

24. Kapitel

Auf der Straße nach Holbrook flimmerte die Luft über dem Asphalt. Auf dem Beifahrersitz des Jeeps sang Sam Roanhorse leise vor sich hin. Er versuchte, sich auf seine Operation vorzubereiten, bei der der Nebelschleier aus dem rechten Auge entfernt werden sollte. Er hatte sich schließlich doch noch überzeugen lassen. Kaye hatte ihn damit gelockt, dass er dann auch seine Urenkel würde richtig sehen können, die bald, in naher Zukunft, zu erwarten wären. Und außerdem musste er Will ja noch die Technik des Silberklopfens beibringen.

Will hatte vor einer Stunde seinen Schülerführerschein in Window Rock abgeholt und fuhr Kayes Jeep. Im Krankenhaus begleitete er seinen Großvater noch bis ins Behandlungszimmer, dann überließ er ihn der Obhut einer freundlichen Navajo-Schwester. Sam wollte es so. Seit er mit Josef Yazzie geredet hatte, wusste er, dass er gute Chancen hatte, die Nächte im Hospital zu überleben, obwohl es ein Krankenhaus der *bilagáana* war.

Will besuchte Aquilar. Sein Freund stand, auf Krücken gestützt, am Fenster und sah hinaus. Diesmal waren die Neuigkeiten noch nicht bis zu ihm vorgedrungen, und er lauschte ungläubig, während Will ihm stockend berichtete, was vorgefallen war.

»Irgendwie habe ich so etwas vermutet«, sagte Aquilar. Dann schwieg er eine Weile, starrte auf den Beton des Parkplatzes und wartete, dass die Leuchtschrift erschiene. Die Antwort auf alles. Natürlich passierte nichts, der Asphalt blieb dunkel.

»Ich weiß nicht, was ich fühlen soll«, sagte er leise. »Bob hat etwas ziemlich Dummes getan, aber er hat versucht, seinen Fehler wiedergutzumachen. Vielleicht war er nicht unbedingt der Schwager, den ich mir immer gewünscht habe, aber ich hatte auch nichts gegen ihn so wie mein Vater.« Aquilar stellte seine Krücken um und schob den Körper hinterher. »Ich dachte immer, der Tod sei keine Lösung. Doch diesmal war er es vielleicht.«

»Bob hätte sich an die Polizei wenden können«, sagte Will. »Ich meine, *bevor* er diesen Rost und Ted Northridge umbrachte.«

»Glaubst du, mein Vater hätte ihn nach diesem Vertrauensbruch mit der gestohlenen Karte noch in unserer Familie aufgenommen?«, fragte Aquilar zweifelnd.

»Er hätte mit Maria weggehen können«, bemerkte Will, der seit einigen Nächten die Welt mit völlig anderen Augen sah.

Aquilar nickte, als könne er verstehen, was der Freund meinte. Aber dann sagte er: »Maria kann nicht weggehen. Sie gehört ins Res.«

»Das Res ist groß.«

»Nicht groß genug, wenn man das Erbe seines Volkes an die *bilagáana* verkauft hat«, erwiderte Aquilar. »Aber streiten wir nicht deswegen. Es macht mich krank, dass ich hier festsitze und nicht bei meiner Familie sein kann. Nicht bei Maria, meiner Schwester. Mein Vater wird nicht gerade freundlich zu ihr sein. Die Sache ist sehr beschämend für ihn.«

»Aber Maria kann doch nichts dafür.«

»Sie hat sich in den falschen Mann verliebt.«

Will sah weg.

»Ich würde ihr gerne helfen und sitze hier fest«, klagte Aquilar.

»Wie geht es deinen Beinen?«, fragte Will, um das Gespräch in eine andere Richtung zu lenken. »Du siehst aus, als würdest du gleich davonlaufen.«

»Das täuscht. Bis ich hier rauskomme, wird es noch mal vier Wochen dauern. Aber die Knochen heilen gut – jedenfalls hat der Arzt das gesagt. Wenn die Metallplatte und der Nagel draußen sind, muss ich in eine Rehaklinik.« Er sah Will an. »Und was machst du so, *sik'is*?«

»Ich habe meinen Großvater hergebracht. Er wird heute am grauen Star operiert. Erst einmal das rechte Auge. Wenn alles gut geht, kann ich ihn am Freitag wieder mitnehmen.«

»Ich meinte: Wie geht es dir, Will? Verfolgt dich Graubein Kojote noch?«

»Seit ich mit Kaye zusammen bin, hab ich ihn nicht mehr gesehen.«

»Dann hat sie dich also endlich rumgekriegt?«

»Ja.« Will lächelte. »Obwohl du ihr geraten hattest, mich nicht anzufassen.«

Aquilar bekam rote Ohren. »Ich wollte ihr nur helfen. Ich wollte euch helfen.«

»Das hast du, verdammt.« Will umarmte Aquilar spontan. »Ich weiß nicht, wie ich das alles wiedergutmachen kann.«

»Ich wüsste da was«, sagte Aquilar leise. »Könntest du Maria besuchen? Ich glaube, es geht ihr sehr schlecht.«

Will nickte. »Ich werde gleich auf dem Rückweg nach ihr sehen.«

Er fuhr über Ganadao zurück ins Reservat und stattete Maria Yazzie einen Besuch ab. Voller Wärme bekundete er der jungen Frau sein Mitgefühl. Atisis Name wurde nicht ein einziges Mal ausgesprochen, so war es Brauch. Will spürte, dass Maria sich dafür schämte, einen Mann geliebt zu haben, der zwei Menschen getötet hatte. Sie musste nun eine schwere Last mit sich herumtragen, aber vielleicht würde sie eines Tages darüber hinwegkommen.

Aquilars Schwester bedankte sich höflich für den Besuch, war aber sichtlich erleichtert, als Will sich wieder verabschiedete. Vielleicht würde sie irgendwann einen *sik'is* brauchen, einen Freund. Im Augenblick war sie noch nicht bereit dafür.

Will fuhr zurück nach Window Rock und setzte sich zu Kaye in den Laden. Er erzählte ihr von seinem Besuch bei Aquilar und bei Maria. Ein paar Leute kamen noch, bevor Kaye das Schild *Geschlossen* in die Tür hängte.

»Macht es dir eigentlich Spaß, den Laden zu schmeißen?«, fragte er sie, als sie ein paar Dinge an ihren Platz zurückstellte, die Kunden in den Händen gehabt hatten.

»Es ist eine Herausforderung«, antwortete sie lächelnd. »Ich bin mein eigener Herr.« Sie schloss die Schublade auf, holte den Lederbeutel mit den Silberstücken heraus und reichte ihn Will. »Die willst du doch bestimmt wiederhaben.«

Er nahm sie an sich. »*Ahéé'h*. Danke, dass du sie nicht verkauft hast.«

Will wunderte sich, dass Kaye darauf bestand, am Steuer zu sitzen. Den Jeep zu fahren, machte ihm Spaß, besonders jetzt, da er im Besitz eines Führerscheins war. Aber er beschwerte sich nicht, schließlich war es ihr Wagen.

Sie hielt vor dem Green-Garden-Schnellimbiss und ging hinein. Aber Shelley war nicht da, sie hatte frei und war bei Robert Lindsay.

»Hier geht es nicht nach Hause«, bemerkte Will, als sie den Hügel hinauffuhren, statt auf die Hauptstraße abzubiegen.

»Ich will noch kurz jemanden besuchen«, eröffnete sie ihm.

Als Kaye den Jeep vor dem großen Haus der Lindsays parkte, sah sie Shelley aus einem der oberen Fenster winken. »Kommst du mit rein?«, wandte sie sich an Will.

»Muss das sein?«

»Nein«, sagte sie, »es *muss* nicht sein. Aber seit du wieder da bist, habe ich meine Freunde arg vernachlässigt. Es ist an der Zeit, es wiedergutzumachen.«

Will wusste, dass sie recht hatte, und stieg aus. Die Hände in den Hosentaschen begutachtete er das herrschaftliche Haus der Lindsays. Er war froh, nicht mehr für Garland Lindsay arbeiten zu müssen.

Rob kam ihnen im Eingang entgegen und winkte sie herein. Er schüttelte Will freundlich die Hand und gab Kaye, ohne mit der Wimper zu zucken, einen Kuss auf die Wange. »Na so was«, sagte er strahlend. »Kaye Kingley weiß noch, wo ich wohne.«

Drinnen im Haus war es angenehm kühl und es roch fruchtig. Robs Mutter stand in der Küche und kochte Marmelade aus Junibeeren. »Schön, dass ihr mal vorbeikommt«, sagte sie. »Wie geht es deinem Vater, Kaye? Ich habe gehört, er war eine Weile weg.«

»Ja. Er kommt Freitag aus San Francisco zurück. Ich denke, es geht ihm gut.«

»Unsere Pokerrunde ist noch etwas kleiner geworden«, sagte Mrs Lindsay, womit sie Ted Northridge meinte. »Vielleicht hat Arthur Lust, wieder einzusteigen.«

»Ich werde es ihm ausrichten.«

Robert holte zwei Coladosen aus dem Kühlschrank und

warf Will eine zu. Die andere gab er Kaye und deutete ihr an, dass sie ihm nach oben folgen sollten.

Shelley wurde tatsächlich rot, als Will sie begrüßte. Wie schon bei ihrer ersten Begegnung vor Jahren war er auch diesmal sichtlich beeindruckt von ihrem golden schimmernden Haar. Fasziniert starrte er auf die schweren Flechten.

»Pass auf, dass Kaye dich nicht wieder im Bad einschließt«, sagte sie und fing an zu kichern.

Will räusperte sich verlegen. Es wunderte ihn, dass Shelley sich daran noch erinnern konnte. Damals war sie einfach nur ein hübsches Kind für ihn gewesen. Jetzt war sie eine junge Frau. Sie war Kayes Freundin, doch er spürte, dass er wenig mit ihr anfangen konnte.

Rob wandte sich an Kaye. »Schön, dass du gekommen bist. Ich dachte schon, du wolltest nichts mehr mit uns zu tun haben.«

»Es sind schlimme Dinge passiert im Reservat, und ich hatte Mühe, mein Leben auf die Reihe zu kriegen.«

»Das glaube ich gern«, sagte Shelley mit einem wissenden Lächeln.

»Aber ich will es wiedergutmachen und lade euch am Sonntag zum Abendessen ein.«

Shelleys Augen leuchteten.

»Wir werden da sein«, sagte Rob. Er legte einen Arm um Shelleys Schultern.

»Habt ihr etwas von Mike Northridge gehört?«, fragte Kaye.

»Mike und seine Mutter lassen sich kaum noch sehen in Window Rock«, sagte Shelley. »Sie fürchten den Groll der Indianer.« Sie warf einen Seitenblick auf Will.

Er fing ihn auf und fühlte sich genötigt, etwas dazu zu sagen. »Ted Northridge hat Schlimmes getan, aber jetzt ist er tot. Seine Familie hat vermutlich nichts davon gewusst.«

»Mike meidet uns«, sagte Rob. »Ich glaube, er trinkt.«

»Dann müssen wir ihm helfen. Vielleicht sollte ich ihn besuchen«, schlug Kaye vor.

Robert druckste herum. »Ich fürchte, neuerdings hat Mike was gegen Indianer. Er weiß inzwischen, wer seinen Vater wirklich umgebracht hat.«

Will zog Kaye an sich heran und sagte: »Wenn er was gegen Indianer hat, dann sollte er das Res verlassen und woanders ein neues Leben anfangen. Es gibt genügend Orte, an denen es keine Indianer gibt. Jedenfalls nicht so viele wie hier«, fügte er mit einem Lächeln hinzu.

25. Kapitel

Es hatte geregnet und nun spannte sich ein breiter Regenbogen über die roten Felsen. Früher waren die Helden aus der Navajo-Mythologie darüber hinweggewandert, um gegen ihre übernatürlichen Feinde auszuziehen und unglaubliche Abenteuer zu erleben.

Für Großvater Sam und die meisten traditionellen Navajo bedeutete der Regenbogen die Brücke zwischen den Menschen und den Wissenden Leuten. Und was heute das Wichtigste daran war: Er konnte den Regenbogen und seine Farben ganz deutlich erkennen. Sam Roanhorse hockte auf seiner Veranda im Schaukelstuhl und rauchte Pfeife. Auf der Nase hatte er eine Brille mit einem stabilen Plastikgestell.

Der alte Mann blickte zufrieden hinauf zum Regenbogen, wo ein junger Adler seine Kreise zog. Aus seinem rechten Auge war der Nebelschleier verschwunden. Klar und deutlich konnte er sehen; Schönheit sehen. Auch wenn die Helligkeit noch schmerzte und er eigentlich seine Augenklappe tragen sollte, die ihn – wie Kaye behauptete – verwegen aussehen ließ.

Will kam aus dem Haus. Er trug eine nagelneue Jeans und ein weißes Hemd. Das lange Haar hatte er im Nacken zu einem Pferdeschwanz gebunden.

Sam lächelte seinen Enkel an. »Du hast dich ganz schön in Schale geworfen, um deinen *bilagáana*-Schwiegervater abzuholen.«

»Ich muss ja nicht unbedingt in Arbeitssachen auf dem Flughafen stehen, Granpa.«

»Grüß Kaye von mir und sag ihr, die Brille ist wirklich gut. Ich kann alles ganz deutlich sehen. Jetzt soll sie sich mit den Urenkeln beeilen.«

Will legte dem alten Mann die Hand auf die Schulter und sagte mit einem Lächeln: »Ich werde es ihr ausrichten. Aber du solltest auf die Ärzte hören und deine Augenklappe tragen.«

Will stieg in den Jeep, den sie ihm am Morgen überlassen hatte, und holte Kaye in Window Rock von ihrem Laden ab. Dann fuhren sie rüber nach New Mexico, zum Flughafen in Gallup.

Die vielen betrunkenen Indianer in den Straßen der Stadt machten sie traurig und stumm.

Es waren Navajo, Hopi, Apachen oder Pueblo-Indianer, die ihre Reservate verlassen hatten, um in der Stadt nach Arbeit und Glück zu suchen. Die wenigsten fanden auch nur eines von beidem.

Will musste an Bob Atisi denken, der zurückgekommen war, um wieder ein *diné* zu sein. Auf eigenartige Weise hatte er es sogar geschafft. Aber er hatte dafür mit seinem Leben bezahlt.

Auf dem Flughafen hatten sie noch eine Stunde Zeit, bevor der Flieger aus San Francisco landen würde. Sie teilten sich eine Pizza und beobachteten die Leute in der Halle. Will war es nicht gewohnt, so viele Menschen um sich zu haben, und kam sich zunehmend verloren vor.

Aber dann meldete die Ansage, dass der Flieger aus San Francisco gelandet war. Als die ersten Passagiere durch die Sperre kamen, presste Kaye nervös Wills Finger in ihrer Hand.

»He«, sagte er, »es ist bloß dein Vater. Du kennst ihn seit beinahe achtzehn Jahren. Ich müsste nervös sein.«

»Da ist er«, rief sie und riss die Augen auf. Sie winkte wild und Will schüttelte den Kopf. Plötzlich sagte Kaye leise: »Oh je!«

»Was denn?«

»Er ist nicht allein.«

»Was heißt: *Nicht allein*?«

Kayes Arm, mit dem sie eben noch gewinkt hatte, sank herab. »Er hat eine Frau mitgebracht.«

Arthur Kingley hatte seine Tochter und Will entdeckt und kam freudestrahlend auf sie zu. An der Hand zog er eine zierliche Frau mit blondem Zopf hinter sich her. Er umarmte erst Kaye und dann Will, der vor Schreck zur Steinsäule erstarrte. Mit einem großen Lächeln sagte er: »Kaye, Will, das ist Hannah, eine Freundin von mir. Sie wird eine Weile bei uns wohnen.«

Arthur legte den Arm um die Schultern der Frau und sagte: »Hannah, das ist meine Tochter Kaye und das ist Will, ihr … ihr Indianer.«

Will fasste sich als Erster. Mit einem breiten Lachen im Gesicht schüttelte er Hannah die Hand. »Hallo, herzlich willkommen im heißen Südwesten.«

Hannah hatte ein strahlendes Leuchten in den Augen und einen unerwartet kräftigen Händedruck. »Hallo, Will, Kaye, ich freue mich, euch kennenzulernen.«

Kaye musste auf einmal lachen, so komisch erschien ihr die Situation. »Hättest du mich nicht wenigstens warnen können, Dad? Dann hätte ich das Bett im Gästezimmer bezogen.«

»Ach.« Arthur winkte ab. »Ich glaube, das ist nicht notwendig. Hannah wird bei mir schlafen.«

Kaye blieb der Mund offen stehen, während ihr Vater

nicht mal rote Ohren bekam. Will griff schmunzelnd nach Hannahs Koffern, da umarmte Kaye ihren Vater endlich. »Willkommen zu Hause, Dad. Ich freu mich, dass du wieder da bist. Und ich freu mich für dich, dass du nicht allein gekommen bist.«

Am Sonntagvormittag schlachtete Arthur Kingley auf Wunsch seiner Tochter drei Lämmer und Kaye bereitete ein gewaltiges Festmahl zu. Will und Hannah halfen ihr dabei. Großvater Sam, den Will schon am Morgen auf die Ranch geholt hatte, begutachtete das Anwesen. Er war noch niemals hier gewesen, hatte jede Einladung von Sophie Kingley oder ihrer Tochter immer abgelehnt. Aber nun war er auf Wills Bitten hin doch mitgekommen. Der alte Navajo war neugierig auf die Frau, die Arthur sich aus der Stadt mitgebracht hatte.

Was der alte Sam über Hannah wissen wollte, hatte er sehr schnell herausgefunden. Es gab etwas in ihrem Wesen, das ihn an Kayes Mutter erinnerte. Vielleicht war es die Art, wie Hannah den Mann ansah, den sie liebte. Außerdem lachte sie viel, das war gut. Und kräftige Hände hatte sie auch. Sam hoffte, dass Hannah bleiben würde.

Arthur und Will hatten im Schatten der Pappelbäume mehrere Tische zusammengestellt und trugen Stühle heran. Kaye deckte die Tafel.

»Mein Gott, wen erwartest du denn alles?«, fragte Arthur seine Tochter.

»Hey Dad«, sagte sie, »bleib mal ganz ruhig. Es gibt viel zu feiern. Und seit Mom tot ist, hat es kein richtiges Fest mehr auf der Ranch gegeben. Ich habe meine Familie und ein paar meiner Freunde eingeladen.«

Arthur fasste seine Tochter an der Schulter und drehte

sie zu sich herum. »Wirst du Hannah mögen können?«, fragte er.

»Ich mag sie schon, mach dir da mal keine Sorgen.«

»Aber werdet ihr auch miteinander auskommen?« Er wurde verlegen. »Ich hab sie nämlich sehr gern, und wenn sie sich auf der Ranch und im Res wohlfühlt, dann ...«

»Dad.« Kaye legte das Besteck aus der Hand und blickte ihrem Vater ins Gesicht. »Ich habe es dir noch nicht gesagt, aber das hier wird auch mein Abschiedsessen sein. Ich werde zu Will und Großvater Sam ziehen.«

Arthur schluckte. »Aber ich dachte... der alte Mann kann auch hier wohnen, wir haben genug Platz. Und außerdem: Ist es bei euch nicht Brauch, dass der Mann zur Familie der Frau zieht?«

Kaye lachte über die Versuche ihres Vaters, sie auf die alten Traditionen ihres Volkes hinzuweisen. »Da hast du wohl recht. Aber vielleicht willst du wieder heiraten und für uns alle zusammen wäre im Haus gar kein Platz. Großvater Sam wird nirgendwo anders leben als auf seinem Land. Will wird seinen Großvater nicht alleine lassen und ich werde Will nicht mehr allein lassen.«

»Ich verstehe.« Arthur zog seine Tochter an sich. In einer langen Nacht hatte sie ihm erzählt, was Will im Internat widerfahren war. Arthurs Sprachlosigkeit hatte ihr das Reden nicht leicht gemacht, aber sein Bedauern war ehrlich gewesen.

»Du verlierst mich nicht, Dad«, sagte sie. »Aber ich bin froh, dass Hannah so gut kochen kann, sonst hätte ich dir womöglich jeden Sonntag etwas von unserem Essen abgeben müssen.«

Als am späten Nachmittag alle versammelt waren, die Kaye eingeladen hatte, gab Arthur Kingley seine Verlobung mit

Hannah bekannt. Er erzählte vor allen Gästen freimütig, dass er und Hannah sich schon während des Studiums kennengelernt hatten und auch einige Zeit zusammen gewesen waren. Aber irgendwann hatten sich ihre Wege getrennt, sie hatten andere Partner geheiratet, ein Leben gelebt und ihre Partner wieder verloren. Nach all den Jahren waren sie sich in San Francisco wiederbegegnet und hatten festgestellt, dass sie sich immer noch mochten.

Jemand pfiff fröhlich und alle lachten und klatschten. Das Leben war auf die Ranch zurückgekehrt. Sophies Familie hatte Hannah herzlich aufgenommen. Thomas und Wilma freuten sich, dass Arthur jemanden gefunden hatte, der ihm das Lachen zurückbrachte. Und Arthur war glücklich, seine dunkelhäutigen Nichten und Neffen wieder um sich zu haben. Er musste sich eingestehen, dass er sie sehr vermisst hatte.

Hannah fügte sich zwischen diese Menschen, als würde sie sie schon ein Leben lang kennen. Sie verschenkte ihr Lachen und eine warme, aufrichtige Herzlichkeit. Irgendwann, so dachte Arthur, würde er ihr von jenem Mann erzählen, der er nach dem Tod von Kayes Mutter gewesen war.

Ein Wagen kam die Schotterpiste von der Straße zur Ranch gefahren, und Will sprang auf, als sich anstelle von Füßen zuerst zwei Krücken aus der offenen Tür schoben. Maria hatte ihren Bruder zur Ranch gebracht, aber sie ließ sich nicht überreden, selbst zu bleiben.

»Was ist denn hier los?«, fragte Aquilar, als er die vielen Menschen sah. »Wenn das eine Hochzeit ist und ihr vergessen habt, mich einzuladen, werde ich euch das schwer übel nehmen.«

Will lachte. »Es ist keine Hochzeit, noch nicht…«

»Junge, Junge.« Aquilar konnte nicht fassen, dass sich alle nach ihm umdrehten. Obwohl er außer Kaye und Will niemanden der Anwesenden kannte, wurde er mit großem Hallo begrüßt. Er sah Will fragend an.

»Wir haben gerade ausgiebig von dir erzählt«, klärte Kaye ihn lachend auf. »Du bist jetzt ein Held.«

Shannon, Totsonis sechzehnjährige Tochter, machte ihren Platz für Aquilar frei. Er lächelte sie dankbar an und Shannon wurde rot. Seine plötzliche Wirkung auf weibliche Wesen verblüffte Aquilar sichtlich, und er äußerte seine Hoffnung, dass nicht allein die Krücken dafür verantwortlich waren. Denn die wollte er so bald wie möglich wieder loswerden.

Aquilar Yazzie musste viele höfliche Fragen nach seinem Wohlergehen beantworten und war später froh, als er endlich nicht mehr im Mittelpunkt des allgemeinen Interesses stand. Als er von der Toilette zurückkehrte, begegnete er Will in der Küche.

Will deutete auf den großen Tisch, auf dem jetzt schmutziges Geschirr und Essensreste standen. »Hier hast du gelegen«, sagte er.

»Ich kann mich kaum daran erinnern.« Aquilar schüttelte den Kopf. »Die meiste Zeit war ich wahrscheinlich weggetreten. Aber als du mich durch den Slot-Canyon getragen hast, da dachte ich: Das schafft er nie.«

»Und ich habe geglaubt, du wärst die ganze Zeit bewusstlos gewesen.«

»Du bist stark, Will.«

»Ich habe jeden Tag ein paar Klimmzüge gemacht in meiner Zelle. Es waren viele Tage.«

»Ich verdanke dir mein Leben, *sik'is*.«

Will lächelte. »Und ich dir meines.«

»Wirst du noch ein bisschen Zeit für mich übrig haben, jetzt wo du mit Kaye zusammen bist?«

»Ich werde immer Zeit für dich haben.«

Aquilar nickte froh. »Vielleicht kann ich dir noch so dies und das beibringen, wenn ich wieder auf eigenen Beinen stehen kann.« Er klapperte auf seinen Krücken zur Tür, doch bevor er nach draußen verschwand, drehte er sich noch einmal um: »Wann wird eure Hochzeit sein?«

»Schon bald. So lange, bis aus dir ein richtiger *hataalii* geworden ist, wollen wir nicht warten. Aber wenn du wieder fit bist, dann könntest du im Water Hole Canyon eine Zeremonie abhalten, um die Geister der Felsbilder zu versöhnen.«

»Das werde ich, du kannst dich auf mich verlassen.«

»Nun warte doch mal«, sagte Will und lief ihm hinterher. »Wie kommst du denn nach Hause? Soll ich dich fahren?«

»Nicht nötig, ich habe schon ein Taxi. Charlie und Teena nehmen mich mit. Wir sehen uns, *sik'ís*.« Aquilar klapperte mit seinen Krücken davon und stieg zu Teena und Charlie Tsoosie in den Wagen.

Kaye winkte. Sie hatte ihren Onkel Thomas gesehen, wie er abseits von den anderen ein langes Gespräch mit Charlie geführt hatte. Als sie ihn jetzt danach fragte, sagte er: »Charlie ist bereit auszusteigen, und ich will ihm helfen. Wahrscheinlich muss er eine Weile weg von hier.«

Als die letzten Gäste gefahren waren, räumten Kaye und Hannah das Geschirr in die Spülmaschine. Arthur und Will trugen die Tische und Stühle zurück in die Scheune.

»Ihr wart fleißig, während ich weg war«, sagte Arthur anerkennend.

Will antwortete nicht. Solche Dinge waren nicht wichtig. Fleiß war ein Wort, das es in der Sprache der Navajo in seiner *bilagáana*-Bedeutung gar nicht gab.

Arthur hielt ihn am Arm fest. »Will, ich habe eine ganze Menge nicht gewusst und auch nicht wissen wollen. Das war dumm. Ich werde mich dir gegenüber immer schuldig fühlen.«

Will machte sich los und sagte: »Das müssen Sie nicht.«

»Arthur, Will. Sag Arthur zu mir, ja?«

»Bídíbééstah«, sagte Will. »Ich will es versuchen.«

Sie hatten die Scheune erreicht. Arthur stellte die Stühle, die er unter dem Arm trug, ab, um das Licht anzuschalten.

Plötzlich entdeckte Will etwas im hinteren Teil der Scheune. Er dachte, er könne seinen Augen nicht trauen, und für einen Augenblick setzte sein Herzschlag aus. Auf einer Wäscheleine, direkt neben Arthur Kingleys zerlöcherten Arbeitshosen, hing eine Kojotenhaut.

»Was zum Teufel …?«

»Ein Kojote«, sagte Arthur stolz, »ein ziemlich großer Bursche. Ashie hatte mir am Telefon erzählt, dass der Graue schon zwei Lämmer gerissen hat. Letzte Nacht habe ich ihn erwischt. Peng«, ahmte er den Schuss mit einem imaginären Gewehr nach.

Was Arthur noch sagte, hörte Will nicht mehr. Er wandte sich Kaye zu, die aus dem Haus gekommen war. Ihr Lächeln galt ihm und es verjagte alle Schatten.

Ali Novak

Ich und die Walter Boys

448 Seiten, ISBN 978-3-570-31116-5

Jackie hasst unvorhersehbare Ereignisse. Als perfekte Tochter hat sie ihr Leben in New Yorks High Society fest im Griff und sonnt sich in der Aussicht auf eine erfolgreiche Zukunft. Doch dann schlägt das Schicksal zu. Mit einer Lawine unvorhersehbarer Ereignisse: 1. Jackie steht plötzlich alleine da. 2. Sie muss zu ihrer Vormundfamilie, den Walters, nach Colorado ziehen. 3. Die Walters haben nicht nur Pferde, sondern auch zwölf Söhne! Mitten in der Pampa, allein unter Jungs von 6 bis 21, für die Privatsphäre ein Fremdwort ist, lautet Jackies erster Gedanke: Nichts wie weg. Und ihr zweiter: Moment ... ein paar der Kerle sehen unfassbar gut aus!

30282

cbt

www.cbt-buecher.de